国家自然科学基金资助项目

项目编号：70173039

中国体育产业发展报告

鲍明晓 著

人民体育出版社

前　言

　　体育是制度化的游戏，是人类创造的自娱文化。体育因人的需要而存在，因人的需要而发展。体育的核心价值在于人文关怀，在于对生命的尊重，在于对生活质量不懈的追求。极而言之，对死的恐惧，对生的渴望，对精彩生活的向往和对平庸生活的拒绝，是体育的价值归依。当代体育正在以其独特的魅力、无限的活力、多元的价值加速融入社会经济的大潮，成为全面建设社会主义和谐社会的重要内容和提高人民生命质量与生活质量的重要手段。

　　20世纪后半叶以来，全球体育的生存方式和运作模式已经悄悄地完成了一次转型"革命"。这次"革命"的基本特征是发达国家纷纷摒弃以金牌为取向的"力量展示型"体育发展模式，取而代之的是以提升本国体育产品国际竞争力为取向的"消费娱乐型"体育发展模式，强调体育发展的社会责任、经济责任，强调体育对社会经济的回馈与应答。体育发展的根本目的是满足人对体育的基本诉求，为国内市场和国际市场提供有竞争力的体育服务产品和物质产品。一句话，发达国家的体育运作模式已经实现了由福利型（事业型）向产业型的嬗变，体育作为产业正在成为各国抢占全球娱乐经济至高点的先锋。

　　改革开放以来，我国体育事业取得了举世瞩目的发展成就，但是随着发展广度的不断拓展、发展质量的不断提升以及改革不断向纵深推进，我国体育事业发展中的结构性矛盾日益显现，改革的成本和风险日益增大，发展的配套性要求越来越高。同时，当前我国正处在人均 GDP 由 1000 美元向 3000 美元跨越的关键发展时期。许多国家的经验表明，在这一关键时期，如果政策把握得当，大众的参与性体育需求将迅速增长，体育的社会化和产业化进程将显著加快，整个体育事业也将由此获得前所未有的活力和动力；反之，如果把握不当，这一时期也可能成为各种矛盾显化、激化，不同利益群体公开角逐和无序博弈的动荡期，从而丧失快速成长期难得的发展机遇。应该说，当下中国体育正处于一个改革与发展的关键期，无论是把握机遇还是应对挑战，都需要在体育工作中切实贯彻落实科学发展观的总体要求，坚持体育发展指导思想上的与时俱进，促进体育与经济社会的协调发展，构建竞技体育、群众体育、体育产业三位一体的新型体育发展模式和社会化、产业化、自治化的运行机制。

　　自 2000 年以来，本人陆续编写和出版了《体育产业：新的经济增长点》《体坛热点解读》和《体育市场：新的投资热点》三部著作，从不同侧面阐述了我国体育产业发展的基本情况，但是受基础数据和研究经费等方面的制约，这三本书主要侧重于理论构建，疏于定量分析和实证研究。本书是国家自然科学基金会资助的研究项目（项目编号：70173039），也是国内体育人文社会科学界首个获得国家自然科学基金会资助的研究项目。

　　本研究历时三年，课题组对国内 13 个省市体育产业发展状况进行专题调研，并赴国外对美国的 NBA 总部、洛杉矶湖人队、休斯敦火箭队、达拉斯小牛队、纽约尼克斯队以及 NCAA 总部进行了实地调查；对法国国家网球协会举办罗兰加洛斯法国网球公开赛的运作经验、AMAURY SPORT ORGANISION 集团主办环法自行车赛的运作经验、法兰西国家体育场转交私人公司经营经验，以及法国国家赛艇协会组织与运作经验进行了专项考察。另外 2004 年还对澳大利亚体育运动委员会、澳大利亚体育学院以及 2000 年悉尼奥运会体育场馆的赛后利用进行了专题考察。在国内外调研的基础上，本研究从 9 个方面对当前我国体育产业发展与管理问题进行了系统的研究。本书是该研究成果完整、系统的反映。

《中国体育产业发展报告》共分九章，各章的主要内容是：

第一章导论。是作为整个研究的绪论部分，主要就破题、立论、研究目的、研究任务、研究方法、技术路线和相关研究综述等问题作前提性论述。阅读本章读者可以全面了解当前我国体育产业研究现状以及近年来我国体育产业研究的若干热点问题。

第二章体育产业基本理论问题研究。是整个研究项目的逻辑起点，该章主要是对关乎体育产业能否成立的一些元概念进行了系统的梳理。主要研究内容包括体育产业概念、分类、属性以及发展体育产业的当代价值，体育市场概念、性质、分类及其特点，体育消费概念、分类及其特点，以及关于体育产业统计的基本理论问题。该章的研究成果是国内学者首次对体育产业基本理论问题作出全面系统的回答，这些研究成果为政府有关部门制定体育产业发展规划和行业管理政策，以及推动我国体育产业、体育经济学的后续研究奠定了必要的理论基础。

第三章国外体育产业形成与发展。研究当代中国体育产业发展与管理问题必须有国际视野。该章主要研究了国外体育产业的起源、发达国家体育产业现状，并系统介绍了当前美国、英国、法国、澳大利亚、德国、意大利、日本和韩国体育产业发展的状况，同时在此基础上总结了国外体育产业发展的两种模式以及发达国家体育产业发展给我国的启示。研究报告中的这一部分内容也是目前国内学术界最完整、最全面地评介发达国家体育产业发展现状及趋势的研究成果。这一研究成果对于政府制定新时期体育产业发展纲要，促进国内学术界在更广、更深的层面开展对体育经济问题的系列研究都有基础性作用。

第四章我国体育产业的形成与发展。该章主要内容涉及我国体育产业形成与发展的阶段划分；基于 13 个省市体育产业统计调查资料，对当前我国体育产业总量和结构所作的分析；对我国体育产业五大主体市场发展状况的分析；我国体育产业的国际比较；以及当前我国体育产业发展中存在的问题和面临的机遇。这部分研究内容是目前国内学术界唯一从定量和定性、国内和国际不同角度对当前我国体育产业发展现状所作的全面系统的分析，也是本报告中最具价值的研究成果之一。她的问世为政府有关部门制定政策和学界后续的相关研究提供了宝贵的基础数据。

第五章我国体育产业发展的国情分析。发展体育产业必须基于当下中国的国情国力。该章重点研究了当前我国经济发展的主要指标（GDP、产业结构、居民收入、消费水平、就业）、社会发展的主要指标（人口及其构成、人口平均寿命和长寿水平、居民文化教育程度、广播电视、新闻出版）以及我国体育资源状况（体育人力资源和体育场地设施资源）与体育产业发展的互动关系。本章对体育资源与体育产业发展互动关系的研究填补了国内学术界在这方面的空白。

第六章加入 WTO 对我国体育产业发展的影响。中国加入世界贸易组织以及 WTO 规则对已经纳入全球服务贸易体系的体育产业的发展有怎样的影响，是任何研究当代我国体育产业发展与管理问题的课题都不能忽视的。该章重点研究了我国对世贸组织承诺中有哪些内容是关涉体育产业的，中国"入世"给体育产业的培育和发展带来了哪些挑战和机遇，以及如何在"入世"背景下加快我国体育产业的发展等问题。这一部分研究成果为本项目的战略研究部分提供了重要的依据。

第七章 2008 年奥运会对我国体育产业发展的影响。北京举办 2008 年奥运会是 21 世纪头 10 年中国体育产业发展具有的独特的战略优势，全面分析 2008 年北京奥运会的综合影响，特别是对我国体育产业的培育和发展所带来的影响是本研究的亮点之一。本章主要研究了 2008 年奥运会对中国经济、首都经济、体育产业以及我国主要体育市场发展将产生的影响。这一部分研究也是目前国内学术界在同领域研究中最全面、最系统的一项成果。

第八章体育产业的行业管理。体育产业行业管理是本项目研究的重点。该章主要研究了体育产业行业管理的基本理论问题、国外体育产业行业管理的两种模式（行业协会自律性管理模式和政府与行业协会共管模式）、我国体育产业行业管理现状及存在的问题，并在此基础上提出了建立和完善我国体育产业行业管理新模式的理论构想。这部分研究目前在国内属于创新性研究，特别是在当前我国职业足球面临"中超革命"的背景下，该成果的问世对化解当前的危机，推动我国建立体育产业行业管理新体制，有重要的参考和借鉴价值。

第九章我国体育产业发展战略。本章是整个研究项目的高潮部分，这一部分是基于前面八章的基础上，提出了"十一五"期间我国体育产业发展战略的构想。主要研究内容包括我国体育产业发展的优势与劣势分析，"十一五"期间我国体育产业发展的总体思路、发展目标、发展重点、发展路径选择以及加快发展的对策建议。这一部分成果也是国内学术机构首次提出"十一五"期间我国体育产业发展的战略构想，它对国家改革与发展委员会制定产业发展规划以及国家体育总局制定"十一五"体育产业发展计划都有直接的参考价值。

近年来国内学术界对体育产业问题的研究日益升温，一批学术论文和专著相继出版，但整体上看，由于缺乏权威的、系统的统计资料以及对国外最新研究成果的系统把握，相当一部分研究成果存在着"隔靴搔痒"和政策含义不清晰的缺陷。同时，最近几年国内的一些财经类和体育类院校为抓住中国加入世界贸易组织和北京举办 2008 年奥运会的战略机遇，纷纷增设了体育经济与管理的本科和研究生的相关专业，但缺乏专业教材，特别是缺乏切合中国实际的教材，是新设专业面临的共性问题。本书的出版将在一定程度上缓解这一矛盾，相信体育经济与管理专业的本科生、硕士研究生和博士研究生阅读此书能够更加全面、准确地了解中国体育产业发展与管理的相关理论和实践问题；相关研究人员阅读此书可以获得宝贵的基础性研究资料，拓展研究的视角；体育产业的经营者和管理者阅读此书可以开阔思路、增长见识、汲取有益的经验。总之，作者撰写本书的目的就是要满足体育产业理论和实践工作者的实际需要，但愿阅读此书的过程是一个放飞心情、激发灵感的愉快过程。

最后，我要特别感谢国家自然科学基金委员会对本课题的资助，没有你们高瞻远瞩而又缜密细致的选题、立项与管理，本书就难以付梓。同时我也要感谢人民体育出版社和我的家人，感谢你们在本书的撰写和出版过程中给予的无私惠助。当然我还应该感谢近年来迅猛发展的中国体育产业的伟大实践，因为，正是实践的绚烂与芬芳在不断地激励我思索与前行。

鲍明晓

二OO五年春节于北京

　　二、产业结构与体育产业发展……………………（184）

　　三、居民收入与体育产业发展……………………（186）

　　四、消费水平与体育产业发展……………………（188）

　　五、就业与体育产业发展…………………………（191）

第三节　主要社会发展指标与体育产业发展………（192）

　　一、人口及其构成与体育市场发展………………（193）

　　二、人口平均寿命和长寿水平与

　　　　体育产业发展…………………………………（195）

　　三、居民文化教育程度与体育产业发展…………（198）

　　四、广播电视、新闻出版与体育产业发展………（200）

第四节　中国体育资源与体育产业发展……………（202）

　　一、我国体育人力资源与体育产业发展…………（202）

　　（一）我国体育人力资源数量与

　　　　　体育产业发展………………………………（202）

　　（二）我国体育人力资源质量与

　　　　　体育产业发展………………………………（204）

　　（三）我国体育人力资源分布与

　　　　　体育产业发展………………………………（205）

　　二、我国体育场地设施资源与体育产业发展……（207）

　　（一）我国体育场地设施数量与

　　　　　体育产业发展………………………………（207）

　　（二）我国体育场地设施质量与

　　　　　体育产业发展………………………………（207）

　　（三）我国体育场地设施分布与

　　　　　体育产业发展………………………………（208）

　　本章小结……………………………………………（210）

第六章　加入 WTO 对我国体育产业发展的影响……（214）

第一节　我国对世贸组织承诺中
　　　　关涉体育产业的内容……………………（214）
第二节　加入 WTO 给我国体育产业
　　　　发展带来的挑战………………………（216）
　一、国内体育用品企业面临严峻挑战…………（216）
　二、新生的国内体育中介企业将举步维艰………（218）
　三、高素质体育经营管理人才严重缺乏………（220）
　四、体育产业行业管理体制不到位
　　　带来的挑战……………………………（220）
第三节　加入 WTO 给我国体育市场
　　　　发展带来的机遇………………………（221）
　一、有利于扩大我国体育服装、鞋帽、
　　　护具等产品的出口………………………（221）
　二、有利于引进外资和改善
　　　体育产业的资本结构……………………（222）
　三、有利于提高各类体育企业的素质………（223）
　四、有利于促进体育产业内部结构的
　　　调整与优化……………………………（223）
　五、有利于扩大居民的体育消费……………（224）
第四节　在入世背景下加快我国
　　　　体育产业发展的政策措施……………（224）
　一、培育能够与国际著名体育公司开展
　　　高水平竞争的内资体育企业………………（225）
　二、提高出口体育用品的质量，
　　　实施多元化市场战略，努力扩大出口………（225）
　三、全面开放国内市场，
　　　积极有效地利用外资……………………（225）
　四、制定和完善符合 WTO 运行规则的
　　　体育经济政策与法规……………………（226）

五、充分发挥行业协会的积极作用 …………………（226）

六、采取多种途径，培养中高级

体育商务人才 ……………………………………（227）

本章小结 ……………………………………………（228）

第七章　2008 年奥运会对我国体育产业

发展的影响 ……………………………………（230）

第一节　奥运会经济效益分析 ………………………（230）

第二节　2008 年北京奥运会对

中国经济发展的影响 …………………………（237）

一、为经济发展提供稳定的社会环境 ……………（238）

二、有利于进一步扩大开放，使中国经济

能更好地适应经济全球化进程 ………………（239）

三、有利于在国际上打造"中国品牌"，

能更好地带动国内企业由产品经营向

品牌经营的转变 ………………………………（240）

第三节　2008 年奥运会对首都经济的影响…………（242）

一、承办奥运会能为首都经济在新世纪初叶的

高速增长提供重要动力 ………………………（243）

二、承办奥运会将带动首都经济结构调整和升级，

使首都经济更具活力和竞争力 ………………（247）

三、承办奥运会将在扩大北京地区

就业方面发挥重要作用 ………………………（250）

四、承办奥运会将极大提升北京的城市魅力……（251）

第四节　2008 年奥运会对我国体育产业的影响……（252）

一、为我国体育产业发展提供新动力 ……………（252）

二、优化体育产业结构 ……………………………（253）

三、扩大体育市场的开放度，

促进体育市场的规范运作 ……………………（254）

四、提高我国体育用品业的国际竞争力，推动
　　核心企业由产品经营向品牌经营跃升 ………（255）
第五节　2008 年奥运会对我国主要
　　　　体育市场发展的影响 ……………………（255）
一、2008 年奥运会对体育用品市场的影响 ………（255）
二、2008 年奥运会对健身娱乐市场的影响 ………（258）
三、2008 年奥运会对竞赛表演市场的影响 ………（260）
四、2008 年奥运会对体育中介市场的影响 ………（261）
本章小结 …………………………………………（263）

第八章　体育产业的行业管理 ……………………………（266）

第一节　体育产业行业管理的概述 …………………（266）
一、体育产业行业管理的概念 …………………（266）
二、体育产业行业管理的层次 …………………（269）
第二节　国外体育产业行业管理的现状与特点 ……（270）
一、国外体育产业行业管理的现状 ……………（270）
（一）单纯的行业协会自律性管理模式 …………（270）
　　案例一　美国体育用品
　　　　　　制造商协会（SGMA）……………（271）
　　案例二　美国大学运动
　　　　　　联合会（NCAA）………………（276）
　　案例三　英足总 ………………………………（278）
（二）政府与行业协会共管模式 …………………（283）
二、国外体育产业行业管理特点 ………………（285）
（一）行业协会在各国体育产业行业管理中
　　　起着绝对的主导作用 ………………………（285）
（二）二线国家存在着强化政府管理的趋势 ……（286）
（三）根据本国的国情和产业发展的实际需要
　　　选择行业管理模式 …………………………（286）

第三节　我国体育产业行业管理的
　　　　现状及存在的问题……………………（287）
一、我国体育产业行业管理的现状……………（287）
二、我国体育产业行业管理存在的问题………（291）
（一）政府管理混乱无序………………………（292）
（二）运动项目管理中心
　　　制约运动项目协会的发展………………（293）
（三）体育企业自组的行业协会严重不足……（294）
第四节　建立和完善我国体育产业
　　　　行业管理的模式………………………（294）
一、政府管理在体育产业行业
　　管理中的职能及定位………………………（295）
（一）政府要不要管体育产业…………………（295）
（二）政府管什么………………………………（296）
（三）政府以什么方式管………………………（299）
二、行业协会在体育产业
　　行业管理中的职能及定位…………………（300）
三、我国体育产业行业管理模式的创新………（302）
本章小结…………………………………………（306）

第九章　我国体育产业发展战略…………………（312）

第一节　我国体育产业发展的优势与劣势分析……（312）
一、我国体育产业发展的优势…………………（312）
（一）十分有利的宏观经济环境………………（313）
（二）重大的历史机遇…………………………（314）
（三）丰富的体育资源…………………………（315）
（四）迅速增长的体育需求……………………（315）
（五）劳动力成本价格低廉……………………（316）
二、我国体育产业发展的劣势…………………（316）

（一）体育产业实践主体观念滞后 …………（317）

（二）现行体育管理体制与

运行机制的不适应 …………………（317）

（三）体育商务人才匮乏 …………………（318）

（四）市场集中度低，缺乏有实力的

明星企业 …………………………（319）

第二节　我国体育产业发展的总体思路 …………（319）

第三节　我国体育产业发展目标、

重点和路径的选择 …………………（324）

一、我国体育产业发展的目标 …………………（324）

二、我国体育产业发展的重点 …………………（326）

三、我国体育产业发展的路径 …………………（328）

第四节　加快我国体育产业发展的对策建议 ………（332）

一、坚定不移地以社会化和产业化为方向，

改革体育管理体制和运行机制 …………（332）

二、实施消费推进战略，促进体育产业发展 ……（333）

三、实施品牌战略，提高我国体育企业

国际竞争力 ………………………………（334）

四、通过增加有效供给来调动和激发有效需求，

促进体育产业发展 ………………………（335）

五、促进各具特色的区域体育产业协调发展 ……（336）

六、建立支持体育产业发展的投融资政策 ………（336）

七、实施人才培养战略，造就

一流体育企业家队伍 ……………………（337）

八、以维护消费者权益为主旨来制定和

完善加快体育产业发展的政策和法规，

切实加强体育市场管理 …………………（337）

本章小结 ………………………………………（338）

主要参考文献 …………………………………（341）

▌第 一 章 导 论

体育作为一种文化现象在人类社会绵延千年，作为一种经济现象在人类社会已逾百余年，而作为一项产业对一国经济总量和结构产生影响不过半个世纪。本章作为整个研究的绪论部分，主要就破题、立论、研究方法、技术路线和相关研究综述等问题作前提性论述。

第一节 问题的提出

在刚刚过去的 20 世纪，世界体坛发生的最具有革命意义的变化是体育与经济的不断融合，体育前所未有地担当起了发展经济的时代责任。第二次世界大战以来，体育的"原生态"和传统的功能价值定位发生了嬗变，体育沿着时尚化、娱乐化、大众化、消费化的路径狂奔"入市"，体育的生存与运作方式也相应地由业余化向职业化、由非经营性向经营性转变，体育成为了一种重要的经济资源，成为了商业资本追逐的新宠，体育财富和财富体育成为政府、企业和学者共同关注的课题。

当前，体育产业已经成为全球娱乐产业中最活跃、最具增长潜力的行业。据美国《体育经营杂志》1998 年的报道，全球体育产业总产值已超过 5000 亿美元，仅美国就高达 3240 亿美元。目前发达国家体育国内生产总值（GDSP）占本国 GDP 的比重一般都在 1%~3%之间，体育产业已经成为发达国家新的经济增长点，在拉动经济增长，促进产业结构的调整与升级，特别是在扩大就业渠道，增加就业岗位方面发挥了重要而又独特的作用。

改革开放以来，我国体育事业以社会化和产业化为方向拉开了管理体制改革与运行机制转换的序幕，体育领域内的经营活动逐步活跃，一个以健身娱乐市场和竞赛表演市场为龙头的体育市场体系开始形成，体育的产业地位初步确立。目前，我国体育产业整体上已进入快速启动的发展阶段，并形成了以北京为中心的京津冀地区、以上海为中心的长江三角洲、以香港广州为中心的泛珠江三角洲地区三个增长极，体育产业在带动区域经济增长，培育和发展现代服务业，完善中心城市的功能，化解就业压力，提高人民群众生活质量等方面已开始发挥实际的作用。体育产业正在成为我国国民经济新增长点，并表现出诱人的发展前景和极大的增长潜力。

21 世纪将是中华民族实现伟大复兴的世纪，党的十六大提出，"我们要在本世纪头二十年，集中力量，全面建设惠及十几亿人口的更高水平的小康社会，使经济更加发展、民主更加健全、科教更加进步、文化更加繁荣、社会更加和谐、人民生活更加殷实。"在全面建设小康社会新历史时期，特别是在中国加入世界贸易组织和北京举办 2008 年奥运会的大背景下，如何利用我国丰富的体育资源和巨大的体育需求，科学地推动体育与经济的互动与融合，培育和发展具有国际竞争力的体育产业，对于促进国民经济和体育事业的可持续发展都有十分重要的理论和实践意义。全面建设小康社会需要强盛的经济，也需要繁荣的体育，而不失时机地加快发展体育产业是实现经济发展和体育繁荣的重要途径。

然而，与国内外体育产业快速发展的生动实践相比，我国理论界对体育产业发展与管理问题的研究却严重滞后，突出表现在：体育产业基本理论问题阐释不清，对国内外体育产业的现状及发展趋势不甚了解，对中国"入世"和北京举办 2008 年奥运会对体育产业发展会产生怎样的影响缺乏分析，全球化背景下我国体育产业发展的优势与劣势无人探究，指导体育产业发展的行业规划还是空白，体育产业的行业管理模式，即谁来管、管什么、如何管等一系列问题都未进行科学、系统的研究。为此，本研究选取了从整体上研究我国体育产业的宏观视角，试图依据当代我国体育产业发展的实践，创建我国体育产业系统分析的理论框架，并对重大实践问题和"十一五"期间我国体育产业发展战略作出理论回应，为后续的理论研究和政策分析奠定必要的理论基础。

第二节　相关研究综述

过去的五年，是我国体育产业研究最为活跃的五年，也是学术成果最为丰硕的五年。一批学者围绕建立与社会主义市场经济体制相适应的体育体制与运行机制、推进体育职业化、引导大众体育消费、培育和发展体育市场、开发体育无形资产、加强职业联赛和职业俱乐部管理，以及体育经济政策与法规的制定等问题，进行了大量的研究。有关体育产业的学术论文、学术专著大量涌现，在国家哲学社会科学基金项目以及国家体育总局局管软科学招标课题中立项的体育经济类项目总数显著增加（表 1-1、

表 1-1　1997~2002 年体育经济学课题在国家社科中的立项情况

年度	体育学立项总数	体育经济学课题立项数	体育经济学课题所占比例
1997	20	3	15%
1998	14	3	21%
1999	10	2	20%
2000	19	5	26%
2001	31	7	23%
2002	32	8	25%
合计	126	28	22%

表 1-2), 研究领域也在不断拓展 (表 1-3)。同时, 政府的相关部门以及部分企事业单位和学术团体还召开了一系列发展体育产业的专题研讨会。体育产业已经成为政府、企业、学者和新闻媒体共同关注的话题。

表 1-2 1996~2002 年体育经济学课题在总局局管课题中的立项情况

年度	立项总数	体育经济学课题立项数	体育经济学课题所占比例
1996	41	11	27%
1997	34	10	29%
1998	32	17	53%
1999	49	28	57%
2000	68	16	23%
2001	102	20	20%
2002	96	16	17%
合计	382	108	28%

表 1-3 按主要研究领域分类统计的情况

分类 (按研究内容)	国家社科 (项)	局管课题 (项)
体育产业发展理论研究	5	14
体育产业发展现状、对策研究	3	12
体育市场理论研究	2	2
体育市场开发对策研究	1	5
体育竞赛表演市场	3	4
体育健身市场	0	1
体育用品市场	1	3
WTO 对体育产业发展的影响	2	2
奥运经济	3	2
体育俱乐部的经营和管理	0	11
体育场馆的经营管理	1	6
体育消费	1	10
体育赞助	0	2

体育中介	2	5
体育彩票	0	5
体育旅游	2	7
无形资产	0	6
体育保险	0	1
体育传播、电视转播	1	2
体育投资、融资	2	7
体育标准化	0	5
体育产业人才培养	0	2
体育产业统计	0	2
体育经济学学科建设	0	2
合计	29	118

注：统计截止 2002 年

近年来，与本课题研究相关的学术领域及其学术进展，大体反映在以下十个方面：

一、体育产业内涵和外延的研究

关于体育产业内涵和外延的研究，是近年来国内学者讨论较多、也较为充分的一个领域。尽管到目前为止，关于什么是体育产业的争论仍然是见仁见智、莫衷一是，但是不同学术观点的交锋也为进一步科学地探讨这一概念奠定了良好的基础。总体上看，当前在这一问题上的争论，有代表性的学术观点主要有：

其一，体育产业就是体育服务业（张岩，1998）[1]。这种观点认为，所谓体育产业指的就是，以活劳动的形式向全社会提供各类体育服务的行业，是体育服务业的简称。由此把体育产业分为健身娱乐业、竞赛表演业、咨询培训业、体育经纪业、体育旅游业、体育博彩业等。这种观点严格地把体育产业界定在体育运

---

[1] 张岩：《体育经济学》，12 页，成都，四川教育出版社，1998

动本身能够向社会提供服务的范围内。

其二，体育产业就是与体育运动有关的一切生产经营活动（Meek，1997）[1]。这种观点认为，体育产业的本质是体育运动中蕴含的经济价值。用市场经济的手段来挖掘当代体育的经济价值所开展的任何生产经营，就构成存在于现实经济生活中的、事实上的体育产业。因此，体育产业是向全社会提供各类体育物质产品和服务，满足人的多样化体育消费需求的行业，它由体育物质产品的生产和经营与体育服务产品的生产和经营两个部分构成，不仅包括健身娱乐、竞赛表演、咨询培训、体育经纪等服务性行业，也包括体育服装、体育器材、体育食品、体育饮料的生产和经营。所以，这一观点也被称为广义体育产业。

同时，我国体育行政部门也倾向于这一观点，国家体委在1996年颁布了《体育产业发展纲要》。《纲要》把体育产业划分为三类：第一类为体育主体产业（也叫本体产业），指由体育部门归口管理的、发挥体育自身价值和功能的、以提供体育服务为主的体育产业经营活动。如竞技体育产业、群众体育产业、体育教育科技产业、体育彩票和体育赞助等；第二类为体育相关产业，指与体育有关的其他产业的生产经营活动，如体育场地、器材、服装、食品、饮料、广告和传媒的生产和经营；第三类为体办产业，指体育部门为创收和补助体育事业发展而开展的体育主体产业以外的各类生产经营活动。这种分类实际上也支持了广义体育产业的界定。

其三，体育产业就是体育事业中可营利的那一部分（梁晓龙，1998）。这种观点认为，所谓体育产业就是指体育事业中既可以进入市场，又可以营利的那一部分。这是一种从经营经济学和市场营销学的角度对体育产业所作的界定。持这一观点的尽管人数不多，但基本上都是实际从事体育产业开发的人士。

---

① Susan Hafacre（2001）Economics of Sport. Fitness Information Technology, Inc. P.4~5

其四，体育产业就是社会主义市场经济体制下运行的体育事业（鲍明晓，2000）[①]。持这种观点的人认为，体育产业就是社会主义市场经济体制下运行的体育事业，是体育事业由传统的计划经济体制转到社会主义市场经济体制下的称谓。称谓的改变带来的不是体育事业本质属性的扬弃，而是社会主义市场经济对体育事业运作方式和产出成果提出了新的、更高的要求。在计划经济体制下，发展体育事业考虑的只是如何尽可能地增加传统意义上业务成果的产出，如组织竞赛的场次、参加锻炼的人数、金银铜牌的多少和达标率的高低等，只要这些业务成果达到了预定的计划指标，就算圆满完成任务。而在社会主义市场经济体制下，发展体育事业除了要追求"一次产出"之外，还要追求"二次产出"，即把初次产出的、具有良好社会效益的业务成果再转化为可以用实物形态和价值形态计量的经济效益。同时，在计划经济体制下，体育投入完全依赖政府的财政投入，计划手段是体育资源配置的唯一方式，而在社会主义市场经济体制下，体育投入要由政府和社会来共同承担，并逐步过渡到以社会投入为主，相应地也要求市场在体育资源配置中发挥基础性作用。所以，用体育产业来标记社会主义市场经济体制下的体育事业，一是要强调体育事业运作方式的转变；二是要促成体育事业业务成果的二次转化。按照这一逻辑，体育产业就是体育事业，发展体育产业就是要充分发挥市场在各类体育资源配置中基础性作用，切实抓好体育事业各项业务成果的转化，形成符合社会主义市场经济要求的体育成果转化和开发的体系与机制。

二、体育产业在国民经济中的地位和作用的研究

发展体育产业是一种具有当代意识、符合世界潮流的新的体育发展观和服务观。近年来，国内学者研究体育产业在国民经济

---

① 鲍明晓：《体育产业：新的经济增长点》，8~9 页，北京，人民体育出版社，2000

中的地位和作用时大多认为，在宏观经济出现通货紧缩、消费需求和投资需求不旺的经济环境中，体育消费持续火爆，体育市场日渐繁荣，整个体育产业的规模、结构、质量和效益都有了快速的提升。相应地，体育产业在国民经济中的地位和作用也有显著的提升。主要表现在四个方面：①体育产业是国民经济中最具活力的新增长点；②体育产业在优化产业结构，带动其他行业发展方面的作用开始显现；③体育产业在吸纳社会就业方面有独特作用；④体育产业是提高国民素质和生活质量的重要行业。

三、体育产业能否成为国民经济的新增长点

在这一问题上，目前学术界主要有两种观点。

一种观点认为（鲍明晓，2000）[①]，体育产业可以成为国民经济的新增长点。理由是根据经济学理论，一类经济活动或一项产业要成为国民经济新增长点至少应符合三个条件：一是这类经济活动或产业应不在传统行业之列，或虽属传统行业但以往对经济增长的贡献率较低，而现时却表现出极大的增长潜力；二是这类经济活动或产业所提供的产品和服务已经成为全社会新的消费热点，投资者纷纷涌入，产业规模迅速扩大；三是这类经济活动或产业能带动整个产业结构的调整与升级，并能拉动一系列相关产业的发展。而体育产业在理论上符合这三个条件。一来它是新兴的朝阳产业，不在传统行业之列；二来体育消费已经在国内外成为一个新的社会消费热点和投资热点；三是体育产业是一个上游产业，它的发展不仅能带动第二产业中的一系列相关行业的发展，而且能带动第三产业中相当一部分行业的发展，对整个产业结构的优化有一定的作用。因此，体育产业应该，同时也必然会成为我国国民经济的新增长点。

另一种观点认为（谢琼桓，2000）[②]，我国体育产业目前还

---

① 鲍明晓：《体育产业：新的经济增长点》，45页，北京，人民体育出版社，2000
② 谢琼桓：《体育产业新的体育发展观》，《中国体育报》，2000年7月24日

不能称之为国民经济新增长点。理由是：首先，全社会对体育消费品的购买力还难以在短时间内大幅提高。农村人口占多数和国民整体的低收入，决定了体育消费在一段时间内，还难以达到一个足以推动体育产业成为国民经济新增长点的水平。其次，我国体育健身娱乐市场目前主要还是地区性或区域性市场，在广大的中西部，体育健身娱乐市场还没有真正形成，即使在城市中有一些，大多也是有场无市；而体育竞赛表演市场则主要还是季节性或时段性市场，并且受非经济因素的影响较大，表现出相当大的不稳定性。体育产业两个主体市场现有的发育水平和实际的市场规模也表明我们还有相当长的路要走。再次，体育产业只有先成为第三产业中的新增长点，才有可能最终成为整个国民经济的新增长点。而要达到这样的水平也是短期内难以企及的。所以从整体上讲，我国体育产业目前还没有成为真正意义上的国民经济的新增长点。

四、体育市场分类、发展重点和路径选择的研究

关于体育市场分类，目前主要观点是：从逻辑关系上看，消费决定市场，有什么样的消费就有什么样的市场。体育消费有体育物质产品的消费和体育服务产品的消费两类，体育市场由此也可以分为体育物质产品市场和体育服务产品市场两类，其中后者又可以细分为健身娱乐市场、竞赛表演市场、体育中介市场、体育旅游市场、体育培训市场、体育媒体市场、体育博彩市场和体育保险市场等。

关于我国体育市场发展的重点，目前国内学者普遍认为应把体育用品市场、健身娱乐市场、竞赛表演市场和体育中介市场作为重点。在体育市场发展路径选择上，则认为应以坚持以少数首位型城市为核心，以长江三角洲、珠江三角洲和京津地区为先导，以经济快速发展的城市带为重点，走以城市带动农村的发展道路。具体说来，可以分为三类。第一类是核心地区：以上海为

核心的长江三角洲地区，以香港、深圳、广州为核心的珠江三角洲地区，以北京、天津为核心的京津唐地区；第二类是重点地区：以沈阳、大连为中心的辽东半岛，以济南、青岛为中心的胶东半岛城市带，福建省的福厦漳地区，四川成渝地区，湖南的长株潭地区，湖北的江汉平原地区以及河南中部地区；第三类是辐射地区：全国其他中小城市和部分富裕农村地区。

五、体育消费研究

近年来国内学者在体育消费问题的研究方面除了做了一些区域性的实证研究之外，重点探讨了我国的体育消费能否在近期有一个较快的增长。

持否定意见的学者认为（刘伟，1999）[1]，体育消费近期不会有较快增长，主要理由有三点：一是当前我国经济增速减慢，失业率就上升。在这种情况下，体育消费不可能出现繁荣的态势。二是从发展阶段上看，我国处在工业化加速时期，这个时期经济发展最突出的特点是经济的增长主要依靠工业化。也就是说，在工业化没有完成时，一个国家的经济增长主要依靠工业的拉动，依靠制造业来发展，只有到了后工业化时代，它的经济增长主要源泉才可能来自第三产业。这就是说，体育消费只有到了后工业化时代才可能真正活跃。三是从恩格尔系数上看，我国目前还处于从温饱向小康过渡时期。体育消费只有到了富裕状态，也就是恩格尔系数降到40%以下，才可能有快速增长。

持肯定意见的学者认为（马晓河，1999）[2]，我国体育消费近期会有一个较快的增长，主要理由也有三点：一是中国的人均GDP估计过低。通过比较，中国目前消费结构相当于3000美元的水平，即目前中国人均GDP实际水平应乘以现在GDP的3

---

[1] 国家体育总局体育经济司汇编：23页，《现代经济与体育产业》，1999
[2] 同上，54页

倍。从这一点上讲，我国目前的消费应处于一个人均 GDP3000 美元的水平，处于这一收入水平的社会，体育消费应该是旺盛的。二是中国目前的消费水平，城乡间和地域间的差距特别大。上海人均 GDP 已达四千多美元，北京人均 GDP 也已超过 3000 美元。三是中国长期实行计划经济体制，城市化发展和第三产业发展相对滞后。随着工业化进程的不断加速，城市化水平将越来越高，第三产业所占的比重将越来越大，体育消费拓展的空间和发展速度也会随之不断加大。

应该说，上述两种观点都有一定的道理，否定意见讲的是一般性、普通性，肯定意见讲的是特殊性、个别性，实际上两种观点都承认一个共同的前提，即需求结构的变化会带动消费结构和产业结构的变化，体育消费是顺应我国社会消费结构变化规律的、有增长潜力的服务性消费，它在未来的持续发展是必然的、不可逆转的。

六、体育经纪人制度研究

体育经纪人是体育产业中十分重要的中介机构，是活跃各类体育市场必不可少的润滑剂。近年来围绕体育经纪人制度展开的研究主要反映在两个方面：一是国家体育总局政策法规司通过重点委管课题立项资助开展了发展我国体育经纪人的对策研究（马铁，2002）[①]。该研究较为系统地评介了欧美体育经纪人制度及其管理特点，调查了我国体育经纪人的现状，并在此基础上提出了发展我国体育经纪人的政策建议。二是国家体育总局体育经济司会同国家工商局开展《体育经纪人管理办法》的立法调研工作，拟订了《体育经纪人管理办法》（草案），并在北京市、广东省、上海市、江苏省进行了体育经纪人培养、资格认证的试点工作。《体育经纪人管理办法》有望近期正式颁布。

---

① 马铁：《体育经纪人》，68 页，北京，中国经济出版社，2002

七、体育无形资产开发的研究

近年来，围绕体育无形资产开发国内学者做了多方面的研究（周旺成，1996；鲍明晓，1998；钟秉枢，2002；邱招义，2003）[①]，主要研究成果反映在三个方面：一是对体育无形资产内涵和外延进行了初步界定。大多数学者认为，所谓体育无形资产是指存在于体育运动中具有体育特质、受特定主体控制的，不具有实物形态，能持续地为所有者和经营者带来经济效益的资产。其外延包括：①各级各类体育竞赛表演活动的举办权和专有经营权；②各级各类体育组织、体育团队的名称与标志的专有权、特许使用权和经营权；③体育专利申请权和实施权；④体育专有技术的发明权、使用权、转让权和其他体育科技成果权；⑤体育彩票的发行权、专营权和销售权；⑥体育场馆、设备的租赁权、土地使用权；⑦体育组织、团队和名人的声誉；⑧在职体育名人的广告权、代理权；⑨体育行政部门认定的体育类促销获利因素；⑩法律、法规规定的或国际惯例承认的其他体育无形资产。二是对体育无形资产的分类进行了初步的探讨，对体育无形资产的特征进行了归纳，对国有体育无形资产所有权进行了界定。三是对体育赞助、体育活动的电视转播权、大型赛事无形资产开发等问题进行了一系列的实证研究（张丽，2000；何慧娴，2003），[②]取得了一些对体育产业开发实践有实际指导意义的科研成果。

---

① 周旺成：《体育无形资产的开发与管理》，《北京体育大学学报》，1996（2），16 页

鲍明晓：《关于体育无形资产的若干理论问题》，《北京体育大学学报》，1998（1），8 页

钟秉枢：《我国竞技体育职业化若干理论问题探讨》，《北京体育大学学报》，2002（2），2 页

邱招义：《中国奥委会无形资产开发研究》，《北京体育大学学报》，2003（3），23 页

② 张立：《体育电视转播权的研究》，《体育软科学研究成果汇编》，135 页，2002

何慧娴：《无争议规则与有争议实践》，《国家体育总局领导干部理论学习论文集》，41~56 页，2001

八、体育产业统计指标体系的研究

缺乏体育产业统计指标体系是制约体育经济学学科发展的瓶颈，近年来国内部分省市和学者对体育产业统计指标体系进行了研究（赵时杰，1999；林显鹏，2000）[①]，目前，已有北京市、上海市、江苏省、浙江省、四川省、安徽省、云南省开展了这一方面的研究，初步的研究成果已经在本地区体育产业统计中加以应用，但是，鉴于在体育产业概念的内涵和外延上认识不统一，现有的成果尚难以在全国应用。目前由国家体育总局体育经济司承担的国家哲学社会规划课题《我国体育产业统计指标体系的研究》有望在这一方面取得突破。

九、体育俱乐部问题研究

体育俱乐部问题是近年来学术界较为关注的一个研究领域，政协全国委员会教科文卫体委员会连续两年就体育俱乐部问题作了专题研究，对我国体育俱乐部的现状进行了调查，对体育俱乐部的作用及目前存在的问题进行了分析，并在此基础上提出了发展我国体育俱乐部的对策和建议。同时部分学者还分别就体育俱乐部的分类、国外体育俱乐部的现状及发展趋势、我国足球与乒乓球等项目职业体育俱乐部的现状及存在的主要问题，以及职业体育俱乐部的产权界定、投资和融资等问题进行了专门研究（谭建湘，1998；周进强，2000；张林，2002）[②]。

① 赵时杰：《体育产业统计指标改革研究》，《体育软科学研究成果汇编》，25 页，1999
　　林显鹏：《我国体育产业统计指标及其实施方案的研究》，《体育软科学研究成果汇编》，155 页，2000
② 谭建湘：《我国高水平体育俱乐部的现状与发展研究》，《中国软科学》，1998（6），104 页
　　周进强：《关于我国体育俱乐部管理制度的研究》，《体育软科学研究成果汇编》，69 页，2000
　　张林：《职业体育俱乐部运行机制》，北京，人民体育出版社，2002

这些研究成果为建立和完善有中国特色的体育俱乐部制作了必要的理论准备。

十、关于社会主义市场经济条件下我国的体育运行机制

建立什么样的体育运行机制，一种意见认为（鲍明晓，1998）[①]，在社会主义市场经济条件下，体育应纳入市场经济的范畴。体育改革的目标就是建立以市场机制为主的体育运行机制，使市场成为体育资源配置的基础。另一种意见认为（张岩，1999）[②]，在社会主义市场经济条件下，我国的体育运行机制应该是计划机制（非市场机制）与市场机制并存与结合的运行机制。具体包括三种类型：一是市场机制。如自主经营的体育经营实体，市场机制在其运行中起支配作用；二是非市场机制型。由财政拨款和体育行政部门直接管理的体育事业单位，在其运行中计划机制仍起支配作用。完成政府部门规定的任务是这些体育事业单位的主要职责；三是半市场机制型。实行差额预算、自收自支、企业化管理的事业单位，依据其开展业务和接受任务的不同性质，计划机制和市场机制在不同范围内、不同程度上发挥重要作用。

关于体育市场化的程度与范围，有的论文提出（张岩，1998）[③]，对于体育事业的不同部分和不同运动项目，要区别情况来确定其市场机制作用的强度和市场化程度。例如，竞技运动中某些观赏不强、观众较少、市场需求不旺、自我发展难度较大的奥运项目，应当以计划机制为主进行运转。某些观赏性强、观众多、竞赛活跃、市场需求旺盛、经济收益较好的项目，可以逐渐弱化计划机制，强化市场机制，最终转变为以市场机制为主。

---

① 鲍明晓：《体育概论新修》，96 页，北京，首都师范大学出版社，1998
② 张岩：《体育经济学》，64 页，成都，四川教育出版社，1998
③ 同②，78 页

其中，有的项目在条件具备时可以实行职业俱乐部制，由半职业化俱乐部逐步过渡到完全按市场机制运转的自主经营的职业俱乐部。同时，相当一部分学者认为，我国体育市场化与非市场化的比重，市场机制与非市场机制作用的范围和强度，应随着市场经济的发展，社会对体育需要的增长，体育市场的扩大，以及体育事业自身矛盾的展开而不断变化。总的趋势是体育市场化程度将逐步提高，市场机制作用将会逐步增强。

第三节　研究目的与任务

一、研究目的

本课题的研究目的是，采用多学科的系统研究方法和定量与定性相结合的实证分析方法，对体育产业的基本理论问题进行梳理，对国内外体育产业的形成脉络与发展趋势进行分析，对现阶段中国国情国力与体育产业发展的互动关系进行研究，对中国"入世"和北京举办2008年奥运会对体育产业的影响进行论证，对适合我国国情的体育产业行业管理模式进行探讨，并在此基础上提出"十一五"期间我国体育产业发展战略构想。通过上述问题的研究，希望能初步建立我国体育产业分析的基本理论框架。

二、研究任务

本课题的具体研究任务主要有以下几个方面：

（一）基本理论研究。对体育产业理论分析中的一些元概念，如体育产业、体育市场、体育消费、体育产业统计指标体系的概念、构成、基本特征等基本问题进行清算和梳理。

（二）对国外体育产业的起源及演变规律进行研究。探讨体育产业与不同经济发展阶段的互动关系，揭示西方发达国家体育产业成长规律以及发达国家体育产业发展经验对我国的启示。

（三）我国体育产业现状研究。以实证调查数据为基础，重点研究我国体育产业的形成，现有的规模、结构、质量和效益，取得的成绩与存在的不足，我国体育产业国际比较等问题，力求准确、客观地反映我国体育产业的发展现状。

（四）我国体育产业发展的国情分析。主要对我国体育产业发展阶段进行科学的定位，同时提示我国经济发展与社会发展的主要指标与体育产业发展的互动关系，并对我国体育资源状况进行分析，从国情国力的基本面上分析我国体育产业发展的现实基础和未来前景。

（五）加入"WTO"对我国体育产业的影响。主要研究 WTO 关涉体育产业的内容，中国加入世界贸易组织给我国体育产业带来的机遇和挑战，以及在"入世"的背景下如何加快我国体育产业的发展。

（六）2008 年奥运会对我国体育产业的影响。主要研究近 5 届奥运会的经济效益，北京举办 2008 年奥运会对中国经济、首都经济以及我国体育产业的影响。

（七）我国体育产业行业管理规范化研究。根据体育产业的特征和现时的阶段特征，找出解决当前我国体育产业行业管理中存在的职能交叉、管理行为失范的问题，分析国外体育产业行业管理的现状与特点，提出符合中国国情的体育产业行业管理模式。

（八）"十一五"期间我国体育产业发展战略研究。重点研究发展目标的设定、发展重点的选择、发展模式和发展路径的创新以及对策措施等问题。

第四节 研究方法与技术路线

一、研究方法

本研究采用的主要研究方法有：

（一）文献资料研究法

运用现代化检索手段查阅、整理分析国内外有关体育产业、体育市场、体育消费等方面的研究资料以及国内外不同历史时期的经济社会发展的统计资料，同时清理我国现有的有关体育产业的政策法规。

（二）调查法

1. 体育产业统计调查。本人正在参与一项由国家体育总局体育经济司主持的"全国体育产业统计调查"的课题，本人承担统计报表的设计、汇总和统计处理工作，这项工作能使本课题得到全国体育产业的产值、增加值、不同地区体育产业发展状况，以及我国体育产业结构、业态等方面的数据。

2. 召开小型专家座谈会。分别就我国体育产业现状、"入世"和 2008 年奥运会对我国体育产业发展的影响，未来 6 年我国体育产业发展战略以及如何规范我国体育产业的行业管理召开了小型专家座谈会。

3. 实地调查。根据课题研究的实际需要，在国内分别对北京、上海、广东、四川、云南、安徽、浙江等省市体育局以及下属企事业单位进行了调查和访谈，并选取职业化程度较高的 CBA 联赛作为运动项目产业化典型调查项目，分别对中国篮球协会以及 CBA 所属的 12 家职业俱乐部进行了实地考察。同时，本课题还根据需要分别于 2004 年 2 月对美国的 NBA 总部、洛杉矶湖人队、休斯敦火箭队、达拉斯小牛队、纽约尼克斯队以及 NCAA 总部进行了实地调查。2004 年 6 月对法国进行了调查，考察了法国网球协会举办罗兰加洛斯法国网球公开赛的运作经验，AMAURY SPORT ORGANISION 集团主办环法自行车赛的经验，法兰西国家体育场转交私人公司经营经验，以及法国赛艇协会组织与运作经验。2004 年 10 月对澳大利亚体育运动委员会进行了访问，了解了该国体育产业的发展情况。

（三）数理统计法

对一般经济参数进行了常规的统计和分析（所有统计计算均采用 SPSS 统计软件）。

（四）系统分析比较方法

运用系统科学的方法，把实证分析与规范分析、定量分析与定性分析有机结合。

二、技术路线

本研究以相关研究综述为逻辑起点，以体育产业基本理论问题的梳理为分析前提，以国内外体育产业的调查与分析为研究基础，以国情国力、"入世"和 2008 年奥运会对体育产业发展影响的分析为约束条件，最终提出我国体育产业的行业管理模式和 2010 年体育产业发展战略的构想（图 1-1）。

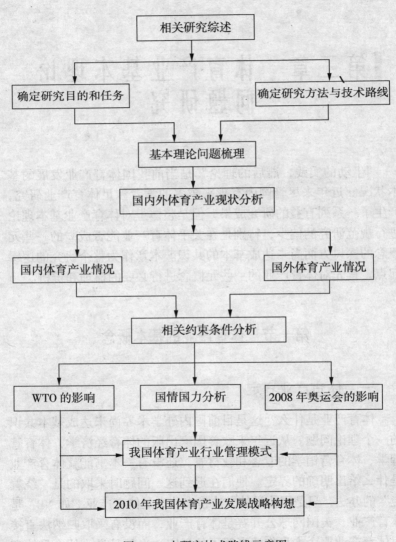

图 1-1　本研究技术路线示意图

▎第二章 体育产业基本理论问题研究

"生动的实践，滞后的理论"是当前我国体育产业发展的基本状况。近年来尽管国内有越来越多的学者涉足体育产业研究，产生了一系列有益的研究成果，但是整体上对体育产业基本理论进行规范研究的偏少，特别是在关乎体育产业能否成立的一些元概念的探讨方面尚未达成基本的共识。本章作为整个研究的逻辑起点，首先对体育产业的一些元概念进行必要的梳理和辨析。

第一节 体育产业的基本概念

一、体育产业界定

体育产业是什么？这是目前国内外学术界尚未达成基本共识的一个理论问题。从近年来欧美国家出版的体育经济学、体育管理学、体育营销学的专著和教材看，还没有一本书能就体育产业是什么给出明确的界定。他们在遇到这一问题时采取的是"绕着走"的办法，只是用枚举的方法指出什么是体育产业，如 NBA 是体育产业，美国网球公开赛是体育产业，而没有采取归纳法直接对体育产业概念本身作清晰明了的界定。也就是说，什么是体育产业他们可以例举，但体育产业是什么他们也说不清楚。

国内学者对体育产业概念的追问，我在 2000 年出版的《体育产业：新的经济增长点》①一书中已经对有代表性的四种观点作了详细的评述。从总体上看，国内学者在阐释体育产业概念时受体育事业转型和体育产业发展水平的影响，主要着眼于体育管理体制的改革和运行机制的转换，从体育事业与第三产业的关系、体育事业与体育产业的关系以及社会主义市场经济体制下体育事业如何有效运行的角度对体育产业作概念化抽象。所以给出的界定更多的是基于当前工作的操作性定义，而不是学理范畴的规范定义。

随着我国进入全面建设小康社会新的历史时期和北京举办 2008 年奥运会的日益临近，我国体育产业将面临难得的发展机遇和巨大的消费需求，体育产业实践也必将随之不断丰富和发展。因此，无论是从抓住机遇、加快发展的角度，还是从应对挑战、规范发展的角度，现在已到了我们应该对体育产业概念本身作必要的理论清算和理性追问的时候了。

界定体育产业涉及两个关键词，一个是体育，一个是产业。一般认为体育是人们有目的、有意识参与的一种身体活动。《韦氏词典》对体育的定义是"消遣娱乐的一个源泉或是为欢娱而从事的一种身体活动"。体育从本质上讲属于文化范畴。产业一般是指市场上生产同类产品的企业集合体。《产业经济学》（苏东水. 第 1 版，北京高等教育出版社，2000）对产业的界定是"具有某种同类属性的企业经济活动的集合"。产业属于经济范畴。体育与产业的叠加与融合，一方面使体育的文化范畴衍生出经济维度，另一方面也使得产业的经济范畴衍生出文化维度。因此，体育产业这个"新生儿"既不能单纯地跟着"父亲"——体育姓文化，也不能单纯地跟着"母亲"——产业姓经济，而应该有自己的姓，那就是文化经济。这个姓就是体育产业的质的规定性。

明确文化经济是体育产业的本质属性，对于科学界定体育产

---

① 鲍明晓：《体育产业：新的经济增长点》，6~9 页，北京，人民体育出版社，2000

业概念至关重要。首先，这一定位明确了体育产业是文化与经济互动与融合的产物，单纯的文化视角或经济视角都不能摄取体育产业的全貌。其次，体育产业是大文化经济的组成部分，是文化娱乐业的新业态，是一类具有相似特征的经济行为的聚合体。阐释体育产业概念就是要指出什么是这样的经济行为，并对这种经济行为作概念化的抽象。

体育产业是近现代人类经济社会出现的一种新的产业形态，它是体育运动由原来的自给自足的自为模式向组织化、生产化、消费化和营利化的产业运营模式转变的产物。而这种转变最显著的特征就是体育商品，包括体育物化商品和体育服务商品的大量涌现，以及大众体育消费的活跃和体育专业化市场的形成，体育商品的生产者、推广者（promoter）、经营者和消费者组成了一个完整的产业链，并对一个国家或地区的经济总量和结构产生影响。因此，我们认为，所谓体育产业就是指生产和经营体育商品的企业集合体。发展体育产业就是要搞活体育商品的产供销，并使这一类经济行为对拉动经济增长，促进产业结构调整与升级，扩大就业渠道和增加就业岗位，以及提升国民素质和生活质量方面发挥实际的作用。

二、体育产业分类

目前国内外学者对体育产业概念的界定尚未达成基本的共识，因此在体育产业如何分类的问题上也是见仁见智、莫衷一是。

国内关于体育产业分类有代表性的观点源于国家体育总局1996年颁发的《体育产业发展纲要》，该《纲要》把体育产业分为三类：第一类为体育主体产业（也叫本体产业），指由体育部门归口管理的、发挥体育自身价值和功能的、以提供体育服务为主的体育产业经营活动。如竞技体育产业、群众体育产业、体育教育科技产业、体育彩票和体育赞助等；第二类为体育相关产业，指与体育有关的其他产业的生产经营活动，如体育场地、器材、服装、食品、饮料、广告和传媒的生产和经营；第三类为体办产业，指体育部门为创收和补助体育事业发展而开展的体育主体产业以外的各类生产经营活动。

这种分类显然是站在部门管理的角度对体育产业所做的分割，它隐含的分类标准实际上是根据体育部门是否管得着。第一和第三类是体育部门管得着的，第二类是体育部门管不着的。因此，这样的分类很难说得上科学和合理。

国外关于体育产业分类有代表性的观点主要有三种：一是皮兹模式（Pitts, 1994）[①]。该模式把体育产业分为体育表演（Sport Performance Segment）、体育生产（Sport Production Segment）和体育推广（Sport Promotion Segment）三个亚类。二是米克模式（Meek, 1997）[②]。该模式把体育产业分为体育娱乐（Sports Entertainment）、体育产品（Sports Products）和体育支持性组织（Sports Support Organizations）三个部分。三是苏珊模式（Susan, 2001）[③]。该模式把体育产业分为体育生产（Sport Producing Sector）和体育支持（Sport Supporting Sector）两个大类，其中体育支持类又进一步细分为6个子类，即联邦和地方政府内相关的体育机构、各级种类的体育协会、体育管理公司、体育媒体、体育用品的制造和销售以及体育设施的建设与运营。

从这三种分类观点看，国外学者对体育产业的分类主要是基于体育运动在当代西方社会经济条件下的现实的生存与运作方式。体育产业在西方是被普遍认知为向市场提供体育娱乐产品的行业，国外学者对这一行业所作的分类基本上也是按照体育娱乐产品的生产、营销和组织管理的业务流程作的细分。因此，尽管不同学者所作的分类在表述上略有差异，但在分类的思路上基本是相近的，即按照体育娱乐产品生产与管理的流程把体育产业细

---

① Susan Hafacre（2001）Economics of Sport. Fitness Information Technology, Inc.P5
② 同上，P4
③ 同上，P5~8

分为生产子系统、营销子系统和支持保障子系统三个部分。

对体育产业进行分类可以有多种标准，至于哪一种标准更科学，一是要看分类标准是否具有学理上的合逻辑性，即概念与分类要有内在的逻辑关联，要符合事物的本质属性；二是要看分类标准是否具有应用上的引导性和可操作性，即分类的目的在于应用，所作的分类应该有利于引导和推动体育产业实践的发展。基于这样的认识，本文主要采用两种标准对体育产业进行分类。

第一种标准是根据体育商品不同的性质对体育产业进行分类。按这种标准体育产业可以分为提供体育服务产品的体育服务业和提供体育物质产品的体育配套业。其中体育服务业可以细分为健身娱乐、竞赛表演、体育中介、体育培训、体育博彩、体育媒体、体育旅游、体育康复保健等；体育配套业可以细分为体育服装、体育鞋帽、体育器材、体育食品、体育饮料、体育建筑等（图 2-1）。这种分类方法的优点是，体育产业的概念与分类有内

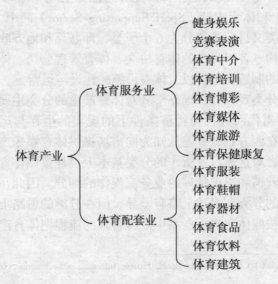

图 2-1　根据体育商品性质分类示意图

在的逻辑关联，学理上有合逻辑性。同时，在应用上也具有可操作性，有利于分类来培育、发展和管理各类体育市场。

第二种标准是根据体育产业链上下游关系对体育产业进行分类。按这种标准体育产业可以分为上游产业、中游产业和下游产业。其中上游产业是体育产业的原产业，反映体育产业的原生态，它包括健身娱乐业和竞赛表演业；中游产业是直接为健身娱乐业和竞赛表演业服务的支持性产业，它包括体育中介、体育培训、体育媒体、体育保健康复、体育服装、体育鞋帽、体育器材、体育场馆运营等；下游产业是间接为上游和中游产业服务的相关产业，但缺少这些产业也不会影响原产业的生存和运作，它包括体育食品、体育饮料、体育旅游、体育博彩、体育建筑、体育房地产等（图2-2）。

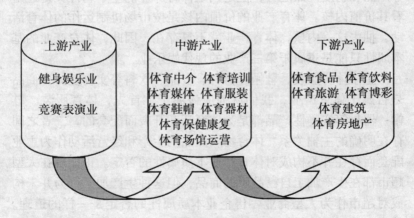

图2-2　根据体育产业链分类示意图

这种分类方法的优点是，阐明了体育产业是以体育活动为原点的生产、经营和开发的产业链。在市场经济条件下，发生在群众体育领域里的体育活动由于组织方式和参与方式的变革产生了健身娱乐业，发生在竞技体育领域里的体育活动由于竞赛组织的商业化和运动员、教练员、裁判员的职业化产生了竞赛表演业。而围绕这两个主业的经营又产生了一系列的配套性的衍生产业。因此这种分类方法告诉我们，发展体育产业一定不能舍本逐末，必须把两大主业作为发展的重中之重，这是整个体育产业的源头活水，只有上游产业做优、做强、做大，中游和下游产业才能顺势继发，整个体育产业链才有内在的活力和张力。

三、体育产业属性

体育产业是市场经济条件下体育活动组织专业化、参与消费化、运作营利化孕育的新型产业形态。它的内核是按照市场机制来运作的体育活动，外显形式是体育商品的大量涌现、体育商品生产和经营企业在数量与规模上的不断扩张。尽管体育商品有服务产品和物质产品之分，但是判定体育产业的基本属性关键还是看其价值内核。体育产业的价值内核是按市场机制运作的体育活动，抽去这一内核，体育产业就不复存在，因此，体育产业的基本属性只能是隶属于第三产业的现代娱乐业。

至于体育服装、鞋帽、器材、食品、饮料等实物性体育商品是否属于体育产业，我们认为应该属于。首先，体育服装、鞋帽、器材等实物性产品都是为体育活动开展而配套的，二者之间存在明确的主辅关系。体育物质产品的生产和经营活动作为主业配套而存在并不构成对体育产业本质属性的否定。正如现在大型超市都在生产加工自己品牌的商品，但这种生产加工行为并未构成对超市作为大型商业零售企业本质属性的否定是一样的道理。其次，从国际比较的角度看，目前世界上还没有一个国家把体育服装、体育鞋帽、体育器材的生产经营活动排斥在体育产业之外。国外学者认为[1]，判定体育服装、鞋帽、器材这样的实物产

---

[1] Sport England（2003），the value of the sports economy in England, Cambridge Econometrics, P20

品是否应该算作体育产业，关键看两个要素，一是使用这种产品的意图（intended use），二是这种产品的最终市场（final market of each particular product）。使用体育服装、鞋帽、器材的目的是为了体育活动，同时这类产品的最终市场也是体育消费市场，因此，没有理由把它们排斥在体育产业之外。最后，发展体育产业的根本目的是培育国民经济新的增长点，使之对一国经济有质量的增长发挥独特的作用。把与主业配套的实物性产品涵容在体育产业之内，有利于按照产业链来统筹规划整个产业的生产与运营，发挥新兴产业在改造和提升传统产业，特别是在拓展传统产业生产和经营空间方面的独特作用。

所以，对体育产业基本属性的理解要透过现象看本质，一方面要坚持娱乐业是体育产业的基本属性，是质的规定性；另一方面也不能把体育产业限定在只提供体育服务产品的一维空间，割裂产业上下游之间的天然联系。只有这样，我们才能在真正意义上把握体育产业的本质，促进和加快体育产业的培育与发展。

四、发展体育产业的当代价值

在全面建设小康社会新的历史时期，加快培育和发展我国的体育产业是时代的要求，它契合经济发展、社会繁荣和体育事业转型与可持续发展的多重需要，有着十分显著的当代价值。这种价值主要体现在以下三个方面：

（一）发展体育产业的经济价值

体育产业作为大文化产业的有机组成部分，对构建新型服务业和现代娱乐业有直接的促进作用。发展体育产业的当代经济价值，除了学者们普遍认可的它作为国民经济新的增长点具有拉动经济增长、促进产业结构调整和带动国民就业方面的作用之外，还突出表现在它能有效化解当前中国经济运行中的两大突出矛盾。

一是资本效率排斥劳动效率的问题。改革开放以来，特别是

20 世纪 90 年代以来，随着我国产业结构调整步伐的不断加快和用信息化来改造、提升传统产业振兴战略的逐步实施，全社会固定资产投资规模不断扩大，国民经济各行业的资本有机构成显著提高。但是，伴随着固定资产投资规模的不断扩大和资本效率的不断提高，单位投资所带动的就业人数却呈显著的递减趋势。据统计"1995~2002 年期间，我国城镇失业率从 4.0%提高到 6.1%，劳动参与率从 72.9%下降到 66.5%。"① 而要解决这个问题就要大力发展现代服务业，特别是像体育产业这样的既能提高资本效率又能提高劳动效率的新兴产业。欧美国家高度重视体育产业的发展，一个重要原因就是体育产业在带动国民就业方面有许多行业不具有的优势。目前发达国家在体育产业中的就业人数一般都占本国就业总量的 1%~2%，德国、英国和加拿大占 2%，法国占 1.2%，最低的意大利也占 0.9%。试想一下，如果在我国体育产业中的就业人数能够达到全社会就业总量的 1%，按照国家统计局公布的（截止 2002 年底）全社会就业总量 7.374 亿人，1%就是 737.4 万人，那么体育产业对中国经济增长的贡献就将是巨大的。因此，通过大力发展体育产业来化解资本效率排斥劳动效率的矛盾是一条已经被发达国家所证明的可行的战略选择。

二是收入差距不能转化为消费的差距。近年来我国经济运行中的另一个突出矛盾是国民收入分配呈现两极分化的趋势，基尼系数突破国际公认的警戒线，达到 0.458。基尼系数的不断提高带来的最直接的问题就是内需不旺，特别是居民消费水平持续疲软。而内需拉不动，一方面与农村居民和城市贫困居民近年来收入增长缓慢，无钱扩大消费有关；另一方面也与高收入阶层有钱无处花有关。前者已得到政府和学界的高度关注，近年来各级政府在增加农民和城市贫困居民收入方面已采取了一系列措施，取得了一定的效果。但是相比而言，后者并未得到政府和学界的广

---

① 蔡昉等：《就业弹性、自然失业和宏观经济政策》，《经济研究》，2004（9）

泛关注。从纯经济学的观点看，对于扩大居民消费需求，增加低收入人群的收入和让有钱人把钱花出去同样重要。现在的问题是，国民整体的收入差距不能转化为消费的差距，高收入人群在消费支出的总量和结构上与中产阶级，甚至与普通民众没有显著的差异。而造成高收入人群有钱花不出去的主要原因是，目前国内消费市场上适合富人消费的产品和服务存在着明显的有效供给不足。汽车、住房对富人们来说早已是"昨日黄花"，而真正能撬动他们钱袋的消费项目是能够提高生命质量和生活质量的高档健身消费、高档娱乐消费、运动探险和体育博彩等消费项目。发达国家的经验表明，体育消费是有钱人生活消费中增长最快，也最为稳定的支出项目，冬季滑雪、夏季航海、平日高尔夫已经成为富人们标志性的生活方式。因此，发展体育产业，建立高中低档并存的体育健身娱乐服务体系，对于拉动有钱人的消费、化解收入差距不能转化为消费差距的矛盾有着独特的作用。

（二）发展体育产业的社会价值

在现代社会，体育产业的存在不仅具有显著的经济价值，也具有明显的社会价值，这是由体育产业作为现代娱乐业的本质属性所决定的。体育产业的社会价值，除了一般意义上的它能起到丰富人民群众的文化娱乐活动、提高人的生活质量和身心素质、增进人际交流、促进人的社会化和社区文化建设等方面的功效之外，在当今的中国，发展体育产业还有两个十分重要的社会价值。

一是发展体育产业是全社会反贫困的重要手段。反贫困是中国社会在社会主义初级阶段都将面临的一项社会发展任务。改革开放以来，各级政府采取了经济扶贫、科技扶贫、文化扶贫、教育扶贫等多种手段解决贫困问题，取得了国际公认的辉煌业绩。但是，在反贫困实践中有一种现象还十分普遍、十分尖锐，那就是"因病致贫""因病返贫"的问题。本不属贫困人口的居民因病致贫和已经脱离贫困线的居民因病返贫，再加上中国的宗亲文化，往往是一人得病全家甚至是多家致贫和返贫，这就客观上增加了全社会反贫困事业的难度。体育产业从一定意义上讲是社会主义市场经济条件下运行的体育事业，发展体育产业最根本的任务就是要在全社会建立健全全民健身服务业，要在保障全体居民享有基本体育服务的基础上，通过培育体育服务市场，为老百姓提供价廉物美的多样化、个性化的体育服务产品，让大众能切切实实地分享到体育改革与发展的成果。反贫困事业的艰巨性决定了反贫困必须综合治理，要采取包括体育在内的政治、经济、文化等多种手段综合施治。从这层意义上讲，在"因病致贫""因病返贫"还比较普遍的情况下，发展体育产业也是全社会反贫困实践中必须善加利用的有效手段之一，而体育产业的当代社会价值也表现于此。

　　二是发展体育产业是全面建设小康社会的现实需要。全面建设惠及十几亿人的小康社会，与温饱阶段相比，最大的不同在于建设内容上二者具有质的差异。温饱阶段是解决吃得饱、穿得暖和居者有其屋的问题，而全面建设小康社会的新阶段是要解决温饱之后提高老百姓生活质量的问题。从需要层次上看，温饱阶段是保障公民能够满足基本生理需要的阶段，而全面建设小康社会阶段是要在一定程度上满足人们享受和发展需要的阶段。体育产业是以提高消费者生命质量和生活质量为卖点的新兴服务业，体育产业的发展与壮大不仅表现为经济的增长，而且也表现为社会的进步与繁荣。发达国家的经验表明，生活是否小康最直接、最生动的指标就是看体育是否"飞入了寻常百姓家"，体育消费是否已经在居民生活消费中有一定的比重。如果老百姓生活方式中有体育，体育消费已经成为他们日常生活消费的组成部分，那么用不着看 GDP、人均收入和人均消费水平这样的经济指标也可以判定这个国家或地区已经整体上达到小康。因此，引导体育消费、培育体育市场、发展体育产业是全面建设小康社会的现实需要，对于当下的中国具有显著的社会意义。

（三）发展体育产业的体育价值

发展体育产业除了具有带动经济增长和社会进步的显著作用之外，还有一个中国社会独有的价值，那就是它可以促进体育事业管理体制的改革和运行机制的转换，推动体育事业实现可持续发展。这一点是中国发展体育产业与其他国家发展体育产业最大的不同，换句话说，其他国家的体育产业只有发展的任务，而中国的体育产业既有发展的任务也有改革的任务。因为中国体育产业发展的起步阶段不可避免地要和体育事业管理体制改革与运行机制转换交织在一起，互动前行。一方面体育产业的发展促进体育管理体制改革与运行机制转换，另一方面体育管理体制改革与运行机制转换为体育产业发展释放出必要的动力和成长空间。体育产业的发展对体育事业可持续发展的价值主要表现以下五个方面：

一是提供动力。体育事业的发展需要动力，而推动体育事业发展的动力源于这项事业满足政府需求和市场需求能力。20 世纪后半叶的中国体育发展主要是通过满足政府需求来获得动力的。但是随着体育事业规模的不断扩大和结构的日益复杂，中国体育发展如果仍然靠满足政府需求来获得动力就会出现明显的动力不足，因此 21 世纪体育事业能否实现可持续发展，很大程度上取决于能否找到新的动力源，即在继续满足政府需求的基础上通过满足市场需求来获得新的推动力。而要通过满足市场需求来获得动力就必须大力发展体育产业，只有体育产业真正发展起来了，新世纪体育事业才能在财政和市场的双轮驱动下快速前行。

二是扩充增量。当今的中国是在社会主义初级阶段的历史条件下办世界上最大规模的体育事业。与 13 亿人口基数相比，我国体育事业现有的发展规模不是大了，而是远远不能满足需要。问题在于，要扩大规模就必须解决增量投入问题。我国现有的体育存量主要是政府多年财政投入的积累。新世纪体育事业如果仍然单纯地依靠政府来不断地增加财政投入，扩大规模，既不现实也不可能。而现实又可行的办法就是加快体育产业的发展，通过发展体育产业来广泛吸纳不同所有制的多元化投资主体，充分利用国内国外两种资源和国内国际两个市场，通过社会化和产业化来解决体育事业规模扩张所需要的增量投入问题。

三是优化结构。中国体育是一个巨型的"国有企业"，这个"国有企业"存在着投入不足与效益不高并存的顽症。一方面财政对体育的投入不足，体育组织普遍处在经费短缺的状态；另一方面体育组织普遍缺乏成本意识，资金的运作效率低下。而造成这一顽症的病根是中国体育的结构性矛盾，即中国体育的所有制结构与初级阶段的社会经济发展水平不相适应。一般来说，只有到社会发展的高级阶段，如共产主义社会，体育事业才可能变为纯粹的社会公益事业，由国家财政来包办。而在这之前相当长的一段历史时期，体育只能由政府、社会和市场共同来办。目前发达国家的体育都是混合所有制结构，其根本原因也在于此。中国体育当下的一些深层次问题，如职业足球问题，经费短缺问题，运动员流动、分配、就业和保障等问题，之所以难以解决很大程度上都与结构性矛盾有关。而解决结构性矛盾根本的出路就在于大力发展体育产业。只有通过发展体育产业才能引入多元化的投资主体，才能扩大中国体育的非国有资本的比重，从而达到改善结构、提高效率的目的。

四是健全机制。1996年八届全国人大四次会议通过的《国民经济和社会发展"九五"计划和2010年远景目标纲要》明确要求，体育事业要建立和健全社会化和产业化的运行机制，走社会化、产业化道路。而体育的社会化和产业化最根本的是产权的社会化和获利机制的市场化。产权社会化能解决非国有资本进入的问题，使办体育的主体实现多元化；获利机制的市场化则能留住投资主体，使资本在体育领域的进入和退出有序化。因此，要实现中国体育的社会化和产业化，就必须加快发展体育产业。只有发展体育产业才能改变中国体育的资本结构，只有中国体育的资本结构发生了改变，才会迫使现行的体育管理体制和运行机制在利益层面上作出与市场经济相适应的重大调整，从而使体育事业真正走上社会化和产业化之路。

五是施惠于民。发展体育事业的根本宗旨是增加全社会体育物质产品和服务产品的供给，满足人民群众日益增长的多样化的体育需求。当前我国体育事业发展中存在的突出问题是，体育运动的普及与提高、为国争光与施惠于民的不同步、不协调，体育事业在体育部门内自我循环，普通民众很难实实在在地分享到体育事业改革与发展的成果。要改变这一状况，就必须坚持体育事业的社会化和产业化的改革方向，建立和完善多元化的体育服务供给体系，引导和激发大众体育消费，培育和发展各类体育市场。因为，只有体育产业真正发展起来了，全社会体育物质产品和服务产品的供给才会丰富，体育企业之间的竞争才会充分，各类体育商品的品质才会提高，价格才会公道，消费者才会有多种消费选择，才能享受到价廉物美的体育商品和服务。改变体育事业的现行生存与运作方式，使体育事业走上施惠于民的可持续发展道路正是当代中国发展体育产业的要义所在。

第二节　体育市场概念、性质、分类及其特点

一、什么是体育市场

列宁指出，"哪里有社会分工和商品生产，哪里就有市场"。① 随着社会分工的扩展和商品生产的发展，市场也就在不断的形成和发展，它不仅表现为市场主体的增加、市场客体数量和种类的增加、市场规模的扩大和市场场所的增多，而且表现为

---

① 《列宁全集》第 1 卷，第 79 页

不同职能和形态的出现。体育产业伴随着工业化和城市化进程，是社会生产和社会分工不断拓展的直接结果。由于现时绝大多数的体育产品是以商品形式进入流通领域，因此也就必然存在着新兴的体育市场。

现代经济学从狭义、广义和市场营销三个角度对市场的概念作过明确的界定。根据这一视角，体育市场概念也可以从不同维度、不同层面上给出不同的解释。

狭义的市场是指买卖商品的场所。它"至天下之民，聚天下之货"，使人们得以"交换而还，各得其所"。这是一个空间概念，把市场看作是流通行为的载体。按照市场的这种含义，体育市场就是指直接买卖体育商品和服务这类特殊消费品的场所，即体育经营场所，也就是消费者购买体育商品和服务、观赏或参与体育活动的场所，如体育馆、健身中心、游泳池、保龄球馆、高尔夫球场等，消费者在那里通过购买门票、入场券、支付培训费等形式，购买各种体育商品和服务。

广义的市场是指马克思主义政治经济学关于市场的理解。即市场是指商品交换关系、商品交换活动的总和。商品生产者、经营者和消费者为了满足自己和相互的需要，出售自己的商品或从别人手中购买商品，在这种交换活动中实现商品的价值，这就是市场。市场反映着生产者、经营者、消费者之间的经济利益关系。因此，广义的体育市场就是指全社会体育产品交换活动、交换关系的总和。讲培育、规范和发展体育市场，就是要研究体育物质产品和服务产品交换关系、交换活动的性质、行为，向市场提供更多的符合社会需要的产品，改善体育市场的结构，规范体育交易行为，保护体育消费者权益，促进和带动体育产品生产、流通、消费的全面繁荣。

市场营销学意义上的市场是站在消费者的立场，从销售的角度来理解市场，将市场看作主要是买方活动，把买方看作是自己的市场，即市场是"流动着的消费者群体"。著名的市场营销学专家菲力普·科特勒认为，"市场是由一切具有特定需求或欲望并且愿意和可能从事交换来使需求和欲望得到满足的潜在顾客所组成。"人口、购买力和购买意向是决定市场规模大小的三个要素。依据这一含义，体育市场就是指为了满足体育需要而购买或准备购买体育物质产品和服务产品的消费者群体。讲开发体育市场或开拓体育市场，就是通过各种营销手段来扩大对体育物质产品和服务产品有支付能力、有购买欲望的现实的、潜在的消费需求。

从上述三个层面理解体育市场，也就把握了体育市场的本质，即体育市场是体育商品的流通领域、一切体育商品交换活动和交换关系的总和、购买或准备购买体育商品的消费者群体。培育、发展和规范体育市场都要根据这一本质含义，在内涵必然的逻辑延伸范围内做好各方面的工作。

二、体育市场的性质

体育市场是社会主义市场体系的有机组成部分。明确了体育市场的概念和内涵之后，还有必要在此基础上进一步对体育市场的性质作出判断。只有明确了体育市场的性质，才有可能在社会主义市场体系这一坐标系内准确定位，进而确立与其他市场的沟通渠道，建立规范、有序、竞争、协作的互动关系。体育市场的性质可以从以下三个方面加以归纳：

第一，体育市场是消费品市场的组成部分。社会主义市场体系是指以公有制为主体的社会主义生产方式中，由具有不同功能的各类市场，在相互关联制约的共生关系中，所生成的多元市场结构和复杂市场机制的有机统一体，它包括商品市场、技术市场、信息市场、资金市场、劳动力市场和房地产市场。体育市场属于其中的商品市场，是商品市场的一部分。

商品市场包括生产资料市场和消费资料市场。在消费资料市场上既有衣、食、用等实物形态的消费资料，也有文化、娱乐、旅游、交通服务等非实物形态的消费资料。马克思在提到人类消费品的内容时曾指出："任何时候，在消费品中除了以实物形式存在的消费品以外，还包括一定量的以服务形式存在的消费品。"[①] 随着现代服务业的快速发展及其在国民生产总值中比重的上升，与生产过程不可分的、非实物形态的服务消费品在全部消费品中所占的比重也越来越大。在消费资料市场中，按消费品的实物形式来划分，可以分为实物形式的消费品市场和非实物形式的消费品市场。从体育消费资料的构成看，体育用品，如运动服装、鞋帽、护具、器械等属于实物形式的消费资料，各类体育服务产品，如健身娱乐、竞赛表演、体育旅游等属于非实物形式的消费品。因此，从性质上看，体育市场属于消费资料市场中实物形式消费品市场和非实物形式消费品市场共生的复合型市场（图 2-3）。

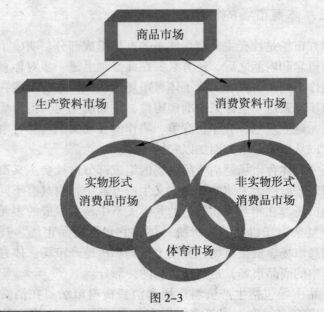

图 2-3

① 《马克思恩格斯全集》，第 26 卷 I，435 页，北京，人民出版社，1972

第二，体育市场是大文化市场的一部分。体育是大文化的一部分，大文化中包括教育、文化（文学、艺术、新闻、出版、广播、电视、电影、文物等）、科学研究、体育等项事业。在文化中除了基础教育、基础研究等一般不能进入市场外，其他各部分都在不同程度上进入了市场。体育市场与狭义的文化市场、电影市场等一样，都是大文化市场的组成部分，但又有与其他文化市场不同的特点。美国、加拿大和大部分欧洲国家都是把体育市场纳入大文化娱乐市场来加以管理和调控的。在 WTO 的框架内，体育市场的交易活动受服务贸易相关条款的规约。

第三，体育市场既是消费者市场，又是体育经营者市场。市场按购买者的任务和目的的不同，可以划分为消费者市场、生产者市场、转卖者（经营者）市场和政府市场。体育市场主要是提供满足个人消费服务需求的市场，其消费者就是购买者本人或其家庭成员，因而具有消费者市场的性质。但各类体育消费资料又可以成为经营者买卖的对象。体育经营者市场主要有体育用品市场、体育健身娱乐市场、体育竞赛表演市场、体育中介市场、体育博彩市场等。培育和发展体育市场既要着眼于消费者市场，又要着眼于经营者市场，只有这样，才能把体育生产和消费有效地连接起来，才能从根本上促进体育消费的繁荣。

三、体育市场的分类

在市场经济条件下，体育是一种极具市场亲和力和感召力的形象、声誉和符号，这种形象、声誉和符号几乎可以和任何一种商品来嫁接，从而形成一种新的体育商品。在体育产业高度发达的西方国家，以 SPORT 作前缀的各类体育产品琳琅满目，购销两旺。由于体育产品客观上丰富多彩，所以对体育市场的分类也应该作多角度的审视。

从逻辑关系上看，消费决定市场，有什么样的消费就有什么样的市场。体育消费有体育物质产品的消费和体育服务产品的消费两类，体育市场由此也可以分为体育物质产品市场和体育服务产品市场两类（图2-4）。

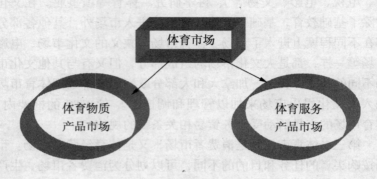

图 2-4

从流通区域上看，体育市场可划分为国际体育市场和国内体育市场两大类，其中后者又可以细分为全国性体育市场、区域性体育市场和地方性体育市场以及城市体育市场和农村体育市场（图2-5）。

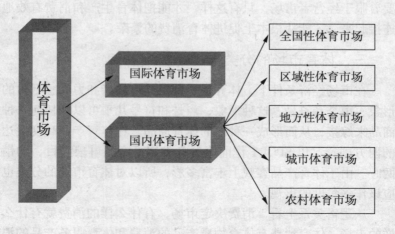

图 2-5

从体育产业性质看，体育市场可划分为体育用品市场、体育健身娱乐市场、体育竞赛表演市场、体育中介市场、体育博彩市场、体育旅游市场、体育媒体市场和体育保险市场（图 2-6）。

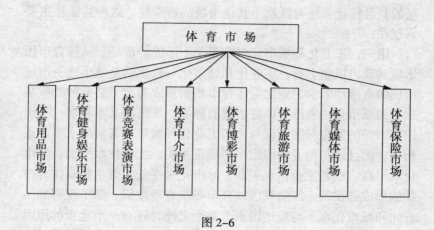

图 2-6

从当代体育产业构成上看，体育市场又可以根据体育产业构成划分为核心市场、中介市场和外围市场三类（图 2-7）。

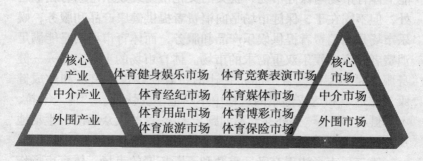

图 2-7

四、体育市场的特点

体育市场是社会主义市场体系的有机部分，是现代服务业中一个正在崛起的新兴市场。与其他市场相比，它除了具有作为市场的共性特征，还有区别于其他市场的特殊性。这种特殊性主要表现在：

第一，工业化和城市化双重驱动下形成的市场。从体育市场形成的动力机制上看，工业化和城市化双轮驱动是催生这一市场形成的直接动因。工业化为体育市场的形成奠定了必要的物质基础，而城市化则创造了体育消费的环境、氛围和基本需求。一国体育市场的发育程度不仅与该国工业化和城市化各自的水平成正相关，而且还与两者的匹配水平成正相关。工业化水平低，城市化水平高，或者工业化水平高，城市化水平低，都将影响体育市场的形成和发展。当前我国体育市场发育程度低，除了现有的工业化和城市化水平与发达国家有差距之外，还有一个重要的原因就是城市化滞后于工业化。因此，把握体育市场形成和发展的这一特点，对于制定我国体育市场发展战略，优化体育市场的发展环境有实际意义。

第二，满足消费者健康和娱乐双重需求的市场。在性质和功能上体育市场与保健市场、狭义的文化市场或娱乐市场有相似之处，但不同在于，保健市场是向消费者提供健康产品和服务，娱乐市场是向消费者提供娱乐产品和服务，而体育市场则是能满足消费者健康和娱乐双重需求的市场。体育市场的主导产品——健身服务是典型的复合产品，它让消费者在娱悦中追求和达成健康，在追求和达成健康的进程中不断地享受快乐。"请人卡拉，不如健身OK""补补补，不如跑步走"，这些大众话语，生动地反映了广大消费者对体育市场这一特点的切身感悟。

第三，市场边界交叉、重叠和不断拓展的市场。体育市场作为一个新兴市场，其核心部分是健身娱乐和竞赛表演。但是在现代社会，由于体育具有天然的亲和力和积极健康的形象，再加之买方市场的形成和消费者主权时代的来临，许多企业为打开市场，激发消费者的购买欲望，不得不在原有产品中添加一些流行"元素"，使之具有时代感。于是在时下体育市场中，我们就看到了越来越多的贴上体育标签的新产品，如各类运动食品、运动饮料、运动服装、运动鞋帽以及各式各样的体育报纸、体育杂志、体育网站和体育频道，甚至和体育关联度不大的房地产也大打体育牌，不断推出以运动、健身、娱乐为卖点的楼盘和户型，并取得了良好的销售业绩。譬如中体产业股份有限公司在广东推出的"奥林匹克花园"，在天津和北京推出的"奥园"等。伴随着这种趋势的不断推演，体育市场传统意义上的边界不断被突破，它在与其他市场的互动、融合中不断拓展的特点也日益彰显。

第四，以体育文化为内核的市场。体育产品包括有形的物质产品和无形的服务产品两类。体育服务产品本质上属于精神产品，其内核为体育文化。体育物质产品，如体育画刊、体育音像制品，包括运动服装、鞋帽，尽管有物的外壳，但决定这类产品本质的，不是它的物质载体，而是凝聚其间的体育文化内涵和独特的审美价值。体育画刊、体育音像制品是精神产品的物质化或者说是物化的精神产品。运动服装、鞋帽尽管不能把简单地归结为物化的精神产品，但是它们区别于普通服装、鞋帽产品的特质仍然是其间蕴含的体育文化。这也是我们之所以把运动服装、鞋帽划归为体育产品，纳入体育市场范畴来讨论的缘由。因此，无论是有形产品，还是无形产品，其内核均为体育文化。这也是体育市场区别于其他市场的一个显著特征。

第五，作为城市文明标志的市场。体育是城市文明孕育的产儿。现代体育的形成与发展都与都市文明的演进有直接关系。随着后工业时代的来临，都市经济的实体部分正在外移，经济结构日益显现出"轻型化"的特征。人气在这一时代具有特别重要的意义。体育市场是最能反映人气指数的场所，它的景气度在一定程度上反映了一个城市经济结构的优劣，社会整体发展水平的高低以及居民生活质量的状况。如果说工业时代都市文明的标志是烟囱的数量和高低，那么后工业时代都市文明的标志就是体育市场的繁荣程度，尤其是作为城市名片的著名职业体育俱乐部数量的多少。中国之所以会出现"足球市长"，美国之所以会出现四大职业体育联盟的球队以迁移来要挟所在地政府竞相给出更优惠条件的现象，皆因为作为体育市场龙头的竞赛表演市场日益成为展示都市文明和活力的窗口。

第三节 体育消费概念、分类及其特点

一、体育消费概念

马克思曾经指出："生产直接是消费，消费直接是生产。每一方直接是它的对方。可是同时在两者之间存在着一种媒介运动。生产媒介着消费，它创造出消费的材料，没有生产，消费就没有对象。但是消费也媒介着生产，因为正是消费替产品创造了主体，产品对这个主体才是产品。产品在消费中才得到最后完成。"（《马克思恩格斯选集》第2卷，93~94页）马克思所说的"消费直接是生产"包含两层意思：一是因为产品是在消费中才成为现实的产品；二是因为消费创造出新的生产的需要，从而也就客观上成为了生产的前提。在市场经济体制下，消费在社会再生产全过程中的地位和作用得到了进一步的提升，消费不仅是经济发展的动力，也是经济发展的根本目的。

体育消费是现代人生活消费的一个重要组成部分。它是指人们用货币购买体育效用的经济活动，即人们为满足多样化的体育需求，采用不同的方式消耗体育物质产品和服务产品的过程。在市场经济条件下，一定量的体育消费支出，是人们参与体育活动

的前提条件，也是体育运动得以存在和发展的保证，还是体育市场和体育产业得以开拓和发展壮大的社会基础。研究体育产业必须以研究体育消费为逻辑起点。因为体育消费的规模、结构、质量和效益，从根本上决定了体育市场和体育产业的规模、结构、质量和效益。

与体育消费直接相关的另一个概念是体育消费水平，它是指一定时期内按人口平均实际消费的各种体育物质产品和服务产品的数量。它可以说明某一时期内个人及其家庭体育消费需要的满足程度。

衡量体育消费水平的指标主要包括三个方面：一是体育消费总额。它是用货币表示的一定时期内体育消费的总和。既包括个人体育消费和社会公共体育消费，也包括体育物质产品消费和体育服务产品消费。体育消费总额可以反映某一时期体育消费需要被满足的程度和总水平。二是参与体育消费的总人口数。包括已就业的人口总数和非就业人口总数在内的全体公民。三是体育消费结构。它是指各种体育消费品在体育总消费中的比例和相互关系。它可以从不同角度反映居民体育消费被满足的程度。

另外，有些学者认为，体育活动时间也是衡量体育消费水平的一个指标。我们认为，尽管体育活动时间与体育消费有一定的关系，但二者并没有必然的联系。正如很多老年人每天都在公园或路边进行一定时间的体育锻炼，但他们大多是自娱自乐，并没有货币支付行为，因此，即使他们每天都进行数小时的体育活动，与体育经济学中研究的体育消费现象也没有直接的联系。

体育消费水平的划分主要有以下几种方式：

1. 社会平均体育消费水平。它是按社会一定时期内实际人口平均的体育消费水平。社会平均体育消费水平可采用价值形式，也可以采用实物形式来表示。

2. 不同人群的体育消费水平。它是按不同标准，如年龄、性别、职业、文化程度等来划分体育消费水平。如男性居民与女性居民的体育消费水平、中年人与老年人的体育消费水平、企业员工与教师的体育消费水平等。

3. 城乡居民的体育消费水平。它是按一定时期内城镇居民和农村居民实际人口平均划分的体育消费水平。这种划分可以反映城镇居民和农村居民体育消费状况及其比例关系。

4. 不同地区的体育消费水平。它是按不同地区划分的体育消费水平。包括地区内一定时期实际人口平均的体育消费水平、地区内城乡居民的体育消费水平、地区内不同职业劳动者的体育消费水平等。不同地区体育消费水平，可以反映各地区体育发展水平及其变化趋势。

二、体育消费分类

体育消费可以根据不同的标准进行多种分类。从体育消费的形式看，可分为个人体育消费、集体性体育消费和社会公共体育消费；从消费者获取体育消费资料的方式看，可分为商品型体育消费、财政型体育消费、义务型体育消费。但是，在体育产业研究中，体育消费种类主要是根据个人有支付能力的、可以从体育市场中购得的体育消费资料的不同来区分的，主要有两类：

（一）实物型体育消费

实物型体育消费是指人们用货币购买各种与体育活动有关的体育物质消费资料的行为。根据物质产品的用途，实物型体育消费主要包括运动服装（含鞋、帽、手套、箱包等）、运动护具、运动器材（有小型和大型、家用和商用之分）、户外休闲运动装备（如渔具、郊游和登山用品等）、运动食品、运动饮料、体育纪念品（包括体育邮票、体育纪念币、球星卡、吉祥物以及带会徽、名称、吉祥物等标志的各类纪念品）、体育出版物（体育杂志、图书、音像制品等）以及体育彩票等。实物型体育消费是人们体育消费的有机组成部分，是衡量体育消费水平的重要指标。尽管它在功能上与同类物质产品有一定的替代性，但是消费者购买的主要动机是为了参与体育运动，并且随着人们生活水平的不断提高，这类产品与一般生活用品的替代性将逐步降低。

（二）非实物型体育消费

非实物型体育消费是指人们用货币购买各类体育服务消费资料的行为。它又可以分为两类：

1. 观赏型体育消费

观赏型体育消费是指人们用货币购买各种入场券、门票，以观看、欣赏达到视觉神经满足和精神愉悦目的的各种消费行为。如观看各种体育竞赛、体育表演，以及各种与体育有关的影视录像、展览等。观赏型体育消费不仅直接产生竞赛表演市场，而且它的规模和结构也从根本上决定了竞赛表演业的规模和结构。

2. 参与型体育消费

参与型体育消费是指人们用货币购买参加体育活动权利、享受相应服务的消费行为。如购买会员卡成为某一个健身健美俱乐部的成员，定期或不定期地接受俱乐部提供的各类服务，或者缴费参加某一个运动项目的培训班，接受专业知识和技能的培训，或者去保龄球馆、台球房、高尔夫球场打球消遣等。参与型体育消费是体育消费的核心内容，也是最能反映体育消费特质的一类消费。衡量一国体育消费水平的高低主要看，参与型体育消费占整个体育消费比重的大小，比重大说明消费水平高，比重小说明尚处在初级阶段。参与型体育消费直接形成健身娱乐市场，它的规模和结构也同样决定了健身娱乐业的规模和结构。

当然，不同类型的体育消费在现实生活中是相互交叉的。一般情况下，人们既有实物型体育消费也有非实物型体育消费，既有参与型消费又有观赏型消费，只进行一类消费的现象并不多见。体育消费的分类是体育市场分类的理论前提，也是各类体育企业产品营销和服务营销的理论基础。

三、体育消费特点

体育消费尽管也包含少量对物质产品的消费，但就总体而言，它属于服务产品消费，是文化消费的一种。分析体育消费的特点，就是要区分它与物质消费的不同。一般来说，体育消费具有以下几个特点：

（一）体育消费具有非迫切性

体育消费主要是满足人们享受和发展需要的消费，它不是生存必需的消费。一个人可以一辈子不进行体育消费而活得很好，一个人也可以今天消费明天不消费或到退休以后再消费，也就是说人们对是否进行体育消费的决策全凭个人的意愿、兴趣、好恶，甚至是决策时的心情而定。而人们在衣、食、住、行等一般生活消费中就不可能那么任性，个人的兴趣和好恶可能会影响消费的档次，但决不会不消费。所以，体育消费是一种需求弹性很大的消费，具有明显的非迫切性。

（二）体育消费具有能力的层次性

能力，就一般意义而言是指从事一定社会活动的本领，是顺利完成某种活动的条件。所谓消费能力，则是指消费者所具有的关于如何使用消费对象的知识和才能。能力有一般能力和特殊能力之分。一般能力是在很多基本活动中表现出来的能力，它适合多种活动的要求。特殊能力是在某些专门活动中表现出来的能力，它只适合某种专一活动的要求。体育消费能力属于特殊消费能力。在物质消费活动中，一般说来只要拥有，就能消费。这是因为，最基本的物质消费是人的本能，是人所具有的一般能力的体现。但是体育消费不同，它具有很高的消费能力的要求，即必须具备与体育消费相适应的知识、经验和技能。一个想要得到体育享受的人，他本身必须是一个有一定体育素养的人。譬如，你要想从观看一场高水平的足球赛中得到享受，你就必须对足球的训练、竞赛知识，尤其是裁判规则有相当的了解。体育消费能力不同，体育消费的对象往往很不相同，即使是相同的体育消费对象，由于能力的不同也会表现出极大的反差，这说明体育消费具有明显的层次性。体育消费能力强的消费者，能够消费多样化的体育产品，而体育消费能力弱的消费者则只能消费浅显、单一的体育产品。在现实生活中，我们经常会发现很多人因为受消费能力的制约而不能消费他们喜爱的体育产品。

（三）体育消费具有时间的延伸性

在物质消费活动中，消费效率的提高表现为时间的节省，而在体育消费活动中，消费效率的提高表现为时间的延伸，这是体育消费在时间方面区别于一般物质消费的显著特征。物质消费以满足人的生理方面的需要为特点，其满足的程度以社会可能提供的产品和服务为前提。在生产力发展水平较低阶段，社会所能提供的物质产品和服务较少，人们的物质消费方式主要是个人消费，因而花费在吃、穿、用等方面的时间必然较多；而在生产力发展较高水平上，社会提供的物质产品和服务不断增加，人们用于个人生活方面的时间就会减少，并且随着社会劳动生产率的不断提高，人们花费在物质消费上的时间会愈来愈短。比如，快餐食品和方便食品的出现，人们用在吃上的时间就会缩短；家用电器的普及，人们花在家务劳动中的时间也会缩短。而体育消费不同，它的发展与时间的消耗成正比，也就是说，体育消费水平越高，人们花费的时间越多。这是因为，体育消费以满足人们健身、娱乐需要为主，属于高层次的文化需求。随着社会的发展、余暇时间的增多，人们用于体育消费的时间将会日益增多。西方发达国家日益繁荣的体育消费现状也说明了这一点。

（四）体育消费具有一定的盲目性

与物质消费相比，体育消费具有明显的盲目性。而这种盲目性是由于体育服务产品的无形性造成的。尽管消费者对物质产品的消费，由于缺乏相应的商品知识也会产生一定的盲目性，但是消费者毕竟购买的是有形产品，他（她）可以通过触摸、观察和接受售货员的商品展示与介绍等途径来对商品进行选择与比较，最后作出购买与否的决策。但体育服务产品的不可触摸性使得消费者在接受服务之前很难判断服务产品的质量。因此，体育消费比物质消费的盲目性更大。这一特点决定了体育企业必须加强体育服务产品的营销宣传，对消费者的消费行为进行适当的引导，且营销宣传的重点应放在服务质量、服务声誉及服务人员的独特技巧上。宣传时要尽量做到使宣传的内容形象化，以弥补体育服务商品无形的不足。

（五）体育消费具有不均衡性

受消费者个人生活习惯、时间安排、兴趣爱好等因素的影响，在不同时间、地区消费者对体育服务的需求呈现出不均衡性。比如，健身健美俱乐部里年轻人多，老年人少，女性多，男性少；到现场看比赛的城里人多，农村人少，男性多，女性少；保龄球馆晚上顾客多，白天顾客少等。由于体育企业中用于生产服务的设备和劳动力只能代表一种生产能力而非服务产品本身。如果顾客需求小于服务供给，就意味着生产能力的浪费；反之，当服务需求超过供给，又会因服务产品无存货（事实上服务产品无法贮存）而使顾客失望，导致顾客的流失。因此，如何使体育消费的不均衡性与体育企业的生产能力相协调，是体育企业在服务营销方面必须着力解决的问题。

（六）体育消费具有文明的进步性

体育消费是体现社会精神文明建设程度的消费，是人类社会进步和发展的标志。体育虽然是建立在物质消费基础上的第二位消费，它的状况要受到物质文明发展程度的制约，人们只有首先满足衣、食、用等最基本的物质消费才能有体育消费。但是，由于体育是人类独具的创造成果，体现着文明的进步性，因而它比物质消费具有更深远的意义。首先，体育消费能增进和维护人的健康，提高人的身心素质，从而能促进劳动力在更高的素质上不断被再生产出来。其次，体育消费是现代社会人际交往的一个手段，能加强人际交流，提高社会的亲和力和凝聚力，从而有利于社会精神文明建设。最后，体育消费不仅能健人、娱人，还能提高人的审美情趣和能力，从而也有利于形成科学、健康、文明的生活方式。由此可见，体育消费比一般物质消费更能显示一个国家、社会和民族的精神风貌，具有显著的文明进步性。

第四节 体育产业统计

一、体育产业统计概述

体育产业如何统计，是当前国内外体育产业研究中一个亟待解决的基本理论问题，也是各国发展体育产业实践中面临的一个工具性难题。体育产业统计是应用计量经济学的方法，对体育产业的规模、结构、质量和效益进行数字化的定量描述和解读的过程。目前，一方面由于各国学者对体育产业概念、属性和分类等基本问题没有形成共识，另一方面也由于体育产业是一个新兴行业，现实中的体育经济现象又横跨第一、第二和第三产业，现行的国民经济核算体系如何科学地包容这样一个新兴产业也有相当的难度。因此，当前世界各国在体育产业统计口径界定、统计标准筛选和统计调查方法选定等方面都有不同的理解和做法。

从一定意义上讲，不能统计的产业不是真正意义的产业。没有统计调查，学者就没有发言权，管理者就没有决策权。尽管我国体育产业整体上尚处在产业发展的初级阶段，产业形态还不健全，再加上体育产业行业管理体制尚未理顺，现在就要求建立一个完善的体育产业统计制度确有困难，但是参照发达国家的经验和做法，根据我国体育产业发展的实际情况，制定并实施体育产业统计方案，仍是一项十分迫切的基础性工作。

二、国外体育产业统计

尽管早在 1989 年联合国颁布的《全部经济活动的国际标准产业分类索引》中已将体育产业列为娱乐业下属的独立产业门类（产业代码分别是：娱乐业 924，体育产业 9241），并于 1998 年颁布的《联合国标准产品分类》（表 2-1）。但是，目前世界各国在体育产业如何分类、如何统计的问题仍不能统一。

表 2-1　联合国标准产品分类中体育产品的范围

类号	产品名称
965	体育和娱乐性体育服务
9651	体育和娱乐性体育活动的宣传和组织服务
96510	体育和娱乐性体育活动的宣传和组织服务
	本次级包括
	——体育活动（如拳击）的宣传服务、为体育活动提供机会的体育俱乐部（足球俱乐部、保龄球俱乐部等）提供的体育活动的组织和管理服务
9652	体育和娱乐性体育设施经营服务

96520	体育和娱乐性体育设施经营服务

本次级包括

——提供使用室内外体育和娱乐性体育场地的服务，例如室外体育场、室内体育场、溜冰场、舞厅、游泳池、滑雪场、高尔夫球场、保龄球场、网球场等

——骑术学校的服务、娱乐园和海滩服务

9659	其他体育和娱乐性体育服务
96590	其他体育和娱乐性体育服务

本次级包括

——特技跳伞运动服务、跳伞运动服务、悬挂式滑翔运动服务

966	运动员服务和有关的支助服务
9661	运动员服务

本次级包括

——个体运动员和田径运动员提供的服务

9662	有关体育和娱乐的支助服务
96620	有关体育和娱乐的支助服务

本次级包括

——体育裁判员、计时员、教师、教练和类似人员提供的服务

——体育学校提供的服务

——登山导游服务、狩猎导游服务、钓鱼导游服务

——其他未列明的体育和娱乐服务

资料来源：《联合国标准产品分类》，1998 年 7 月。

　　1993 年，澳大利亚体育与休闲理事会中的数据委员会开始着手研究并建立《澳大利亚体育与休闲产业统计框架》。1995 年，数据委员会向澳大利亚统计局提交了《澳大利亚体育与休闲产业统计框架》。该框架将体育产业分成主体产业和相关产业，具体分类情况见表 2-2。

表2-2 澳大利亚体育与休闲产业统计框架中的产业分类

体育主体产业

1. 有组织的体育　　　·草地保龄球　　　·壁球　　　　　·曲棍球
·澳式足球　　　　　·简易篮球　　　　·台球　　　　　·足球
·棒球　　　　　　　·橄榄球联赛　　　·网球　　　　　·其他集体项目
·室内壁球　　　　　·橄榄球联盟　　　·篮球　　　　　·个人项目
·高尔夫球

2. 主动休闲活动
·有氧运动、体操和　·野营　　　　　　·武术　　　　　·其他主动休闲运动
其他健身运动
·空中休闲运动　　　·滑雪　　　　　　·跳水　　　　　·十柱保龄球
·划船运动　　　　　·游泳　　　　　　·骑马

3. 娱乐与被动休闲
·娱乐公园　　　　　·机动车运动　　　·赛马与赛狗　　·其他被动休闲活动

4. 博彩　　　　　　·游乐场　　　　　·彩票　　　　　·赌博

5. 体育与休闲服务
·适应性体育与休闲活动　·体育与休闲教育　·其他体育与休闲俱乐部　·运动医学和锻炼科学
·政府以及体育与休闲组织

体育相关产业

1.1 建筑业
·其他体育与休闲设施建设　·游泳池建设

2.1 零售贸易
·船与海上设备零售　　　·园艺用品和设备零售　　·射击用品和设备零售
·自行车用品和设备零售　·高尔夫用品和设备零售　·滑雪、滑水用品和设备零售
·野营设备零售　　　　　·钓鱼用品和设备零售　　·跳水、冲浪用品和设备零售
·其他用品设备和服装

3.1 批发贸易
·娱乐和博彩设备批发　　·其他体育与休闲设备与服装批发

4.1 制造业
·娱乐与博彩设备制造　　·船及海上设备制造　　　·野营设备制造
·冲浪板　　　　　　　　·独木舟及小水筏制造　　·其他体育与休闲设备与服装制造

5.1 金融　　　　　　　·体育与休闲保险

美国在其国家产业分类体系中就并未将体育产业单独分立，而是将体育产业归入相关产业门类。美国统计调查局（U.S.Census Bureau）制定的《北美产业分类制度》（The North American Industrial Classification System）将体育产业分列在8个主要产业门类中（表2-3）。

表2-3　北美产业分类中的体育产业

二位产业代码		相关体育产业活动	
23	建筑业	234990	运动设施建筑
31-33	制造业	315	运动服装
		316219	运动鞋
		33992	体育用品
41-43	批发贸易	42191	体育娱乐用品、供应商、批发商
44-46	零售贸易	451110	体育用品、服装商店
		453310	二手体育用品商店
53	房地产和租赁业	532292	体育用品租赁
61	教育服务	61162	体育与娱乐培训机构
71	艺术、娱乐和消遣	71121	观赏性体育
		711211	职业和半职业的运动队和俱乐部
		711212	赛马场
		711219	独立的职业和半职业的运动员（赛车手、高尔夫球选手、拳击运动员）、车队老板和独立的教练
		71131	赛事推广商
		711310	体育场馆运营商、体育赛事管理者、组织者和推广者
		71132	不拥有体育设施的体育赛事推广商
		711320	不拥有体育设施的体育赛事管理者、组织者和推广者
		712110	体育名人堂
		71391	高尔夫球场和乡村俱乐部
		71392	滑雪设施
		71394	运动健身娱乐中心
		71395	保龄球馆
		713990	青少年运动队和联盟
		711410	体育明星经纪人
81	其他服务	81149	运动设施维修与养护
		81391	地方体育行政机构
		81399	拥有管理和规制职能运动协会、联盟

资料来源：Office of Management and Budget（1997）.North American Industrial Classification System（NAICS）–1997.US Department of Commerce, Washington, D.C.

三、我国体育产业统计

产业统计在我国是由各级政府的统计部门所承担的职能。产业统计一般采用普查的方法，具体程序是：在基层生产单位提供生产报表的基础上，各级统计局层层上报，层层核算，最后由国家统计局通过国民经济核算的方法完成对整个产业门类的统计。

由于受主客观因素的制约，目前我国在国家层面只有体育事业统计，而没有体育产业统计。体育事业统计在内容上主要涉及体育系统职工、运动员、教练员和裁判员的人数、体育场地数、运动员创世界纪录和获世界冠军数、体育锻炼达标人数以及体育事业的政府财政拨款数等，基本上不反映体育经营情况。20世纪90年代以来，随着体育产业在我国的快速起步和发展，发达地区开始尝试着对本地区体育产业发展情况进行专项统计。1998年，江苏省和上海市率先进行了体育产业统计调查工作，但两省市的统计调查方案有很大的不同。上海市是体育局会同统计局利用已有的统计资料做的推算；江苏省是由体育局组织，在全省选择三个地市所做的抽样调查。由于在统计指标和调查方法上存在着明显的不同，因此两省市的统计资料也不具有可比性。

2002年，国家统计局对《国民经济行业分类》进行了重新调整（表2-4）。与以前的《国民经济行业分类》相比，体育产业已被从卫生、体育和社会福利业中调整出来，与文化和娱乐构成文化、体育与娱乐业。然而目前《行业分类》标准与国民经济核算体系并不衔接，当前全国体育产业发展状况在国家统计层面上仍是一个谜。

本课题通过立项之后遇到的第一个难题就是缺乏体育产业的基础统计资料。为解决这一问题，课题组主动承担了国家体育总局体育经济司设立的《我国体育产业统计方案研制》的课题研究。在此项研究中，课题组制定了统一的体育产业统计报表，包括《体育行政事业单位产业情况统计表》《体育经营单位产业情况统计表》《体育用品生产、批零单位统计表》《体育用品生产、批零个体经营户统计表》。课题组还统一制定了《体育产业统计方案》《体育产业统计指标解释及填写说明》《体育产业统计实施细则》。2001 年由国家体育总局体育经济司在云南召开专题工作会，动员各省市开展体育产业专项统计工作。为调动各省市的积极性，总局还决定免费向各省市提供体育产业统计调查方案（包括统计指标解释、基层单位统计调查表和统计汇总软件等），同时实际开展此项工作的省市还可以获得 10 万元的专项补助。自 2001 年以来，先后已有北京市、天津市、重庆市、浙江省、陕西省、广东省、云南省、四川省、辽宁省、安徽省、内蒙古自治区 11 个省市采用总局提供的统计调查方案开展了专项统计调查，取得了宝贵的第一手材料。本研究所采用的基础统计材料均来自这 11 个省市的统计调查报告。

本章小结

• 体育产业是近现代人类经济社会出现的一种新的产业形态，它是体育运动由原来的自给自足的自为模式向组织化、生产化、消费化和营利化的产业运营模式转变的产物。而这种转变最显著的特征就是体育商品，包括体育物化商品和体育服务商品的大量涌现，以及大众体育消费的活跃和体育专业化市场的形成，体育商品的生产者、推广者（promoter）、经营者和消费者组成了一个完整的产业链，并对一个国家或地区的经济总量和结构产生影响。所谓体育产业就是指生产和经营体育商品的企业集合体。发展体育产业就是要搞活体育商品的产供销，并使这一类经济行为对拉动经济增长，促进产业结构调整与升级，扩大就业渠道和增加就业岗位，以及提升国民素质和生活质量方面发挥实际的作用。

• 对体育产业进行分类可以有多种标准，至于哪一种标准更科学，一是要看分类标准是否具有学理上的合逻辑性，即概念与

表 2-4《国民经济行业分类》中体育产业及相关产业的分类情况

行业代码	行业名称	界定	包含范围	备注
87	体育			
8710	体育组织	指专门从事体育比赛、训练、辅导和管理的组织	包括 —各种运动队活动 —各种体育俱乐部活动 —各种青少年业余体校 —各种群众性体育组织 —各种专项性体育管理性组织（专项体育协会、中心）	不包括 —体育行政管理活动
8720	体育场所	指对外开放的体育场馆、体育娱乐场所和训练基地	包括 —体育场 —体育馆 —体育训练基地 —群众性体育场馆 —保龄球馆 —健身中心（馆） —室内游泳馆 —室内滑冰场 —室内射箭场 —高尔夫球场 —跑马场 —射击、射箭场 —其他未列明的室内、室外体育场馆	
242	体育用品制造			
2421	球类制造		包括 —乒乓球、篮球、排球、足球及其他球类的生产	
2422	体育器材制造		包括 —体操、举重、击剑、田径、水上运动、冰上运动、射箭、武术、登山等运动器材的生产； —与各种球类有关的运动器材，如乒乓球台、篮球板等； —钓鱼用竿、捞网及其他用具	不包括 —各种球的生产； —渔丝、渔线的生产
2423	健身器材制造	指供健身房或家庭用运动物品及设备	包括 —各种电动或非电动健身器材	

续表

行业代码	行业名称	界定	包含范围	备注
2424	运动用手套、鞋、帽制造		包括 —用各种材料特制的运动用手套及帽类。如拳击手套、棒球手套及帽子、跑鞋等。	
624	文化、体育用品批发	指各类文化用品、工艺品、图书、报刊和体育用品及器械的批发		
634	文具、体育用品零售			
89	文化体育经纪活动	指文艺、体育、影视、音像中介公司的经纪代理活动		

国家统计局，《国民经济行业分类》，2003 年

分类要有内在的逻辑关联，要符合事物的本质属性；二是要看分类标准是否具有应用上的引导性和可操作性，即分类的目的在于应用，所作的分类应该有利于引导和推动体育产业实践的发展。

本研究主要采用两种标准对体育产业进行分类。

第一种标准是根据体育商品不同的性质将体育产业分为提供体育服务产品的体育服务业和提供体育物质产品的体育配套业。其中体育服务业可以细分为健身娱乐、竞赛表演、体育中介、体育培训、体育博彩、体育媒体、体育旅游、体育康复保健等；体育配套业可以细分为体育服装、体育鞋帽、体育器材、体育食品、体育饮料、体育建筑等。这种分类方法的优点是，体育产业的概念与分类有内在的逻辑关联，学理上有合逻辑性。同时，在实践上也有利于分类来培育、发展和管理各类体育市场，因此在应用上也具有可操作性。

第二种标准是根据体育产业链上下游关系对体育产业进行分

类。按这种标准体育产业可以分为上游产业、中游产业和下游产业。其中上游产业是体育产业的原产业，反映体育产业的原生态，它包括健身娱乐业和竞赛表演业；中游产业是直接为健身娱乐业和竞赛表演业服务的支持性产业，它包括体育中介、体育培训、体育媒体、体育保健康复、体育服装、体育鞋帽、体育器材、体育场馆运营等；下游产业是间接为两个原产业服务的相关产业，但缺少这些产业也不会影响原产业的生存和运作，它包括体育食品、体育饮料、体育旅游、体育博彩、体育建筑、体育房地产等。这种分类方法的优点是，阐明了体育产业是以体育活动为原点的生产、经营和开发的产业链。在市场经济条件下，发生在群众体育领域里的体育活动由于组织方式和参与方式的变革产生了健身娱乐业，发生在竞技体育领域里的体育活动由于竞赛组织的商业化和运动员、教练员和裁判员的职业化产生了竞赛表演业。而围绕这两个主业的经营又产生了一系列的配套性的衍生产业。

● 体育产业是市场经济条件下体育活动组织专业化、参与消费化、运作营利化孕育的新型产业形态。它的内核是按照市场机制来运作的体育活动，外显形式是体育商品的大量涌现和体育商品生产和经营企业在数量与规模上的不断扩张。尽管体育商品有服务产品和物质产品之分，但是判定体育产业的基本属性关键还是看其价值内核。由于体育产业的价值内核是按市场机制运作的体育活动，抽去这一内核，体育产业就不复存在，因此，体育产业的基本属性只能是隶属于第三产业的现代娱乐业。

对体育产业基本属性的理解要透过现象看本质，一方面要坚持娱乐业是体育产业的基本属性，是质的规定性；另一方面也不能把体育产业限定在只提供体育服务产品的一维空间，割裂产业上下游之间的天然联系。只有这样，我们才能在真正意义上把握体育产业的本质，促进和加快体育产业的培育和发展。

● 在全面建设小康社会新的历史时期，加快培育和发展我国的体育产业是时代的要求，它契合经济发展、社会繁荣和体育事业转型与可持续发展的多重需要，有着十分显著的当代价值。从经济方面看，加快体育产业发展能有效化解当前中国经济运行中的两大突出矛盾：一是资本效率排斥劳动效率的问题。二是收入差距不能转化为消费的差距。从社会方面看，发展体育产业，一方面是全社会反贫困的重要手段，另一方面也是全面建设小康社会的现实需要。从体育自身看，加快体育产业发展对体育事业可持续发展也具有提供动力、扩充增量、优化结构、健全机制和施惠于民的独特价值。

●体育市场是体育商品流通领域、一切体育商品交换活动和交换关系的总和、购买或准备购买体育商品的消费者群体。体育市场既是消费品市场的组成部分，也是大文化市场的组成部分；同时，体育市场既是消费者市场，又可以成为体育经营者市场。

体育市场分类可以有多种标准。从消费的角度看，体育消费有体育物质产品的消费和体育服务产品的消费两类，体育市场由此也可以分为体育物质产品市场和体育服务产品市场两类；从流通区域上看，体育市场可划分为国际体育市场和国内体育市场两大类，其中后者又可以细分为，全国性体育市场、区域性体育市场和地方性体育市场以及城市体育市场和农村体育市场；从体育产业性质看，体育市场可划分为体育用品市场、体育健身娱乐市场、竞赛表演市场、体育中介市场、体育博彩市场、体育旅游市场、体育媒体市场和体育保险市场；从当代体育产业构成上看，体育市场又可以根据体育产业构成划分为核心市场、中介市场和外围市场三类。

体育市场是社会主义市场体系的有机部分，是现代服务业中一个新崛起的新兴市场。与其他市场相比，它除了具有作为市场的共性特征，还有区别于其他市场的特殊性。这种特殊性主要表现在：第一，它是工业化和城市化双重驱动下形成的市场；第二，它是满足消费者健康和娱乐双重需求的市场；第三，它是市场边界交叉、重叠和不断拓展的市场；第四，它是以体育文化为内核的市场；第五，它是作为城市文明标志的市场。

●体育消费是现代人生活消费的一个重要组成部分。它是指人们用货币购买体育效用的经济活动，即人们为满足多样化的体育需求，采用不同的方式消耗体育物质产品和服务产品的过程。在市场经济条件下，一定量的体育消费支出，是人们参与体育活动的前提条件，也是体育运动得以存在和发展的保证，还是体育市场和体育产业得以开拓和发展壮大的社会基础。

体育消费主要可分为两大类：第一类是实物型体育消费，它是指人们用货币购买各种与体育活动有关的体育物质消费资料的行为；第二类是非实物型体育消费，它是指人们用货币购买各类体育服务消费资料的行为。非实物型体育消费又可以进一步细分为观赏型体育消费和参与性体育消费两类。体育消费的特点是：1. 体育消费具有非迫切性；2. 体育消费具有能力的层次性；3. 体育消费具有时间的延伸性；4. 体育消费具有一定的盲目性；5. 体育消费具有不均衡性；6. 体育消费具有文明的进步性。

●体育产业统计是应用计量经济学的方法，对体育产业的规模、结构、质量和效益进行数字化的定量描述和解读的过程。从一定意义上讲，不能统计的产业不是真正意义的产业。没有统计调查，学者就没有发言权，管理者就没有决策权。本章的最后一节对当前国内外体育产业统计的基本情况作了较为系统的介绍和梳理。

▌第三章 国外体育产业
形成与发展

　　体育产业在人类历史上的存在已逾百年。20世纪以来，特别是第二次世界大战以后，西方主要资本主义国家经济持续增长，产业结构不断调整与升级，人们的消费水平和生活质量显著提高，体育的消费性需求快速提升，琳琅满目的体育物质产品和服务产品大量涌现，体育的健身功能和娱乐功能进一步转化为体育的经济功能，现代体育的产业地位开始确立。目前，体育产业已经成为发达国家国民经济的重要部门。本章主要就国外体育产业的起源，西方主要发达国家体育产业的现状、特点和趋势，以及国外体育产业的发展道路给了我们怎样的启示等问题进行探讨。

第一节 国外体育产业的起源

　　人类历史上出现的各种社会现象和活动，都有一个产生和发展的过程。体育作为一项产业活动是随着资本主义制度的产生和确立而萌芽和演进的。18世纪60年代，产业革命首先从英国开始，至19世纪30年代末基本完成，棉纺织机以及后来蒸汽机广泛运用于生产中，促进了生产力的飞速发展，为资本主义的兴起奠定了基础，而体育作为一项产业活动也是在这一时期开始萌芽的。

西方学者一般认为，体育作为一项产业起源于英国。美国学者莉萨·马斯特拉莱西思在她 1998 年出版的新著《体育管理理论与实践》一书中提出，"英国是现代体育和体育产业的出生地"。应该说，这样的判断是有依据的。一方面，现在体育可以作为产业来经营的绝大部分运动项目，基本上都源于英国人创立并竭力推崇的"户外运动"。如足球、拳击、橄榄球、高尔夫球、保龄球以及部分水上和冰上运动项目。尤其是英帝国以炮舰政策开道的殖民扩张，又把英国贵族们热衷的户外运动传给了殖民地的新贵，从而使户外运动逐渐传播到美国和欧亚等许多国家。这就客观上为体育在全球的职业化、商业化做了经营内容上的准备，现代体育的产业基础由此开始奠定。另一方面，体育作为产业除了需要可以开展经营的内容之外，还必须有开展经营所不可或缺的组织形式。这一组织形式就是俱乐部体制（Club System），而俱乐部体制最早也是产生于英国。1750 年在英国的纽玛克特（Newmarket）一批贵族资助成立了著名的"赛马俱乐部"（The Jockey CLub）。该俱乐部是一个普通的赛马俱乐部，它之所以有名，是因为该俱乐部开创了现代体育俱乐部的法人治理结构和与之相配套的规章制度和运行机制，并且"赛马俱乐部"的模式很快就被英国的板球、拳击等其他运动项目仿效，并进一步在欧美的许多国家流行。所以说，英国可能比其他任何国家都更有理由成为体育产业的发源国。

当然，谈体育产业的起源只提英国不提美国，也是不客观、不全面的。因为，一来美国也是当今世界上一些最为成功的商业化体育经营项目的创始国，如篮球等；二来美国人在引进英国俱乐部体制的基础上又创立了现代体育职业化、商业化所不可缺少的另一个十分重要的组织形式——联盟体制（League System）。而后者在确立现代体育的产业地位方面发挥了极其重要的作用。

19 世纪初叶，"赛马俱乐部"模式开始在美国流行，许多年轻人纷纷按照英国人的传统建立体育俱乐部，但是他们很快就发现英国的俱乐部体制在美国很难获得成功，因为美国社会缺乏贵族传统，俱乐部难以找到贵族们慷慨的赞助而得以维持。于是，美国人开始探索营利型俱乐部的运作方式。1828 年，美国纽约的一个赛马俱乐部的会员考德沃德·科尔顿（Caldwalder Colden）为解决俱乐部资金困难向俱乐部提出两条建议：一是在俱乐部内部出售 10000 美元的股份；二是向观众出售门票。尽管俱乐部经过讨论否决了他的第一条建议，但是同意他在 1829 年的赛季按商业方式运作俱乐部的整个赛事，由此开创了体育商业化的先河。美国内战以后，棒球超过板球成为当时美国最流行的运动。1871 年，部分职业棒球队联合成立了全美棒球协会，凡是给尖子运动员支付薪金的棒球俱乐部都可以加入该协会。1876 年，有"棒球沙皇"之誉的威兼·赫尔伯特（Willian Hulbert）接管了全美棒球协会。他认为只要像商业那样来经营棒球，棒球完全可以营利，并在上任不久就将全美棒球协会改名为全美棒球联盟。随后又立即着手制订联盟的各项规则，并有计划、有步骤地开发棒球的联赛市场，进行联盟的垄断经营。棒球职业联盟的成功运作，使得这种体制很快在篮球、美式橄榄球和冰球等项目中得到了推广。

当人类历史进入 20 世纪，美国已率先在自己的职业体育领域建立和完善了联盟体制。所谓联盟体制实际上是指职业队的业主们为追求自身利益的最大化，把经营权委托给一些专家，让他们代表自己的利益来对联盟进行经营和管理的一种制度。它的特征是所有权和经营权相分离，是按照现代企业制度规范建立的一种"经济上的合资企业，法律上的合作实体"；它的实质是通过垄断经营来获取最大利益。所以，美国商界一直把联盟称为"体育卡特尔"。在今日美国，除了中国人熟悉的 NBA 之外，棒球大联盟（MLB）、全美橄榄球联盟（NFL）、全美冰球联盟（NHL）和足球大联盟（MLS）都创造了令世人叹服的商业奇迹。而奇迹产生的深层原因和共性特征就是联盟体制这样一种独特的制度安排。应该指出的是，联盟体制在北美的成功运作，并不是职业体育商业化唯一的组织形式。在当今欧洲各国，"赛马俱乐部"模式经过不断的改革和调整，也已演变成为一种新型的商业俱乐部模式，并同样取得了商业上的成功。所不同的是，欧洲职业俱乐部是竞争环境下的"自营模式"，北美联盟体制下的职业俱乐部是部分垄断经营的"自营 + 代理"模式。总之，体育之所以能从一种单纯的教育和文化现象演变为能够创造几千亿美元产值的巨大产业，英国人创造的俱乐部体制和美国人创造的联盟体制同样功不可没。

当然，体育产业的形成和发展除了与竞技运动项目从业余走向职业的商业化路径有关外，大众体育的全球勃兴和健身娱乐产业的迅速崛起也是一个十分重要的维度。但是，相对于竞技运动的职业化探索，大众体育的商业化在时间上要晚得多。尽管十八九世纪西方主要资本主义国家的上流社会已经有了一定规模的体育健身娱乐消费，但那时的消费规模整体上还比较小，还形成不了一个真正意义上的产业。实际上直到 20 世纪中叶，欧洲国家在二次大战之后的经济重建中重新崛起时，体育健身娱乐消费才真正实现了平民化、普遍化、生活化，大众体育（Sports for All）才有了产业地位。经过短短几十年的发展，后发的体育健身娱乐业已在产业规模和产值上超过了先发的竞赛表演业而成为全球体育产业中的主导产业。

综上所述，体育产业的起源，从地缘上看，是源发于英国，继发于欧洲大陆和北美，美国是当今执世界体育产业之牛耳的国度；从内容上看，是先竞技体育，后大众体育；从根源上看，是资本主义制度的建立和自身的不断调整带动世界经济的持续增长和人们生活水平的逐步提高，形成多样化的体育消费需求；从制度保障上看，是俱乐部体制和联盟体制的建立和完善。

第二节　西方发达国家体育产业概览

　　西方是体育产业的先发之地，也是当今全球体育产业最活跃、最发达的地区。西方人在发展体育产业中取得的经验和教训，对后发国家来说是一笔宝贵的财富。中国的体育产业才刚刚起步，如果我们希望在 21 世纪的初中叶体育产业能成为带动我国国民经济持续发展的新增长点，就必须勇于继承、善于继承。因为，继承是为了发展，继承是为了创新。没有继承，创新就没有基础，发展就没有动力。这里就西方主要国家体育产业的发展情况作一简介。

一、美国体育产业

　　美国是世界经济第一大国。美国经济在 20 世纪的持续增长与该国第三产业的迅速发展，特别是体育产业成为该国第三产业中的支柱产业有直接关系。美国人喜欢创造奇迹，敢于把任何活动市场化、商业化和产业化。尤伯罗斯在洛杉矶给国际奥委会上了一堂生动的体育市场营销课，迫使国际奥委会修改了《宪章》；大卫·斯特恩不仅缔造了 NBA 帝国，更是创造了"乔丹产业"这样一个不可思议的神话；而著名体育经纪人唐金能把一场拳王争霸赛的出场费炒到近亿美元则令人瞠目结舌。美国人在 20 世纪体育产业发展史上创造的一系列奇迹和神话，使得该国体育产业的规模、结构、水平和效益都远远高于世界上任何一个国家。

　　关于美国体育产业的产值，不同的研究机构和学者有不同的统计方法和测算结果。美国的《体育新闻》周报和沃顿计量经济预测协会曾对 1986~1988 年美国体育产业的产值做过一个统计（表 3-1）。这一统计表明，1988 年美国体育产业的产值是 631 亿美元，超过了当年美国的石油化工业（533 亿）、汽车制造业（531 亿）以及航空、初级金属和木材加工等传统产业的产值。

表 3-1　1986~1988 年美国体育产业产值统计

	1986	1987	1988
总产值（亿美元）	427	587	631
增长率（%）	7.0		7.5
占国民生产总值的%	1.0		1.3
在国民经济各行业中的排名	第 25 位	第 22 位	

　　资料来源：杜利军《国外体育产业发展专题报告》

　　表 3-1 的统计数据在国内曾被新闻界和研究人员广泛引用，但这一数据毕竟反映的是美国十几年前的情况，时效性已大打折扣。1996 年美国学者泊克豪斯（Parkhouse）预测，"到 2000 年，美国的体育国民生产总值（GNSP）将增长 141 ％"。1997 年美国堪萨斯州立大学的劳瑞.K.米勒在他的新著《体育商业管理》中引述，"根据商业部的报告，美国以健身娱乐为主要内容的休闲产业的产值已超过 4000 亿美元。时下美国人每挣 8 美元就有 1 美元花在健身娱乐消费上"。1997 年美国学者米克（Meek）使用 1995 年全美的国民经济核算数据计算得出，1995 年美国体育国内生产总值（GDSP）是 1520 亿美元，体育产业产值在全美各行业中列第 11 位（表 3-2）。

表 3-2　1995 年全美排名前 25 位的产业

（单位：10 亿美元）

产业排名	产值
1. 房地产	850.0
2. 零售业	639.9
3. 批发业	491.0
4. 健康服务	443.4
5. 商业服务	275.3
6. 建筑业	227.6

7. 仓储业	223.9
8. 公用事业	205.3
9. 其他服务	194.9
10. 电话和电报通讯	155.7
11. 体育产业	152.0
12. 化学制品及其相关制品	141.0
13. 电子电器设备	138.5
14. 工业机械和设备	123.3
15. 保险	115.4
16. 食品	113.3
17. 货车运输	100.6
18. 法律服务	100.5
19. 印刷和出版	89.7
20. 汽车制造及设备	88.7
21. 金属制造	86.0
22. 农业	85.0
23. 证券和商品经纪	75.6
24. 油气开采	62.7
25. 汽车修理及相关服务	60.5

资料来源：Meek，A.（1997）.An estimate of the size and supported economic activity of the sport industry in the United States. *Sport Marketing Quarterly*，6（4），15–21.

2000 年美国联邦政府经济调查局（U.S. Census Bureau）对 1999 年全美体育产业发展情况作了统计分析。该分析报告认为，1999 年全美体育产业创造的增加值为 2125.3 亿美元，占当年 GDP 的比重为 2.4%。表 3–3 展示了 1999 年美国体育产业增加值的构成情况。

表 3–3　1999 年美国体育产业增加值的构成

（单位：亿美元）

子项	子项解释	增加值	占总增加值的%
1. 体育旅行	参加体育活动、观看体育比赛的吃住行通称体育旅行	444.7	20
2. 体育广告	包括网络广告、全国有线电视广告、体育场馆广告和广播广告等	282.5	13.29
3. 体育用品	体育器材、服装和鞋帽等	249.4	11.7
4. 体育观赏	包括门票、包厢和观看比赛时消费的快餐、饮料、纪念品及停车	225.6	10.6
5. 工资收入	包括篮球、棒球、橄榄球、冰球、网球等主要体育联盟球员、教练和员工的工资	192.3	9.05
6. 体育博彩	包括跑马、彩票和网络赌球等	185.5	8.37
7. 体育特许产品	包括服装、鞋袜、电器、软件、音像、图书、玩具和游戏等体育特许产品	151.0	7.1
8. 体育职业相关服务	包括经纪人、体育市场公司、金融、法律和保险等	140.3	6.6
9. 比赛转播权	包括四大体育联盟(篮球、棒球、橄榄球和冰球)比赛转播权以及大学比赛转播权	105.7	5.0
10. 体育赞助	包括赛事赞助、运动队赞助、体育联盟赞助等	50.9	2.4
11. 体育医疗	运动损伤医疗服务	41.0	1.93
12. 体育设施建设		24.9	1.1
13. 体育出版	包括体育杂志、图书、音像制品和游戏等	21.2	1.0
14. 球员和教练转会		7.3	0.34
15. 体育网络服务		3	0.14

资料来源：U.S. Census Bureau，2000

美国体育产业在 20 世纪的最后 20 年有了飞速的发展，产业产值由 20 世纪 80 年代中期的六百多亿美元快速增长到 20 世纪末两千多亿美元。从现有资料看，美国体育产业大体上由这几部分组成：

体育健身娱乐业（Fitness and Recreation Industry）：健身娱乐业是美国体育产业中最重要的组成部分。20 世纪 60 年代以前，美国的健身娱乐业整体规模还比较小，体育俱乐部的数量有限，且项目单一，主要是拳击、体操和举重俱乐部。60 年代以后，随着网球、高尔夫球等球拍类运动项目在美国的兴起，俱乐部的数量迅猛增加。70~80 年代以有氧健身操为代表的有氧运动在全美风靡，又进一步带动了健身娱乐业的发展。进入 90 年代以后，增长的势头仍在持续。1993 年，美国人每年参加体育健身活动超过 100 天的人数达到 4390 万，且 35~54 岁的年龄段增加的幅度最大，达到 55%。1987~1996 年的 10 年间，美国体育俱乐部的会员数增加了 51%（表 3-4）。

表 3-4　1987~1996 年美国体育俱乐部的会员数

年　份	俱乐部会员数（百万）
1987	13.8
1988	15.2
1989	16.6
1990	16.4
1991	16.7
1992	16.5
1993	18.2
1994	20.0
1995	19.1
1996	20.8

引自：Lisa P Masteralexis. *Principles and Practice of Sport Management*, Page：432

当前，美国运动健身场所大约有 48000 个，商业性俱乐部 13300 个。其中体育健身俱乐部 12000 个，占总数的 90.22 %。1982~1996 年的 15 年间，美国商业性俱乐部整体上是呈增长态势，但也有小幅震荡，其中 1990 年达到峰值，为 13000 个，1996 年略有下降，为 12000 个，具体变动情况如下（图 3-1）：

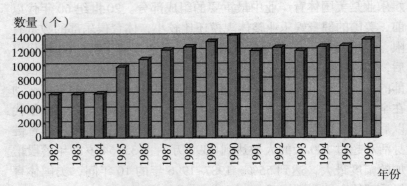

图 3-1　1982~1996 年美国商业性俱乐部的变动情况
资料来源：同表 2-2

近年来，美国商业性俱乐部的另一个发展趋势，就是俱乐部的经营内容由单一向多元化转变。1989 年开展多元化经营的俱乐部只占总数的 14 %，而到了 1996 年这一比重已升到 50 %。同时，与多元化经营相伴随的是集团化、连锁化趋势愈来愈明显。目前，美国在体育健身领域最大的 5 家连锁经营公司共拥有下属俱乐部 1989 家，其中美国俱乐部系统公司（American Club Systems）下属 661 家，高德体育公司（Gold's Gym Enterprises）下属 503 家，比利健康和网球公司（Bally's Health & Tennis Corp）下属 320 家，美国俱乐部公司（Club Corporation of America）下属 255 家，中央体育股份有限公司（Central Sports Co, Ltd.）下属 250 家。这些集团化公司占据了美国体育健身娱乐市场的绝大部分市场份额。

从上面的分析可以看出，健身娱乐业是美国体育产业中一个十分重要的行业，不仅市场规模大、经营水平高，而且组织化程度高，竞争有序、激烈。而这项产业在美国之所以能高度发达，根本原因在于：美国人有钱、有闲、有健身消费的意识和习惯、有全球最大的体育健身娱乐市场、有充足的高素质的体育经营人才。

职业体育产业（Professional Sport Industry）：职业体育产业在美国起步早，发展也比较成熟、规范。1869年出现了美国第一个职业运动队——辛辛那提红长袜队。该队那时已经开始在美国小城镇做巡回表演，并为此付给每名运动员930美元，而1869年美国工人的平均工资是170美元，职业运动员工资是普通工人的5.5倍。1876年第一个全美职业体育联盟宣告成立，当时该联盟拥有辛辛那提红长袜队、芝加哥青年人队和其他一些球队。进入20世纪以后，美国各大职业体育联盟相继成立，并不断地按照法人管理模式（Corporate Governance Model）来规范经营和运作。经过一百多年的努力，美国人终于缔造了一个职业体育产业帝国，并对20世纪的国际体坛产生了多方面的深远影响。

美国职业体育产业从组织构架上看，是一个包含观众、球员、俱乐部、联盟、媒体和政府在内的多层面的复杂系统。其中观众是消费者，球员是有特殊技能、高收入的劳动者，俱乐部、联盟和媒体是所有者和经营者，政府则是竞赛表演市场的管理者。从经营内容上看，目前美国大约有二十个的运动项目进入了市场，走上职业化、商业化道路。仅棒球、篮球、橄榄球、冰球和足球五个项目就拥有近800个职业队（含少量加拿大的球队）。从消费者角度看，80年代中后期，美国成年人平均每人1年就有8次去赛场观看比赛，在这之后美国职业体育的观众人数仍呈稳步上升趋势，据测算，2000年，去赛场观看美国职业体育所有项目比赛的人数达到3亿人次。众多的职业队和持续增长的观众人数，表明美国有一个巨大的体育竞赛表演市场，而只有大市场才能造就大产业。80 年代初期，美国职业体育的总收入大约在 30 亿美元，而到了 90 年代中期，这个数字已经突破了 70 亿美元。其中，NFL 的收入大约在 17 亿美元，MLB 的收入是 15 亿美元，NBA 的收入是 7 亿美元，NHL 的收入大约是 4 亿美元。那么，这四大职业体育联盟的巨额收入是从哪里来的呢？表 3-5 反映了四大联盟主要的收入和支出情况。

表 3-5　美国四大职业体育联盟主要收支情况

	MLB	NFL	NBA	NHL
收入：				
门票收入	38.9%	29.1%	40.6%	60.5%
媒体转播权收入	38.2%	55.4%	36.9%	14.9%
赛场收入	19.1%	9.8%	13.1%	18.9%
其他各项收入	3.8%	5.7%	9.4%	5.7%
支出：				
球员薪金	60.3%	72.6%	58.2%	55.7%

资料来源：同表 3-2 ，第 68 页

美国职业体育的发展现状还可以从这一领域内的体育商业企业的数量、收入和吸纳就业三个重要指标中窥见一斑。1997 年美国职业体育领域内商业企业的总数已经达到 34401 家，营业收入达 334.09 亿美元，吸纳就业人数达 82.82 万人（表 3-6）。

表 3-6　1997 年职业体育领域内的商业企业对美国经济的贡献

企业类型	数量	营业收入（千美元）	就业人数
职业棒球俱乐部	194	2，296，558	14，410
职业橄榄球俱乐部	45	2，503，399	4，107
其他职业体育俱乐部	244	3，008.787	14，813

划船中心	5590	2, 820, 685	88, 044
运动健身娱乐中心	16, 604	7, 944, 954	256, 397
高尔夫课程和乡村俱乐部	8, 546	8, 636, 921	160, 118
赛车场	590	897, 600	22, 215
赛马场	161	2, 448, 351	144, 331
赛狗场	56	796, 069	36, 997
轮滑场	1, 611	416, 339	19, 416
滑雪场	381	298, 737	8, 870
滑冰场	379	1, 340, 813	58, 513
总计	34, 401	33, 409, 213	828, 231

资料来源:1997 Economic Census, U.S. Census Bureau, U.S. Department of Commerce

另外，从美国居民观看体育比赛的个人消费性看，1985 年这一方面的支出是 32.79 亿美元，10 年后的 1995 年这一数字增加到 55.37 亿美元，增长了 60%（表 3-7）。

表 3-7　1985~1995 年美国居民观看体育比赛的个人消费支出

单位：百万美元

比赛项目	1985	1986	1987	1988	1989	1990	1991	1992	1993	1994	1995
职业棒球	325	350	385	426	469	489	562	592	781	648	691
职业橄榄球	263	259	263	293	323	348	373	398	408	414	443
职业篮球	217	248	286	192	240	268	281	299	310	332	365
职业足球	4	5	9	3	7	10	10	11	24	25	25
职业冰球	188	204	226	138	151	162	171	185	207	197	194
赛狗和赛马	312	316	327	345	398	381	391	346	335	300	281
大学橄榄球	139	149	160	165	182	196	206	206	206	226	230

续表

比赛项目	1985	1986	1987	1988	1989	1990	1991	1992	1993	1994	1995
大学篮球	123	131	141	151	164	180	191	196	189	182	216
高中体育比赛	1,222	1,157	1,123	1,387	1,670	1,684	1,803	1,948	2,176	2,404	2,575
其他体育比赛	487	464	445	470	543	520	534	473	457	478	518
总计	3,279	3,284	3,366	3,569	4,147	4,238	4,522	4,656	5,093	5,206	5,537

资料来源:Statistical Abstract of the United States, 1997

在俱乐部层面上，美国四大职业体育联盟所属的球队也普遍经营有方，绝大部分职业俱乐部都可以盈利。以 NBA 的达拉斯小牛队为例，2003~2004 赛季，小牛队获得的经营收入为 1.03 亿美元，其中从 NBA 的分成收入是 2800 万美元，门票销售收入 4600 万美元，本地赞助商开发收入 2400 万美元，训练营收入 500 万美元。相比之下，中国 CBA 篮球联赛 2003~2004 赛季整体的开发收入只有 4000 万元。也这是说，达拉斯小牛队一个球队的开发收入是整个 CBA 联赛开发收入的 20 倍，差距之大令人咋舌。另外，NBA 的纽约尼克斯队在门票销售上也做得非常好，该队在纽约麦迪逊广场花园的主场有 89 个包厢，每个包厢以 25 万~30 万美元的价格出售，仅这一项，每个赛季该队就可获利 1240 万美元，约占它总收入的 50%。

总之，美国职业体育产业已经走上经营有方、管理有序的良性循环的发展道路。球员、俱乐部、联盟为了实现各自的利益，既相互竞争，又相互制约，而这一点正是一项产业成熟的标志。

体育用品业（The Sporting Goods Industry）：体育用品业是美国体育产业的重要组成部分。19 世纪上半叶，美国的体育产业开始起步。1811 年，一个名叫乔治·泰勒的军械工与人合伙成立了泰勒公司，开始生产钓鱼渔具，并且很快该公司就成为了密西西比河以东最主要的体育用品销售商。19 世纪后半叶，美国体育用品业中最著名的人物是前职业棒球运动员埃尔伯特 G. 斯伯尔汀，他最主要的贡献在于，他的公司为所有阶层的人生产不同品质的体育用品，从而使普通大众也能买得起体育用品，这样他就在拓展体育用品市场方面做出了突出的贡献。1905 年全美体育用品生产者协会（SGMA）成立。20 世纪 20 年代美国的一批著名运动员开始投身体育用品业，带动了体育用品业的发展。50 年代，尤其是朝鲜战争结束以后，美国人对体育用品的需求迅速提高，体育用品市场上的需求持续大于供给，日本、韩国、台湾等国家和地区的体育用品大量涌进美国市场。70 年代体育用品业开始出现全球快速增长的势头，1977 年全美体育用品生产者协会在芝加哥召开了一次会议，倡导成立了世界体育用品业联合会（WFSGI）。

80 年代美国体育用品业产生了两大巨头——耐克（Nike）和锐步（Reebok）。1980 年，耐克以 2.69 亿美元的销售额首次在国内市场击败当时排第一位的阿迪达斯。随后的几年耐克公司曾出现小幅下滑，1986 年锐步超过耐克，排在首位，但很快耐克公司在"乔丹气垫鞋"（Air Jordan）上开展了一场声势浩大的营销攻势，迅速收复了失地，重新回到首位。1990 年，耐克公司收入已达 20 亿美元。1997 年，该公司的全球总收入跃升到 90.19 亿美元。"截止到 2003 年，耐克公司以销售额 106.97 亿美元，税前利润 7.40 亿美元，纯利润 4.74 亿美元的业绩列全球体育用品公司综合实力的首位"[1]。

表 3-8 展示了 1987~1996 年全美各类体育用品的销售情况，1996 年全美各类体育用品总的销售额达到了 571.68 亿美元，其中运动服装的销售额是 100.30 亿美元，运动鞋的销售额是 118.35 亿美元，运动器材销售额是 156.91 亿美元。

---

① 数据来源于美国纽约证券交易所官方网站（www.nyse.com）

表3-8 1987~1996年美国按产品分类的体育用品销售额

（单位：百万美元）

产品类别	1987	1988	1989	1990	1991	1992	1993	1994	1995	1996
所有产品的销售额	36,791	43,937	48,585	48,250	47,104	47,110	49,129	53,453	55,452	57,168
零售所占的比例%	2.4	2.7	2.8	2.6	2.5	2.4	2.4	2.4	2.4	2.3
运动服装	4,645	9,555	10,286	10,130	10,731	8,990	9,096	9,521	9,699	10,030
运动鞋	6,373	6,797	10,435	11,654	11,787	11,733	11,084	11,120	11,420	11,835
散步鞋	996	1,471	2,419	2,950	2,689	2,688	2,673	2,543	2,841	2,955
体操鞋	1,537	1,602	2,303	2,536	2,545	2,397	2,016	1,869	1,741	1,758
慢跑鞋	1,023	987	1,106	1,110	1,192	1,232	1,231	1,069	1,043	1,106
网球鞋	467	448	645	740	759	748	599	556	480	489
有氧健身操专用鞋	634	514	667	611	600	590	500	356	372	380
篮球鞋	364	493	631	918	947	984	874	867	999	1,049
高尔夫球鞋	186	183	186	226	249	260	275	238	225	234
运动器材	9,900	10,705	11,504	11,964	12,062	12,846	13,880	15,257	15,060	15,691
运动枪械和特猎用品	1,804	1,894	2,139	2,202	2,091	2,533	2,722	3,490	2,955	3,015
健身器械	1,191	1,452	1,748	1,824	2,106	2,050	2,602	2,449	2,857	3,000

高尔夫器材	1,434	1,366	1,342	1,248	1,338	1,149	1,219	1,167	1,111	946
露营器材	1,305	1,208	1,017	906	903	1,006	1,072	996	945	858
自行车器材	(NA)	(NA)	(NA)	(NA)	(NA)	(NA)	1,092	906	819	930
渔具	751	737	717	716	678	711	776	769	766	830
滑雪用品	644	607	652	611	627	577	606	606	710	661
网球	248	241	257	267	296	295	287	315	264	238
射箭	296	302	306	285	334	270	265	261	235	224
棒球和垒球	254	249	295	323	245	214	217	206	174	173
潜水器材	55	54	51	51	55	63	88	96	160	148
保龄球器材	165	160	157	159	164	155	155	143	129	129
娱乐性的运输工具	19,612	19,273	17,555	15,069	13,541	12,524	14,502	16,360	16,880	15,873
游船	9,518	9,064	7,679	6,246	5,765	5,862	7,644	9,319	9,637	8,906
娱乐车辆	5,768	5,894	5,690	4,775	4,412	3,615	4,113	4,481	4,839	4,507
自行车用其配件	3,356	3,390	3,470	3,534	2,973	2,686	2,423	2,259	2,131	2,272
雪上汽车	970	924	715	515	391	362	322	301	273	188

资料来源：Statistical Abstract of the United States, 1998

另外，在 2004 年中国国际体育用品产业论坛上，美国体育用品制造商协会（SGMA）主席约翰·里德尔作了《美国体育用品市场现状及前景分析》的专题报告。他在报告中公布了1996~2003 年 SGMA 统计的全美体育用品销售数据，图 3-2 表明，1996 年至今的 8 年间，体育用品总的销售额在美国仍呈稳步增长的态势。

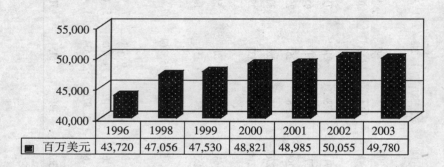

	1996	1998	1999	2000	2001	2002	2003
■ 百万美元	43,720	47,056	47,530	48,821	48,985	50,055	49,780

图 3-2　SGMA 统计的 1996~2003 年美国体育用品销售情况

美国体育用品业的现状还可以从体育用品的进出口情况来进行分析，表 3-9 和表 3-10 反映了 20 世纪最后 10 年美国体育用品的进出口数据，数据表明这一时期美国体育用品的进出口总量上都呈现逐年递增的态势。这也在一定程度上说明了美国是当今全球体育用品业最发达的国家之一。

表 3-9　1989~1997 年美国体育用品出口情况　　（单位：10 亿美元）

年份	出口值	与前一年对比的%
1989	0.96	38.1
1990	1.10	14.4
1991	1.19	8.1
1992	1.36	14.4
1993	1.54	12.9

1994	1.78	15.5
1995	2.16	21.4
1996	2.27	5.3
1997	2.43	6.8

资料来源:Press Release, Sporting Goods Manufacturers Association (SGMA), 1997

表 3-10   1989~1996 年美国体育用品进口情况   （单位:10 亿美元）

年份	进口值	与前一年对比的%
1989	4.988	+2.4
1990	5.745	+15.2
1991	5.953	+3.6
1992	6.621	+11.2
1993	6.881	+4.6
1994	6.516	-5.3
1995	6.803	+4.4
1996	7.220	+6.1

资料来源:同表 3-9

体育经纪业（Sports Agency Industry）：尽管从产值上看，体育经纪业在美国体育产业中所占的比重不大，但是它在推动该国整个体育产业发展中却起着至关重要的作用。一方面，体育经纪业是职业体育产业发展和壮大的催生因素。可以说，没有体育经纪业的勃兴，就没有职业体育产业的繁荣；另一方面，体育经纪公司和体育经纪人卓越的专业化服务，尤其是拓展市场的能力，在带动体育无形资产的开发，体育书刊、音像制品的生产和经营，以及体育广告业和体育用品业的发展等方面也发挥了重要作用。

1925 年，戏剧推销商 C.C.帕莱与芝加哥熊队的老板乔治·哈拉斯签了一份代理合同，成为美国第一个体育经纪人。但是，美国体育经纪业实际上直到 20 世纪 70 年代才得以真正发展壮大。

因为，70 年代以前，美国职业运动员中只有极少数的人有经纪人，而现在每 4 名职业运动员中就有 1 名有经纪人。目前，美国最大的体育经纪公司有 3 家：它们是国际管理集团（IMG）、专业服务公司（ProServ）和优势国际公司（Advantage International）。在这 3 家公司中规模最大、影响最大、效益最好的是国际管理集团，该公司因曾经代理经营我国的甲 A 足球联赛和甲 A 篮球联赛而被中国人所熟悉。

国际管理集团是由美国人马克.H.麦考梅克创办的。60 年代他在克利夫兰以 500 美元注册了一家名叫国际管理集团的体育经纪人公司，为当时的体育明星帕尔默、普莱尔、尼克劳斯作代理。经过三十多年的艰苦创业，IMG 目前已经成为一个能够开展多种经营业务的大型跨国集团公司。

IMG 代理过的著名运动员已超过千名，几乎包括各年代著名的体育明星，如斯图尔特、博格、纳芙拉蒂洛娃、阿加西等。近年来，IMG 还成为一些古典音乐家和歌唱家的经纪人，如伊泽克·佩尔蒙、詹姆斯·加尔韦和内维尔·马瑞纳等。IMG 发起并管理各种体育文化艺术活动，从温特沃斯的丰田杯世界高尔夫球比赛到新加坡的约瑟·卡瑞斯音乐会，从底特律摩托车大赛到悉尼的耶稣基督超级明星演唱会，再到阿联酋迪拜的台球大赛，无不闪现着 IMG 的身影。

IMG 还是诺贝尔基金会、温布尔顿网球公开赛组委会、安德鲁斯皇家古典高尔夫球俱乐部的代理人。IMG 的电视业务遍布全球，它的全球国际传播公司代理着奥运会、世界杯和欧洲杯花样滑冰锦标赛、全美橄榄球联赛以及全世界所有重要的网球和高尔夫球比赛的电视转播权。IMG 的市场顾问部门受聘于全世界 50 家以上的大公司，同时它也为成百上千个企业的高级主管提供个人的财务规划和管理服务。此外，IMG 还拥有 3 个模特经纪公司。

1984 年，IMG 在全球设有 19 个办事机构，雇员 500 名，年收入几亿美元。目前，该公司已在全球 38 个国家设有 78 个分支机构，雇员超过 2000 名，年收入超过 10 亿美元。同时，IMG 的总裁麦考梅克还因为对现代体育和商业的巨大贡献而被英国《星期天泰晤士报》评为对 20 世纪世界历史产生重大影响的一千人之一。

除上述四大领域之外，美国体育产业还包括体育媒体业、体育广告业、体育博彩业、体育保险业以及体育赞助、体育建筑、体育出版、体育纪念品销售等方面。总之，美国体育产业是一个无所不包的混合产业，也是当今世界上规模最大、水平最高、活力和效益最好的产业。

二、英国体育产业

英国是老牌资本主义国家，也是现代体育产业的起源国。该国的体育产业尽管在整体的规模、结构和发展水平上不及美国，但是英国是一个有贵族传统的社会，英国人崇尚运动，有体育消费的意识和习惯，因此，该国的体育消费和体育市场都比较发达，体育产业体系也相当完整。

英国的体育产业起步早，但发展相对缓慢。实际上该国体育产业直到 20 世纪 60 年代，国民经济从战后重建中全面复苏后才真正步入了快车道。经过近 40 年的发展，2000 年英国体育产生的增加值为 98 亿英镑，约占当年该国增加值总额的 1.5%，体育产业在英国经济中正在发挥越来越重要的作用。

80 年代和 90 年代，英国体育理事会先后两次以"体育在英国经济中的作用及意义"为题，组织了大规模专题调查研究，调查结论是："体育已成为整个国家经济机制的重要环节之一。"调查结果表明，体育对国家经济的发展以及地区和民间经济的发展都有积极的促进作用。1987 年的调查数据显示，当年该国体育产业的产值是 68.5 亿英镑（约合一百多亿美元），超过汽车制造业和烟草工业的产值，政府从体育产业中获得税收 24 亿英镑，相当于政府用于体育开支的 5 倍，这一收入甚至比对英国经济起重要作用的劳埃德保险市场的收入还要多 5.5 亿英镑。同时，体育产业还为英国提供了 37.6 万个就业机会，体育产业中的就业人数相当于整个英国化工和人造纤维工业的就业人数，超过煤炭、农业和汽车零件制造业的就业人数。英国经济学家测算，为体育运动的发展提供 1 英镑，平均可产出 1.5 英镑。1990 年，英国体育产业产值已突破 80 亿英镑，这一产值在英国各行业中排列第 5 位，在体育产业中就业的人数也近 50 万人。

根据英国亨利研究中心两位经济学家提交的《关于英国体育对经济影响及重要性》的研究报告，该国体育产业主要包括体育用品业、健身娱乐业、职业体育产业、体育博彩业、体育赞助和体育广告等。1989 年英国体育用品的市场销售额是 6.8 亿美元。1995 年，据直接参与体育彩票发行的"卡梅洛特"公司的统计，当年英国体育彩票的发行总收入为 27 亿英镑，净收入是 7.5 亿英镑。1996 年英国体育赞助所得收入是 7.29 亿美元，在欧洲国家中排第 2 位，仅次于德国，占世界体育赞助市场的 4.8%（英国利兹大学，D.斯沃特思，1998）。另外，以足球、赛车、赛马和高尔夫球为主的职业体育产业在英国也相当发达，每年的产值达数亿英镑。

2003 年 6 月《体育英格兰》（Sport England）发布了一项专题研究报告，题为《英格兰的体育经济价值》（The Value of the Sports Economy in England, Final Report, June 2003）。该报告全面反映了当前英国体育产业的发展情况。表 3–11 反映了 2000 年英国与体育相关的就业和产出情况。2000 年英国在体育方面的就业人数是 40.18 万人，约占当年该国就业人数总量的 2%，而 1998 年只占 1.5%，说明体育对就业的拉动力作用在增强。在 40 万体育就业大军中，按机构属性分，在商业体育（Commercial Sport Sector）中的就业人数是 16 万人，在非体育的商业机构（Commercial Non–sport Sector）中就业的人数是 17 万人（如高等教育和博彩机构）；按服务内容分在观赏性（spectators sports）体育中就业的人数是 48000 人，在与体育相关的零售业中就业的人数是 29000 人，在商业性的参与性体育中就业的人数是 22000 人，在与体育相关的制造业中就业的人数是 33000 人（其中在运动汽车发动机制造业中就业的人数是 25000 人）。从体育的对国民经济的贡献看，2000 年英国体育产生的增加值（value-added）为 98.38 亿英镑，约占当年该国增加值总额的 1.5%，这个比例与 1998 年的数值相近。

表 3-11　2000 年英国与体育相关的就业和产出

项目	就业（万人）	增加值（亿英镑）
商业体育	15.71	35.53
其中：		
观赏性体育	4.84	7.09
参与性体育	2.16	3.80
零售	2.94	9.66
体育相关制造	3.26	8.40
非体育商业	16.93	42.26
其中：		
高等教育机构	1.78	4.22
业余体育	3.79	12.15
地方政府	3.75	8.44
体育服务	2.37	
所有与体育相关的活动	40.18	98.38
全国总量	2173	6766.11
体育占全国总量的比重	1.8%	1.5%

资料来源：Sport England, The Value of the Sports Economy in England, Final Report, June 2003

表 3-12 反映了 2000 年英国居民与体育相关的消费情况，数据表明 2000 年英国人与运动相关的个人消费支出总量是 114.95 亿英镑，体育消费的支出占英国居民当年总消费支出的比重是 2.8%，人均体育消费达到 230 英镑。这些数据表明，英国也是当

今全球体育产业高度发达的国家之一。

表 3-12　2000 年英国居民与体育相关的消费支出

支出项目	金额（亿英镑）
与运动相关的总支出	114.95
其中：	
运动服装和鞋	24.79
体育用品	7.94
门票	6.00
会费	27.01
运动博彩	23.13
居民总支出	4083.25
体育支出占总支出的比重	2.8%
人均体育消费支出	230 英镑

资料来源：同表 3-11

从英国家庭由体育获得的收入（表 3-13）以及英国体育所创造的收入源上看，2000 年英国居民通过在体育行业中就业产生了 58 亿英镑的可支配收入，占居民可支配收入总额的比重超过 1%。同年英国体育所创造收入最大的来源是商业体育（commercial sport）。2000 年商业体育创造收入达到 102 亿英镑，这个数字是业余体育（Voluntary sector）所产生收入的 3 倍。

表 3-13　2000 年英国家庭从体育获得的收入

项目	金额（亿英镑）
获得的总收入	58.36
商业体育	
其中：	
观赏性体育	7.28
参与性体育	2.36
媒体和零售	7.03
体育相关制造	5.09
非体育商业	21.69

业余体育	4.17
地方政府	5.78

资料来源：同表 3-11

表 3-14　2000 年英国与体育相关的收入和支出

（单位：亿英镑）

项目	收入	现金支出	资本支出（基本建设支出）
居民	58.36	114.95	--
商业体育	105.8	125.35	4.99
其中：			
观赏性体育	18.24	17.73	1.25
参与性体育	6.91	6.91	0.67
媒体和发行	34.7	11.51	0.62
与体育相关的供应商	28.58	2.82	1.37
非体育商业	49.57	--	--
业余体育	32.86	15.86	1.61
地方政府	14.28	15.53	2.08
海外	22.41	19.53	0.07
总计	283.28	291.22	9.38

资料来源：同表 3-11

另外，英国体育产业的发展情况还可以从该国公共部门在体育领域的投入与产出情况来分析。表 3-15 表明，2000 年政府通过收税从体育得到了 55 亿英镑，而它直接的财政投入仅有 6.6 亿英镑，收入是投入的 8.3 倍。

表 3-15　2000 年英国公共部门与体育相关的收入和支出

（单位：亿英镑）

项目	收入	支出
中央政府	55.17	6.61
其中：		
捐赠	--	6.61

收入税	31.92	--
公司税	--	--
从业余体育和其他体育组织中收的税	23.25	--
地方政府	14.28	15.53
其中:		
室内体育设施	1.57	4.92
室外体育设施（包括高尔夫）	0.37	1.20
社区中心等	0.13	0.71
运动发展计划	0.95	0.70

资料来源：同表 3-11

应该说，从《体育英格兰》2003 年公布的专题报告看，英国也是当今全球体育产业高度发达的国家之一。

三、澳大利亚体育产业

澳大利亚是近年来体育产业快速发展的西方国家，特别是悉尼举办 2000 年奥运会极大地带动了该国体育产业的发展。根据澳大利亚国家统计局的统计结果，2000~2001 年度，澳大利亚体育产业总产值为 86 亿澳元（约 53.08 亿美元，不包括体育用品制造业和体育用品销售业），收入最高的产业门类为体育场地与设施产业，总产值达 35.63 亿澳元，体育俱乐部、运动队及体育专业人士产业为 13.82 亿澳元，体育行政机构产业 11.47 亿澳元，赛马与赛狗产业 11.36 亿澳元。2000~2001 年度，澳大利亚体育产业实现的增加值为 19.42 亿澳元（11.99 亿美元）。截止 2001年 6 月，澳大利亚体育产业吸纳的就业人数为 87447 人，其中30547 人为固定工，体育产业的志愿者为 178837 人（表 3-16、表 3-17）。

表 3-16 2000 年 6 月~2001 年 6 月不同体育产业门类经营状况（A）

	单位	营利机构	非营利机构	政府组织	总计
至 2001 年底经营单位与组织数量	个	3668	2849	630	7147
至 2001 年底就业总人数	人	37705	49743	10820	98267
2001 年 6 月志愿者总人数	人	4404	174433		178837
收入					
政府资助	百万澳元	119	149.6	462.7	731.3
其他拨款收入	百万澳元	26.7	228.8		255.5
赞助和融资收入	百万澳元	780.7	433.2	6.7	1220.6
运动员与体育参与者付费服务收入	百万澳元	385.6	147.5		533.2
门票收入	百万澳元	665.6	323	153.1	1141.7
出租体育场地设施	百万澳元	43.6	92	50.9	186.4
出售电视转播权收入	百万澳元	1132.8	216.6		1349.4
其他	百万澳元	1203.7	1788.1	56.1	3047.9
合计	百万澳元	4357.7	3379	729.5	8466.2
支出					
劳动力支出（B）	百万澳元	955.5	937.5	254.8	2147.8
向其他组织拨款	百万澳元	11.9	267.5	215.8	495.2
体育场地设施的修理与维护	百万澳元	66.6	111.5	168.5	346.5
租用体育场地设施与设备	百万澳元	99	60.5		159.6
博彩税	百万澳元	0.2	8.4		8.6
其他	百万澳元	3187	1936.7	326.3	5450.1
合计	百万澳元	4320.4	3322.2	965.3	8607.9

注：A. 包括悉尼奥运会组委会与悉尼残疾人奥运会组委会经费资助数据；
　　B. 在政府机构中，劳动力支出只包括工资。
资料来源：2002 年，澳大利亚国家统计局数据

表3-17 2000年6月~2001年6月体育产业中次级产业经营状况

	单位	赛马与赛狗	健身中心与健身房	其他体育设施	体育管理机构	体育俱乐部、运动队及专业人士	体育保障服务	政府机构	总体
单位数									
营利机构	个	750	620	745		372	1181		3668
非营利机构	个	284	47	119	756	1565	78		2849
政府机构	个							630	630
合计	个	1034	667	864	756	1937	1259	630	7147
所在地									
首府城市与郊区	个	没有数据	527	591	571	1106	1310	没有数据	
非首都市区	个	没有数据	270	434	393	1118	630	没有数据	
合计	个	没有数据	797	1025	965	2224	1940	没有数据	
就业人数	人	15900	12552	15842	11814	23312	8028	10820	98267
志愿者	人	没有数据	546	7962	106427	61950	1952	没有数据	178837
会员人数	个	105833	501264	224343	没有数据	1669111	81901	没有数据	2582452
收入									
销售净收入	百万澳元	555.4	190.7	29.7	80.5	313.1	11.7	没有数据	555.4
会员费收入	百万澳元	20.8	0.6	644.8	228.6	87.3	0.7	没有数据	646.6
门票收入	百万澳元	26.5						153.1	1141.7

									合计
政府资助	百万澳元		1.1	131.2	106.1	10.9	19.3	462.7	731.3
其他收入	百万澳元	533	101.9	2757.4	731.4	970.5	183.5	113.8	5391.4
合计	百万澳元	1153.6	294.3	3563.1	1146.7	1381.8	215.2	729.5	8466.2
支出									2147.8
劳动力支出	百万澳元	242.2	119.8	627.9	224.8	595.1	83.2	254.8	456.4
奖金与奖品支出	百万澳元	404.2	0.2	2.6	29.7	19.1	0.6	没有数据	没有数据
对其他组织拨款	百万澳元	没有数据	1.7	5.2	237.4	32.9	2.2	215.8	495.2
修理维护费用	百万澳元	41	11.1	43.2	8.2	69	5.6	168.5	346.5
其他支出	百万澳元	419.9	145.3	2904.6	600.1	670.8	94.9	326.3	5161.9
合计	百万澳元	1107.3	278.1	3583.6	1100.2	1386.9	186.5	965.3	8607.9
税前经营利润	百万澳元	30.6	16	18.6	45.7	-12.5	28		89.3
经营利润率	%	2.7	5.6	-3	7.4	-1.3	16.2		2.1
增加值	百万澳元	260.7	140.6	668.4	229.2	542.8	100.1		1941.9

资料来源: 2002年, 澳大利亚国家统计局数据

四、意大利体育产业

位于亚平宁半岛的意大利，是一个充满激情的国家。体育运动在这个国家的社会生活中占有重要位置。意大利政府一直把体育看作是能带动国民经济增长的重要产业部门。意大利的体育产业主要包括体育用品业、职业体育产业、健身娱乐业、体育博彩业和体育赞助、体育广告等。1994 年意大利体育产业所创造的增加值占该国当年 GDP 的比重达到 1.06%。"1998 年该国在体育产业中就业人数达到 54978 人"。①

意大利体育产业中最重要的部分是职业体育产业，而在职业体育产业中又以"足球产业"为支柱。意大利的"足球产业"是一个包括门票、广告、电视转播权、俱乐部标志产品的营销、职业运动员买卖和足球彩票在内的复合产业。这一特色产业的年产值在 3.5 万亿~4 万亿里拉，可以排在意大利国民经济十大部门的行列。据统计，每一位足球爱好者去现场观看比赛，用于购买门票的开支以及其他"伴生性"开支，平均每场为 1.5 万里拉。这样，在星期天的"足球日"一天，全国足球球迷的总开支就达2000 亿里拉。1993 年，意大利居民观看体育比赛的直接开支（不含"伴生性"支出）是 7300 亿里拉（4.87 亿美元），其中观看甲级和乙级足球联赛的直接开支为 4540 亿里拉（3.03 亿美元），用于观看全国篮球锦标赛的开支为 507 亿里拉，观看排球比赛的开支为 124 亿里拉。

足球彩票是意大利足球产业中最重要、也是最有特色的部分。意大利的足球彩票始于 1946 年，最初是由一名叫希萨尔的私人彩票商发行。1948 年经政府批准，开始由意大利奥委会以官方名义发行。目前，意大利全国有 16600 个足球彩票销售点和

---

① 资料来源：European Commission–DG X: Sport and Employment in Europe,Final Report. Sep. 1999

24000 台由好利获得公司制造的足球彩票自动化处理机,整个足球彩票的销售已形成系统化网络。

意大利足球彩票销售量每期约 5000 万张,平均每个意大利人每期购买 1 张。购买足球彩票的人包括社会各个阶层。据意大利国家足球彩票管理中心主任预测,意大利足球彩票的市场行情是只涨不跌,预计今后足球彩票的每期销售额将突破 4000 万美元。目前,意大利足球彩票每年发行量高达二十多亿美元,彩票收入约占意大利财政收入的 1.5 %,排名第 15 位。

由于足球产业高度发达,体育赞助在意大利也空前活跃。1991 年意大利体育赞助总额为 7.40 亿美元,其中赛车运动得到 2.68 亿美元的赞助,足球得到 1.25 亿美元的赞助,其他依次是自行车 0.93 亿美元,篮球 0.51 亿美元,排球 0.35 亿美元,网球 0.30 亿美元,田径 0.28 亿美元,帆船 0.23 亿美元。1996 年意大利体育赞助额达 7.91 亿美元,在欧洲国家中排第 3 位,仅次于德国和英国,占世界体育赞助市场总额的 4.8 %。

五、德国体育产业

德国体育产业主要由体育用品业、健身娱乐业、职业体育产业和体育赞助构成。根据欧盟发布的统计报告,1994 年该国体育产业增加值占 GDP 的比重达到 1.25%,1998 年在体育产业中的就业人数达到 95000 人。

体育用品业是德国体育产业中的支柱产业,阿迪达斯公司的产品和市场占有率代表了德国体育用品业的整体水平。"2003 年该公司的全球市场销售额达到 77.77 亿美元,税前利润达到 5.43 亿美元,纯利润达到 3.22 亿美元",[1] 这三项指标仅次于美国的耐克公司,居全球同类公司的第二位。体育健身娱乐业在德国也非常发达,目前德国共有 78000 个体育俱乐部,其中 68000

---

[1] 数据来源: 美国纽约证券交易所官方网站(www.nyse.com)

个位于前西德的各州，其余 10000 个俱乐部分布在前东德地区。90 年代以来，以营利为目的的私人俱乐部在德国迅速发展，德国人称之为"商业性的体育企业"。这些私人俱乐部主要包括健身中心、健美训练房和体育学校等，收费标准一般比公益型俱乐部要高 5 倍。德国的妇女和老年人特别喜欢参加这些"体育企业"组织的活动。据统计，参加公益型俱乐部活动的男性大约占 60 %，女性占 40 %，而在商业型俱乐部里参加活动的男性只有 25 %，女性则高达 75 %。

德国的职业体育产业在欧洲也高度发达。德国的赛车、足球和网球是商业化程度最高的运动项目。德甲足球联赛尽管在整体上稍逊于意大利甲级联赛和英国超级联赛，但各足球俱乐部量入为出，经营管理有序，负债经营的俱乐部数量要明显少于意甲和英超。另外，由于职业体育产业欣欣向荣，体育赞助在德国也空前活跃。1996 年，德国体育赞助的总金额是 16.48 亿美元，仅次于美国和日本，排世界的第 3 位，在欧洲国家中排第 1 位，比排在第 2 位的英国多 8.56 亿美元，占欧洲当年体育赞助总额 55 亿美元的 30%。

六、法国体育产业

法国是浪漫国度，也是一个崇尚运动休闲的国家。据法国青年与体育部 1998 年的统计，法国现有各类体育俱乐部 17 万个，正式注册的会员 1250 万人，体育人口占总人口的 73.9%，职业运动员约 4000 名。法国的体育产业以健身娱乐业为主。法国的体育人口占总人口的三分之二以上，因此，该国的大众体育消费水平非常高。1993 年法国居民用于购买体育用品的总支出近 300 亿法郎（1970 年为 11 亿法郎，1982 年为 51 亿法郎），平均每个法国人购买体育用品的消费支出超过 500 法郎，但法国人在体育用品上消费额只占个人体育消费总额的 38%，他们用于获得体育健身娱乐服务的消费支出占总支出的 62%，约 409 亿法郎。在法国，不同运动项目的消费价格有很大差异，高尔夫球的价格最高，月平均消费支出为 11238 法郎，游艇为 9557 法郎，骑马为 9318 法郎，高山滑雪 8265 法郎，登山 6086 法郎，有氧健身操 2321 法郎，棒球 2164 法郎，柔道 2027 法郎，排球 2010 法郎，足球 1924 法郎，游泳 1333 法郎，体操 625 法郎。

法国是现代体育职业化进程中走得比较早的国家，职业体育在法国高度发达。2004 年 6 月 18~28 日作者专赴法国对该国两大著名职业体育赛事——环法自行车赛和网球四大满贯赛之一的法国公开赛进行了专访。

案例一　环法自行车赛

环法自行车赛是有着百年历史的全球最著名、最成功的商业性赛事之一。A.S.O 公司（AMAURY SPORT ORGANIZISION）是著名的环法自行车赛的组织与经营的专业化公司。该公司以组织各类商业性赛事而闻名，其主办的著名赛事除环法自行车赛外，还有巴黎至达喀尔汽车、摩托车拉力赛等其他一系列赛事，项目涉及自行车、汽车、摩托车、马拉松、半程马拉松和高尔夫球等。公司现有员工 180 名，其影响力和经营业绩是全法最好的私营公司。

每年一度的环法自行车赛是 A.S.O 公司的主打赛事，也是该公司的核心竞争力所在。环法自行车赛的收入占公司总收入的 70% 以上。环法自行车赛的收入来源主要包括电视版权、赞助收入、途经城市政府的赞助以及特许产品的开发等。

电视版权的销售收入占赛事总收入的 45%，是第一财源。环法自行车赛的电视版权由法国电视二台与 A.S.O 公司共有，电视版权的销售，欧洲范围内由欧广联运作，欧洲之外由 A.S.O 公司直接销售。

赞助收入是环法自行车赛的第二大财源，占总收入的 30%。赞助商分为三个等级：一是主赞助商（4 家，行业分别是银行、食品、汽车及零配件、大型零售）；二是指定赞助商（10家）；三是供应商（14家）。赞助商征集时实行同行业排他的策略，保护高等级赞助商的利益。另外，A.S.O公司还利用环法自行车赛的特点，创造性地开发了一些广告赞助商，即在运动员车队前安排规模宏大的先导车，赞助商可以购买先导车身上的广告放置权。一般观众要看20分钟以上的广告车后，才能见到运动员车队。这样的安排反映了A.S.O公司在挖掘赛事经营资源方面的高明之处。

收取环法自行车赛沿途城市政府的赞助费，是A.S.O公司开发赛事资源另一有特色的做法。环法自行车赛是有着百年历史的国际顶级赛事，赛程为22天，比赛距离控制在3500公里以内，现场观众超过1500万，为世界单项比赛之最。A.S.O公司根据赛事特点巧妙地设计比赛路线，每届除终点设在巴黎不变外，起点城市和沿途城市均不固定，以充分调动法国周边国家的相关城市以及法国国内各城市的申办热情。目前除法国国内各城市踊跃申办外，周边的国家瑞士、丹麦、比利时，甚至远在北美洲的加拿大的城市也加入了申办行列。A.S.O公司规定，每一赛段的起点城市收取4.5万欧元的赞助费，终点城市收取7.5万欧元的赞助费。此项安排也让A.S.O公司收入不菲。

此外，A.S.O公司还积极开发环法自行车赛多样化的特许经营产品，此类授权产品的经营收入约占总收入的10%。

在赛事组织方面，A.S.O公司每年在三十多个职业车队中选择20~22个参赛，每队9名运动员，14名辅助人员。A.S.O公司提供比赛车队的一切费用，并给每个参赛队5万欧元的参赛费。环法自行车赛设置的总奖金为300万欧元，冠军奖金为40万欧元。另外，每一站的冠军也有奖金。

案例二　法国网球公开赛

在法国巴黎罗兰加洛斯举办的每年一度的法国网球公开赛，

是国际网联四大满贯赛之一，是有着113年历史的国际著名赛事。法国网球协会（FTF）是法国网球公开赛的组织者和市场开发的运营者。网球是最受法国人喜爱的运动，受欢迎的程度仅次于足球。FTF成立于1920年10月30日。目前该协会拥有注册会员107万人，俱乐部8748家。协会的主要任务是：1. 普及和推广网球运动；2. 举办每年一度法国公开赛；3. 鼓励和支持所属俱乐部开展工作；4. 维护网球运动的尊严，倡导勤奋、尊重对手和体育精神。

法国网球公开赛既是FTF的主要工作，也是FTF最主要的收入来源。法国网球协会一年的总收入超过1亿欧元，其中85%来自法国网球公开赛，15%来自会员所缴的会费；政府给网球协会的钱很少，不到总经费的1%。法国网球协会高度重视法网公开赛的市场开发工作。仅此项赛事一年就给FTF带来接近1亿欧元的收入。主要收入源是：电视版权销售收入4000万欧元，赞助商开发收入2000万欧元，VIP包厢的销售收入2000万欧元，门票和特许产品经营收入2000万欧元。

在电视版权销售方面，FTF非常重视赛事的宣传、推广和包装，每年投入的宣传制作费超过300万欧元，并不断更新和改善赛场新闻中心的设备和服务，吸引来自全球五大洲的新闻单位参与赛事报道，2004年在赛会注册的新闻记者超过3000人。在电视版权销售方面，FTF的精明之处可以用CCTV购买法网转播权的案例来说明。早在1992年法网就邀请CCTV观摩比赛，并洽谈电视版权的销售事宜。当时FTF采取的策略是，CCTV用少量的广告时段换比赛的电视转播权，FTF将广告时段销售给在中国投资的法国企业（阿尔卡特公司），再用广告销售所得资助中国记者来法报道赛事。6年后，当CCTV这个买家培育成熟后，FTF改变策略，要求CCTV按照国际惯例付费购买电视版权。

在赞助商开发方面，FTF在两年前也对赞助策略做了调整，主要做法是减少赞助商的数量，分级分类开发。目前法网赞助分为三个层次：主赞助商 1 家（BNP PARIBAS 公司）；合作伙伴 12 家，包括阿迪达斯、富士、IBM、菲力普、标志汽车、雷达表、联邦快递、法国鳄鱼等；供应商 20 家，包括可口可乐、佳能等。

FTF 负责人在谈及法网公开赛成功运作的经验时总结了三条：一是战略上始终把法网公开赛定位为国际顶级赛事，坚持品牌化运作。二是坚持把体育的价值放在首位，同时强调体育与娱乐的结合。三是 FTF 虽然是国家协会，但在商务运作上与 A.S.O 私人公司没有区别，不同仅在于盈利收入必须投入网球运动的继续发展，不得分红。

法国的体育博彩业也有相当规模。目前，国家体育基金会的资金 70 ％来自体育彩票的收入。1980~1990 年的 10 年间，国家体育基金会从体育彩票发行收入中得到的资金就高达 50 亿法郎，1994 年法国预算外体育经费为 8.5 亿法郎，其中体育彩票的收入就占 7.3 亿法郎。另外，企业的运动赞助在法国也相当普遍。据法国《体育经济与法律》杂志 1997 年底的统计，1990 年以来经常赞助体育的企业有 22 家，其中每年都赞助的有 8 家，这 8 家每年的赞助金额均在 3000 万～4500 万法郎。1996 年，法国体育赞助的总额为 6.3 亿美元，占世界体育赞助总额的 3.8%。

法国体育产业发展中区别其他欧美国家的一个重要特点，就是政府鼓励和引导体育与经济的融合。最引人注目的是，1996 年法国政府的青年与体育部开始推行"体育就业"发展规划。该规划确定了九项行动计划，旨在促进全国大众体育发展的同时，确立体育在整个法国社会经济发展中的地位，让体育运动在人们与失业的斗争中发挥积极作用。1998 年法国体育产业中的就业人数已经达到 94747 人。另外，法国青体部的体育运动管理司还建有一个内部体育经济数据库，聘请一名经济学家兼任该数据库的组长，由他负责组织、搜集和存贮有关体育方面的各种数据信息，内容包括体育贸易、社会经济发展情况、体育消费、体育合作人、体育用品制造商经营业绩等，并从经济学的角度对这些数据进行处理，分析研究体育运动对国家社会经济的影响。同时，青体部还经常聘请专家就大型比赛商业化运作策略、社会家庭消费状况以及媒体炒作对体育在社会经济发展中的影响等课题开展专题研究。

七、日本体育产业

日本体育产业主要包括体育用品业、体育建筑业、体育场馆出租业、健身娱乐业、体育广告和赞助以及正在崛起的职业体育产业。1982 年日本体育产业的市场规模是 2.95 兆日元，1990 年是 4.2 兆日元，1993 年迅速增加到 6.14 兆日元，据日本国际工贸部（Ministry of International Trade and Industry）在 1994 年的预测，2000 年日本体育产业的市场规模将达到 22 兆日元。

日本政府非常重视本国体育产业的发展。日本通产省的国际工贸部（MITI）负责规划和指导体育产业的发展。除此之外，日本还成立了体育用品业协会（ASGI）、休闲发展中心（LDC）和体育产业研究所（SIRI），这些机构专门研究体育用品的需求、生产、进口和出口的情况。日本的健身娱乐业高度发达，国民整体的体育消费水平非常高。由于大众健身娱乐消费非常普及，国民对体育用品的需求量很大，体育用品市场规模迅速扩大。目前，日本体育用品市场规模仅次于美国，列世界第 2 位。1989 年，日本体育用品市场零售总额已达 16000 亿日元，并且以每年近 5%的幅度持续增长。日本一批著名的体育用品公司目前均开展跨国经营，在外国主销市场设立分公司，就地生产，就地销售。日本的棒球产品和高尔夫球用品几乎垄断欧美市场。

日本的职业体育产业近年来也发展迅速，除传统的职业棒球联赛继续保持旺盛的发展势头外，稍后发展起来的赛车、高尔夫球、网球、排球，以及新近发展起来的职业足球联赛也都搞得红红火火。而职业体育产业的迅猛发展，又带动了体育广告和赞助的勃兴。1996 年，日本体育赞助市场的总金额是 22 亿美元，是英国和意大利的 2 倍，总量仅次于美国，列世界第 2 位，占当年全球体育赞助市场总额的 13.3%。

八、韩国体育产业

韩国是亚洲四小龙之一。从 20 世纪 60 年代开始，韩国经济进入快速发展期，目前，该国已从过去的农业国发展成为一个新兴的工业化国家。据韩国学者介绍，该国体育产业起步于 20 世纪 70 年代中期，快速发展于 80 年代中后期，尤其成功举办 1986 年的亚运会和 1988 年的奥运会之后。韩国的体育产业主要由体育用品业和体育服务业构成。根据韩国国家统计局 2000 年的统计，1999 年韩国体育用品和体育设施服务的体育消费额是 225 亿美元，是 1988 年 79.85 亿美元的 2.82 倍。

根据 1997 年年底的统计，韩国现有体育俱乐部 19903 个，涉及 52 个运动项目，共有会员 761500 名。1995 年韩国人在休闲产业（体育只是其中的一部分）中的消费总额 110 亿美元。由于韩国竞技体育在亚运会和奥运会中取得了优异成绩，极大地促进大众体育的发展，人们对体育用品和健身服务的需求迅速提高。1977 年韩国体育用品业的生产总值只占整个制造业的 1.3%，1982 年上升到 1.5%，在这之后又迅速提高到 5%。1988 年韩国国内体育用品消费市场总额为 54.43 亿美元，1999 年这一数字增加到 78.57 亿美元，10 年间增长了近 25 亿美元。

韩国人在体育服务业中的消费增长也很快。1989 年韩国人平均每月在体育健身娱乐活动中消费支出是 13000 韩元，1994 年这一数字就上升到 26000 韩元，5 年间增长了 1 倍。根据韩国国家统计局 1989 年和 2000 年的统计年鉴，韩国国内体育服务市场的消费总额已由 1988 年的 2.543 亿美元增加到了 1999 年的 15.30 亿美元，后者是前者的 6 倍。

第三节　国外体育产业发展的两种模式

从上面介绍的几个国家体育产业发展情况看，国外体育产业发展的模式大体上可以分为两类：一类是市场主导型，一类是政府参与型。

一、市场主导型模式

市场主导型是指体育产业发展的源动力来自市场主体自身对商业利润的追求以及不同市场主体间相互竞争所产生的压力和动力。原发的市场经济国家大多采用这种模式，以美国、英国最为典型。这种模式的基本特征主要有这几方面：

一是从政府在发展体育产业中所发挥的作用看，采用这种模式的国家，其政府一般都严格地把自己界定为"守夜人"角色，对体育产业中的各类市场主体实行"市场决定"的放任政策，对它们经营什么，如何经营，不加干涉，只是通过立法和执法，特别是利用本国民商法中的《公司法》《税法》和《反托拉斯法》等对其组建、运作的一般规定作出法律规定，其目的是促进各类体育企业合理有效地竞争，维护体育市场的正常秩序，保护体育消费者的合法权益。

二是从体育产业组织构架上看，采用这种模式的国家，一般都有十分完善的俱乐部体制和职业联盟体制，并且所有的职业体育俱乐部和职业体育联盟都采用面向市场的法人治理结构，所有权和经营权相分离的趋势十分明显，委托和代理的经营方式十分普遍，高素质的体育经理队伍不断壮大，跨国经营大公司、大集团也越来越多。

三是从体育消费的角度看，采用这种模式的国家，其国民的体育消费不仅有传统，而且已呈现普遍化、经常化、生活化和多元化的趋势，稳定的、大规模的体育消费需求是推动这些国家体育产业持续繁荣的根本原因。

四是从体育市场的角度看，采用这种模式的国家，一般都已经形成了比较完整的体育市场体系，这一市场体系覆盖整个体育产业链，包括上游市场，如健身娱乐市场、职业体育市场（也称竞赛表演市场）；中游市场，如体育中介市场、体育博彩市场、体育无形资产交易市场；以及下游市场，如体育用品市场、体育媒体市场、体育建筑市场等。并且不同的体育市场之间存在着相互启动需求、你存我荣、我荣你兴的良性发展态势。

五是采用这种模式的国家，一般体育中介机构都高度发达。例如，美国体育产业之所以高度发达，一个很重要的原因就是该国拥有世界上最大规模的体育经纪业。数以千计的体育经纪人穿梭在体育明星、职业队、联盟、媒体和企业之间，以他们高素质的专业化服务不断地创造着客户价值和市场需求，并使各类体育企业按照商业化原则规范运作。正因为如此，国际管理集团的总裁麦考梅克才敢断言，"美国发生的事一定会在世界其他地方发生，我们在美国体育商业市场中建立的原则，适用于其他国家，IMG 正是按照这一原则来开拓国外体育市场的"。

二、政府参与型模式

政府参与型是相对于市场主导型而言的，分析一国体育产业的发展采用了哪一种模式，关键看政府在发展本国体育产业中发挥了怎样的作用。如果某国政府对体育产业的发展采取自由放任的态度，该国走的就是市场主导型的路，反之，如果某国政府对本国体育产业的发展设定目标，并且利用多种手段引导、调控和规范体育市场主体的组建和运作，那么该国走的就是政府参与型的路。从目前的情况看，后发的市场经济国家一般都走政府参与型的路，以日本、韩国最为典型。这种模式的基本特征主要有以下几方面：

一是政府运用多种手段参与和引导体育产业的发展。如日本的国际工业贸易部就为发展本国体育产业制定规划、设定目标；韩国的国家统计局统计本国体育产业的产值，并对体育产业未来发展作出预测；法国的青年与体育部不仅主持制定了"体育就业"发展规划，而且运用行政的和经济的手段直接推进该规划的实施。

二是普遍采用梯度发展战略。由于后发的市场经济国家，在体育消费的规模、体育市场体系的完善程度以及体育企业的规范化运作水平等方面，相对于源发市场经济国家均有不同程度上的差异。因此，它们在发展本国体育产业时，并不搞"大而全"，而是根据本国体育消费和体育市场的实际发育程度，确立发展重点，有计划、有步骤地推动本国体育产业的发展。如日本以体育用品业为重点，法国和韩国以健身娱乐业为重点。

三是体育中介机构发育尚不健全，体育企业在业务拓展方面普遍缺乏专业化的决策咨询服务，不同的体育市场主体之间缺乏有效沟通手段，体育产品和服务的创新以及营销手段的创新普遍不够。

四是非营利机构正在不断地向营利机构转变。后发市场经济国家一般都存在大量的开展体育经营的非营利性机构，随着现代体育职业化、商业化步伐的加快，越来越多的体育非营利机构转变为营利性机构，成为了体育市场的主体，并且政府为削减财政支出，一般也采取措施鼓励和支持这种转化。

以上两种模式，是从抽象、纯粹意义上的分类。现实的体育产业模式是动态的、具体的、复杂的，可能还有其他的中间型、过渡型和融合型。不过，通过上面的分析，我们能够得到一个基本的看法，即各国选择什么样的模式来发展体育产业，并不是人为的臆断，而是政治体制、经济体制、体育体制和社会文化传统多重因素综合作用的结果。选择一个适合本国国情的体育产业发展模式，关键在于充分利用先发或后发的优势，在于体制和机制的创新。一句话，就是要找到一条既符合本国国情，又遵循国际惯例；既尊重市场规律，又尊重体育规律的发展道路。

第四节　国外体育产业发展给我们的启示

一、国外体育产业发展的基本特点

从上面介绍的八个国家体育产业发展情况，以及从一般意义上概括的两种发展模式，我们可以看到，目前国外体育产业发展大体上有这几方面特点：

第一，国外体育产业，尤其是西方发达国家体育产业已经成为本国国民经济的新增长点。这些国家体育国民生产总值（GNSP）一般都占本国国民生产总值的 1%～3%，在各行业中的排名基本上在前 20 名，部分国家甚至跃升到前 10 名。同时，体育产业的发展在增加本国国民的就业机会方面所表现出来的作用也愈来愈突出，一些国家在体育产业中的就业人数已超过在一些传统优势行业中的就业人数。政府、企业、国民对体育产业的认同度和支持度越来越高，体育消费规模不断扩大，体育市场日益活跃。所有这些都表明，体育产业在西方国家的经济影响越来越大、产业地位越来越高，在推动本国经济与社会持续发展方面的贡献率也越来越大。

第二，国外体育产业普遍是一个复合型结构，既包括与体育相关的物质产品的生产和经营，也包括体育服务产品的生产和经营。国外对体育产业的理解遵循"消费决定论"，即体育消费决定体育市场，体育市场决定体育产业。政府和各类体育企业都非常重视启动体育消费需求，拓展消费领域。正因为如此，国外体育产业链相当完整，已基本形成了包括核心产业、中介产业和外围产业三部分的完整结构（图 3-3）。

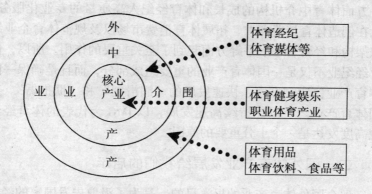

图 3-3　国外体育产业结构

第三，各国体育产业的发展重点有所侧重、有所区别。目前，除美国呈现全面发展的态势外，绝大部分国家都在发展重点上有所选择，如意大利以"足球产业"为主，法国和韩国以健身娱乐业为主，日本和德国以体育用品业为主，瑞士则结合自身的特点重点发展以登山、冰雪项目为主要内容的体育旅游业。

第四，体育产业中的法人治理结构日臻完善。各国体育产业中组织结构普遍从社团化向企业化转变，以营利为目的的商业型俱乐部越来越多，作为体育企业托拉斯的各职业体育联盟在开发各自项目产业中所发挥的作用也愈来愈显著，体育企业的所有权和经营权分离以及"专家治理"的委托经营、代理经营十分普遍。同时，体育产业的全球化浪潮汹涌澎湃，一大批跨国经营的体育企业巨人脱颖而出。

第五，体育中介机构在带动体育产业发展中的作用愈来愈突出。从国外体育产业发展情况看，一国体育经纪业的发展程度是一国体育产业发展程度的标志。因为，一方面只有各类体育企业多起来，才会产生对体育中介机构和体育经纪人的实际需求；另一方面体育中介机构的成长和体育经纪人高质量的专业化服务，又在创造体育消费需求、拓展体育消费市场以及规范体育企业组织架构和经营管理水平等方面起到了至关重要的作用。所以，体育经纪业不仅是一国体育产业的重要组成部分，而且是确保一国体育产业健康、有序、快速发展的"润滑剂"和"助推器"。美国体育产业之所以能持续高速发展，以 IMG 为代表的体育经纪业高度发达是一个十分重要的原因。

二、国外体育产业发展给我们的启示

评介国外体育产业的根本目的，是为了汲取先发国家的经验和教训，从中找到适合我国体育产业发展的道路。尽管上面的介绍还不够系统、全面，但是，我们还是能够得到一些有益的启示：

第一，从培育国民经济新增长点的高度，来整体规划我国体育产业发展战略。体育产业自 20 世纪 60 年代在西方发达国家崛起以来，一直保持高速增长的势头。目前，很多国家的体育产业正在或已经成为了国民经济新增长点，在带动本国社会经济全面发展中所表现出来的作用愈来愈突出。我国体育产业尽管起步晚，目前的产业规模和发展水平与发达国家还有相当的差距，但是改革开放二十多年所取得的辉煌成就为我国体育产业的发展创造了必要的物质基础、制度条件和市场机会，人民群众对健身娱乐、竞技观赏和体育用品的消费需求愈来愈旺，不同所有制的各类经济法人纷纷投资体育产业，产业规模迅速扩大，在扩大内需、促进经济增长和带动就业方面所表现出来的作用也开始显现，并且已表现出极大的发展潜力。为此，我们必须有战略眼光，从 21 世纪我国社会经济全面发展的大局来谋划我国体育产业的发展，尽快把体育产业培育成为我国国民经济的新增长点。

第二，我国是体育产业的后发国家，走政府主导型的发展道路是一个有利的选择。这是因为：一方面，我国的市场经济体制尚不健全，市场体系和市场规则还不完善，在这种情况下，如果仅仅依靠市场自身的力量来发展体育产业，将是一个相当漫长的过程，会失去一系列难得的机遇，特别北京举办 2008 年奥运会的战略机遇；另一方面，体育产业是朝阳产业，这是从发展潜力上说的，如果从实际情况看，体育产业则是一个不折不扣的幼稚产业，随着中国加入 WTO 和经济全球化进程的不断加速，作为幼稚产业的体育产业如果在哺乳期得不到政府适度的呵护，这个"金娃娃"就有可能夭折。另外，我国体育产业是在国有、国办体育事业的基础上起步的，体育产业化初始阶段的物质基础（如体育场馆）和人力资源（如体育明星）都是国家投资兴建和培养的，从产权明晰和维护国有资产权益的角度，也需要政府在发展体育产业中发挥独特的主导作用。当然，发挥政府的主导作用不是走政府包办的老路，而是要在引导、规划、扶持和规范上下工夫。具体说来，要做好这几方面的工作：一是要制定好体育产业发展规划，明确体育产业的发展目标和重点；二是要制定和完善有利于体育产业发展的产业政策，在资本支持体系的创新、融资渠道拓展以及税收减免等方面提供一定时期的保护和扶持政策；三是要加大体育经济立法和执法的力度，规范体育市场主体、保护体育消费者的权益，为体育产业的发展提供一套公平、公正的规则体系；四是做好国有资产在体育部门的战略重组工作。体育产业是一个竞争性行业，完全的国有国营不利于体育产业的发展。我国体育产业的发展初期，政府的体育行政部门和事业单位有相当一部分非经营性资产转为经营性资产，进入体育市场，对这部分资产，一方面要逐步通过资本市场有计划、有步骤地撤出来；另一方面要建立国有资产委托经营机制，对少量已经按照现代企业制度规范组建的大集团，如中体产业公司，也要实现从直接经营到委托经营的转变。

第三，坚持"有所为，有所不为"，坚定不移地实施梯度发展战略。我国体育产业不仅处在社会主义初级阶段，而且处在产业发展的初级阶段。这样的现状，决定了我们在发展体育产业的战略抉择上不能走"大而全""小而全"的路，更不能盲目照搬美英等西方国家的模式，而只能根据中国的国情和体育产业发展的现状，走"有所为，有所不为"的路。只有这样，我们才能在日益激烈的国际体育市场竞争中获得相对的优势和比较利益。所谓梯度发展战略，就是指确立重点、找准难点、以点带面、逐步推开的发展思路。在现阶段我国体育产业发展中实施梯度发展战略，一是要科学地确立体育产业的发展重点，二是要找准切入点和突破口。

科学地确立体育产业的发展重点，就要全面地分析整个体育产业结构，找到关键和核心环节，并把它们置于优先发展的战略地位。从国外体育产业发展的脉络看，体育产业结构是一个由核心产业、中介产业和外围产业构成的复合型产业，其中健身娱乐业和职业体育产业是核心产业，核心产业的发展水平决定了中介产业和外围产业的发展水平。我国体育产业整体上仍处于起步阶段，核心产业（我国称本体产业）尚在发育之中，在这一时期本应把核心产业作为发展重点，但是近年来我国体育产业的发展实践却表明，我们在中介产业和外围产业上很热，在核心产业上却下工夫不够，这就出现了所谓本体产业发展滞后的问题。因此，要实施梯度发展战略，首先就必须切实把健身娱乐业和竞赛表演业作为相当长的一段时间内我国体育产业发展的重点。只有核心产业发展起来了，中介和外围产业才可能得到真正的发展和繁荣，这是产业发展的内在规律所决定的。

从理论上把健身娱乐业和竞赛表演业确立为我国体育产业发展的重点，只是第一步，更重要的是要找到落实重点的切入点和突破口。根据当前我国社会经济的发展状况，健身娱乐业的切入点是健身娱乐消费的大众化，突破口是大中城市和部分已经富裕起来的农村地区。其中大中城市要抓住社区建设这个机遇，富裕的农村地区要抓住小城镇建设这个机遇，切实把提供体育健身娱乐服务纳入社区建设和小城镇建设的规划，有计划、有步骤地拓展健身娱乐消费市场。竞赛表演业的切入点是进一步深化运动项目管理体制的改革。过渡期的项目管理中心（准行政化的事业单位）要加速向单项实体化协会转变，已经实体化的协会（事业单位）要向社团化转变，同时，要在部分已经职业化的运动项目中搞组建单项职业体育联盟的试点，探索企业化运动项目的管理模式。

第四，要下决心调整目前非国有体育的发展方针，采取措施，鼓励和引导非国有主体，在更大、更广的范围内参与体育资源的配置。从国外的经验看，体育产业是一个高度竞争、高度开放的行业，任何人、任何行业都可以自由地进入或退出。我国体育产业尽管是在计划经济奠定的基础上起步的，现有的体育资产绝大部分属于国有，但是既然我们已经提出了体育产业化的目标，就必须明确产业化的实质是企业化。我们不能一面说体育产业是国民经济的新增长点，一面又说体育产业是一项特殊的公益性产业。寄希望于国家投资来发展体育产业既不现实，也不可能。切合实际的做法是，下决心调整非国有体育的发展方针，制定一系列有利于非国有主体投资兴办体育产业的政策措施，努力在体育领域内推进产权的多元化和社会化，尽快形成体育产业以民营为主的格局。从一定意义上讲，非国有体育的成长的速度将决定着我国今后体育产业发展的命运。

本章小结

● 国外体育产业的起源。从地缘上看，是源发于英国，继发于欧洲大陆和北美，美国是当今执世界体育产业之牛耳的国度；从内容上看，是先竞技体育，后大众体育；从根源上看，是资本主义制度的建立和自身的不断调整带动世界经济的持续增长和人们生活水平的逐步提高所形成的多样化的体育消费需求；从制度保障上看，是俱乐部体制和联盟体制的建立和完善。

● 国外体育产业发展模式，大体上可以分为市场主导型和政府参与型两类。市场主导型是指体育产业发展的源动力来自市场主体自身对商业利润的追求以及不同市场主体间相互竞争所产生的压力和动力。原发的市场经济国家大多采用这种模式，以美国、英国最为典型。政府参与型是相对于市场主导型而言的，它是指政府对本国体育产业的发展设定目标，并且利用多种手段引导、调控和规范体育市场主体的组建和运作。从目前的情况看，后发的市场经济国家一般都走政府参与型的路，以日本、韩国、法国最为典型。

● 目前国外体育产业发展大体上有这几方面特点：一是国外体育产业，尤其是西方发达国家体育产业已经成为本国国民经济的新增长点。二是国外体育产业普遍是一个复合型结构，既包括与体育相关的物质产品的生产和经营，也包括体育服务产品的生产和经营。三是各国体育产业的发展重点有所侧重、有所区别。四是体育产业中的法人治理结构日臻完善。五是体育中介机构在带动体育产业发展中的作用愈来愈突出。

● 国外体育产业发展给我们的启示是：第一，从培育国民经济新增长点的高度，来整体规划我国体育产业发展战略。第二，我国是体育产业的后发国家，走政府主导型的发展道路是一个有利的选择。第三，坚持"有所为，有所不为"，坚定不移地实施梯度发展战略。第四，要下决心调整目前非国有体育的发展方针，采取措施，鼓励和引导非国有主体，在更大、更广的范围内参与体育资源的配置。

第四章　我国体育产业的形成和发展

体育作为一项产业在我国的兴起，有其客观存在的外部环境和内在条件。马克思曾经说过："人们自己创造自己的历史，但是他们并不是随心所欲地创造，并不是在他们自己选定的条件下创造，而是在直接碰到的、既定的、从过去继承下来的条件下创造。"（《马克思恩格斯选集》，第 1 卷，第 603 页，人民出版社，1972）这就告诉我们，谈发展，首先就必须谈继承，任何发展的话题都必须以继承为逻辑起点。今天我们探讨如何进一步发展中国的体育产业，作为前提，首先就必须弄清楚体育产业发展的历史脉络和现时的内外环境，只有这样，我们才能在现实的历史条件下科学地创造历史。

第一节　在社会变革中崛起的朝阳产业

从 1949 年新中国成立到 1978 年十一届三中全会召开的 30 年里，中国体育一直是在计划经济体制下运行、发展和壮大的。这一时期体育事业的发展尽管有曲折和坎坷，尤其是"文革"十年出现了停滞和倒退，但是整体上仍是前进和发展的。客观地说，高度集中的计划经济体制在这一时期体育事业的发展中起到了至关重要的作用。这一作用主要表现在三个方面：一是运用政府强有力的行政手段，集中计划、动员、调配有限的人力、物力和财力，取得了较好的宏观效益，奠定了新中国体育事业发展的基业。这包括建立和完善了与计划经济相适应的体育体制，培养和造就了一支高素质的体育工作者队伍，改造和兴建了一大批体育场馆等。二是用行政手段推广和普及了学校体育和群众体育，使我们在50年代后期丢掉了"东亚病夫"的帽子。三是依靠"举国体制"在很短的时间内使我国部分竞技运动项目水平迅速提高，为提高新中国的国际声誉和开展和平外交做出了重要贡献。

70年代末和80年代初，随着我国社会经济条件的变化和体育事业自身的不断发展，计划经济体制下体育事业发展模式的固有缺陷，即超越社会经济发展水平和脱离初级阶段基本国情的弊端也越来越显著，概括起来有以下几方面：

一是国家统得过多、管得过死，一切体育事务都由政府的体育行政部门来操办和控制。这种做法，一方面造成了政府体育行政机构政事不分、管办不分，致使体育事业很大程度上成了体委系统内的事业；另一方面也造成了社会体育组织职能虚化，社会各方面兴办体育的积极性、创造性无法发挥。

二是排斥商品化经营和市场机制。在认识上把体育视为纯公益性事业，在实践上把体育机构统统作为事业型单位来对待，搞"一大二公"，排斥公有制以外的体育企事业单位的生存和适度发展，这就忽视了社会主义初级阶段体育事业的所有制结构，应当同较低的、多层次的社会生产力发展水平相适应的基本关系，从而在一定程度上制约了体育事业的发展。

三是国家财政不堪重负。由于传统体育体制排斥体育职业化、产业化和市场化，体育事业单位不能搞经营创收，不能通过有偿服务来补偿消耗，更不能按市场需求和社会需要主动扩大体育服务，发展体育产业，致使政府财政拨款成为体育事业经费的唯一来源。而随着体育事业规模的不断扩大，尤其是现代体育日益呈现资金密集的特点，体育经费需求与国家财政供给能力之间的矛盾也越来越突出。

四是分配中的平均主义和用人制度的"铁饭碗"，使得体育事业单位缺乏应有的活力和动力，人、财、物浪费严重，工作效率和效益不高，经费不足的矛盾更加突出，事业发展的后劲明显不足。

体育事业生存和发展的外部环境，在这一时期也发生了重大变化。党的十一届三中全会提出以经济建设为中心和进行经济体制改革后，中国社会拉开了以市场为取向的、涉及社会生活各个层面的经济体制改革的序幕。尽管这一时期还存在"计划为主，市场为辅"以及"计划与市场双重覆盖"等一系列的提法和争议，但是把商品和市场排斥在社会主义之外的传统观念已经被彻底突破，各行各业都在自己的领域重新审视商品和市场在本部门、本领域应发挥怎样的作用。而中国的体育产业也正是在这种社会背景下，在对计划经济体制下体育事业发展模式的弊端作深刻反思的情况下，悄然开始自身的实践。

我国明确提出发展体育产业，是在 1992 年的全国体育工作会议，也就是现在常提到的"中山会议"上。但是，发展体育产业的实践，应该说，始于十一届三中全会之后。从十一届三中全会至今，我国体育产业的发展大体上可分为三个阶段。

第一阶段：萌芽阶段（1978 年底～1992 年初）

"文化大革命"结束以后，中国面临向何处去的重大历史关头。十一届三中全会前夕，邓小平发表了《解放思想，实事求是，团结一致向前看》的重要讲话，开辟了新时期的新道路。三中全会果断地停止使用"以阶级斗争为纲"的错误口号，把全党的工作重点转移到社会主义现代化建设上来，从此，中国经济进入了一个快速发展期。体育事业和其他事业一样，也有很大的发展，取得了举世瞩目的成绩。与此同时，体育事业发展资金供给不足的矛盾日益突出。为解决这一矛盾，体育战线开始打破单纯依靠国家拨款、由国家包办体育的格局，积极探索筹措体育资金的新路子。这一时期发展体育产业的初步探索，主要围绕着两个方面：一是鼓励体育系统有条件的事业单位开展多种经营，扩大服务范围，积极增收节支，提出了体育场馆要"以体为主，多种经营"，由事业型向经营型转变。同时，各省市体委都在不同程度上将一部分非经营性资产转经营性资产，并相继成立了一些体育经营实体，如体育服务公司等。二是吸引社会资金，以赞助和联办的形式，资助体育竞赛活动和办高水平运动队，相当一部分优秀运动队实现了与企业联办。应该说这两方面的实践，都取得了显著成效，在一定程度上缓解了体育事业发展资金不足的矛盾，也出现了诸如上海虹口体育场和南京五台山体育中心那样的先进典型，为后一阶段深化体育改革，大力发展体育产业积累了初步经验。

第二阶段：起步阶段（1992~1997 年）

以邓小平同志 1992 年南巡讲话和党的十四大为标志。随着我国社会主义市场经济体制目标的确立，体育事业发展的社会经济环境发生了巨大变化。体育战线为建立与社会主义市场经济体制相适应的，符合现代体育运动发展规律的，国家调控，依托社会，充满生机与活力的体育体制和运行机制，加大了改革的力度。1992 年原国家体委召开了"中山会议"，把体育产业问题作为深化体育改革的一项重要内容列入议事日程；1993 年全国体委主任会议上颁布了《关于培育体育市场，加快体育产业化进程的意见》，提出了体育事业要"面向市场，走向市场，以产业化为方向"的基本思路；1994 年召开的体育经济问题研讨会和 1995 年全国体委主任会议，都把发展体育产业作为主题；1995 年国家体委下发了《体育产业发展纲要》；1996 年全国人民代表大会第八届四次会议通过的《国民经济和社会发展"九五"计划和 2010 年远景目标纲要》进一步明确了体育要走"社会化、产业化的道路"。随着体育社会化和产业化方向的确立，发展体育产业工作开始从较多地注重经营创收的微观层面，逐步上升到与转换体制和转变机制结合起来的宏观层面；发展体育产业的指导思想，从"多种经营，以副养体"转向"以体为主，全面发展"；发展体育产业的重点，也从经营创收转向推动体育事业向产业化方向发展上来。这一时期，发展体育产业工作伴随着运动项目管理体制的改革和全民健身计划的全面实施，引导体育系统内部和社会各方面力量，努力挖掘体育自身的商业价值和经济功能，大力开拓体育市场，引导体育消费，取得了较好的社会效益和经济效益，初步形成了新的经济增长点。同时，加大了体育系统国有资产经营管理的力度，争取国家对体育实行了一些优惠经济政策，加强了体育经济立法等工作，使我国体育产业进入起飞阶段。

第三阶段：起飞阶段（1997 年至今）

1997 年中国共产党第十五次代表大会胜利召开。大会通过了江泽民同志的报告，确立了高举邓小平理论伟大旗帜，把建设有中国特色社会主义事业全面推向 21 世纪的行动纲领。这个行动纲领，深刻阐述了中国社会主义现代化事业发展的客观规律，集中反映了全党和全国各族人民的共同愿望。在十五大精神的鼓舞下，中国的体育产业步入起飞阶段。这一阶段的标志是，体育产业从体育部门走向社会，走向经济建设的主战场，体育产业作为国民经济的新增长点，得到了政府和社会的高度重视。具体表现在三个方面：

一是体育消费持续活跃，尤其是在社会消费指数连续 21 个月持续下滑的情况下，仍保持较快的增长势头。体育消费在扩大内需中的作用越来越突出。

二是体育产业得到了各级政府的高度重视。朱镕基总理在九届全国人大二次会议上所作《政府工作报告》中指出，要"积极引导居民增加文化、娱乐、体育健身和旅游消费，拓宽服务性领域"。这是新中国成立以来，历届政府工作报告中第一次在阐述经济发展问题中提及体育。尽管只有区区四个字，但是却有里程碑的作用。因为，它意味着政府确认体育的产业地位。1999 年 7

月由国务院研究室、国家发展计划委员会社会发展司和国家体育总局政策法规司联合在京举办了"体育产业与经济发展"高级研讨会。由国务院三个职能部门联合研讨体育产业发展大计，这在新中国的发展史上也是第一次，它标志着体育产业作为国民经济新增长点、作为第三产业的重要组成部分，得到了政府的高度重视。另外，部分发达省市也纷纷把体育产业作为本地区社会经济发展的重点行业。早在1997年北京市就率先把体育产业确立为首都经济发展的重点行业，在这之后又有部分省市把体育产业纳入本省社会经济发展规划，并放在优先发展的位置。

三是体育产业发展规模迅速扩大。近几年体育产业发展最显著的特点，就是体育产业社会化、投资主体多元化。其中非国有体育企业在数量上迅速增加，个体、私营、外资和中外合资企业成为产业扩张的重要力量，并表现出极大的增长潜力。部分发达省市体育经营企业的数量成倍增长，体育市场规模不断扩大，体育消费持续火爆。总之，体育产业作为国民经济新增长点的美好前景已经展现。

第二节　我国体育产业的现状

我国体育产业尽管在整体上还处于产业发展的起步阶段，与发达国家相比还有较大差距，但是，经过十几年的初步实践，体育正在成为全社会的一个消费和投资热点，体育市场日渐活跃，各类体育企业不断涌现，体育产业在社会经济生活中的作用和地位越来越显著。

一、我国体育产业整体发展情况

我国是一个体育产业后发国家，目前国民经济核算体系中尚没有将体育产业单列，因此在国家层面上还缺乏反映体育产业总量和结构情况的权威数据。为解决这一问题课题组与国家体育总局体育经济司合作，于 2000 年开展体育产业统计标准指标与方法的研制工作，截止 2004 年底，全国已有 13 个省市做了体育产业专项统计调查。这里以这 13 个省市的数据为基础，对我国体育产业发展现状进行分析。

（一）我国体育产业的总量情况

表 4-1 展示了近几年我国已做过体育产业专项统计调查的 13 个省市情况。由于 13 个省市仅占全国 31 个省市自治区的 41.39%，同时，各省市统计的年份也不统一，因此要想精确地估计全国体育产业总量的情况的确十分困难。但是，依据 13 个省市的基础数据，结合 2001 年全国各省市人均 GDP、第三产业占 GDP 的比重、城镇居民人均可支配收入以及城镇居民家庭平均每人全年的文化娱乐消费支出四个相关参数，我们大致可以对我国体育产业总量情况作一粗略的估算。

选取各省市人均 GDP、第三产业占 GDP 的比重、城镇居民人均可支配收入和城镇居民家庭平均每人全年的文化娱乐消费支出四个参数作为估算的参照指标，主要考虑的是：体育产业发展水平与区域经济整体发展水平有高度相关，而人均 GDP 是反映一个地区经济发展水平最直接、最敏感的指标；第三产业占 GDP 的比重反映的是一个地区的产业结构情况，特别是现代服务业的发展水平，而体育产业是现代服务业的有机组成部分，体育产业的属性以及国内外体育产业发展实践都证明这个指标与体育产业发展水平有显著相关；城镇居民人均可支配收入和城镇居民家庭平均每人全年文化娱乐消费两个指标是从体育消费潜力和实际体育消费水平方面的考虑，前者反映的是一个地区城镇居民体育消费的潜力，后者反映的是一个地区城镇居民实际的体育消费水平。尽管其他经济指标也可以在一定程度上反映一个地区体育产业发展水平，但这里选取的四个参数相关系数更高一些。

估算的基本方法是：根据 13 个省的基础数据，把全国 31 个省市自治区分为三个等级：

第一级：体育产业增加值均值在 50 亿元以上省份。基准省份：浙江省。选取标准：人均 GDP12000 元以上、第三产业增加值占 GDP 的比重大于 37%、城镇居民人均可支配收入 7000 元以上和城镇居民家庭平均每人全年的文化娱乐消费支出 130 元以上。入选省市：北京、广东、浙江、上海、江苏。估计目前这 5 个省市是我国体育产业发展水平最高省份，增加值合计约为 250 亿元，约占全国总量的 50%。

第二级：体育产业增加值均值在 25 亿元左右的省份。基准省份：辽宁省。选取标准：人均 GDP5900 元以上、第三产业增加值占 GDP 的比重大于 31%、城镇居民人均可支配收入 5200 元以上和城镇居民家庭平均每人全年的文化娱乐消费支出 80 元以上。入选省市：辽宁、山东、福建、河北、湖南、湖北、河南、黑龙江。估计这 8 个省市体育产业增加值合计约为 200 亿元。

第三级：体育产业增加值均值 3 亿元左右的省份。基准省份：安徽省。除第一级和第二级之外的其余 18 个省市，按平均 3 亿元计算，这 18 个省市体育产业增加值约为 54 亿元。

按照上述粗略的推算，2001 年我国体育产业增加值约 500 亿元，占当年 GDP 的比重约为 0.5%。

另外，在总量分析里，还有一点值得关注，那就是体育产业在吸纳社会就业方面的潜力，已经开始在东部发达省份显现。2000 年浙江省体育产业共吸纳就业人数为 20.76 万人，比上年增长 14.3%，占全省全社会从业人员数的比重为 0.76%；2002 年广东省体育产业共吸纳就业人数为 54.46 万人，占全社会从业人员总数的 1.3%。这也提示我们，在当前我国社会就业压力很大的情况下，如何通过加快发展体育产业来化解和缓解就业矛盾是一个值得高度关注的理论和实际问题。

表 4-1　我国部分省市体育产业统计调查情况

省市	年份	总产值（亿元）	增加值（亿元）	增加值占GDP 的%	就业人数（万人）
上海市 *	1998	53.5	16.47	NA	NA
江苏省 *	1998	NA	14.85	0.21	NA
北京市	2002	128.40	52.70	1.70	6.70
浙江省	2001	252.37	55.65	0.9	20.76
广东省	2002	250.13	67.90	0.57	54.46
辽宁省	2001	146.00	39.40	0.78	17.40
陕西省	2001	41.10	18.65	0.92	5.5
云南省	2001	16.88	4.75	0.86	0.55
天津市	2002	NA	2.80	0.14	NA
四川省	2001	6.74	2.87	0.07	1.5
重庆市	2002	NA	2.49	0.10	0.9
安徽省	2001	13.07	5.33	0.16	3.9
内蒙古	2002	1.92	0.62	0.03	0.57

* 上海和江苏两省市没有采用体育总局经济司提供的统计方案

资料来源：国家体育总局体育经济司

NA 表示此数据不能获得

（二）我国体育产业的结构特征

从 13 个省市的基础统计资料看，当前我国体育产业发展在结构上呈现出以下几个方面的显著特征：

1. 在地域上呈现显著的东强西弱的特点

表 4-1 展示的数据表明，目前我国体育产业发展明显存在东部、中部和西部梯度发展的差序格局。其中东强突出表现在三大经济带的"极化"现象，即以北京为中心的京津冀经济带、以上海为中心的长江三角洲经济带和以广州为中心的珠江三角洲经济带呈现快速发展的态势，而中西部则处在起步阶段。从体育产业总产值看，最高的浙江省是最低的内蒙古自治区的 131 倍；从体

育产业的增加值看，最高的广东省是最低的内蒙古自治区的 109 倍；从体育产业增加值占 GDP 的比重看，最高的北京市是最低的内蒙古自治区的 57 倍；从体育产业吸纳的就业人数看，最高的广东也是最低的内蒙古自治区的 96 倍。东强西弱的特征十分明显。

2. 在行业内部结构上，体育服务业的发展水平明显滞后于体育用品业的发展水平

体育服务业是体育产业的核心行业(也有学者称之为本体产业)，体育用品业是体育产业的外围行业。一般而言，一个产业的核心行业的发展水平决定了它外围行业的发展水平，而目前我国体育产业的发展却存在明显的核心行业的发展水平滞后于外围行业发展水平的现象。表 4-2 显示当前我国几乎所有省市体育产业的发展都存在核心行业滞后的问题，以体育健身娱乐和体育竞赛表演为主体的体育服务业与体育用品的生产和销售业相比，无论是销售收入还是增加值一般都只占总体的 1/3~1/4。这种情况，一方面是由于全球体育用品制造业向我国转移，我国东部沿海省份已经成为全球体育用品生产加工基地，国内体育用品业事实上在为全球消费者生产和加工体育用品这一现象促成的；另一方面也反映我国体育产业整体发展水平还比较低，体育产业内在的、自源性的发展动力尚显不足。

表 4-2　我国部分省市体育服务业与体育用品业发展水平的比较

省份	统计年份	体育用品业增加值 (亿元)	体育服务业增加值(亿元)	体育用品业与体育服务业之比
北京市	2003	25.60	19.60	1.31
浙江省	2001	47.37	8.28	5.72
广东省	2002	52.28	15.62	3.34
辽宁省	2001	30.43	8.97	3.39
天津市 *	2002	2.54	2.14	1.19
安徽省 *	2001	8.14	4.92	1.65

* 天津和安徽的数据不是增加值，而是营业收入。

资料来源：根据五省市体育产业统计报告整理

3. 在所有制结构上，非公有制经济占主导地位

我国体育产业，最初在所有制结构上呈现的是公有制经济居主导地位的格局，即起步阶段绝大部分省市是以体育行政部门非经营性资产转为经营性资产作为创办资金，成立了各种隶属于体育行政部门的体育服务公司和其他体育经营实体。近年来，随着体育社会化和产业化进程的逐步加速，我国体育产业在所有制结构上开始呈现出以非公有制经济为主导的新格局。"2003年北京市体育服务业规模以上企业总资产达37亿元，其中国有和集体企业资产所占比重仅为18%，而非国有企业的资产所占比例高达82%。其中在非国有企业中港澳台企业资产所占的比重最高，达39%，中外合资、合作与其他有限责任公司占13%，私营有限责任公司占6%。"[①] "2002年广东省体育产业中外资企业233家，港澳台投资企业473家，创造的增加值达到45.7亿元，占到全省体育产业增加值的67.3%"。[②] "2001年安徽省体育产业中共有各类体育企业563家，其中国有和集体企业占总数的33.3%，非国有企业占总数的66.7%；按营业收入分，国有和集体企业占23.3%，非国有企业占76.7%。"[③] "2000年浙江省体育服务业中按单位数分，国有企业和集体企业（含事业单位）占13.2%，非国有企业占86.8%；按营业收入分，国有企业占9.3%，集体企业占9.6%。在体育用品制造业中，按产值构成计算，国有企业仅占0.14%，集体企业也只占13.52%，而非国有企业占86.34%。"[④]目前我国体育产业在所有制结构上显现出非公有制经济占主导地位的特征，一方面说明这个行业已经是一个竞争性行业，另一方面也预示着这个行业在未来可能会有更强的竞争、更大的发展。

① 北京市统计局与体育局联合颁布的《2003年北京市体育产业发展报告》，2004年
② 广东省体育局《2002年广东省体育产业发展报告》，2003年
③ 安徽省体育局《安徽省体育产业发展情况调查报告》，2002年
④ 浙江省体育局《浙江省体育产业调查研究报告》，2002年

4. 在体育经营项目上，大众普及型的运动项目是主体

表 4-3 反映出当前我国体育服务业在经营内容上主要是以大众普及型运动项目为主。尽管近年来各地也上马了一些高档项目，如高尔夫球、航海航空项目、冰雪项目和大型运动休闲度假村，但这些高档经营项目普遍经营效益较差。以高尔夫球为例，"截止 2001 年全国共有经营性高尔夫球场一百六十多个，其中广东省 50 家，上海市 24 家，北京 19 家，海南省 12 家。在海南省 12 家中，略有盈余 1 家（台达高尔夫球俱乐部），小幅亏损 4 家（亚龙湾、博鳌、康乐园和南丽湖），亏损严重 4 家（日出观光、南燕湖、东山湖和依必朗）。"[1] 另据天津市统计局和体育局联合发布的《天津体育产业发展实证研究报告》报道，"天津市高档健身娱乐企业普遍亏损，仅华纳国际度假村、天马娱乐有限公司、京津高尔夫球俱乐部、环球文化交流中心、安贸国际发展有限公司和国际温泉高尔夫俱乐部 6 家，2002 年一年的亏损额就高达 4000 万元"。由此可见，当前我国体育服务业在经营内容上仍以大众喜闻乐见的中低档消费项目为主，高档项目尽管发展较快，但所占份额很低，且经营效益普遍较差。

表 4-3 部分省市体育经营中列前 5 位项目

省份	第 1 位	第 2 位	第 3 位	第 4 位	第 5 位
浙江省	台球	棋牌	乒乓球	游泳	保龄球
辽宁省	保龄球	健身健美操	乒乓球	棋牌	网球
安徽省	武术	健身健美操	游泳	保龄球	乒乓球
云南省	棋牌	台球	乒乓球	羽毛球	篮球
四川省	棋牌	游泳	乒乓球	羽毛球	健身健美操

资料来源：根据 5 省市体育产业统计调查报告整理

---

[1] 中国（海南）改革发展研究院，《海南省高尔夫产业发展研究》，2003 年

二、我国体育产业各类市场的发展情况

（一）体育用品市场的现状

体育用品在我国的国民经济核算体系中是依据其不同产品划归为不同的行业，因此，从国家统计局发布的统计年鉴中无法直接取得反映体育用品市场现状的数据。这里我们选取一些相关指标和部分省市的统计资料，力求反映当前我国体育用品市场的发展现状。

从体育用品生产和销售企业的数量看，根据《2001年中国经济贸易年鉴》统计，全国有体育用品生产加工企业304万家。另外，从部分省市的专项统计看，江苏省1997年，全省体育用品生产和销售企业总数为2502家，其中生产企业346家，销售企业2156家；1998年企业总数为2706家，其中生产企业313家，销售企业2393家。浙江省2000年，全省专门生产体育用品的企业350家，个体户361家，兼营体育用品的生产企业2576家，专门销售体育用品的企业250家。

另外，近年来我国体育用品业呈现产业集群化发展趋势。福建、广东、江苏三省成为我国体育用品企业集聚之地(表4-4)。运动鞋的生产企业主要集中在福建的晋江、莆田，广东的东莞，浙江的慈溪；运动服装的生产企业主要集中在福建的石狮、广东的中山、浙江的海宁；体育器材的生产企业主要集中在浙江的富阳、苍南，江苏的江都、泰州，河北的沧州；篮、足、排三大球主要集中在上海市、天津市和浙江省的奉化、富阳。

表 4-4 2003 年我国体育用品主要产业集群地

地区	主要产品	企业数 （家）	销售收入 （亿元）
福建晋江陈埭镇	运动鞋 （运动休闲鞋）	300	49.80
福建石狮灵秀镇	运动服装（运动服、 运动休闲服）	625	12.61
广东中山沙溪镇	运动服装（运动服、 运动休闲服）	639	53.21
浙江海宁马桥镇	运动服装（运动服、 运动休闲服）	240	47.18
浙江富阳上官乡	体育器材（球拍、 赛艇、三大球）	321	约 8.00
江苏江都武坚镇	体育器材（球拍、 铁件、木件）	140	约 6.00
江苏泰州野徐镇	体育器材（球网、球、 垫子、铁件等）	150	约 2.00
河北固安礼让店乡	体育器材（渔具）	160	约 3.00

资料来源：中国服装协会 http://www.cnga.org.cn 以及调查资料整理

　　从体育用品业的产值及销售额看，表 4-5 展示 2001~2003 年全国及主要省份体育用品制造业累计产品的销售收入情况。2001 年、2002 年、2003 年全国体育用品制造业累计产品销售收入分别达到 110.93 亿元、140.07 亿元和 212.64 亿元。浙江省 1999 年体育用品业的增加值为 38.62 亿元，2000 年为 47.37 亿元，增长率约为 22%（表 4-6）。另据《2003 年北京市体育产业统计报告》，截止 2002 年底，全市体育用品业总产业为 74.2 亿元，增加值 22.3 亿元。

表 4-5 2001~2003 年全国及主要省份体育用品制造业累计产品销售收入
（单位：亿元）

地区	2001 年	占全国的%	2002 年	占全国的%	2003 年	占全国的%
全国	110.93		140.07		212.64	
上海市	23.69	21.36	29.94	21.37	42.64	20.05
江苏省	10.09	9.09	17.54	12.49	33.92	15.95
浙江省	17.99	16.22	19.54	13.95	33.02	15.53
福建省	14.60	13.16	15.84	11.30	25.44	11.96
广东省	27.87	25.13	36.50	26.06	42.71	20.09

注：1. 资料来源于国家统计局；2. 统计范围为全部国有及年销售收入500 万元以上的非国有企业；3. 产品范围为《国民经济行业分类》体育用品制造业（242）部分，不包括运动鞋、运动服装等。

表 4-6 1999~2000 年浙江省体育用品业增加值 （单位：亿元）

	1999 年增加值		2000 年增加值		增加值增长率（%）
	增加值	占全省体育产业增加值的比率（%）	增加值	占全省体育产业增加值的比率（%）	
体育用品业	38.62	83.54	47.37	85.12	22.66
其中：					
体育用品制造	23.20	50.18	33.29	59.82	43.49
体育用品销售	15.42	33.36	14.08	25.30	-8.69

资料来源：浙江省体育产业调查研究报告，2001 年

　　从我国体育用品业的出口情况看，根据中国海关总署的统计，1997 年我国体育用品出口总额 38.8 亿美元，1998 年为 45 亿美元，1999 年为 53.87 亿美元，其中运动鞋为 23.69 亿美元，运动器材为 25.44 亿美元，运动服装为 4.74 亿美元。2002 年中国大陆向美国出口的体育用品占该国总进口额的 52.3%，居第一

位，比 2001 年的 45.3% 又提高了 7 个百分点。排在第二至第五位的分别是，台湾地区 10.3%，加拿大 4.3%，墨西哥 4.2%，韩国 3.1%。

从体育用品企业所有制结构看，整体上呈现混合所有制特征，既有国营也有民营，既有中资也有外资，且民间资本开始占据主导地位。以浙江省为例，"2001 年全省共有体育用品生产企业 1281 家，注册资本金为 36.2 亿元。从单位注册类型上看，私营个体单位占 61.9%，有限责任公司占 18.4%，股份合作企业占 7.6%，外商及港澳台投资企业占 7.0%；从注册资本金构成看，个人资本占 42%，法人资本占 30.4%，外商资本占 23.4%，集体资本和国有资本分别占 3.90% 和 0.30%"① （图 4-1）。这种所有制结构在一定程度上说明，我国体育用品市场是一个开放、竞争度较高的市场。

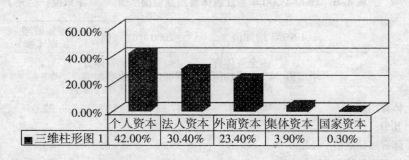

图 4-1　浙江省体育用品生产单位资本金构成

	个人资本	法人资本	外商资本	集体资本	国家资本
■ 三维柱形图 1	42.00%	30.40%	23.40%	3.90%	0.30%

从体育用品市场的产品结构看，目前我国体育用品企业已能生产包括运动服装（含鞋、帽、手套、护具等）、球类器材设备、运动器械及器材、健身器械、娱乐及场地设备、体育科研测试器

---

① 浙江省体育局和统计局企业调查队联合发布的《浙江省体育用品业发展战略研究报告》，2003 年 3 月

材、户外运动（含旅游、休闲装备）、渔具系列、运动装备及奖品、运动保健用品、裁判教练用品共 12 大类产品。从大类上看，基本无缺项，只是在个别大类的高端产品中还有缺项，如户外运动中的航海、航空器材以及健身器械中的科技含量较高的大型商用器械和运动队专用器材等。

从体育用品标准化程度看，目前我国体育用品标准化程度还很低，达到国家标准产品（GB 国家强制标准或 GB/T 国家推荐标准）只有 17 个，达到行业标准的产品（QB 轻工行业强制标准或 QB/T 轻工行业推荐标准）也只有 19 个。目前国内生产的 360 多种体育器材和设备中只有 29 种被国际体育组织批准为正式比赛使用器材。1999 年在天津举办的第 34 届世界体操锦标赛所用的 11 种器材中，国产的器材只有 5 种。而在体育用品的环保标准、定价标准以及社会标准方面差距更大。当前国外知名体育用品企业的标准一般都高于行业标准、国家标准，而我国呈现的是倒置的局面，国家标准高于行业标准和企业标准。

从中国体育用品博览会的形成与发展看，体育用品市场也呈现高速发展的态势。1993 年由国家体育总局、中国体育用品联合会以及承办省市政府共同举办的中国体育用品博览会每年举办一届，截止 2003 年已举办了十届，其中前八届为国内展会，从第九届开始改为国际展会（表 4-7），目前中国体育用品博览会已经成为亚太地区最大的专业展会，规模仅次于德国慕尼黑博览会和美国拉斯维加斯博览会。

表 4-7　历届中国体育用品博览会概况

届次	展位数（个）	参展商（家）	展览净面积（平米）	参展人数（名）	成交额（亿元）
1993（西安）	200	146		1000	1
1994（福州）	300	245		2000	2
1995（天津）	495	286		3000	10
1996（南昌）	1100	304		12000	12

1997（武汉）	1412	400	13000	40000	16
1998（福州）	1998	480	18000	43000	19
1999（成都）	2100	540	20000	60000	22
2000（长沙）	2439	623	25000	100000	18
2001（北京）	3000	1000	35000	150000	30
2002（上海）	4000	800	36000	120000	
2003（北京）	3000	650	30000	120000	

资料来源：国家体育总局装备中心

尽管受统计资料的制约，上述几个方面所作的分析尚不能准确、系统地反映当前我国体育用品市场的现状，但还是基本勾画出了我国体育用品市场的轮廓。应该说，相对于我国各类体育服务产品市场而言，当前体育用品市场已经进入了稳步增长的成熟期。正如世界体育用品联合会委托 KSA 独立顾问公司对全球体育用品业现状所作的调查报告中指出的，"中国是世界体育用品生产商的可靠基地，是名副其实的世界体育用品制造大国"；"中国已经拥有全球 65% 以上的体育用品生产份额"。这样的市场份额不仅说明中国是一个体育用品生产大国，而且也表明中国体育用品市场是一个快速成长的市场。

（二）体育健身娱乐市场的现状

改革开放以来，我国体育健身娱乐市场经过两个阶段的培育与发展，目前已经成长为我国体育服务市场体系中的主体市场。尽管受统计资料的制约，目前还不能对我国体育健身娱乐市场的规模、结构、质量和效益作出准确地描述，但是从部分省市的体育产业专项统计调查报告中，我们还是能大致对这一市场的现状作出初步的估计。

从体育健身娱乐市场的规模看，"到 2001 年底，北京市有独立核算的体育健身企业 200 家，从业人员 11000 人，比 2000

年增长 12.2%；拥有固定资产 18.2 亿元，比 2000 年增长 26.4%；营业收入 5 亿元，比 2000 年增长 16.3%；上缴税金 5000 万元，比 2000 年增长 19.1%，形成了一批经营规模较大具有一定社会影响的体育健身经营单位。"[1]

浙江省截止 2000 年底，"体育健身服务经营单位近 5000 家，其中体育行政事业单位约 200 家，体育服务经营企业 1100 多家，体育服务个体经营户 3700 多家。2000 年体育健身服务业总营业额为 15.05 亿元，比上年增长 8.65%。"[2]

安徽省截止 2001 年底，"全省共有体育产业经营单位 8597 家，其中健身服务类经营单位 4292 家，占总数的 49.9%；体育健身服务业从业人数 18064 人，占整个体育产业从业人数的 46.2%；体育健身服务业营业收入 49262 万元，增加值 31600 万元"。[3]

另据江苏省 1999 年发布的体育产业统计调查报告，1998 年全省体育健身服务业的经营单位数、从业人员数比 1997 年有所增长，增加值比 1997 年有所下降（表 4-8）。

从上述几个省市的统计资料看，目前我国体育健身娱乐市场总经营收入，估计在 100 亿~120 亿元之间。这样的水平说明了两个方面的问题：一是目前我国体育健身娱乐市场总体规模与发达国家相比还有很大的差距，但市场的成长空间巨大，这是市场规模小的一面。二是这一市场也存在小中见大的另一面，即体育健身娱乐市场在我国各类体育服务市场中是规模最大、成熟度最高的市场。江苏省体育健身娱乐业在经营单位数、从业人员数和增加值三个指标上分别占整个体育服务业的比重是 98.82%、97.63% 和 94.65%。浙江省体育健身娱乐市场的营业收入占整个体育服务业的营业收入的 55.16%，远远高于其他体育服务类市场的营业收入（图 4-2）。

---

[1] 《北京体育产业统计报告》，2002 年
[2] 《浙江体育产业调查研究报告》，2001 年
[3] 《安徽省体育产业发展情况调查》，2002 年

表 4-8　江苏省 1997~1998 年体育健身服务业情况

指标	1997 年	1998 年	增长率
经营单位数（个）	16783	18392	8.75%
从业人员数（人）	47023	51891	9.38%
增加值（万元）	90135	82208	−8.79%

资料来源：《江苏省体育产业统计调查报告》,1999 年

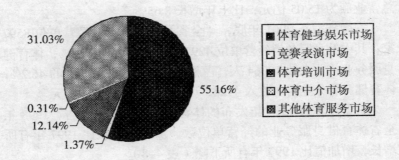

图 4-2　浙江省各类体育服务市场营业收入构成

　　从体育健身娱乐市场的经营内容看，目前国内市场日益呈现国际化的趋势，经营项目丰富多彩，基本与国际同步。既有高档的健身娱乐项目，如高尔夫球、冰雪项目、航海航空项目、赛车等，也有新兴的极限运动和时尚运动，如轮滑、滑板、攀岩、悬挂滑翔、卡丁车、冲浪、帆船帆板、漂流、滑草、滑沙、跆拳道、射击射箭等。同时，还有一大批大众普及型健身娱乐项目，如武术、保龄球、台球、棋牌、乒乓球、羽毛球、游泳、健身健美操、足球、篮球、排球、网球等。尽管，目前我国健身娱乐市场在经营内容上日益与国际同步，但是，从三类项目的实际市场运作看，我国体育健身娱乐市场还处在低端服务产品为主体的阶段，即尽管市场已经存在高档健身娱乐项目和新兴的极限与时尚运动项目，但这两类项目现实的市场规模还很小。根据《浙江省

体育产业统计调查报告》（2001 年），该省体育健身娱乐企业开展的经营项目主要是台球、棋牌、乒乓球、游泳、保龄球、体操（包括各类健身健美操）、轮滑和网球（表 4-9）。按各项目营业收入多少排，列在前 7 位的分别是棋牌、台球、保龄球、游泳、乒乓球、体操、羽毛球。另据《安徽省体育产业发展情况调查报告》（2002 年），该省体育健身娱乐市场的经营项目也主要集中在武术、健身健美、游泳、保龄球、乒乓球和棋牌等项目上。由此可见，目前我国体育健身娱乐市场在经营内容上细分化不够，产品结构还有待进一步升级。

表 4-9　浙江省体育健身娱乐企业经营项目的分布情况

经营项目	经营该项目的企业占总企业数的比率
台球	57.5%
棋牌	34.4%
乒乓球	4.5%
游泳	4.2%
保龄球	3.9%
体操(包括各类健身健美操)	2.2%
轮滑	1.3%
网球	1.0%

资料来源：《浙江体育产业调查研究报告》，2001 年

从体育健身娱乐市场的质量看，目前这一市场整体上还处在起步发展阶段。这样的判断有三个方面依据：

一是体育健身娱乐企业的规模小、素质低。浙江省体育健身服务业共有经营单位 5000 家，而其中个体经营户就高达 3700 家，占总数的 74%。即使是国内体育产业发展水平最高的北京市，大规模、高素质的体育健身娱乐企业的数量也十分有限。2001 年北京市体育健身企业营业收入超过 500 万元，只有 10 家，超过 1000 万元的只有 5 家（表 4-10）。

表 4-10   2001 年按营业收入排列前 10 名的体育健身企业

单位名称	营业收入(万元)
北京颐方体育娱乐公司	1590
北京浩沙健身俱乐部	1336
北京东方天星华普休闲健身公司	1311
北京国安足球俱乐部	1287
北京高尔夫球俱乐部	1149
北京乡村高尔夫球俱乐部	951
北京康乐宫有限公司	849
北京英特康乐城	848
北京大运河俱乐部	658
北京马坡垂钓宫	550

资料来源：《北京体育产业统计报告》，2002 年

二是消费者消费水平低。国家体育总局于 2002 年 12 月 6 日召开新闻发布会，公布了 2001 年中国群众体育现状调查结果。该结果显示："家庭体育消费在我国城乡居民家庭日常生活消费所占的比重较小，在我国城乡居民家庭日常生活消费以外最主要的十一项消费支出中，子女教育费用依然是家庭最主要的支出，占 15.9%。购买体育比赛门票和购买体育器材分别占 7.4% 和 4.4%，居第五位和第九位。我国城乡居民以家庭为单位全年体育消费平均为 397.42 元。"从 2000 年我国城乡居民家庭在五个方面的体育消费情况看（表 4-11），整体的消费水平与发达国家相比还有很大的差距，同时，该项调查还显示，我国城乡居民体育消费能力与其文化程度成正比，两极相差较大。研究生文化程度的居民全年平均体育消费 1378.63 元，而小学文化程度的人群全年平均消费仅为 119.28 元，两者相差近 12 倍。

三是市场管理不规范。突出表现在三个方面：第一，政府管理多头管理与无人管理并存。健身娱乐市场发达省份政府的工

表 4-11　2000 年我国城乡居民在 5 个方面的体育消费情况

（平均值）

消费项目	消费额（元）	占总体育消费额的%
购买运动服装鞋帽	204.37	51.44
购买体育器材	92.09	23.17
去体育场馆参加活动	56.78	14.29
订购体育图书	26.28	6.61
购买体育比赛门票	17.85	4.49

资料来源：《2001 年中国群众体育现状调查》

商、体育、文化、公安等部门争相介入，管理职能交叉、紊乱，而欠发达省份又处于上述几个政府部门不作为的状态。第二，体育健身娱乐企业自组的行业自律组织成长缓慢，体育健身娱乐市场处在无行业规范和服务标准运作的状态。第三，体育健身娱乐企业自律管理水平低。缺乏品牌意识、信用意识、服务营销意识的现象十分普遍，能够按照现代企业制度规范组建和运作的企业数量还十分有限。

总之，当前我国体育健身娱乐市场的现状可以用一句话概括，即发展速度很快，但发展质量有待提高。新世纪我国体育健身娱乐市场的发展既面临着总量扩张的压力，也面临着质量提高的压力，核心问题是如何在扩充市场规模的同时，有效地提高市场发展质量。

（三）竞赛表演市场的现状

经过大约 10 年时间的培育，目前我国体育竞赛表演市场尽管整体上仍处于起步阶段，但是以足球、篮球、排球和乒乓球职业联赛为主体，辅之以散打擂台赛和各类商业性比赛的竞赛表演市场格局已初步成形。

从体育竞赛表演市场的供给与需求两个方面看，这一市场的初步形成主要表现在以下四个方面：

一是以三大球和一国球（乒乓球）构成的中国四大职业联赛稳步发展。截止到 2003 年，足球职业联赛运作了 10 个赛季，篮球职业联赛运作了 9 个赛季，排球俱乐部联赛和全国乒乓球超级联赛也运作了 5 个以上的赛季。尽管四大联赛到目前为止仍有这样或那样的问题和困难，但是整体上联赛的质量在稳步提高，特别是在联赛的组织、俱乐部的管理、裁判员的监控、联赛整体的市场开发方面都有显著的改善和提高。以改革"突破口"——足球联赛的市场开发为例，甲 A 联赛的冠名和赞助费，从 1994~2003 年每年都保持 10% 以上的增长速度（表 4–12）。同时，除了这四大联赛，近年来棒球、网球、围棋、中国象棋也开始组建和运作自己的俱乐部联赛，尽管这些后起的联赛在规模和影响力等方面均不及四大联赛，但也都形成了自己的特定观众群体，联赛的组织与管理水平也在不断提高。

表 4–12　1994~2003 年中国甲 A 足球联赛冠名和赞助收入情况

（单位：万美元）

年份	冠名费	赞助费	总金额
1994	230	--	230
1995	253	--	253
1996	279	--	279
1997	307	--	307
1998	338	--	338
1999	450	640	1090
2000	472	672	1144
2001	496	705	1201
2002	520	740	1260
2003	546	777	1323
总计	3891	3534	7425

资料来源：中国足协

二是职业体育俱乐部的数量和质量都有明显提高。职业体育俱乐部是竞赛表演市场最主要的供给主体。从 1992 年我国推进部分运动项目职业化以来，各项目的职业体育俱乐部的数量都有明显的增长。截止 2002 年底，我国四大职业联赛所辖的职业俱乐部总数达到 100 家，其中足球 27 家（甲 A 15 家，甲 B 12 家），篮球 27 家（男子 14 家，女子 12 家），排球 22 家（男子 10 家，女子 12 家），乒乓球 24 家（男女各 12 家）。同时，随着职业俱乐部数量的增加，职业球员和联赛参赛队伍的数量也有了快速增长。以我国目前职业化程度最高的足球为例，甲级和乙级职业球员的数量已由 1994 年（联赛开始之年）的 288 名，增加到 2002 年的 2448 名，增长了近 10 倍（图 4-3）；甲级和乙级职业联赛的参赛队伍也由 1994 年的 12 支增加到 2002 年的 52 支，增长了 3 倍以上（图 4-4）。

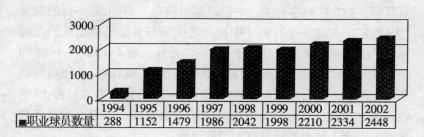

图 4-3　1994~2002 年我国职业球员数量变化情况
资料来源：根据中国足协材料整理

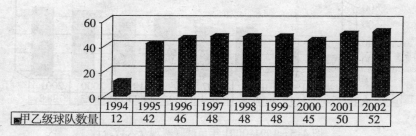

图 4-4　1994~2002 年我国足球甲乙级队伍数量变化情况
资料来源：根据中国足协材料整理

　　三是观赏性消费群体在不断扩大。体育竞赛表演市场能否形成，除了要看供给者的规模与质量，还要看消费者的规模和质量。在市场经济条件下，后者决定前者，需求水平决定供给水平。自1994年以来，我国四大职业联赛（篮球、足球、排球和乒乓球）的现场观众人数不断增加。足球甲级联赛的现场观众已由1994年的217.8万人次，增加到2001年的728.8万人次，增长了近3倍（图4-5）。1998年全国男篮甲A联赛观众人数达到62万，平均每场观众3700人左右，平均上座率达到75%以上。2000~2001赛季全国男排联赛现场观众总数约17.43万人，平均每场观众3418人，上座率达到66%；女排联赛现场观众总计为16.58万人，平均每场观众3200人，平均上座率达到66%。2000~2001赛季全国乒乓球超级联赛第一阶段比赛观众总数就达到24.9万人。除联赛之外，各类商业性比赛的观众人数也在不断增加，特别是一些热点赛事，如在广州举行的"中巴足球对抗赛"、在上海举行的网球"大师杯"、在北京举行的"中国龙之队"与皇家马德里队的友谊赛等，上座率都基本上达到了100%。另外，表4-13、表4-14和表4-15展示了国际电视媒体权威调查机构ACNielsen公司对成都、上海和武汉三个城市2001年7月1~31日体育类节目前50名收视排名情况。这一部分数据反映了当前我国在电视上收看体育比赛的观众人数也同样具有相当的规模。

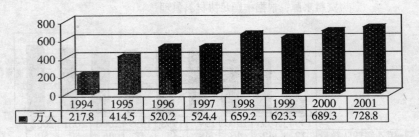

图4-5　1994~2001年足球联赛观众人数统计
资料来源：根据中国足协材料整理

表4-13 体育类节目前50名收视排名——成都2001年7月1~31日

序号	节目名称	频道	收视千人数	收视率%	序号	节目名称	频道	收视千人数	收视率%
1	2001年全国足球甲A联赛	SCTV1	13	6.4	13	2001年亚洲杯羽毛球团体赛半决赛	CCTV2	4	1.9
2	2001年全国足球甲A联赛	SCTV1	10	5.3	14	2001年亚洲杯男子排球赛	CCTV5	4	1.8
3	足球报道	SCTV1	8	4.3	15	赛车世界	SCTV1	4	1.8
4	2001年全国足球甲A联赛	CCTV5	8	4.1	16	国际奥委会第112次会议开幕式	CCTV5	4	1.8
5	喜之郎杯六一足球赛	CCTV5	7	3.8	17	2001年全国足球甲级联赛特别报道	SCC4	4	1.8
6	天下足球	CCTV5	6	3.3	18	张健横渡英吉利海峡	CCTV1	3	1.8
7	足球之夜	CCTV5	6	2.9	19	2001年全国足球甲B联赛	CDXW	3	1.6
8	大运风	CCTV5	6	2.8	20	心系奥运特别节目	SCC4	3	1.6
9	2001年全国足球甲B联赛	CDJJ	5	2.6	21	2001年全国足球甲B联赛	CCTV5	3	1.6
10	灿烂青春第21届世界大学生运动会	CCTV5	5	2.4	22	体育世界	CCTV5	3	1.5
11	亚洲男篮锦标赛决赛	SCTV1	5	2.3	23	体坛快讯	CCTV5	3	1.5
12	甲A龙门阵	CDCTY	4	2.3	24	2001年中国武术"散打王"争霸赛	SCC4	3	1.4

续表

序号	节目名称	频道	收视千人数	收视率%	序号	节目名称	频道	收视千人数	收视率%
25	2001年世界游泳锦标赛	CCTV5	3	1.4	38	全国足球甲B联赛	GDTV	2	1.3
26	NBA故事——公牛传奇	SCC4	3	1.4	39	温布尔顿网球公开赛	SCTV1	2	1.3
27	甲B风云	CDCTY	3	1.4	40	世界青年足球锦标赛	CCTV5	2	1.3
28	世界男子职业网球巡回赛集锦	CCTV5	2	1.3	41	2001年美国女足大联盟赛	CCTV5	2	1.3
29	2001年百事可乐足球联赛	SCC4	2	1.3	42	足球聊斋	CDCTY	2	1.3
30	五环夜话	CCTV5	2	1.3	43	竞技新概念	CCTV5	2	1.3
31	第八届世界室内田径锦标赛	CCTV5	2	1.3	44	世界杯足球花絮	SCC4	2	1.3
32	运动与休闲	CCTV5	2	1.3	45	米盖尔斗牛之夜	SCTV2	2	1.3
33	长城汽车中国国际U-17乒乓球冠军	CCTV5	2	1.3	46	2001年世界冰球锦标赛	CCTV5	2	1.3
34	2001年全国甲A足球联赛	GDTV	2	1.3	47	国际田联黄金联赛	CCTV5	2	1.3
35	第三届阿含桐山杯中国围棋公开赛	CCTV5	2	1.3	48	2001~2002德国足球甲级联赛	CCTV5	1	1.2
36	2001世界游泳锦标赛	CDCTY	2	1.3	49	足球之夜(重)	CCTV5	1	1.2
37	戴安娜2001世界精英模特大赛中国	CDCTY	2	1.3	50	第130届英国高尔夫球公开赛	CCTV5	1	1.2

资源来源：ACNielsen收视报告

表4-14 体育类节目前50名收视排名——上海2001年7月1~31日

序号	节目名称	频道	收视千人数	收视率%	序号	节目名称	频道	收视千人数	收视率%
1	2001年中国足球甲B联赛	SHCTY	186	12.1	13	张健横渡英吉利海峡	CCTV1	42	2.7
2	2001年中国足球甲A联赛	SHCTY	165	10.8	14	第21届亚洲男篮锦标赛	OT33	37	2.4
3	体育特写18:30	SHCTY	81	5.2	15	2001年中国足球甲A联赛	OT33	36	2.3
4	2001年中国足球甲A联赛新闻发布会	OT33	73	4.7	16	2001年国际女子足球友谊赛	SHCTY	30	1.9
5	第16届新民晚报中学生足球开幕式	SHCTY	70	4.6	17	2001年健力宝全国女足超级联赛	SHTV2	29	1.9
6	看球评球	SHCTY	68	4.4	18	2001年健力宝全国女足超级联赛	SHSBN	29	1.9
7	体育特写18:00	SHCTY	65	4.2	19	2001年全国足球甲A联赛	CCTV5	28	1.8
8	足球纪事	SHCTY	61	4.0	20	2000~2001年西班牙甲级联赛精华	SHCTY	26	1.7
9	2001年中国足球甲A联赛	SHTV2	56	3.6	21	2001年中国足协杯赛	CCTV2	26	1.7
10	体育特写19:00	SHCTY	51	3.3	22	新完全足球手册	SHTV1	25	1.6
11	精彩回放	OT33	48	3.1	23	2001年中国之队足球对抗赛（重）	OT33	25	1.6
12	2001年中国武术"散打王"争霸赛	SHCTY	45	2.9	24	2001年中国足球甲B联赛（重）	SHCTY	25	1.6

续表

序号	节目名称	频道	收视千人数	收视率%	序号	节目名称	频道	收视千人数	收视率%
25	2002年世界杯足球欧洲区预选赛（重）	SHCTY	24	1.5	38	2001年中国之队足球对抗赛	SHCTY	17	0.8
26	国际田联黄金联赛	CCTV2	24	1.5	39	2001年全国斯诺克台球排名赛	CCTV5	17	0.8
27	第十四届"富士通"杯世界职业围棋	CCTV5	23	1.4	40	2001年中国国际女子排球赛	SHCTY	17	0.8
28	长城汽车2000~2001年中国国际乒乓球大奖赛	CCTV2	23	1.4	41	灿烂青春第21届世界大学生运动会	CCTV5	16	0.7
29	足球报道	OT33	22	1.3	42	足球上海（重）	OT33	16	0.7
30	2001年世界游泳锦标赛	CCTV5	21	1.2	43	足球上海	OT33	15	0.6
31	2001亚洲杯男子排球赛	CCTV5	21	1.2	44	2001年国际足球友谊赛	SHCTY	15	0.6
32	2001年健力宝杯全国女子足球超级联赛	CCTV2	20	1.1	45	足球场	SHCTY	15	0.6
33	2001年温布尔顿网球赛	SHCTY	19	1.0	46	体育大本营百事可乐球星挑战赛	SHCTY	15	0.6
34	2002年世界杯足球欧洲区预选赛	SHCTY	19	1.0	47	WNBA动态	SHCTY	15	0.6
35	足球纪事	SHSBN	18	0.9	48	体育特写22：00	SHSBN	14	0.5
36	拳击天地	SHCTY	18	0.9	49	2001年中国武术"散打王"争霸赛（重）	SHCTY	14	0.5
37	赛事精选	SHSBN	18	0.9	50	高尔夫杂志	SHSBN	14	0.5

资源来源：ACNielsen 收视报告

表4-15　体育类节目前50名收视排名——武汉2001年7月1~31日

序号	节　目　名　称	频　道	收视千人数	收视率%	序号	节　目　名　称	频　道	收视千人数	收视率%
1	2001年全国足球甲B联赛	HBTV2	31	6.8	13	五环夜话	CCTV5	7	1.5
2	2001年全国足球甲B联赛	HBTV2	31	6.7	14	天下足球	CCTV5	6	1.2
3	张健横渡英吉利海峡	CCTV1	20	4.4	15	足球之夜（重）	CCTV5	6	1.2
4	2001年中国足球甲B联赛	HBTV	16	3.5	16	国际奥委会第112次会议开幕式	CCTV5	6	1.2
5	2001年全国足球甲A联赛	CCTV5	16	3.4	17	长城汽车2000~2001年中国国际乒乓球大奖赛	CCTV2	5	1.2
6	2001年世界游泳锦标赛	CCTV5	11	2.4	18	意大利足球甲级联赛	HBTV	5	1.1
7	足球之夜	CCTV5	10	2.3	19	体坛快递	HBJJ	5	1.1
8	2001~2002年焦作U-17中国国际乒乓球	CCTV5	8	1.7	20	足球报道	WHCTX	5	1.1
9	灿烂青春第21届世界大学生运动会	CCTV5	8	1.7	21	世界职业拳王争霸赛	CCTV5	5	1.0
10	2001年全国女足超级联赛	CCTV5	7	1.6	22	体育世界	CCTV5	4	1.0
11	第21届LG亚洲男子篮球锦标赛	WHCTX	7	1.5	23	2001年全国斯诺克台球排名赛	CCTV5	4	0.9
12	2001年百事可乐足球联赛	WHCTX	7	1.5	24	2001年上海奥林匹克龙园杯国际竞走锦标赛	CCTV5	4	0.9

续表

序号	节　目　名　称	频　道	收视千人数	收视率%	序号	节　目　名　称	频　道	收视千人数	收视率%
25	体坛快讯	CCTV5	4	0.9	38	飞旋恰恰恰	CCTV5	3	0.8
26	2001年美国女足大联盟赛	CCTV5	4	0.9	39	竞技新概念	CCTV5	3	0.8
27	2001年世界游泳锦标赛欣赏	CCTV5	4	0.9	40	2001年美洲杯足球赛	CCTV5	3	0.8
28	2001年全国足球甲B联赛	CCTV5	4	0.9	41	华山杯中国围棋精英赛	CCTV5	3	0.8
29	回首壁	CCTV5	4	0.9	42	体育视点国际足联足球杂志	WHCTX	3	0.8
30	直播第十六届世界摩托车锦标赛	WHCTX	4	0.9	43	国际田联黄金联赛	CCTV5	3	0.8
31	2001年亚洲杯羽毛球团体赛半决赛	CCTV2	4	0.9	44	2001年全国甲A足球联赛	GDTV	3	0.8
32	喜之郎第六一足球赛	CCTV5	3	0.8	45	第十四届"富士通"杯世界职业围棋	CCTV5	3	0.8
33	长城汽车中国国际U-17乒乓球冠军赛	CCTV5	3	0.8	46	世界青年足球锦标赛	CCTV5	3	0.8
34	大运风	CCTV5	3	0.8	47	第三届阿含.桐山杯中国围棋公开赛	CCTV5	2	0.7
35	2001年美洲杯足球赛	CCTV5	3	0.8	48	挑战极限	HBTV	2	0.7
36	2001年亚洲杯男子排球赛	WHCTV	3	0.8	49	体育视点足球纪事	WHCTV	2	0.7
37	2001年世界花样滑冰锦标赛	CCTV5	3	0.8	50	中国武术"散打王"争霸赛	WHCTV	2	0.7

资源来源：ACNielsen收视报告

　　四是为竞赛表演市场服务的中介机构开始出现。体育中介业与竞赛表演市场的培育与发展有直接的关联。一般来说，体育中介业的发展水平与竞赛表演市场的发展水平呈正相关。换句话说，判断竞赛表演市场是否形成，可以间接地看体育中介机构数量的多少和质量的高低。我国推进单项运动协会实体化改革以来，部分运动项目开始进行职业化试点，联赛和商业性比赛的数量和规模不断扩大，这也在一定程度上创造了赛事和运动员代理的需求，从而促进了体育中介机构的培育和发展。目前我国最有商业价值的联赛和最有人气的体育明星基本上都有中介机构来代理进行商业开发和推广活动。近期一些在全国引起哄动效应的赛事，如中巴足球对抗赛、皇家马德里队与中国龙之队的友谊赛都是由体育中介公司运作的纯商业性比赛。应该说，中外体育中介机构不断介入中国的体育竞赛表演市场，也是标志该市场已经形成并在逐步发展的一个重要指标。

　　五是全运会市场开发能力显著提高。每四年一届的全国运动会，在计划经济下是完全由中央和地方两级财政出资举办的。近年来，随着国内体育竞赛表演市场的逐步发育，全运会的商务开发工作也取得了很大进展。1997年在上海举行第8届全国运动会，组委会通过运动会无形资产开发获得了1.68亿元的直接收入，其中广告、专有权收入了1.23亿元，捐赠收入0.12亿元，其他收入0.33亿元。2001年广东省举办了第9届全国运动会，组委会在汲取上海经验的基础上大胆创新，使这届全运会的市场开发收入达到了2亿多元，其中火炬传递活动的冠名权收入1380万元、足球冠杯收入800万元、出售电视转播权收入900万元、广告收入1.3亿元、门票收入3000万元（表4-16），开创了全运会以市场运作为主的新的商务开发模式。

表 4-16 第 8、9 届全运会无形资产开发的比较

内容项目	第 8 届全运会 （金额：元）	第 9 届全运会 （金额：元）	两届全运会对比
广告专有权收入	1233088184	115615400	-6.07%
捐赠收入	12048711	32078900	+166.24%
其他收入	32870411	55249900	+68.08%
开发总收入	168007306	202944200	+20.79%

资料来源：第 8、9 届全运会总结报告

　　另外，当前国内竞赛表演市场的发展现状还可以从国内主要电视台体育频道收入情况来窥见一斑。表 4-17 反映了 2002 年我国主要电视台体育频道收益情况。尽管电视台体育频道的收益并不完全来自竞赛，但是，应该说这部分收入的绝大部分源于与各类竞赛相关的广告收益。这也在一定程度上反映了我国体育竞赛表演市场已初具规模。

表 4-17 2002 年我国主要电视台体育频道收益　　（单位：万元）

电视媒体	收益
央视体育频道	70000
上视体育频道	13000
北京体育频道	4500
广东体育频道	3500
山东体育频道	2500~2000
浙江体育频道	2500~2000
大连体育频道	800~700
武汉体育频道	800~700

资料来源：白礼，《体育媒体与职业联赛的互动关系》，《中国篮球协会 "CBA 改革高层论坛" 材料汇编》，2003

总之，经过 10 年左右时间的改革与探索，我国体育竞赛表演市场已初步形成了以职业联赛为主体、各类商业性比赛为补充的基本格局。随着北京 2008 年奥运会的日益临近，中国必将成为全球商业性赛事的热点国家，体育竞赛表演市场在新世纪头 10 年必将呈现高速发展的态势。

（四）体育中介市场的现状

体育中介活动在我国出现不过 10 年。20 世纪 90 年代初期，我国体育体制和运行机制以社会化和产业化为方向进行了全面的改革，以足球为突破口的运动项目管理体制的改革，把部分项目推向了市场，职业体育开始在我国起步。随着职业体育的兴起，体育资源也开始逐步由原来的政府计划配置向市场配置转变，各类体育组织、体育人士和企业对体育中介服务开始产生了实际的需求，体育经纪人也就随之应运而生。但是，最早在国内体育中介市场上从事体育经纪活动的并非专业化国内体育经纪公司，而是国内的一些广告公司、公关公司、咨询公司、投资公司和文化传播公司等。有影响的体育经纪活动主要有，北京高德体育文化中心（高德公司）策划和运作的一系列商业比赛，如北京国安与阿森纳队的比赛、中英、中巴（巴拉圭）、中韩、中美、中伊等对抗赛，以及运作范志毅、孙继海转会英国水晶宫队。2003 年，该公司运作西班牙皇家马德里足球俱乐部来华进行商业比赛，仅皇家马德里俱乐部在京的各项活动，活动组织方就获得了高达 4000 万元的收入，创造了近年来国内体育中介市场上最好的经营业绩。

另外，国外著名的体育经纪公司也纷纷抢滩中国体育中介市场，目前国内体育中介市场中最有影响、最有实力的公司基本上都是外资企业。如前几年作为足球甲 A 联赛和篮球甲 A 联赛的赛事推广商的国际管理集团（IMG），作为足球"中超"推广商的北京盈方体育咨询公司（Infront Sport & Media），作为 CBA

篮球联赛商务咨询公司、公关公司和执行公司的前锐公司、实力媒体和拓亚公司以及活跃在中国市场上的八方环球、SFXsport等。可以说，目前我国最有价值的职业联赛和最著名的运动员几乎都被国外著名体育经纪公司所代理。而专业化的体育经纪公司在我国起步很晚，1997年，我国著名跳高运动员朱建华在上海注册成立"希望国际体育经纪有限公司"，成为国内第一家专业化的体育经纪公司。此后，广州成立了"鸿天体育经纪有限公司"，北京成立了"中体产业体育经纪公司"等。目前，此类公司不仅数量少、规模小，而且经营业务单一、影响和声誉有限。1999年国家体育总局为培育我国的体育中介市场，稳步、健康地推动我国体育经纪人的发展，开始着手与国家工商管理局联合起草《体育经纪人管理办法》，并选择北京、上海、江苏、广东两省、两市进行体育经纪人立法、培训和资格认定的试点工作。试点工作在全社会反响热烈，以北京市为例，截止2003年底北京市举办了三期体育经纪人培训班，共有510人获得了体育经纪人资格，新增体育经纪公司16家。目前一个以服务体育主体市场、中资企业与外资企业并存、专营机构与兼营机构并存的体育中介市场在我国已初步形成。

（五）体育彩票市场的现状

从1994年全国统一发行体育彩票之后，我国的体育彩票市场迅速扩大，作为体育产业重要组成部分的体育彩票业开始形成规模。主要表现在三个方面：

一是体育彩票的发行额度迅速增长，发行收益和资金的使用效益明显提高。体育彩票发行额度从最初的两年发行10亿元到2002年销售220亿，8年增长了22倍，特别是近几年体育彩票销售额、公益金收入以及资金使用效益都有快速提高（表4-18、表4-19），取得了显著的社会经济效益。

表 4–18　1998~2001 年我国体育彩票发行情况　　（单位：万元）

年份	批准销售彩票额度	实销彩票金额	公益金收入
1998	250000	249902	75951.7
1999	400000	399941	121113
2000	907243	907243	274592
2001	1493440	1493440	399749

资料来源：国家体育总局体育彩票管理中心

表 4–19　1998~2001 年我国体育彩票公益金支出情况　　（单位：万元）

年份	彩票公益金支出合计	用于奥运争光计划	用于全民健身计划
1998	77059.51	26381.4	50678.12
1999	101439	33535	67903
2000	188983	67253	121730.2
2001	226923	93381	133542

资料来源：国家体育总局体育彩票管理中心

　　二是建立和健全了体育彩票管理机构和销售队伍。目前，全国共有 30 个省、市、区设立了体育彩票管理中心和机构。同时，经过几年的发行和销售工作，锻炼和培养了一批有相当市场运作经验的销售队伍，形成了有一定规模的市场销售网络，体育彩票市场进一步活跃。

　　三是开发了全国电脑体育彩票销售系统，发行了足球彩票。从 1994 年 10 月起，国家体委彩票管理中心为进一步完善体育彩票的玩法，增加彩票的趣味性和科技含量，提高彩票的安全性，减少现行销售方式的弊端，先后批准广东省、福建省、吉林省、海南省、江苏省和上海市试点发行电脑彩票，并在此基础上建立全国联网的体育彩票销售系统。同时，为解决体育彩票没有体育特色的问题，国家体委彩票管理中心还积极探索发行具有体育特点的彩票工作。从 1996 年开始，彩票管理中心加强了对足球彩票理论和技术的学习和研究工作，分别组织电脑技术专家和有关人员赴意大利等国家考察足球彩票的发行和管理情况。并邀请意大利、希腊、保加利亚等国家的足球彩票发行单位的专家来华进行技术交流，进一步加深了对足球彩票的认识。经过部分省市的试点，目前足球彩票已在全国发行，且销售额增长迅速。2001年全国足球彩票实销额为 13.3463 亿元，而 2002 年前三个季度足球彩票实销额就达到了 45.52 亿元(表 4-20)，是前一年的 3.5 倍。现在足球彩票的发行额已占电脑彩票销售总额的 30%以上。

表 4-20 2002 年 1~9 月全国足球彩票销售额排名

销售额排名	省市	销售额(万元)
1	广东	174409
2	辽宁(含内蒙古)	45982
3	北京	34448
4	上海	34366
5	湖北	22581
6	浙江	17721
7	四川(含西藏)	18930
8	山东	17721
9	江苏	17184
10	福建	16046
11	天津	12020
12	重庆	7431
13	广西	4669
14	湖南	3806
15	黑龙江	3121
16	云南	2893
17	河北	2856
18	河南	2629
19	吉林	2593
20	陕西	2187

21	安徽	1712
22	甘青宁	1547
23	江西	1543
24	海南	1519
25	贵州	1142
26	山西	1076
27	新疆	615
28	内蒙古	309

资料来源：国家体育总局体育彩票管理中心

三、部分省市与香港特别行政区体育产业的比较

2002 年 8 月，香港康体发展局发表了名为《体育对香港经济影响》（The Economic Impact of Sport）的报告，对香港体育产业的发展状况及香港体育人口的基本情况进行了专门调查和研究（表 4–21）。2000 年，香港体育产业总产值为 382.68 亿港元，实现增加值 201 亿港元，占香港 GDP 的 1.5%，体育产业的就业人口为 61339 人，占香港就业人口的 2%。香港康体发展局还对体育产业对香港国民经济的带动作用进行了专门研究结果表明，香港体育产业对香港经济的总体经济影响估算值为每年 260 亿港元，占香港 GDP 的 2.1%。体育总体经济影响提供 80000 个就业岗位，占香港就业人口的 2.5%。

表 4–21   2000 年香港体育产业发展情况

产业门类	就业人口数量	增加值（百万港元）	总产出（百万港元）
运动服装和 运动鞋制造	9419	1946	6729
运动设备制造	541	153	593
体育用品批发	474	79	151
体育用品零售	1577	231	606

体育用品 进出口贸易	17226	6833	12403
健身中心服务	9428	3189	5224
体育场馆服务	11725	3965	6496
康体发展局服务、 体育教育服务	788	266	436
赛事	10162	3437	5630
合计	61339	20100	38268
占香港经济的 比例（%）	1.91	1.58	1.65

资料来源：香港康体发展局

表 4-22 展示了部分省市与香港体育产业发展状况的比较情况，数据显示香港体育产业发展的总体水平远远高于内地。主要表现在以下几个方面：

首先，香港体育产业的总体经济规模超过内地七省市。香港特别行政区领土面积仅 1092 平方公里，人口约 630 万。然而香港体育产业总产值达到 405.64 亿元，远远超过我国广东、浙江、北京等经济发达地区。香港体育产业增加值达到 213 亿元，竟超过我国内地七省市的总和。

其次，香港体育产业的另一个重要特点是体育服务业比较发达，体育服务业增加值占香港 GDP 的 0.9%，占体育产业增加值达到 60%。香港体育产业结构状况与发达国家的情况相似，如加拿大和新西兰体育服务增加值占本国 GDP 的 0.6% 和 0.8%。香港的体育产业结构状况符合体育产业结构发展的一般规律。与香港相比，我国体育产业结构中，服务业的整体规模不大。2002 年广东省体育服务业总产值仅 20.16 亿元，占体育产业总体仅 8.05%，增加值 15.74 亿元，占体育产业总体的 23%。2000 年，浙江省体育服务业创造增加值 8.28 亿元，占体育产业总体仅 14.87%。显然我国体育服务业总体规模太小，大力发展体育服务业应当是我国体育产业今后的重点。

　　第三，香港体育产业劳动生产率远高于内地七省市。2000年香港体育产业平均每个从业人员实现增加值为 347348 元，而广东 2002 年平均每个从业人口实现增加值仅 12467 元，2000 年浙江省平均每个从业人员实现增加值为 26896 元。香港的劳动生产率比广东省高出 27 倍，比浙江省高出近 13 倍，显然我国体育产业的整体效益相当落后。

表 4-22　内地七省市与香港体育产业主要指标的比较

省市名称	就业人口 （万人）	总产值 （亿元）	增加值 （亿元）	年份	占当地 GDP 比例
广东省	54.46	250.13	67.9	2002 年	0.57%
浙江省	20.76	252.37	55.65	2000 年	0.92%
北京市	6.7	128.4	52.9	2002 年	1.7%
辽宁省	17.4	146	39.4	2001 年	0.78%
安徽省	3.9	13.07	5.33	2001 年	0.16%
云南省	0.5519	16.881	4.75	2001 年	0.86%
四川省	1.5	6.74	2.87	2001 年	0.07%
香港	6.13	405.64	213.06	2000 年	1.5%
		（382.68 亿港元）	（201 亿港元）		
合计	110.85	1202.35	437.11	－	－

　　资料来源：根据内地七省市和香港康体发展局发布的统计报告整理

　　总之，根据以上对我国体育产业总量、结构以及各类体育市场发展情况所作的分析，可以得出初步的结论是：当前我国体育产业已经成长为国民经济一个新的增长点，它对扩大国内消费需求，驱动国民经济持续增长，促进产业结构调整与升级以及带动和扩大社会就业等方面都在发挥着实际的、积极的而又十分独特的作用。

第三节　体育产业的国际比较

　　分析我国体育产业发展现状，除了从其自身发展的历史脉络和客观现实来审视，还必须从国际比较的视角来观察。由于受统计资料的限制，这里仅从体育国内生产总值（GDSP）、体育消费水平、体育产业占各国就业人口的比例、体育企业的竞争力四个指标来对我国体育产业发展现状作一个粗略的国际比较。

一、体育国内生产总值(GDSP)的比较

　　体育国内生产总值（GDSP）是指一国体育产业增加值在本国 GDP 中所占份额，该数据是反映各国体育产业发展水平的一个重要指标。据欧盟发布的统计报告，1994 年部分欧洲国家体育产业增加值占本国 GDP 的比重分别是：瑞士 3.37%、芬兰1.7%、西班牙 1.68%、英国 1.56%、德国 1.25%、法国 1.09%、意大利 1.06%。加拿大统计局发布的《加拿大体育报告》表明，1994~1995 年度，加拿大体育产业增加值为 88.58 亿美元，占GDP 的比重是 1.1%。据美国联邦政府经济分析局发布的报告，1999 年美国体育产业增加值为 2125.3 亿美元，占当年 GDP 的比重是 2.4%。从这些国家的基本情况看，体育产业已经成为欧美国家国民经济的重要组成部分，是维持和推动本国经济增长的重要力量。从目前我国已经发布的体育产业统计数据资料看，东部发达省份体育产业增加值占 GDP 的比重大体上接近 1%。2001年北京市体育产业实现增加值 45.5 亿元，占全市 GDP 的比重是1.6%；2000 年浙江省体育产业增加值为 55.65 亿元，占全省GDP 的比重为 0.92%；2002 年广东省体育产业实现增加值 67.90亿元，占全省 GDP 的比重为 0.57%；2001 年辽宁省体育产业增加值为 39.40 亿元，占 GDP 的比重为 0.78%。而中西部欠发达省

份体育产业增加值占 GDP 的比重还非常低，四川为 0.07%，重庆为 0.1%，安徽为 0.16%，最低的内蒙古仅为 0.03%。因此，即使是按照本研究前述的估算，即我国体育产业增加值为 500 亿元左右，占 GDP 的比重约为 0.5%，这样的水平，与体育产业发达国家相比仍有很大的差距（图 4-6）。

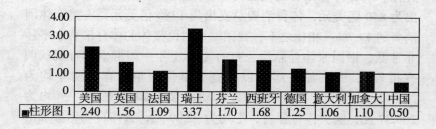

	美国	英国	法国	瑞士	芬兰	西班牙	德国	意大利	加拿大	中国
柱形图 1	2.40	1.56	1.09	3.37	1.70	1.68	1.25	1.06	1.10	0.50

图 4-6　中外体育产业增加值占本国 GDP 百分率的比较

二、体育消费水平的比较

体育消费水平是反映一国体育市场规模和活跃程度的重要指标。一般来说，一国体育消费水平决定了该国体育市场的发育程度。1994 年意大利家庭体育消费为 94 亿美元、西班牙为 81 亿美元、瑞士为 81 亿美元、德国为 640 亿马克。1997 年法国全国体育消费总额达到 935 亿法郎，体育消费已占全国消费支出总量的 10%，其中家庭体育消费为 462 亿法郎，占整个体育消费的 49.4%。1996 年加拿大家庭用于体育用品和服务方面的消费总额为 718 美元，占家庭总支出的 1.47%。加拿大家庭体育消费主要是购买体育服装、鞋帽、器材、观看体育比赛以及体育休闲活动（表 4-23）。1995 年美国体育消费市场总额已达到 1448.48 亿美元，其中娱乐与休闲消费为 441.74 亿美元、体育产品和服务消费为 931.53 亿美元、体育广告消费为 75.22 亿美元。2000 年英国家庭体育消费总额为 114.95 亿英镑，其中体育用品消费为

32.73 亿英镑，体育服务消费为 56.14 亿英镑，人均体育消费为 230 英镑。另据日本休闲发展中心 1995 年的统计报告，1994 年日本居民用于购买球类项目设备的支出为 81.1 亿美元、登山与水上运动设备的支出为 86.5 亿美元、其他体育设备为 29.6 亿美元、体育服装消费支出为 39.7 亿美元、体育设施使用费 304.6 亿美元、观看体育比赛的支出为 14.1 亿美元、购买体育彩票的支出为 840 亿美元，体育消费总支出为 1380 亿美元，占整个休闲消费的 17.7%。相比之下，我国城乡居民整体的体育消费水平还非常低，据国家体育总局公布的《2001 年中国群众体育现状调查报告》，我国城乡居民以家庭为单位全年体育消费平均为 397.42 元。2000 年用于购买运动服装鞋帽的支出，平均为 204.37 元；购买体育器材，平均为 92.09 元；去体育场馆参加活动，平均为 56.78 元；订购体育图书，平均为 26.28 元；购买体育比赛门票，平均为 17.85 元。从中外体育消费水平的比较看，目前我国体育市场总体发育水平还较低，除体育用品市场有一定的发展水平之外，体育服务类市场基本还处于起步阶段，支撑体育产业发展的消费动力尚显不足。

表 4-23　1996 年加拿大体育消费基本情况

	年总消费额 （亿美元）	平均每个家庭 年消费额（美元）	占家庭总 支出（%）	1992 年占家庭 总支出（%）
体育服装 与运动鞋	22.89	210	0.43	0.40
运动器材	20.71	190	0.39	0.36
观看体育比赛	4.03	37	0.08	0.08
休闲设施 的使用费	30.63	281	0.57	0.54
会员费	13.3	122	0.25	0.26
其他设施 使用费	12.86	118	0.24	0.19
合计	78.27	718	1.46	1.37

资料来源：加拿大统计局，1996 年加拿大家庭支出

三、体育产业吸纳就业能力的比较

体育产业中的就业人数占全国总就业人口的比重也是反映一国体育产业发育程度的指标之一。一般来说，在体育产业中就业的人数越多，占总就业人口的比例越高，说明体育产业的发育程度越高。20 世纪 90 年代以来，欧美发达国家体育消费持续活跃，体育市场整体发展水平稳步提高，相应地体育产业吸纳就业的能力也有了进一步的提高。表 4-24 展示了欧盟 13 国 1990~1998 年体育产业中的就业变动情况。从数据看，大部分欧盟国家体育产业中的就业人数都有较大幅度增长。从体育产业就业人数占全国就业人数的比例看，1995 年加拿大体育产业就业人口总数为 262325 人，占当年该国就业总人口的 2%；德国体育产业就业人口总数为 604000 人，占当年该国就业总人口的 2%；法国体育产业就业人口总数为 295525 人，占当年该国就业总人口的 1.2%；英国体育产业就业人口总数为 400000 人，占当年该国就业总人口的 2%；意大利体育产业就业人口总数为 213120 人，占当年该国就业总人口的 0.9%。我国目前尚没有全国的体育产业就业人数统计，但是仅从已经做过此项统计的 10 个省市的资料看，这 10 个省市在体育产业中就业的人数已经达到了 112.24 万人，最多的广东省和浙江省，分别达到了 54.46 万人和 20.76 万人。当然，由于体育产业发展水平的差异，各省市体育产业在吸纳就业能力方面还有相当大的差距。从国际比较上看，尽管我国体育产业从业人数占全国就业总人口的比重还较低，但绝对量已经远远超过西方发达国家。这就说明当前我国体育产业在吸纳社会就业方面的作用已经开始显现。

表 4-24 欧盟 13 国 1990~1998 年体育产业就业变动情况

国别	1990 年工作岗位数量（个）	1998 年工作岗位数量（个）	1990~1998 年的增长幅度（%）
奥地利	9378	7790	-17
芬兰	7516	6969	-7
瑞典	25414	25469	0
意大利	48742	54978	13
丹麦	10796	12582	17
卢森堡	190	241	27
荷兰	18000	24000	33
葡萄牙	9600	14300	49
法国	61854	94747	53
比利时	9210	14524	58
西班牙	28200	56300	100
英国	110748	221449	100
德国	—	95000	—
合计	339648	628347	57

资料来源：European Commission-DG X: Sport and Employment in Europe, Final Report.Sep.1999

四、体育企业竞争力的比较

体育企业是体育产业的"细胞"，一国体育产业强大与否很大程度上与该国体育企业的数量和质量，特别是核心企业的竞争力有直接的关系。表 4-25 展示了当今世界上最具实力的一些跨国体育企业与国内著名体育企业在主要财务数据和经营业绩方面的比较。数据显示我国体育企业在总资产规模上与国外体育企业有非常大的差距。国内体育企业中总资产排第一位的中体产业集团股份有限公司与美国耐克公司相比，两者相差 26 倍，与国内体育用品企业中的龙头企业李宁公司相比，前者是后者的 72.4 倍。从产品销售层面上看，国内企业的差距也很大。中体产业集团基本没有国际业务，李宁公司主销市场也在国内，近几年才开始尝试着进入欧洲市场。而耐克公司和阿迪达斯公司生产的产品在全球 200 多个国家和地区销售，相差巨大。从销售额上看，中体产业集团年销售额 0.956 亿美元（主要还是房地产销售收入），与耐克公司 106.97 亿美元相比，相差 112 倍。从纯利润看，2003 年中体产业集团创造的纯利润仅占耐克公司的 0.38%，李宁公司也只占 2.36%。从营业现金流看，李宁公司的现金流仅为阿迪达斯公司的 1%，为耐克公司的 1.2%，为日本美津浓公司的 12.6%。

上述五个方面的粗略比较说明，国内体育企业与国际著名体育企业相比，在资产质量、资金运营效率、主营业务收入、催收回款力度、产品竞争力、公司信用度等方面存在全方位差距。这也同时说明目前我国还没有真正意义上的跨国体育企业。经济界一般认为，"世界级企业的标竿是全球市场占有率达到 10% 以上。"耐克公司和阿迪达斯公司分别占全球市场的 21% 和 15%，而李宁公司只有耐克公司的 1.4%，阿迪达斯公司的 2%，在全球市场的份额几乎可以忽略不计。另外，从品牌的国际认知度及忠诚度看，世界最有影响的 100 个品牌排行榜中，阿迪达斯排第 11 位，耐克公司排第 12 位。国内零点公司发布的《2003 年知名运动鞋品牌价值研究报告》也显示，中国市场中排在前两位的运动鞋品牌分别是阿迪达斯和耐克。因此，就体育企业竞争力而言，我国与体育产业先发国家相比存在明显差距。

表 4-25 国内外主要体育企业实力比较

（单位：千美元）

公司名称	所属国家	产品销售面	总资产	总负债	2003 年销售额	2003 年税前利润	2003 年纯利润	营业现金流
Nike, Inc.	美国	约 200 多个国家	6713900	2722900	10697000	740100	474000	917400
Adidas- Salomon AG	德国	约 200 多个国家	5197727	3444597	7777974	543602	322686	1031838
Reebok International Ltd	美国	约 170 多个国家	1989742	956032	3485316	234152	157254	135441
Sports Authority,Inc.	美国	美国和日本	1339556	900290	1760450	24086	16367	N / A
Mizuno corpration	日本	美洲、欧洲、亚洲和大洋洲	1150499	561695	1166067	（41979）	（50846）	83630
Russell Corpration	美国	N / A	1023307	508443	1186263	63978	43039	57956
K2 Inc.	美国	美洲、欧洲和亚洲	871871	437831	718539	17575	11424	32668
Head N.V	荷兰	80 多个国家	537586	295861	431208	（13825）	（14675）	17342

Dick's Sporting goods,Inc	美国	N/A	498531	3916	1470845	86326	52819	N/A
中体产业集团股份有限公司	中国	国内	257854	125474	95632	6792	1820	280
北京李宁体育用品有限公司	中国	国内和欧洲	92760	43842	154189	13841	11180	10567

注：1. 总负债为流动负债(total current liabilities)、长期负债（long-term debt）和递延负债（deferred liabilities）之和。

2. （）表示为负值，N/A 表示此数据不能获得。

3. ADIDAS、中体产业和北京李宁的数据按世界银行公布的 2003 年 12 月 31 日汇率换算。

4. 数据来源于美国纽约纽约证券交易所官方网站（www.nyse.com）、香港联交所官方网站(www.hkex.com.hk)和上海证券交易所官方网站（www.sse.com.cn），整理制成。

总之，从国际比较的视角看，我国体育产业在体育国内生产总值、体育消费水平、体育产业吸纳就业能力以及体育企业竞争力四个方面与西方发达国家都有较大的差距，这也直接或间接地反映了当前我国体育产业整体上还处在起步阶段，但同时也预示着我国体育产业蕴藏着巨大的开发潜力。

第四节　我国体育产业面临的问题

改革开放以来，我国体育以社会化和产业化为方向拉开了体制改革和运行机制转换的序幕。尽管体育管理体制改革并不如人们预想的那样顺畅，但是体育社会化尤其是体育产业化的初步实践还是为体育事业在社会主义市场经济条件下的有效运行找到了切实可行的机制，开辟了广阔的市场需求和资金来源，积累了十分宝贵的新鲜经验。体育产业在现实的社会经济生活中已经成为一个消费和投资热点，并展现出巨大的发展潜力。但是，就总体而言，我国体育产业还处在产业发展的初级阶段，实践中也面临着一系列亟待解决的矛盾和问题，归纳起来主要有以下几方面：

一、现行的体育管理体制和运行机制存在着制约体育产业发展的因素

市场经济条件下的体育事业包括政府提供的公共产品和各类市场主体提供的私人产品两个部分，其中政府提供的公共产品旨在满足全体国民最基本的体育健身需求，而各类市场主体提供的私人产品旨在满足人们多样化、个性化的健身消费需求。长期以来，我国体育管理体制和运行机制沿袭计划经济下的管理模式，错误地把体育事业看成是单纯的公益事业，只能由政府来提供和包办，排斥市场和经营，走了一条与国情国力不相符的发展道路。这种依赖政府

财政投入、依靠行政力量组织动员的模式,一方面造成了政府单一的供给能力与人民群众不断增长的参与性健身需求的矛盾日益突出,另一方面也制约了各类体育市场的培育和发展。改革开放以来,尽管有越来越多的市场主体开始投资体育产业,党中央和国务院在《关于进一步加强和改进新时期体育工作的意见》中也明确提出,"要构建多元化体育服务体系"。但是到目前为止,我国体育管理体制和运行机制仍没有作出必要的、实质性的调整,体育事业的运作方式单一,机制不活的问题依然存在。

最近发生的两个事件可以从正反两个方面说明现行体育体制对体育产业的发展存在制度性障碍。一是美国 NBA 绕开国家体育总局和中国篮球协会,直接与北京市政府和上海市政府签约举办"中国季前赛"获得巨大的商业成功。据人民日报的《市场报》报道,"北京市地税局测算仅北京这一场就给北京地税带来了 3000 万元的税收。"[①] 而 NBA 的成功就在于它是按照纯粹的商业模式来高水准、专业化地运作赛事。这至少说明没有体育行政部门的调控和单项运动协会的"行业管理",体育市场主体完全可以自主地办好比赛,而不是非管不可。二是足球"中超"俱乐部出资人对中国足球协会发动了一场声势浩大的"资本革命"。尽管对这场"革命"各方反应不一,但无论是国家体育总局、中国足球协会,还是俱乐部出资人以及广大球迷,大家达成的基本共识是,必须进一步推动职业足球管理体制和运营模式的改革。唯有深化改革才能消除体制障碍,才能使新兴的足球产业走上健康、稳定、快速的发展道路。因此,如何构建社会主义市场经济体制下的新型体育管理体制和运行机制,特别是如何调动市场力量来扩充增量,激活存量,不仅是培育和发展我国体育产业的客观需要,而且也是全面建设小康社会,推动新时期体育事业可持续发展的必然要求。

---

① 人民日报《市场报》,2004.10,22

二、有效需求不足与有效供给不足并存

作为体育产业的后发国家，当前我国体育产业发展中存在的最突出的问题是有效需求不足与有效供给不足并存，尤以有效需求不足为甚。一国体育产业发展水平从根本上讲，取决于该国具有体育消费愿望且具有实际体育消费能力的消费者群体的大小。我国尽管有 13 亿人口、国民经济保持持续的增长势头、GDP 已超过 1 万亿美元，且体育事业发展水平总体上超过经济发展水平，但目前支撑体育产业发展的有效需求水平仍在低位徘徊，特别是在广大的中西部地区。造成有效需求不足的主要原因可能是两个方面：

一是中国社会传统的二元结构，即城乡和东西部之间的差序格局，与经济结构调整时期新的二元结构，即城市与城市、乡村与乡村、东部省份与东部省份、西部省份与西部省份之间新的发展不平衡，交织在一起，使得全社会的基尼系数不断攀升。占总人口近 70%的农村居民，由于收入增长缓慢，基本上没有体育消费能力。同时，随着近年来城镇贫困人口的增加，城镇居民中有体育消费能力的人口总数至少是没有明显的增长。这就造成在全国总人口中有实际体育消费愿望和消费能力的人口比例可能只有10%左右。

二是我国正处在工业化加速发展时期，支撑经济增长的动力主要源于高额耐用消费品的生产与消费，居民的消费热点主要集中在住房、汽车、计算机和通讯产品等万元级以上的商品，体育消费作为提高生活质量的消费目前尚难以在人们的消费结构中占据重要位置。

同时，我国的城市化水平目前还低于工业化水平，而体育消费基本上是城市居民生活方式的组成部分，过低的城市化率显然不利于体育消费的形成和聚集，从而使体育市场发育的动力不够、活力不足。

　　所以说，有效需求不足是当前我国体育产业发展中存在的最大问题，要培育我国的体育市场，加快体育产业的发展，必须从激发、调动和创造我国居民有效的体育消费需求入手，这是矛盾的主要方面。

　　与中西部欠发达地区不同的是，我国东南沿海沿江的发达地区，尽管也在一定程度上存在着有效需求不足的问题，但制约体育产业发展的主要因素不是有效需求不足，而是有效供给不足。有效供给不足是指相对于购买力而言，体育物质产品和服务产品结构单一、种类太少，难以满足消费者多样化、多层次的消费需求，造成市场交易不活跃的状态。目前我国东部发达地区，特别是以北京为中心的京津冀地区、以上海为中心的长江三角洲地区和以广州为中心的珠江三角洲地区，居民的收入水平和消费水平迅速提高，追求不断提高生活质量、生活品位的新型生活方式正在形成，体育消费也逐步朝着大众化、生活化的方向发展。但是，近年来这些地区体育产业的增长速度并没有像人们期待的那样呈现快速跃升的态势，其中一个很重要的原因就是有效供给不足。体育消费市场上新项目、新产品、新服务太少，体育企业的经营内容趋同，管理方式粗放，消费者除了打乒乓球、羽毛球、跳健美操，能选择的消费项目十分有限。最近有一项研究对北京居民常做的和从事的休闲活动做了一次专门调查（表4-26），结果显示，北京市民的体育休闲活动存在着强烈的向上升级意愿，越来越多的人已经开始不满足消极的、大众化的娱乐活动，而希望从事更加健康、更有品味的体育休闲活动。但是这种潜在的体育休闲活动需求，由于市场有效供给不足出现了"瓶颈"，巨大的市场空间未能被有效地打开。因此，对我国发达地区来说，促进各类体育企业的产品结构调整与升级，化解有效供给不足，是进一步培育体育市场，加快体育产业发展的必然要求。

表 4-26 北京居民常做的和希望从事的休闲活动

排名	常做的活动项目	人次 (N=1026)	%*	排名	想做的活动项目	人次 (N=839)	%	名次变化
1	看书	829	80.8	1	海外旅行	339	40.4	+34
2	逛街购物	609	59.4	2	登山	262	31.2	+16
3	听音乐	549	53.5	3	国内一天以上的旅行	261	31.1	+14
4	去动物园或公园	396	38.6	4	郊游露营	256	30.5	+19
5	打羽毛球	371	36.2	5	听演唱会/音乐会	253	30.2	+17
6	慢跑	365	35.6	6	打网球	246	29.3	+25
7	看电影	335	32.7	7	开汽车兜风	234	27.9	+20
8	游泳	319	31.1	8	打保龄球	189	22.5	+8
9	电脑游戏	289	28.2	9	去博物馆或美术馆	188	22.4	+12
10	打麻将	283	27.6	10	游泳	179	21.3	-2
11	看展览会	276	26.9	11	钓鱼	173	20.6	+15
12	唱卡拉OK	267	26.0	12	看展览会	156	18.6	-1
13	打乒乓球	257	25.0	13	看电影	147	17.5	-6
14	打游戏机	246	24.0	14	打高尔夫	142	16.9	+23
15	种花盆栽	227	22.1	15	国内一天往返的旅游	135	16.1	+5
16	打保龄球	220	21.4	16	绘画书法	132	15.7	+12
17	国内一天以上的旅行	214	20.9	17	滑冰	131	15.6	+16
18	登山	207	20.2	18	种花盆栽	126	15.0	-3
19	打篮球	177	17.3	19	慢跑	120	14.3	-13
20	国内一天往返的旅游	165	16.1	20	打羽毛球	119	14.2	-15
21	去博物馆或美术馆	151	14.7	21	去动物园或公园	118	14.1	-17

22	酒吧/咖啡屋/茶室	145	14.1	22	乐器演奏	111	13.2	+12
22	听演唱会/音乐会	145	14.1	23	听音乐	110	13.1	−20
23	郊游露营	143	13.9	24	打乒乓球	107	12.8	−11
24	编织裁剪	127	12.4	24	酒吧/咖啡屋/茶室	107	12.8	−2
25	踢足球	121	11.8	25	唱卡拉OK	99	11.8	−1
26	钓鱼	118	11.5	26	踢足球	91	10.8	−1
27	开汽车兜风	104	10.1	27	电脑游戏	85	10.1	−18
28	绘画书法	99	9.6	28	滚轴溜冰	85	10.1	+2
29	滚轴溜冰	85	8.3	28	扭秧歌/太极拳/交谊舞	78	9.3	+3
30	跳迪斯科	76	7.4	29	跳迪斯科	74	8.8	+1
31	打网球	61	5.9	30	编织裁剪	70	8.3	−6
32	扭秧歌/太极拳/交谊舞	54	5.3	31	打麻将	66	7.9	−21
33	滑冰	44	4.3	32	玩滑板	63	7.5	+4
34	乐器演奏	42	4.1	33	打篮球	62	7.4	−14
35	海外旅行	22	2.1	34	逛街购物	58	6.9	−32
36	玩滑板	19	1.9	35	看书	57	6.8	−34
37	打高尔夫	17	1.7	36	打游戏机	52	6.2	−22

* 调查为多选题，合计百分比可能超过100%

　资料来源：朱树豪，奥运机遇与北京市体育休闲产业发展

三、产业内部结构不合理

当前，我国体育产业发展中的另一个十分突出的问题，就是体育产业内部结构不合理。体育产业内部结构不合理主要表现在核心产业滞后，中介产业缺位。核心产业滞后是指相对于体育用品业的发展，健身娱乐业和竞赛表演业发展的速度相对迟缓。而

在后者之中，竞赛表演业又在整体上落后于健身娱乐业。由于我国的竞技体育管理体制的改革尚不到位，俱乐部体制并没有在所有的项目中推展，致使竞赛表演业的市场主体不明确，再加上竞赛表演的电视转播权的商业化运作在我国才刚刚起步，而且受多方面因素的影响（非经济因素），赛事电视转播权的国内市场价格远远低于国际市场价格，这也使得竞技体育巨大投入得不到应有的补偿和回报，进而影响社会资本向职业体育流动。现在的状况是，职业体育的资本回报率低于其他产业的资本回报率，除非有非经济因素的介入，否则不会有企业或个人愿意向职业体育投资。目前我国足球"中超"俱乐部普遍亏损，难以为继，就是这种情况的真实写照。核心产业是整个体育产业的基础，也是带动整个产业升级的原动力。尽管体育用品业在一定程度上可以独立于核心产业而存在和发展，但是，如果健身娱乐业和竞赛表演业的发展长期滞后，那么，作为外围产业的体育用品业就不可能在规模和效益上有一个大幅度的提升。美国有世界上最发达的体育用品业，根本原因在于该国有世界上最大规模的健身娱乐市场和最活跃、最有效益的竞赛表演市场。因此，如果我们不能在尽可能短的时间内改变核心产业发展滞后的局面，中国体育产业要在新世纪实现持续快速的增长，难度将相当大。

中介产业缺位是指目前我国体育产业结构中尚不存在一个有一定规模、能提供高质量专业化服务的体育经纪代理业。体育产业是由核心产业、中介产业和外围产业构成的有机整体。中介产业在整个体育产业链中起着十分重要的承上启下的作用。中介产业缺位，一方面会造成核心产业的发展活力不够，效益不高；另一方面也会影响外围产业规模的拓展和效能的升级。目前，尽管国内已有一些专门从事体育经纪业务的公司，但规模和业务水准与国外同类公司相比差距甚大，根本不能适应当前我国体育产业快速发展的需要。为此，必须加快我国体育经纪人制度的建设，鼓励和引导社会资本投资成立专业化的体育经纪公司，开展全方位的体育经纪业务。各级体育市场的行政主管部门也要配套地做好体育经纪人的培训和认证工作，规范体育中介市场的运作。如果我们在这一方面工作的力度不够，中介产业缺位就会成为制约我国体育产业整体发展的掣肘。

四、体育市场主体不成熟

体育市场主体主要指体育产品的生产者、经营者和消费者。从供给方看，市场主体不成熟主要表现在企业规模小、组织形式不规范（公司化比例低）、经营方式落后（跨国经营、连锁经营、委托代理经营少）、生产和经营的商品数量和品种单一、营销手段和方式陈旧（尤其是服务营销）、市场反应速度慢以及创造需求的能力弱等方面。以我国体育产业最发达的广东省为例，"2001 年广东省从事体育服务的企业中，个体工商户达到 4273 家，占全省体育企业总数的 49.8%，但其总产值仅为 5.044 亿元，增加值 2.66 亿元，只占到了全省体育产业增加值的 3.9%。"[1] 另据张连民（2004）对北京市商业体育俱乐部经营现状的调查，"北京市现有商业体育俱乐部注册资本金在 100 万元以下的占总数的 50%，而注册资本金在 2000 万元以上的仅占 6.1%；从经营业绩上看，盈利的俱乐部占总数的 39.4%，持平的占 30.3%，亏损的占 30.3%。"[2] 这些数据说明当前我国体育产业的供给方，即各类体育企业还存在规模小、质量差、竞争力弱的初创阶段。

从需求方看，市场主体不成熟主要表现在体育消费者的观念还没有完全转变，消费能力和水平还比较低，消费结构也不尽合理。体育消费不是万元级消费，也不是千元级消费，目前制约我国城镇居民体育消费的主要因素，应该说不是经济因素，而是非

---

[1] 广东省体育局：《广东省体育产业统计调查报告》，2002
[2] 张连民：《北京市商业体育俱乐部经营现状的研究》，《体育科学》，2004（11）

经济因素。中国传统文化重文轻武，喜静厌动，重养心、养神、养气，对源于西方的健身休闲生活方式认同度不高。改革开放以来，这种情况虽有所改变，但"花钱锻炼买健康""花钱买生活质量"的观念还没有被大众普遍认同。因此，无论是从供给方看还是从需求方看，当前我国体育市场主体不成熟的现象都十分突出。

五、体育市场管理不规范

体育市场管理不规范主要表现在三个方面：一是体育产业管理体制没有理顺，多头管理和无人管理并存，部门式条条管理按照原有体制有强化的趋势，部门分割、地区保护问题严重；二是尚未建立起统一、高效的行业监察、预警、评价、统计、考核体系和行业发展、投资、经营的信息系统；三是缺少扶持体育产业发展的明确政策，尤其是在用地、融资、税收、赞助、建立新产业发展基金等方面没有明确的、可操作的产业扶持政策；四是一些准行政单位（如运动项目管理中心、协会、竞赛管理中心、社会体育管理或发展中心等）用行政手段分割和垄断项目市场，项目市场的壁垒过高，进入的成本过大。

六、高素质体育经营人才匮乏

拥有一定数量的高水平的体育经营管理专业人才，是一国体育产业发展的基本条件和必要基础。一般来说，体育产业的经营者和管理者需要具备市场经营和体育运动两方面的知识和经验。而目前我国体育产业中的人才现状是，具备体育知识的人不具备经济知识和市场经验，而具备经济知识和市场经验的人又缺乏体育知识。从一定意义上讲，当前我国体育产业发展中存在的一切问题归根结底是体育产业的人才问题。就体育产业发展而言，当前我国缺三类人才：一是负责体育产业、体育市场规划、监管职能的行政干部；二是高素质的体育企业家和体育经纪人；三是体育营销人才和体育产品研发人才。最近中央召开了全国人才工作会议，明确提出人才资源是第一资源。要有效地解决当前体育产业发展过程中存在的一些问题，最根本的一条就是要确立人才为本的战略思想，从加强体育产业人才资源能力建设、创新和完善体育产业人才工作的体制和机制等方面切实做好体育产业人才的选拔和培养工作。如果我们不能在较短的时间内有效化解高素质人才匮乏的问题，我国体育产业就会因缺乏必要的人才支持和智力支持而错失难得的发展机遇。

第五节　我国体育产业发展面临的机遇

我国体育产业发展中尽管还存在着各种各样的问题和矛盾，但是，在北京举办 2008 年奥运会和全面建设小康社会新历史时期，我国体育产业同时也面临着一系列难得的机遇。

一、消费结构和需求结构调整带来的机遇

人类社会的发展从根本上讲是由社会主体人的需求来推动的，人类社会中各项活动的生存、发展和消亡也是由人们需求结构变迁的客观规律来决定的。体育产业作为人类社会中的一项经济活动，分析其未来的发展前景，关键是看它在现阶段人们需求结构中所处的位置以及需求结构变迁能否给这类活动提供进一步发展的推力。从人类社会迄今为止两个最著名的需求理论（马克思的需求理论和马斯洛的需求理论）来看，人的需求主要分为生存需求、享受需求和发展需求三类，其中生存需求是满足人们生理需要的低层次需求，享受和发展需求是满足人作为社会人实现自身存在价值的高层次需求，并且人的需求结构客观上呈现出由低级向高级转化的趋势。从经济理论上看，人的需求就是消费的需求，需求结构的变化必然导致消费结构的变化，并且满足人作

为生物人的物质消费品的需求是有限制的需求，而满足人作为社会人的精神文化消费品的需求是无限制的需求。

体育消费从本质上讲属于满足人们享受和发展需要的消费。改革开放20年中国社会积累了相当雄厚的物质基础，中国人已经整体步入了小康社会。从现在至21世纪中叶，中国社会将实现由第二步发展战略向第三步发展战略的转变，即由小康社会向中等发达国家过渡。按照经济学理论，这一时期正是社会消费结构发生重大变革的时期，总的趋势是人们对物质消费品需求的增势将会减弱，而对服务消费品，尤其是与人的健康和生活质量提高直接相关的服务消费品的需求将会迅速上升。体育产业是提高居民生活质量的产业，体育消费是能给人们带来健康、欢娱、享受的消费。由于人们对健康的需求和对生活质量提高的需求是无限制的，因此，人们对体育的消费需求也是无限制的。近年来，体育消费品（包括物质产品和服务产品）在中国大中城市和部分富裕农村地区相继成为新的消费热点，正是社会消费结构合乎规律的变化给体育产业的发展提供越来越大助力的体现。所以，从理论上讲，只要体育需求是无限制的消费需求，那么，体育产业就有无限发展的可能性。

当然，对我国的体育消费能否在近期有一个较快的增长，不同的学者有不同的看法。北京大学经济学院的刘伟教授认为，体育消费近期不会有较快增长，主要理由有三点：一是当前我国经济还存在着一些深层次的结构性矛盾。企业开工不足，市场需求就不旺，产品库存增多，资金周转不灵，社会就业困难的现象还十分普遍。在这种情况下，体育消费不可能出现繁荣的态势。二是从发展阶段上看，我国处在工业化加速时期，这个时期经济发展最突出的特点是经济的增长主要依靠工业化，也就是说，在工业化没有完成时，一个国家的经济增长主要依靠工业的拉动，依靠制造业来发展，只有到了后工业化时代，它的经济增长主要源泉才可能来自第三产业。这就是说，体育消费只有到了后工业化时代才可能真正活跃。三是从恩格尔系数上看，我国目前还处于从温饱向小康过渡时期（恩格尔系数从 50%~59%向 40%~49%过渡）。体育消费只有到了富裕状态，也就是恩格尔系数降到 40%以下，才可能有快速增长。

与刘伟教授持不同观点的是国家计委宏观经济研究院产业经济研究所的马晓河研究员，他认为，我国体育消费近期会有一个较快的增长，主要理由也有三点：一是中国的人均 GNP 估计过低。按购买力平价（PPP）计算，中国目前消费结构相当于日本、韩国、中国台湾 3000 美元的水平，即目前中国人均 GNP 实际水平应乘以现在 GNP 的 3 倍。原澳大利亚驻华大使高诺素在研究中国粮食消费时也发现，中国人均 GNP 应该乘以 3。从这一点上讲，我国目前的消费应处于一个人均 GNP 3000 美元的水平，处于这一收入水平的社会，体育消费应该是旺盛的。二是中国目前的消费水平，城乡间和地域间的差距特别大。上海人均 GDP 已超过 4000 美元，北京也超过 3000 美元。20 世纪 90 年代以来，中国体育消费持续增长，且连年超过经济增长速度。据统计，从 1994~1998 年，中国体育消费速度平均每年增长 20%。中国体育的边际消费倾向大，居民的体育消费明显快于收入增长。1994~1998 年，中国城市人口体育边际消费倾向是 1.5，即城市人口收入每增加 1%，它的体育消费就增加 1.5%。三是中国长期实行计划经济体制，城市化发展和第三产业发展相对滞后。随着工业化进程的不断加速，城市化水平将越来越高，第三产业所占的比重将越来越大，体育消费拓展的空间和发展速度也会随之不断加大。

应该说，上述两位经济学家观点都有道理，刘伟教授讲的是一般性、普通性，马晓河研究员讲的是特殊性、个别性，但是，尽管如此，两位学者实际上都承认一个共同的前提，即需求结构的变化会带动消费结构和产业结构的变化，体育消费是顺应我国社会消费结构变化规律的、有增长潜力的服务性消费，它在未来社会的持续发展是必然的、不可逆转的。

二、产业结构调整和升级带来的机遇

当前，我国社会正处在全面转型期，即由不发达状态向全面实现社会主义现代化方向转变的历史时期。这一时期在经济方面的变化轨迹，就是由农业人口占很大比重、主要依靠手工劳动的农业国，逐步转变为非农业人口占多数、包含现代农业和现代服务业的工业化国家。具体到产业结构方面将会出现第一产业所占的比重逐步萎缩，第二产业所占的比重尽管还会在一定时期内有较快的增长，但增幅会逐步回落，唯有第三产业所占的比重将会呈现持续的、逐步加快的增长态势。按照经济学理论，人均 GDP 在 1000 美元的国家，该国第三产业占 GDP 比重应在 50% 左右。而目前我国的第三产业占 GDP 的比重，即使考虑到有漏算部分的存在，也不会超过 40%。由此，也就决定了我国产业结构调整和升级的重点是通过市场化路径大力发展第三产业。

第三产业是为工业化社会增加人气的产业。从发达国家第三产业发展的基本脉络看，在发展初期为第二产业直接服务的金融、保险、交通运输等行业会有一个快速发展，但是随后，这些行业的发展速度会逐步减慢，而那些为提高国民素质和生活质量的行业，如教育、文化、体育等行业会有一个持续的、快速的发展。体育产业在发达的市场经济国家中正在或已经成为第三产业中支柱行业的事实，也说明了这一点。

产业结构调整和升级给体育产业发展带来的机遇，主要是三个方面：一是能得到国家产业政策的扶持，包括投资融资的优惠政策、税收减免的优惠政策、用工用地的优惠政策等。国务院即将转发国家改革与发展委员会与国家体育总局联合制定的《关于加强我国体育产业发展的若干意见》就明确提出一系列支持体育产业发展的扶持政策。二是产业结构调整会给体育产业带来更多的社会投资。这是因为，资本流向是由资本利润决定的。随着我国工业化的逐步实现，第二产业中的很多行业将会成为夕阳产业，在制造业中投资的资本回报率将逐渐低于在第三产业中投资的资本回报率。体育产业是朝阳产业，随着产业结构调整步伐的加快，在体育产业中投资的回报率将明显高于社会投资的平均利润率，这就会出现各种资本向体育产业流动的良好态势。而对任何一项产业来说，充足的资本注入都是产业规模和效益提高的必备前提。三是产业结构调整会给体育产业带来更多高素质的经营管理人才。在工业化时代高素质的经营管理人才主要集中在制造业，而到了后工业化时代高素质的经营管理人才将会出现由制造业向服务业转移的趋势。因为，人才流向和资本流向一样是由利润率高低决定的。体育产业是后工业化时代的主导产业之一，产业结构调整的力度愈大，体育产业集聚高素质人才的优势也就愈明显。而高素质专业化人才对体育产业这样一个具有无限发展可能性的新兴行业来说，更是至关重要的。

当然，我国目前还处在工业化加速发展时期，包括体育产业在内的第三产业的快速发展才刚刚起步，产业结构调整和升级给体育产业发展提供的巨大推动力还不可能马上就爆炸式地释放出来，为此，我们必须在一个长期的、渐进的过程中把握好产业结构调整给体育产业发展带来的每一个机遇。譬如，目前我国人均GDP已经达到 1000 美元，消费升级正在爬坡，这一时期消费无热点的现象会比较普遍，但消费无热点是指对一般生活用品的消费，适度的体育消费既可以满足人们对健康的渴望，又可以提高生活的情趣和品味，还不影响人们对汽车、住房等大额消费品购买愿望的实现。因此，只要我们在体育服务产品的创新和营销手段的创新等方面有所作为，体育消费就会形成热点，体育产业就可能有一个较快的发展。所以，尽管消费结构和产业结构调整是一个长期的过程，但是不同的时期都会有机遇出现，关键是要有发现和把握机遇的能力。

三、扩大内需带来的机遇

扩大内需，拉动经济增长是相当长的一段时间内我国经济领域的中心工作，尽管近两年宏观经济已经初步走出通货紧缩，但是导致通货紧缩的内需不旺、就业困难、产业结构不合理等一系列矛盾并没有从根本上消除。从一般意义上讲，在市场需求不旺的宏观经济背景下，体育产业的发展将会面临困境。但是，辩证地看，这样的经济背景同时也为体育产业的发展提供了一系列有利的机遇。

首先，近年来出现的通货紧缩，从一定意义上讲，是深化经济体制改革、转变经济增长方式、进行结构调整的必然结果，其内在原因是结构性矛盾，即由消费结构和产业结构动态调整造成的。基于这样的认识，应该说通货紧缩对不同行业产生的效应是不同的。对那些"夕阳产业"来说，通货紧缩的效应是毁灭性的，而对"朝阳产业"来说，通货紧缩的效应却是建设性的。近两年，体育消费持续火爆，体育市场日渐繁荣，体育产业的规模和效益不断提高，已经在实践上证明了这一点。

其次，通货紧缩是按照经济规律对"夕阳产业"所做的清算，客观上会造成资金、技术、人才由"夕阳产业"向"朝阳产业"流动，同时，通货紧缩还会逼迫社会投资，尤其是非国有投资在新兴产业上找出路，因为，在传统产业几乎找不到好的投资项目，投资的回报率得不到基本的保障。这种情况也在客观上为体育产业扩充资本、引进技术、招募人才提供了十分有利的条件。

再次，通货紧缩还会迫使政府制定一系列扶持新兴产业发展的优惠政策。显然,政府要扩大内需，拉动经济增长，不可能在保护和拯救"夕阳产业"上下工夫，而只能在寻求国民经济新增长点，培育和扶持新兴产业上下工夫。所以，一方面政府有扶持新兴产业发展的意向和需要；另一方面体育产业也基本具备接受扶持的资格和条件。只要我们切实抓住当前的这个有利时机，争取政府给予体育产业一系列优惠政策是完全可能的。

总之，通货紧缩是结构性矛盾造成的，化解这一矛盾的多方努力，客观上为体育产业的发展提供了一系列机遇。只要我们扎实工作，体育产业就能获得比其他行业更快的发展速度。

四、城市化进程加速带来的机遇

工业化必然带来城市化，工业化的进程需要城市化生产的市场聚集效应和产业规模效益。目前世界高收入国家城市化水平已达 80% 以上，中上收入国家达 60%，中下收入国家达 55%，低收入国家平均也在 35%。目前我国的城市化水平在 43 个低收入国家中，仍然处在中位偏下的水平。改革开放以来，我国的城市化水平尽管有了较大幅度的提高，已从 1978 年的 18%，提高到 2003 年的 40.5%，二十多年的时间里上升了 22 个百分点，但是整体水平仍然很低，严重制约了消费结构和产业结构的升级。从发展体育产业的角度看，城市化将为加快体育产业的发展提供难得的机遇。

首先，城市化能为体育产业创造巨大的体育消费需求。目前我国的体育消费主要在大中城市表现得比较活跃，占总人口约 70% 的农村人口几乎没有体育消费。这是因为农民的低收入和传统的生活方式客观上制约了他们对体育服务和用品的消费。因此，如果我们找不到激发 8 亿农民体育消费的有效途径，中国体育产业要想在近期成长为国民经济的支柱性产业就不太现实。而城市化为解决广大农民的基本体育消费需求提供了可能。一方面，城市化不仅能把农民带进城，而且会有效地增加农民的收入；另一方面，城市化会带来社区体育产业的迅猛发展以及集团化、连锁化体育经营方式的形成，这又从供给的方面为激发和引导市民形成的体育消费需求提供了可能，从而有利于拓展消费领域，扩大消费规模。

其次，城市化有利于培育和发展体育市场。从市场学的角度看，消费者在一定规模上的聚集是市场形成和发展的必要条件。体育市场，尤其是体育健身娱乐市场和竞赛表演市场的培育和发展，也需要消费者的聚集效应来支撑。

最后，城市化还会拉动体育产业领域的投资需求。投资需求是由投资收益预期决定的，城市化在激发体育消费，活跃体育市场方面的效应，会使社会投资主体对在这一领域投资的收益预期看好，投资信心增强，从而能吸引更多的投资，扩充体育产业的资本总量，提高体育产业的规模效益。

总之，在"十一五"期间，乃至21世纪初中叶，我国体育产业发展将面临一系列有利的外部条件。各项制度的深化改革将进一步释放生产力，促进资源的有效配置；结构变迁将释放结构效益；全球化将使各个国家同质的要素收益趋于均等化，有利于中国通过参与国际竞争促进经济增长；中国的劳动力资源丰富，加上国民素质的不断提高，使经济增长有着充足的劳动力供给作为支撑；中国具有较高的储蓄率和投资率，也是未来经济稳定增长的重要保障。只要我们抓住机遇而不丧失机遇，开拓进取而不因循守旧，我国体育产业在21世纪就一定能实现持续、快速、健康的发展。

本章小结

• 从十一届三中全会至今，我国体育产业的发展大体上可分为三个阶段。第一阶段：萌芽阶段（1978年底~1992年初）。这一时期发展体育产业的初步探索，主要围绕着两个方面：一是鼓励体育系统有条件的事业单位开展多种经营，扩大服务范围，积极增收节支，提出了体育场馆要"以体为主，多种经营"，由事业型向经营型转变。二是吸引社会资金，以赞助和联办的形式，资助体育竞赛活动和办高水平运动队，相当一部分优秀运动队实现了与企业联办。第二阶段：起步阶段（1992~1997年）。这一时期体育产业工作开始从较多地注重经营创收的微观层面，逐步上升到与转换体制和转变机制结合起来的宏观层面；发展体育产业的指导思想，从"多种经营，以副养体"转向"以体为主，全面发展"；发展体育产业的重点，也从经营创收转向推动体育事业向产业化方向发展上来。第三阶段：起飞阶段（1997 年至今）。这一阶段的标志是，体育产业从体育部门走向社会，走向经济建设的主战场，体育产业作为国民经济的新增长点，得到了政府和社会的高度重视。

● 根据 13 个省市体育产业统计调查的基础数据，结合 2001 年全国各省市人均 GDP、第三产业占 GDP 的比重、城镇居民人均可支配收入以及城镇居民家庭平均每人全年的文化娱乐消费支出四个相关参数，本研究初步估算 2001 年我国体育产业增加值约 500 亿元左右，占当年 GDP 的比重约 0.5%。

● 当前我国体育产业发展在结构上呈现四个方面的显著特征：1. 在地域上呈现显著的东强西弱的特点；2. 在行业内部结构上，体育服务业的发展水平明显滞后于体育用品业的发展水平；3. 在所有制结构上，非公有制经济占主导地位；4. 在体育经营项目上，大众普及型的运动项目是主体。

● 从国际比较的视角看，我国体育产业在体育国内生产总值、体育消费水平、体育产业吸纳就业能力以及体育企业竞争力四个方面与西方发达国家都有较大的差距，这也直接或间接地反映了当前我国体育产业整体上还处在起步阶段，但同时也预示着我国体育产业蕴藏着巨大的开发潜力。

● 当前我国体育产业发展存在的主要问题是：1. 现行的体育管理体制和运行机制存在着制约体育产业发展的因素；2. 有效需求不足与有效供给不足并存；3. 产业内部结构不合理；4. 体育市场主体不成熟；5. 体育市场管理不规范；6. 高素质体育经营人才匮乏。

● 当前以及今后一个时期，我国体育产业发展面临的机遇主要是：消费结构和需求结构调整带来的机遇、产业结构调整和升级带来的机遇、扩大国内需求带来的机遇以及城市化进程加速带来的机遇。

第五章 我国体育产业发展的国情分析

在经济全球化背景下，一国体育产业的形成与发展正在越来越多地受到外部因素的影响，这是事实。但是，中国作为拥有13亿人口、经济发展强劲、国内市场巨大，且又处在社会主义初级阶段的发展中国家，本国现时的国情国力仍然是决定体育产业形成与发展最根本的内生性动力。因此，有必要就中国的国情国力与体育产业发展的互动关系作出分析。

第一节 小康社会与体育产业发展

世界体育产业发展的历史表明，一国体育产业和体育市场的发展水平与该国经济发展所处的阶段有直接的相关。处在不同的经济发展阶段，体育产业和体育市场的发展会有不同的特点和不同的内在需求。

一、小康理论视野下的中国经济发展阶段

邓小平同志提出的我国到 2000 年实现小康的构想是在 1979 年，其后经过几次调整，最终勾画了"三步走"的宏伟蓝图。十一届三中全会以后，我国对"20 世纪末实现四个现代

化"的战略目标进行了调整，降低了标准，改为"中国式的现代化"。1979 年 12 月 6 日，邓小平在会见日本首相大平正芳时，第一次将四个现代化的目标具体化为"国民平均收入达到1000 美元"的水平，进入"小康"状态。1982 年 9 月党的十二大，分两步走实现小康水平作为到 20 世纪末的战略目标被正式提出和确定下来。1984 年 4 月 18 日，邓小平会见英国外交大臣杰夫里·豪时说，达到小康水平之后，我们还要在下世纪 30~50 年内，接近发达国家水平。1987 年 4 月 30 日，邓小平会见西班牙政府副首相格拉时，第一次对"三步走"作了完整的表述："我们原定的目标是，第一步在 80 年代翻一番。以 1980 年为基数，当时国民生产总值人均只有二百五十美元，翻一番，达到五百美元。第二步是到本世纪末，再翻一番，人均达到一千美元。实现这个目标意味着我们进入小康社会，把贫困的中国变成小康的中国。那时国民生产总值超过一万亿美元，虽然人均数还很低，但是国家的力量有很大增加。我们制定的目标更重要的还是第三步，在下世纪用三十年到五十年再翻两番，大体上达到人均四千美元。做到这一步，中国达到中等发达的水平。这是我们的雄心壮志。"1987 年 10 月召开的中共十三大正式制定了社会主义现代化建设"三步走"的经济发展目标，其目标大体上确定为：第一步，实现国民生产总值比 1980 年翻一番，解决人民的温饱问题；第二步，到 20 世纪末，使国民生产总值再增长一倍，人民生活达到小康水平；第三步，到 21 世纪中叶，人均国民生产总值再翻两番，达到中等发达国家水平，基本实现现代化。

上述的小康理论实际上已把我国改革开放以后的经济发展分成了四个阶段，即（1）贫困阶段；（2）温饱阶段；（3）小康阶段；（4）富裕阶段（表 5-1）。

表 5-1　小康理论的经济发展阶段划分

	第一阶段	第二阶段	第三阶段	第四阶段
阶段名称	贫困阶段	温饱阶段	小康阶段	富裕阶段
时间段	1990 年以前	1991~2000 年	2000~21 世纪中叶	21 世纪中叶以后
主要标志（GNP）	500 美元以下	500~1000 美元	1000~4000 美元	4000 美元以上

从实践上看，十一届三中全会以来的二十多年，我国经济发展取得了举世瞩目的成就，已成功地实现了由贫困阶段向全面建设小康社会的历史性跨越。这种跨越的标志主要表现为以下三个方面：

其一，国民经济持续快速增长，国家经济实力显著增强。十一届三中全会确立的以经济建设为中心，为经济发展提供了重要的前提。1979~2000 年，我国经济年均增长 9.5%，是全世界最快的。按可比价格计算，2000 年国内生产总值是 1980 年的 6 倍以上，超过原定 20 年翻两番的目标。许多重要工农业产品产量跃居世界前列，长期困扰我国经济发展和人民生活的商品供应短缺状况根本改观。经济结构实现重大调整，在农产品总量迅速增长的情况下，农业在国民经济中的比重由 28.1%下降到 15.9%，农业劳动者占就业人口的比重由 70%降到 50%以下，高新技术产业和现代服务业迅速发展，传统产业得到提升，基础设施薄弱的状况得到明显改善。总的判断，我国已经由工业化初期阶段进入中期阶段。经济增长方式逐步从粗放型向集约型，经济总量的扩张伴随着增长质量的提高。经济成长初步走上可持续发展的轨道。

其二，改革开放取得突破性进展。十一届三中全会所开创的新的历史时期，是以改革开放为标志的。改革是在实践中逐步探索前进的，从以计划经济为主、市场调节为辅，经过有计划的商品经济，到十四大确立了建立社会主义市场经济体制的改革目标。通过10年的艰苦努力，新的经济体制已初步建立。这是前无古人的理论创新和制度创新。对外开放也是改革，即把封闭半封闭型的经济体制改革为开放型的经济体制。改革开放以来，我国进出口总额从世界第32位上升到第6位。加入世界贸易组织标志着全方位对外开放进入新的阶段，也标志着经济体制改革进入新的阶段。改革开放为我国经济持续快速增长提供了制度保证，极大地增强了经济发展的活力。

其三，人民生活实现了两大历史性跨越。20世纪80年代基本解决了温饱问题，90年代由温饱达到小康。改革开放以来，城乡居民收入增长和消费水平提高的速度居于世界前列，也是新中国成立以来最快的时期。城乡居民恩格尔系数分别由57.5%、67.7%下降到37.9%、47.7%。群众消费由追求基本生活资料数量的满足发展到注重生活质量的提高，消费结构从以农产品消费为特点的温饱型进入以工业品消费为特点的小康型。城乡贫困人口大幅度减少，2.5亿农村贫困人口中的85%以上已经脱贫，贫困人口占农村人口的比重由30.7%降到3%，这是世界消除贫困历史上的伟大壮举。据国家统计局课题组对小康进程的综合评价，20世纪末全国总体平均生活水平跨入小康社会的初级阶段，有3/4的居民初步过上小康生活。

当然，从大的社会发展阶段来说，我国现在还是处于社会主义初级阶段，上述解决温饱问题和达到小康的阶段性变化，还是整个社会主义初级阶段发展进程中所经历的阶段性变化。从世界范围的横向比较来说，我国虽然经济总量已经居于前列，但人均才1000美元，刚刚进入中等偏下收入国家的行列。江泽民同志在十六大报告中实事求是地指出，现在达到的小康还是低水平的、不全面的、发展很不平衡的小康。这样的判断是因为：第一，小康社会是从温饱到现代化之间长达几十年的发展阶段，小康水平有一个从低到高的发展过程，现在刚刚迈入小康社会的门槛，同全面建设小康社会的目标相比，现在所达到的小康还是低水平的。第二，即使低水平的小康，全国也还没有全面达到，农村还有三千多万贫困人口的温饱问题没有解决，城镇有将近 2000 万人口的收入在最低生活保障线以下，还有更多的人口虽然温饱问题解决了但尚未达到小康。第三，在经济发达地区和落后地区之间、城乡之间以及不同的社会阶层之间，收入和生活水平还存在着比较大的差距；在人民物质生活和精神生活的诸多方面，以及小康社会建设的各个领域，进展状况和达到水平是不平衡的。虽然某些地区经济比较发达，但还有广大农村和经济欠发达地区，因而就全国总体情况来说，巩固和提高目前初步达到的小康水平，还需要进行长时期的奋斗，实现现代化还有很长的路要走。

二、当前我国经济发展阶段对体育产业发展的影响

上述依据小康理论对我国经济发展阶段的定位与分析，对当前以及今后一个时期我国体育产业发展具有的指导意义，主要体现在两个方面：

第一，当前我国经济所处的发展阶段能够为体育产业的快速发展提供必要的支撑条件。这是因为：首先，改革开放二十多年经济快速发展，国力显著增强，为体育产业的启动和发展奠定了比较坚实的物质技术基础，同时经济结构调整，尤其是产业结构的调整也为丰富体育市场的供给提供了机会与可能。其次，经济体制改革和全面对外开放格局的形成，为体育产业的培育和发展提供了必要的制度基础和宽松、活跃的外部环境，发展体育产业、培育体育市场不仅是建立和完善社会主义市场体系的组成部分，也是扩大开放、利用比较优势参与经济全球化竞争的需要。最后，人民生活水平的大幅提高，特别是收入水平的提高带动了消费结构的升级，为体育产业的发展创造和奠定了需求基础，而这一点又是决定体育产业能否得到发展的关键因素。因此，从大势和基本面上看，当前我国经济所处的发展阶段已经从供给、需

求、制度和环境等方面为体育产业的快速启动和发展创造了必备的条件。中国体育产业伴随着全面建设小康社会的历史进程而呈现快速发展的态势，是完全可以期待的。

第二，小康阶段的历史定位同时也决定了这一时期我国体育产业发展，必然还是低水平的、不全面的、很不平衡的发展。尽管全面建设小康社会的 20 年，体育产业发展总体上会呈现快速发展的态势，但是从国际比较的角度看，我国体育产业的发展水平与发达国家相比，仍然还是低水平的。同时，体育市场体系中的各类专业市场的发展水平以及国内各区域体育市场的发展水平也会呈现较大的差距，表现为有些体育市场（如体育用品市场、大众健身娱乐市场）的发展水平会高于其他体育专业市场，东部发达地区的体育市场发展水平显著高于中部和西部欠发达地区的水平，以及首位城市、区域中心城市的体育市场快速发展，中小城市体育市场的中速发展、乡镇体育市场的慢速甚至无发展并存的格局。

概言之，当前以及今后一个时期我国经济所处的发展阶段，为我国体育产业发展提供的是挑战与机遇并存的环境，看不到我国体育产业存在快速发展的客观基础而丧失信心，以及对我国体育产业发展水平估计过高而盲目乐观，都是错误和有害的。

第二节　主要经济指标与体育市场发展

体育产业的发展，从根本上讲，取决于经济的发展。一国经济发展水平从整体上决定了该国体育产业的发展水平。因此，反映经济发展水平的主要经济指标与体育产业发展的互动关系也是值得关注的一个重要问题。

一、国内生产总值与体育产业发展

国内生产总值是从总量上反映一国经济实力的重要指标。改革开放以来我国 GDP 一直保持高速增长的态势（表 5-2）。2002年国内生产总值跃上 10 万亿元的新台阶，达到 104790.6 亿元，按可比价格计算，比上年增长 8%，GDP 总量已经居世界第六位，但人均 GDP 则处在世界中下水平。这样的水平，一方面说明我国已经成为一个经济大国，国民经济的物质技术基础显著增强，现代经济所要求的产业结构和市场体系初步形成，全社会的生产水平和消费水平也已达到一定的高度；另一方面，从人均和区域发展水平上看，我国经济还处在较低的国际比较水平，且发达与欠发达地区之间的经济发展不平衡的问题非常突出（表 5-3）。

表 5-2　1990~2002 年我国国内生产总值

年份	GDP（亿元）	人均 GDP（元）	平均增长速度（%）
1990	18547.9	1634	
1991	21617.8	1879	
1992	26638.1	2287	
1993	34634.4	2939	
1994	46759.4	3923	
1995	58478.1	4854	
1996	67884.6	5576	1990~2002 年平均速度 9.3
1997	74462.6	6054	
1998	78345.2	6307	
1999	82067.5	6547	
2000	89442.2	7084	
2001	95933.3	7543	
2002	104790.6	8184	

数据来源：《中国统计年鉴 2003》

表 5-3　我国最高与最低 5 个省份 2002 年人均 GDP 的比较

最高省份	人均 GDP（元）	最低省份	人均 GDP（元）	最高与最低之比
1.上海市	40646	1.贵州省	3153	12.9
2.北京市	28449	2.甘肃省	4493	6.3
3.天津市	22380	3.广　西	5099	4.4　均值：5.92
4.浙江省	16838	4.云南省	5179	3.3
5.广东省	15030	5.陕西省	5523	2.7

注：根据《中国统计年鉴 2003》整理

　　我国 GDP 的现状与体育产业发展之间的关系，大体上也反映在两个主要方面：一是居世界第六位的 GDP 总量可以为我国体育产业和体育市场的培育与发展奠定比较坚实的物质技术基础，同时也创造出了推动这一产业快速启动所要求的基本供给和需求水平。这是总的判断。二是人均 GDP 的低水平和区域经济发展的不平衡，预示着我国体育市场发展将呈现梯度启动、城市先行的基本特点。2002 年全国 31 个省市自治区人均 GDP 超过 10000 元的只有 10 个，且基本都是东部省份，最高的上海与最低的贵州人均 GDP 相差近 13 倍。因此，当前以及今后一个时期我国体育产业能够快速启动总体上得益于大国效应，但发展的不平衡，有些地区甚至仍将难以启动，也是必然的。

二、产业结构与体育产业发展

　　产业结构很大程度上是一个反映经济发展质量、效益和潜力的指标。合理的产业结构能确保一国经济稳定、持续发展。目前中国经济正处在以经济结构，尤其是产业结构调整为主线的发展时期。表 5-4 显示，过去 13 年我国产业结构变动总的趋势是，第一产业占 GDP 的比重逐年下降，第二产业和第三产业所占的比重总体上逐步上升，但相比第二产业的快速增长，第三产业增长的步伐非常缓慢。当前我国产业结构调整的重点就是加快第三产业发展，尤其是现代服务业的发展。

表 5-4   1991~2002 年我国产业结构变动情况

年份	第一产业占 GDP%	第二产业占 GDP%	第三产业占 GDP%
1991	24.5	42.1	33.4
1992	21.8	43.9	34.3
1993	19.9	47.4	32.7
1994	20.2	47.9	31.9
1995	20.5	48.8	30.7
1996	20.4	49.5	30.1
1997	19.1	50.0	30.9
1998	18.6	49.3	32.1
1999	17.6	49.4	33.0
2000	16.4	50.2	33.4
2001	15.2	51.1	33.6
2002	15.4	51.1	33.5

数据来源：《中国统计年鉴 2003》

表 5-5   1996~2001 年第三产业增加值构成   （单位：%）

行业	1996	1997	1998	1999	2000	2001
农、林、牧、渔服务业	0.6	0.8	0.8	0.8	0.8	0.8
地质勘查业水利管理业	1.4	1.3	1.2	1.2	1.1	1.0
交通运输、仓储及邮电通信业	17.1	16.5	16.4	16.5	18.1	18.0
批发和零售贸易餐饮业	27.2	26.7	26.1	25.6	24.5	23.9
金融、保险业	19.7	19.7	18.6	17.9	17.5	16.8
房地产业	5.6	5.5	5.8	5.7	5.6	5.7
社会服务业	8.4	9.5	10.5	10.7	10.9	11.6
卫生体育和社会福利业	2.8	2.7	2.7	2.7	2.8	3.0
教育、文化艺术及广播电影电视业	6.6	6.8	7.2	7.8	8.0	8.4
科学研究和综合技术服务业	1.6	1.9	1.9	2.1	2.1	2.1
国家机关、政党机关和社会团体	7.9	7.7	7.8	8.1	7.9	7.8
其他行业	1.0	1.0	1.0	1.0	0.9	0.9

数据来源：《中国统计年鉴 2003》

产业结构与体育产业发展有很强的互动关系。一方面我国第三产业发展缓慢，尤其现代服务业发展滞后，为体育产业和体育市场的发展提供了可能和必要的发展空间。也就是说，加快体育产业和体育市场的发展，符合当前我国产业结构调整的方向，是政策鼓励发展的行业和市场。因此，当前我国产业结构状况及调整的方向，为体育产业和体育市场的发展提供了一些有利的条件。另一方面，体育产业是现代服务业的重要组成部分，体育市场是提供大众体育健身娱乐产品的专业化市场，是扩大居民消费，吸引民间投资的新兴载体，体育产业和体育市场的快速发展直接表现为产业结构改善和调整绩效的彰显。因此，体育产业和体育市场的发展也反作用于产业结构，有利于产业结构的优化。同时，表5-5也显示，目前我国体育产业在第三产业增加值中所占的比例还非常低，这既说明我国体育产业与体育市场的规模和效能还非常低，也说明我国体育产业和体育市场的发展还有较大的潜力和空间。

三、居民收入与体育产业发展

一般来说，居民的收入水平与体育产业发展程度之间存在着正相关。也就是说，居民收入水平越高，体育产业发育水平也会越高。改革开放以来，尤其是过去的 10 年，我国城乡居民的收入一直保持着比较快的增长势头（表5-6）。2002 年我国农村居民家庭人均纯收入达到 2476 元，城镇居民家庭人均可支配收入达到 7703 元。应该说，尽管目前我国农村居民的收入水平还很低，这样的收入水平不太可能形成有规模、有实际支付能力的体育消费需求，对推动体育市场发展的作用不大。但是我国城镇居民现有的收入水平，已经使他们开始具备实际的体育消费能力，更何况我国东部沿海发达省市的城市居民拥有更高的收入水平，这些居民可以说完全具备体育消费能力（表5-7）。从实践看，人均可支配收入排前 10 位的城市也是目前我国体育消费最活跃、体育市场最发达的地区。因此，可以这么说，随着我国居民收入不断提高，体育市场发展将获得越来越大的推动力，尽管这种推动力的释放是一个渐进的、梯度发展过程，即由发达地区的城市居民到其他地区的城市居民再到农村居民的渐进过程。

表 5-6　1996~2002 年我国城乡居民家庭人均收入及恩格尔系数

年份	农村居民家庭人均纯收入（元）	城镇居民家庭人均可支配收入（元）	农村居民家庭恩格尔系数（%）	城镇居民家庭恩格尔系数（%）
1996	1926.1	4838.9	56.3	48.6
1997	2090.1	5160.3	55.1	46.4
1998	2162.0	5425.1	53.4	44.5
1999	2210.3	5854.0	52.6	41.9
2000	2253.4	6280.0	49.1	39.2
2001	2366.4	6859.6	47.7	37.9
2002	2475.6	77002.8	46.2	37.7

数据来源：《中国统计年鉴 2003》

表 5-7　2001 年我国城市居民家庭人均可支配收入排前 10 位的城市

城市	城镇居民家庭人均可支配收入（元）
1.深圳	23544
2.东莞	16938
3.珠海	15870
4.广州	14694
5.佛山	13600
6.温州	13200
7.上海	12883
8.中山	12803
9.宁波	11991
10.北京	11578

数据来源：《中国统计年鉴 2002》

从恩格尔系数看，目前我国体育产业发展也具备快速启动的条件。根据联合国粮农组织提出的用恩格尔系数判定生活发展阶段的一般标准：60%以上为贫困，50%~60%为温饱，40%~50%为小康；30%~40%为富裕，30%以下为最富裕。目前欧美等发达国家的一般为20%左右。1981年我国城镇居民恩格尔系数为56.7%，1989年降到54.5%。进入90年代，城镇居民生活水平稳步提高，恩格尔系数逐年下降，1994年首次跌破50%大关，2002年城镇居民家庭恩格尔系数降到了37.7%，而北京市则只有33.8%，农村居民家庭恩格尔系数降到了46.2%。也就是说，我国农村居民家庭已在总体上进入小康生活阶段，而城市居民则进入了富裕生活阶段。从发达国家体育产业发展的一般规律看，当一国居民家庭恩格尔系数降到40%以下，体育产业就进入快速启动的状态；当降到30%以下，就进入持续、稳定、迅速发展的阶段。因此，随着我国居民家庭恩格尔系数不断降低，体育产业发展的前景是可以期待的。

四、消费水平与体育产业发展

体育产业发展与一国居民人均消费水平直接相关。而消费水平对体育产业及体育市场发展的影响又分为总量的影响和结构的影响。

总量的影响是指居民人均全年的消费性支出总额给他们提供体育消费的可能性。一般来说，居民消费性支出总量越大，体育消费的可能性也越大。2002年我国城镇居民家庭平均每人全年消费性支出为6029.88元，其中，最低收入户为2387.91，最高收入户为13040.96元，最高收入户是最低收入户的5.46倍（表5-8）。另据北京市统计局2003年4月8日发布的报告，2002年北京城市居民人均消费支出为10285.8元，成为继上海、广州之后第三个人均消费支出超万元的城市。人均消费支出居第四到第十位的城市依次是南京、天津、武汉、西安、重庆、沈阳和哈尔滨。2002 年我国农村居民家庭平均每人生活消费支出尽管只有 1834.31 元，但上海和北京则分别达到 5301.82 元和 3731.68 元，接近我国城镇中等收入户的水平（表 5-9）。因此，从消费水平总量上看，目前我国城市居民已经从总体上开始具备体育消费能力，而农村居民，除上海、北京、广东等少数几个发达地区之外，基本上还不具备体育消费的实际能力。

结构影响是指居民实际各类消费子项占支出总量的比重与体育产业发展所产生的互动关系。2002 年我国城镇居民家庭平均每人全年用于娱乐教育文化服务的消费支出为 902.28 元，占当年生活消费支出总额的比重为 14.98%，而农村居民家庭平均每人全年用于娱乐教育文化服务的消费支出仅为 210.31 元，占当年生活消费支出总额的比重只有 5.63%。因此，我国居民消费水平对体育市场发展的影响，除了仍有总量约束之外，但最主要的还是结构性约束。换言之，培育和发展我国的体育市场既有赖于居民消费支出总量的增长，也取决于居民消费结构的转换与升级，其中做好引导和激励居民体育消费的宣传和教育工作尤为重要。

表 5-8　2002 年我国城镇居民家庭平均每人全年消费性支出

项目	总平均	最低收入户	低收入户	中等偏下户	中等收入户	中等偏上户	高收入户	最高收入户
消费性支出	6029.88	2387.91	3259.59	4205.97	5452.94	6939.95	8919.94	13040.96
食品	2271.84	1127.41	1457.87	1772.88	2140.34	2596.95	3171.36	4100.79
衣着	590.88	193.09	309.49	438.38	571.19	737.20	866.38	1103.16
家庭设备用品及服务	388.68	86.69	114.67	226.42	331.54	460.99	7645.72	1014.63
医疗保健	430.08	164.63	225.67	286.56	382.83	510.15	657.33	933.10
交通通讯	626.04	157.64	257.63	367.72	505.78	718.92	991.17	1731.09
娱乐教育文化服务	902.28	317.57	425.33	576.71	797.52	1946.46	1373.85	2148.56
居住	624.36	282.74	355.12	421.90	563.31	643.15	906.67	1485.72
杂项商品与服务	195.84	58.15	83.81	115.38	160.43	226.13	307.46	523.86

数据来源：《中国统计年鉴 2003》

表 5—9 2002 年我国农村居民家庭平均每人生活消费支出

地区	生活消费支出合计	食品	衣着	居住	家庭设备及服务	医疗保健	交通和通讯	文教、娱乐用品及服务	其他商品及服务
全国	1834.31	848.35	105.00	300.16	80.35	103.94	128.53	210.31	57.66
最高 5 个省									
上海	5301.82	1870.86	226.22	1383.98	280.60	280.20	461.54	661.48	136.95
北京	3731.86	1273.26	269.62	558.10	224.92	337.94	289.03	624.97	153.84
浙江	3692.89	1507.85	206.98	576.95	170.43	266.52	359.39	439.58	165.19
广东	2825.01	1345.00	107.94	441.24	134.10	116.90	251.14	302.44	126.24
福建	2583.16	1184.59	132.36	370.11	139.77	118.71	251.91	272.58	113.14
最低 5 个省									
贵州	1000.29	637.69	104.67	92.64	65.62	33.02	21.21	28.46	16.98
西藏	1137.57	661.35	55.16	149.69	49.04	32.36	48.69	108.56	32.71
甘肃	1153.29	531.37	67.52	162.86	44.48	82.68	70.61	164.62	29.15
山西	1354.64	594.20	137.93	171.22	64.64	64.44	103.23	176.64	42.34
青海	1386.08	664.69	113.94	164.36	69.72	118.01	112.16	107.88	35.32

数据来源：《中国统计年鉴 2002》

五、就业与体育产业发展

改革开放以来，由于经济转型和就业体制的改革，我国经济
增长与就业变动之间的关系呈现出比较强的非一致性。表 5-10
显示，这种非一致性主要表现为：一方面经济保持快速增长，另
一方面就业增长率逐步下降，失业和下岗人员逐步增多。2002
年末城镇登记失业率为 4%，比上年末增加 0.4 个百分点。这表
明改革开放以来，我国的资本效率在不断提高，只不过这种效率
的提高是以不断排斥劳动为代价的。今后 20 年，我国人口总量
仍将继续增长，同时又处在深化改革和经济结构调整的关键时
期，就业矛盾将会更加突出。分析原因，我国当前比较大的就业
矛盾，很大程度上是由于就业容量大的第三产业发展明显滞后。
为此，党的十六大明确提出，要加快发展现代服务业，改造提高
传统服务业，提高第三产业在国民经济中的比重。体育产业是现
代服务业的重要组成部分，体育市场是提供各类体育产品，尤其
是体育服务产品的市场。因此，当前以及今后一个时期，我国比
较严峻的就业形势，特别是政府决心加快发展现代服务业而出台
的一系列方针政策，都将有利于培育体育市场和发展体育产业。

表 5-10　中国的 GDP 增长率、就业增长率与 GDP 就业弹性（1978~2001 年）

年份	GDP 增长率	就业增长率	GDP 就业弹性	城镇登记失业率
1978	11.7	2.0	0.171	5.3
1979	7.6	2.2	0.289	–
1980	7.8	3.3	0.423	4.9
1981	5.2	3.2	0.615	3.8
1982	9.1	3.6	0.396	3.2
1983	10.9	2.5	0.229	2.3
1984	15.2	3.8	0.250	1.9
1985	13.5	3.5	0.259	1.8
1986	8.8	2.8	0.318	2.0

1987	11.6	2.9	0.250	2.0
1988	11.3	2.9	0.257	2.0
1989	4.1	1.8	0.439	2.6
1990	3.8	2.6	0.684	2.5
1991	9.2	2.0	0.217	2.3
1992	14.2	1.8	0.127	2.3
1993	13.5	1.6	0.119	2.6
1994	12.6	1.3	0.103	2.8
1995	10.5	1.1	0.105	2.9
1996	9.6	1.3	0.135	3.0
1997	8.8	1.1	0.125	3.1
1998	7.8	0.5	0.064	3.1
1999	7.1	0.9	0.127	3.1
2000	8.0	0.8	0.10	3.1
2001	7.3	1.32	0.18	3.6

数据来源:《中国统计年鉴》1978~2001 年相关数据计算

第三节 主要社会发展指标与体育产业发展

体育产业是为提高国民素质和生活质量服务的特殊产业。体育产业的发展除了与经济发展阶段和主要经济发展指标有直接相关之外,还与社会发展的主要指标有密切关系。

社会发展是以人的全面发展和生活质量的不断提高为根本出发点和落脚点的。根据魏礼群主编的《中国社会全面发展战略研究报告》(1996 年),未来中国社会发展面临的主要任务是:

1. 在今后的 15~20 年内,社会发展至少要为 13~14 亿人口提供生存与发展的必需的物质条件、能量条件和身心愉悦条件。其中既包括满足吃、穿、住、行、烧的基本需求,也包括教育、医疗、科技、文化、娱乐等基本享受。

2. 为今后 15~20 年内新增 1~1.2 亿劳动力提供和创造就业机会和工作岗位。

3. 为今后 15~20 年 7~8 亿劳动者创造良好的劳动环境和工作环境，以保证社会劳动生产率和整个社会经济效益的不断提高。

4. 为今后 15~20 年大约 1 亿以上的老年人口提供基本的赡养资金和社会保障，并保证其生活水平不下降，而且逐步有所提高。

5. 为今后 5~10 年内乡村和城市 0.8~1 亿人口提供脱贫的基本条件和资金，使他们在生存条件上得以保障。

6. 为今后 15~20 年内消除 2 亿左右文盲和半文盲、提高全民族的文化素质和完全普及九年义务教育提供各类设施。

7. 为今后 15~20 年内 4~6 亿城镇人口提供清洁和充足的生活用水，为他们提供相应的住房面积和绿地面积。

应该说，我国未来社会发展面临的任务，对体育产业发展而言，既是机遇也是挑战。这里就主要社会发展指标与体育产业发展的关系作出分析。

一、人口及其构成与体育市场发展

人口及其构成对一国体育产业发展的影响有数量和质量两个方面。从数量上看（表 5-11），截止 2002 年底，我国人口总数已达到 128453 万人，其中城镇人口为 50212 万人，占 39.09%；乡村人口 78241 万人，占 60.91%。尽管近年来我国人口出生率和自然率都呈现持续下降的趋势（表 5-12），但人口众多仍是中国最基本的国情。如果单纯从人口数量上看，无疑中国有全球最大的体育市场，接近 13 亿的自然人，即使是只有最低水平的体育消费水平，集聚起来的总量也是相当可观的。因此，从人口数量上讲，中国体育市场可以称之为大市场，至少可以说是潜在的大市场。但是，从人口质量（这里特指具有实际体育消费能力的人口占总人口的比重）看，中国体育市场又具有"大中含小"的特点。2002 年末中国总人口为 128453 万人，通过计算得出的结果是：当年人均占有的平均每天最终消费支出、平均每天居民消费额、平均每天社会消费品零售额分别只有 13.30 元、10.35 元、8.73 元。这样的水平无论怎么说也是难称其"大"的。

当前我国人口及其构成的基本情况，对体育产业发展的政策含义主要表现在两个方面：一是随着全面建设小康社会的历史进程，人口数量的优势将逐步转化为消费总量的优势，从而对体育产业发展将起到逐步加速的推动作用，中国体育产业拥有光明的未来。二是要高度重视当前的"大中见小"的问题，要采取梯度推进的策略，实施以城市为中心的体育产业发展战略，以东带西、以点带面，切实提高有体育消费能力的人口在总人口中的比例。

表 5-11　1991~2002 年我国人口数及构成　　（单位：万人）

年份	年底总人口	按性别分				按城乡分			
		男		女		城镇总人口		乡村总人口	
		人口数	比重（%）	人口数	比重（%）	人口数	比重（%）	人口数	比重（%）
1991	115823	59466	51.34	56357	48.66	31203	26.94	84620	73.06
1992	117171	59811	51.05	57360	48.95	32175	27.46	84996	72.54
1993	118517	60472	51.02	58045	48.98	33173	27.99	85344	72.01
1994	119850	61246	51.10	58604	48.90	34169	28.51	85681	71.49
1995	121121	61808	51.03	59313	48.97	35174	29.04	85947	70.96
1996	122389	62200	50.82	60189	49.18	37304	30.48	85085	69.52
1997	123626	63131	51.07	60495	48.93	39449	31.91	84177	68.09
1998	124761	63604	50.98	61157	49.02	41608	33.35	83153	66.65
1999	125786	64126	50.98	61660	49.02	43748	34.78	82038	65.22
2000	126743	65437	51.63	61306	48.37	45906	36.22	80837	63.78
2001	127627	65672	51.46	61955	48.54	48064	37.66	79563	62.34
2002	128453	66115	51.47	62338	48.53	50212	39.09	78241	60.91

资料来源：《中国统计年鉴 2003》

表5-12　1991~2002年我国人口出生率和自然增长率　（单位：‰）

年　份	出生率	自然增长率
1991	19.68	12.98
1992	18.24	11.60
1993	18.09	11.45
1994	17.70	11.21
1995	17.12	10.55
1996	16.98	10.42
1997	16.57	10.06
1998	15.64	9.14
1999	14.64	8.18
2000	14.03	7.58
2001	13.38	6.95
2002	12.86	6.45

资料来源:《中国统计年鉴2003》

二、人口平均寿命和长寿水平与体育产业发展

人口平均寿命和长寿水平的高低反映了一个国家或地区的社会经济发展水平，以及人民生活水平和生活质量状况，不同的社会、不同的时期有很大差别。改革开放以来，我国人口平均寿命和长寿水平呈持续加快上升态势。据国务院人口普查办公室崔红艳等人的报告[1]，根据第五次全国人口普查资料计算，我国人口平均预期寿命已达71.40岁，其中男性为69.63岁，女性为73.33岁。1990年，我国人口的平均预期寿命为68.55岁。1990~2000的10年间，提高了2.85岁。其中男性从66.84岁提高到69.63岁，提高了2.79岁；女性从70.47岁提高到73.33岁，提高了

---

[1] 崔红艳，佬农：《我国人口平均寿命长寿水平迅速提高》，《经济要参》，2003（18）

2.86 岁。从城乡人口平均预期寿命看，目前，我国城镇人口平均预期寿命为 75.21 岁，农村为 69.55 岁，相差 5.66 岁。从国际比较看，2000 年世界人口的平均预期寿命为 66 岁，发达国家和地区为 76 岁，发展中国家和地区为 64 岁。其中日本 81 岁，中国香港 80 岁，瑞士 79 岁，澳大利亚 79 岁，加拿大 79 岁，美国 78 岁，德国 78 岁，泰国 71 岁，印度 70 岁，菲律宾 70 岁，越南 69 岁，朝鲜 65 岁，蒙古 64 岁。我国人口的平均预期寿命（71.40 岁）比世界平均水平高 5 岁，比发展中国家和地区高 7 岁，但同发达国家和地区相比，约低 5 岁。

从我国人口长寿水平（指 80 岁以上人口占 60 岁以上人口的比例）看，目前我国 80 岁以上人口有 1199 万，占 60 岁以上人口的 9.23%。从近几次人口普查数据看，我国 1964 年的长寿比例是 4.29%，1982 年上升为 6.60%，1964~1982 年的 18 年间提高了 2.31 个百分点；1990 年又上升为 7.92%，比 1982 年提高了 1.32 个百分点；2000 年上升到 9.23%，比 1990 年又提高了 1.31 个百分点。从性别看，2000 年我国 80 岁以上的老年人口中，男性 455 万，女性 744 万，女性是男性的 1.6 倍，说明女性比男性长寿。从地域看，表 5-13 表明，华东地区七省市 80 岁以上老年人口占 60 岁以上人口的比例最高，东北地区最低。从省市看（表 5-14），上海人口的长寿水平目前是全国最高的。从国际比较看，我国人口的长寿比例与发达国家相比仍然有差距。瑞典和法国 1993 年的长寿比例已超过 20%，据瑞典 2001 年 12 月 31 日的人口资料计算，其长寿水平为 23.36%；1994 年美国老年人口的长寿比例为 18.21%，2000 年为 20.05%；日本 1993 年为 14.58%，2000 年为 16.30%。而我国 2000 年只有 9.23%。

表5-13　我国各大区人口的长寿水平

大区	人口长寿水平（%）
华东地区	10.13
中南地区	9.95
西南地区	8.83
华北地区	7.83
西北地区	7.27
东北地区	7.52

资料来源：崔红艳等.《我国人口平均寿命和长寿水平迅速提高》,《经济要参》,2003（18）

表5-14　我国人口长寿水平最高的8个省市

省份	人口长寿水平（%）
上海	12.16
广东	11.56
广西	11.24
海南	10.87
江苏	10.71
浙江	10.45
福建	10.29
山东	10.21

资料来源：同表5-13

　　另外，我国百岁以上老人增长速度也明显加快。1982年我国有百岁以上老寿星3851人，1990年有6471人。据第五次全国人口普查，2000年我国百岁以上的老人是17877人，其中男性4635人，女性13224人。女寿星约为男寿星的三倍。

　　我国人口平均寿命和长寿水平的提高，一方面说明我国经济和社会发展水平在不断提高，另一方面也表明我国将面临更大的社会保障压力。从发展体育产业的角度看，人口平均寿命和长寿水平的提高，意味着所谓的"银发体育市场"的培育和发展面临着发展的机遇。各类体育市场主体如何针对老年人的健身需求，开发适合老年人身心特点的健身娱乐项目，是今后培育我国健身娱乐市场必须认真思考并力争有所突破的重点之一。从发达国家的经验看，老年人是体育健身娱乐市场中比较稳定的消费群体，特别是他们在消费时间上往往具有填补"上班族"空档的特征，抓好这一部分人群的体育消费，对于促进健身娱乐市场健康、快速发展有重要作用。目前，我国绝大部分健身娱乐企业，工作日白天的经营都比较困难，尽管采取了降低价格的策略，但人员、设备闲置的现象仍比较严重。所以，重视培育和开发老年人的体育健身娱乐市场，对促进我国体育产业快速发展有实际意义。

三、居民文化教育程度与体育产业发展

从近年来国家体育总局群众体育司组织的全国群众体育现状调查的资料看，居民文化程度与参与体育活动数量和质量都有正相关。据 2000 年全国第五次人口普查的统计，目前我国文盲人口占 15 岁及以上人口的比例为 9.08%。从性别上看，男性为 4.86%，女性为 13.47%，女性高于男性 8.61 个百分点。从地区看，最低的北京只有 4.93%，而最高的西藏却高达 47.25%，后者比前者高出 42.32 个百分点（表 5-15）。从平均每万人口中的大学生数看（表 5-16），尽管近年来增长很快，从 1991 年的 17.6 人增加到 2001 年的 56.3 人，但绝对数与发达国家仍有较大差距。同时，目前我国大陆地区 6 岁及 6 岁以上人口数为 11.5670 亿人，其中文化程度是研究生的有 88.39 万人，大学本科有 1415.07 万人，大学专科是 2898.55 万，中专是 3920.96 万，高中是 9907.38 万，初中是 4.22 亿，小学是 4.42 亿。显然，我

国居民文化程度构成中，受过初等教育的人占绝大多数，而受到高等教育的人口比重很低。

体育消费，从总体上讲，不是千元级的消费，更不是万元级的消费。目前我国城镇居民的收入水平，应该说已经达到可以支撑初步体育消费的水平。但是，时下我国体育产业发展中遇到的最大问题仍然是有效需求不足。激发大众体育消费，除了和居民收入水平的增长和消费结构的升级有关外，还与人们的体育意识、观念以及价值认知有关，而后者又与人们的文化教育程度有直接关系。因此，在培育和发展我国的体育产业过程中，要充分考虑到居民文化程度的因素，要利用经济、社会和文化等多种手段来引导和激发大众的体育消费，促进体育产业的稳步发展。

表 5-15　2000 年我国 15 岁及 15 岁以上文盲人口

地　区	文盲人口（人）			文盲人口占 15 岁及以上人口比例（%）		
	小计	男	女	小计	男	女
全国	86992069	23787612	63204457	9.08	4.86	13.47
文盲比例最低的 3 个省						
北京	577604	123251	454353	4.93	2.02	8.10
广东	3343069	556863	2786206	5.17	1.72	8.60
广西	1714347	350272	1364075	5.30	2.07	8.85
文盲比例最高的 3 个省						
西藏	850596	313719	536877	47.25	34.38	60.47
青海	897636	286105	611531	25.44	15.69	35.87
贵州	4886140	1276469	3609671	19.85	9.96	30.61

资料来源：《中国统计年鉴 2003》

表 5–16　1991~2002 年平均每万人口在校学生数和大中小学学生构成

年份	各级学校在校学生数占全国人口（%）	平均每 10 万人口中			大、中、小学学生占学生总数（%）		
		大学生（人）	中学生（人）	小学生（人）	大学生	中学生	小学生
1991	15.2	176	4510	10500	1.2	29.7	69.1
1992	15.2	186	4570	10410	1.2	30.1	68.7
1993	15.2	214	4540	10480	1.4	29.8	68.8
1994	15.7	234	4760	10700	1.5	30.3	68.2
1995	16.3	240	5110	10890	1.5	31.5	67.1
1996	17.0	247	5420	11120	1.5	32.3	66.2
1997	17.2	257	5660	11320	1.5	32.8	65.7
1998	17.3	273	5880	11180	1.6	33.9	64.5
1999	17.3	328	6210	10760	1.9	35.9	62.2
2000	17.3	439	6600	10280	2.5	38.6	58.9
2001	17.3	563	6860	9830	3.3	39.8	57.0
2002	17.5	703	7330	9460	4.0	42.0	54.0

资料来源:《中国统计年鉴 2003》

四、广播电视、新闻出版与体育产业发展

体育产业是大文化产业的组成部分，它与一国广播电视与新闻出版事业的发展水平也有一定的相关。一般来说，一国广播电视与新闻出版事业发展水平越高，体育产业的发展水平也相应地比较高。改革开放以来，我国广播电视与新闻出版事业有了快速的发展。2002 年我国广播节目的制作时间比 1990 年增加了 5.83 倍，电视节目制作时间增加了 11.71 倍（表 5–17）。2002 年的图书、杂志和报纸的出版种数比 1991 年分别增加了 1.91 倍、1.50 倍和 1.40 倍（表 5–18）。同时，近年来广播电视、新闻出版与体育的不断融合正在成为一种趋势，越来越多的媒体涉足体育报道，广播电视节目中的体育类报道时间快速增长，

全国主要报纸基本上都开辟了体育版，体育已经成为大众媒体的宠儿。应该说，广播电视和新闻出版事业的快速发展，为激发人们的体育兴趣，提高人们对体育的价值认知，进而在引导体育消费，促进体育产业发展方面都起到了重要作用。并且，随着中国加入 WTO 和广播电视、新闻出版业的进一步开放，这种作用也会越来越显著。

表 5-17　广播、电视节目制作时间　　　（单位：小时）

项　目	1990	1995	1999	2000	2001	2002
广播节目制作	647762	2332164	2931682	3381466	3494303	3774001
电视节目制作	91572	383513	526483	585007	989173	1072704

资料来源:《中国统计年鉴 2003》

表 5-18　1991~2002 年全国图书、杂志和报纸出版情况

年份	图　书		杂　志		报　纸	
	种　数 （种）	总印数 （亿册）	种　数 （种）	总印数 （亿册）	种　数 （种）	总印数 （亿份）
1991	89615	61.4	6056	20.6	1524	236.5
1992	92148	63.4	6486	23.6	1657	257.9
1993	96761	59.3	7011	23.5	1788	263.8
1994	103836	60.1	7325	22.1	1953	253.2
1995	101381	63.2	7583	23.4	2089	263.3
1996	112813	71.6	7916	23.1	2163	274.3
1997	120106	73.1	7918	24.4	2149	287.6
1998	130613	72.4	7999	25.4	2053	300.4
1999	141831	73.2	8187	28.5	2038	318.4
2000	143376	62.7	8725	29.4	2007	329.3
2001	154526	63.1	8889	28.9	2111	351.1
2002	170962	68.7	9092	29.5	2137	367.8

资料来源:《中国统计年鉴 2003》

第四节　中国体育资源与体育产业发展

体育资源一般是指人们从事体育服务产品和物质产品的生产以及开展体育活动所利用或可资利用的各种资源。体育产业从一定意义上讲就是生产者根据消费需求，利用各类体育资源生产和销售体育服务产品和物质产品的企业集合体。一国体育资源的数量、质量及其分布与该国体育产业的发展有密切的关系。这里主要从体育人力资源和体育场地设施资源两个方面来分析两者之间的关系。

一、我国体育人力资源与体育产业发展

新中国成立以来，我国体育事业有了飞速发展，取得了令世人瞩目的辉煌成就，培养、造就和积累了大量的体育人力资源。应该说，目前我国体育人力资源是世界上任何一个发展中国家所难以企及的，其整体水平甚至超过了一些发达国家。

（一）我国体育人力资源数量与体育产业发展

从数量上看，截止 1999 年末，我国国家和地方两级体育行政部门及其直属单位共有职工人数 14.7 万人（表 5-19）；一、二、三线在训运动员数 36.19 万人（表 5-20）；一、二、三线专职教练员 25323 人（表 5-21）；各等级裁判员 59233 人。同时，近年来，随着体育社会化和产业化进程的不断加速，社会上一些单位和个人也成立了相当数量的营利性和非营利性体育机构。以我国的体育强省辽宁为例，目前该省由体育行政部门开办的公益性业余训练学校 115 所，在训人数 16200 人，而由各种所有制法人举办的经营性体育培训学校和俱乐部 421 所，在训人数 26000 多人，分别比体育行政部门举办的高出 3.66 倍和 1.63 倍。

应该说，从数量上看，目前我国拥有大量的体育人力资源，尽管这些人力资源相当一部分归各级体育行政部门所有，这些人力资源还不能直接转化为市场力量，但是，随着我国体育管理体制的改革和运行机制的转换，特别是体育社会化和产业化进程的进一步加速，我国隶属于各级体育行政部门的人力资源将会不断向市场释放，从而成为推动体育产业发展的重要力量。毫无疑问，我国在体育人力资源数量上的优势是体育产业有可能得到快速发展的重要保障条件。

表 5-19　1999 年我国各级体育行政部门及其直属单位职工数 （单位：人）

| | 总计 | 各级体育部门 | | | | |
		合计	国家级	省级	地级	县级
总计	147109	29635	197	2072	9074	18292
国家直属小计	5471	197	197			
地方合计	141638	29438		2072	9074	18292

资料来源：《体育事业统计年鉴 2000》

表 5-20　1999 年我国一、二、三线队伍情况 （单位：人）

| | 一线在队人数 | | 二线在训人数 | | | | 三线在训人数 | |
	优秀运动队	合计	体育运动学校	竞技体校	合计	重点业余体校	体育中学	普通业余体育学校
总计	14231	40759	39337	1422	306869	79907	12989	213973
国家直属小计	111	1422		1422	126			126
地方合计	14120	39337	39337		306743	79907	12989	

资料来源：《体育事业统计年鉴 2000》

表 5-21　1999 年我国一、二、三线教练员情况　　（单位：人）

	一线人数			二线人数		三线人数		
	优秀运动队	合计	体育运动学校	竞技体校	合计	重点业余体校	体育中学	普通业余体育学校
总计	4036	4018	3871	147	17269	5559	834	10876
国家直属小计	74	147		147				
地方合计	3962	3871	3871		17269	5559	834	10876

资料来源：《体育事业统计年鉴 2000》

（二）我国体育人力资源质量与体育产业发展

从质量上看，我国目前在训运动员中有技术等级的共 80617 人，其中国际级健将 201 人，运动健将 761 人，一级运动员 3376 人，二级运动员 15362 人，三级运动员 35638，少年级运动员 25279 人；裁判员中有技术等级的共 59233 人，其中国际级裁判员 10 人，国家级裁判员 415 人，一级裁判员 5152，二级裁判员 18855，三级裁判员 34801；在优秀运动队中的专职教练员共有 3461 人，其中国家级教练员 159 人，高级教练员 816 人，中级 1469 人，初级 1017。表 5-22 反映，目前我国各类高级体育人才均有一定的比例，但尖子运动员和高级裁判员所占的比重较小。

体育人力资源的质量与体育产业的发展也有一定的关系。譬如，要培育和发展体育竞赛表演市场，缺少明星运动员和高水平的教练员及裁判员，这一市场的发展就会受到很大的限制。目前我国竞技体育整体的发展水平在国际体坛处于先进行列，因此，我国在发展体育产业，特别是在发展竞赛表演市场方面应该具有一定的比较优势。当然，要充分发挥这样的优势就必须深化改革，推进体育职业化进程，鼓励和支持社会兴办各类职业体育俱乐部，把竞技体育为国争光与为市场提供服务产品有机的结合起来。这样，人才优势才有可能转化为市场优势、产业优势。

表5-22　我国各类高级体育人才所占的比例

人才类别	人数（人）	占总体的%
运动员（国际健将＋运动健将）	962	1.2
裁判员（国际级＋国家级）	425	0.7
教练员（国家级＋高级）	975	28.2

资料来源：根据《体育事业统计年鉴2000》计算

（三）我国体育人力资源分布与体育产业发展

我国体育人力资源分布，基本上与区域社会经济发展水平相一致。从六大区的优秀运动员、专职教练员和裁判员的分布看，华东地区在优秀运动员和专职教练员的人数和比例上均居第一位，在裁判员的人数和比例上居第二位；中南地区在裁判员指标上排第一位，在运动员和教练员指标上排第二位；而西北地区在三个指标上均排最后一位；西南区在运动员和教练员两个指标上排倒数第二位（表5-23）。也就是说，我国体育人力资源主要分布在东部发达地区，而整个西部地区体育人力资源相对匮乏。

表5-23　六大区优秀运动员、专职教练员和裁判员分布情况

大区	优秀运动员		专职教练员		裁判员	
	人数	占全国的比例（%）	人数	占全国的比例（%）	人数	占全国的比例（%）
华北地区	2713	19.18	358	18.81	7100	12.01
东北地区	2133	15.08	311	16.34	7941	13.42
华东地区	3721	26.31	508	26.69	13929	23.53
中南地区	3276	23.16	370	19.44	15637	26.42
西南地区	1626	11.49	224	11.77	9407	15.89
西北地区	675	4.77	132	6.93	5737	9.69

资料来源：根据《体育事业统计年鉴2000》计算

从省市的角度看，我国体育人力资源最丰富的省市主要是辽宁、广东、山东、四川、江苏和上海，基本上也是东部发达省份；而体育人力资源最欠缺的省市主要是西藏、宁夏、青海、海南和重庆，基本上也是西部省份。

我国体育人力资源东密西疏的格局，对培育和发展我国体育产业的政策含义至少有两个方面：一是培育和发展我国的体育产业必须与区域社会经济发展水平相适应，由东向西逐步推进；二是要加快西部体育旅游市场的开发，必须加强体育人力资源的培训、引进工作。我国的西部省份有大量的自然和人文旅游资源，有高山、草原、沙漠、湖泊以及独特的民族民俗体育资源，非常适合开展体育旅游。目前西部各省也在纷纷开发体育旅游市场，但体育人力资源匮乏是制约发展的主要因素，因此加快西部省份体育人力资源培养和开发的力度，对当前开发西部体育产业有重要意义。

表5-24　最高与最低5个省市优秀运动员、专职教练员和裁判员分布情况

省份	优秀运动员		省份	专职教练员		省份	裁判员	
	人数	占全国的比例（%）		人数	占全国的比例（%）		人数	占全国的比例（%）
最高5个省市	4824	34.11	最高5个省市	1060	55.70	最高5个省市	21424	36.19
广东	1263	8.93	山东	128	6.72	辽宁	5296	8.94
辽宁	959	6.78	四川	117	6.15	广东	4528	7.65
江苏	883	6.24	辽宁	114	5.99	四川	4024	6.79
上海	876	6.19	黑龙江	114	5.99	湖南	3995	6.74
四川	843	5.96	河北	114	5.99	山东	3581	6.05
最低5个省市	494	3.49	最低5个省市	70	3.67	最低5个省市	1456	2.45
海南	52	0.36	海南	5	0.26	西藏	69	0.11
宁夏	73	0.51	西藏	11	0.57	青海	212	0.35
青海	111	0.78	青海	18	0.94	海南	283	0.47
西藏	123	0.87	宁夏	18	0.94	宁夏	357	0.60
陕西	135	0.95	重庆	18	0.94	天津	535	0.90

资料来源：根据《体育事业统计年鉴2000》计算

二、我国体育场地设施资源与体育产业发展

体育场地设施是一国发展体育产业的基本物质条件。同时，由于体育市场的特殊性，体育场地设施往往又是实际的体育经营场所，因此，体育场地设施与体育产业发展之间有直接的相关性。

（一）我国体育场地设施数量与体育产业发展

根据第四次全国体育场地普查资料，目前我国共有符合普查标准的各类体育场地 615693 个，占地面积 10.7 亿平方米。其中，建筑面积 7700 万平方米。体育场地面积 7.8 亿平方米。累计投入体育场地建设的资金 372 亿元。每万人拥有体育场地 5个，人均体育场地面积 0.65 平方米，人均投入体育场地建设金额 31.06 元。

这样的水平，尽管从纵向上看，发展很快，目前现存解放前体育场地只有 2855 个，仅占总数的 0.46%，并且现有的体育场地中绝大部分是改革开放之后兴建的，但是从横向比，我国每万人拥有的体育场地数量，特别是人均占有面积，不仅大大低于发达国家，甚至还低于一部分发展中国家。当然，第四次全国体育场地普查之后，我国又进入了一个体育场地设施建设的快速发展期，但是，即使加上新增数，我国体育场地设施总量不足的矛盾仍很突出。而体育场地设施数量不足，直接意味着可开展体育经营的场所不足，全社会可以向市场提供体育服务产品的供给能力不强。因此，体育市场，尤其是各类体育服务市场的发展水平也就比较低。换言之，目前我国产业市场受基础条件制约还比较严重。

（二）我国体育场地设施质量与体育产业发展

从目前我国体育场地设施的质量看，在现有 615693 个体育场地中，普查登记的共有 48 种类型，其中体育场、体育馆、游泳跳水馆 2121 个，占全国体育场地总数的 0.34%；室内游泳池、

室内网球场、室内射击场、室内人工冰球场、人工速滑馆及各种单项训练房 23333 个，占全国体育场地总数的 3.79%；运动场、小运动场 58664 个，占全国体育场地总数的 9.53%；篮球、排球和门球场 516451 个，占全国体育场地总数的 83.88%；其他各种单项训练场 15124 个，占全国体育场地总数的 2.46%。同时，在我国现有的 1223 个体育场中，达到甲级的只有 70 个，占总数的 5.72%；在 953 个体育馆中，达到甲级的只有 23 个，仅占总数的 2.41%。由此可见，投资大、质量高的体育场地，在全国体育场地总数中只占很小一部分。

因此，可以说，当前我国体育场地设施对体育产业发展的制约，不仅表现在总量上，而且更为突出地表现在质量上。由于绝大部分体育场地都是简易的场地，而这些场地如果没有追加的投资来改造和改善，是难以直接作为体育经营场所的。所以，如何引入更多的社会资本参与我国目前体育场地设施的改建和扩建，是培育和发展我国体育产业必须认真对待的实际问题。

（三）我国体育场地设施分布与体育产业发展

我国体育场地设施分布，从所属系统看，主要分布在八大系统（表 5-25）。尽管学校系统和农业系统拥有的体育场地数量最多，两者相加占全国总数的近 80%，但这些场地设施的规模、质量和档次普遍较低，绝大部分是简易的体育场地。而投资大、质量好、功能全的体育场地设施主要属体育系统所有，但数量较少，仅占总数的 2.34%。

表 5-25　按所属系统我国体育场地设施分布情况

所属系统	场地设施数量（个）	占总数的%
体育系统	14410	2.34
工矿系统	45081	7.33
农业系统	65781	10.68
学校系统	413583	67.17

解放军系统	7057	1.15
武警系统	12850	2.09
铁路系统	5185	0.84
其他系统	51746	8.40

资料来源:第四次全国体育场地普查资料

从纵向行政隶属关系看,在全国的体育场地中(不含解放军、武警、铁路系统),属于中央级的有4990个,占全国场地总数的2.54%;属于省(自治区、直辖市)级的29570个,占总数的5%;属于地(市、州、盟)级的46518个,占总数的7.87%;属于县(市、区、镇)级的499523个,占总数的84.6%。低等级的体育场地设施多数在县级,高等级的体育场地设施多数在中央和省级。同时,在全国的场地中,分布在城市市区的有168521个,占总数的28.55%;全国各县拥有的422077个,占总数的71.45%。

从地区分布看,我国体育场地设施主要集中在东中部地区,约占总数的80%,而西部地区占20%左右(表5-26)。从各省市的分布情况看,体育场地设施数量最多的是广东省,有42111个,占全国体育场地数的7.13%;最少的是西藏,只有体育场地253个,占全国体育场地数的0.04%。前者是后者的166倍。

表5-26 各大区体育场地设施分布情况

大区	场地设施数量(个)	占总数的%
华北地区	66722	11.29
东北地区	75826	12.84
华东地区	126096	21.35
中南地区	184447	31.23
西南地区	72816	12.33
西北地区	64694	10.95

资料来源:第四次全国体育场地普查资料

　　上述体育场地设施分布情况，对体育产业发展的政策含义主要有三个方面：一是要打破系统分割的状况，要用法规来明确各系统所属的体育场地对全社会开放的社会责任，实施有限资源的共享。二是加快西部体育场地设施建设，用适当的优惠政策，引导国内外投资者去西部投资开发体育旅游市场的基础设施。三是要加大城市社区体育场地设施建设，完善社区体育场地设施功能，鼓励民间资本参与城市体育产业的开发。

　　总之，从一定意义上讲，发展体育产业就是不断开发和利用好各类体育资源的过程。相比而言，我国体育人力资源具有一定的比较优势，而体育场地设施资源则处于相对的劣势，如何利用好相对丰富的体育人力资源，以及如何尽快地解决体育场地设施的瓶颈制约，是当前培育和发展我国体育产业的过程中不可忽视的关键问题，必须认真对待并力争有所突破。

本章小结

　　• 世界体育产业发展的历史表明，一国体育产业的发展水平与该国经济发展所处的阶段有直接的相关。处在不同的经济发展阶段，体育产业的发展会有不同的特点和不同的内在需求。当前我国经济发展阶段对体育产业发展的影响，主要体现在两个方面：第一，当前我国经济所处的发展阶段能够为体育产业的快速发展提供必要的支撑条件。第二，小康阶段的历史定位同时也决定了这一时期我国体育产业发展，必然还是低水平的、不全面的、很不平衡的发展。看不到我国体育产业存在快速发展的客观基础而丧失信心，以及对我国体育产业发展水平估计过高而盲目乐观，都是错误和有害的。

　　• 我国 GDP 的现状与体育产业发展之间的关系，大体上也反映在两个主要方面：一是居世界第六位的 GDP 总量可以为我国体育产业和体育市场的培育与发展奠定比较坚实的物质技术基础，同时也创造出了推动这一产业快速启动所要求的基本供给和需求水平。这是总的判断。二是人均 GDP 的低水平和区域经济发展的不平衡，预示着我国体育市场发展将呈现梯度启动、城市先行的基本特点。因此，当前以及今后一个时期我国体育产业可以快速启动总体上得益于大国效应，但发展的不平衡，有些地区甚至仍将难以启动，也是必然的。

• 产业结构与体育产业发展有很强的互动关系。一方面我国第三产业发展缓慢，尤其现代服务业发展滞后，为体育产业和体育市场的发展提供了可能和必要的发展空间。另一方面，体育产业是现代服务业的重要组成部分，体育市场是提供大众体育健身娱乐产品的专业化市场，是扩大居民消费，吸引民间投资的新兴载体，体育产业和体育市场的快速发展直接表现为产业结构改善和调整绩效的彰显。因此，体育产业和体育市场的发展也反作用于产业结构，有利于产业结构的优化。同时，目前我国体育产业在第三产业增加值占的比例还非常低，这既说明我国体育产业与体育市场的规模和效能还非常低，也说明我国体育产业和体育市场的发展还有较大的潜力和空间。

• 体育产业发展与一国居民人均消费水平有直接相关。而消费水平对体育产业及体育市场发展的影响又分为总量的影响和结构的影响。总量的影响是指居民人均全年的消费性支出总额给他们提供体育消费的可能性。一般来说，居民消费性支出总量越大，体育消费的可能性也越大。结构影响是指居民各类消费支出占支出总量的比例与体育产业发展所产生的互动关系。目前我国居民消费水平对体育产业发展的影响，除了仍有总量约束之外，但最主要的还是结构性约束。培育和发展我国的体育产业既有赖于居民消费支出总量的增长，也取决于居民消费结构的转换与升级，其中做好引导和激励居民体育消费的宣传和教育工作尤为重要。

• 改革开放以来，由于经济转型和就业体制的改革，我国经济增长与就业变动之间的关系呈现出比较强的非一致性。体育产业是现代服务业的重要组成部分，体育市场是提供各类体育产品，尤其是体育服务产品的市场，当前以及今后一个时期，我国比较严峻的就业形势，特别是政府决心加快发展现代服务业而出台的一系列方针政策，都将有利于培育体育市场和发展体育产业。

● 当前我国人口及其构成的基本情况，对体育产业发展的政策含义主要表现在两个方面：一是随着全面建设小康社会的历史进程，人口数量的优势将逐步转化为消费总量的优势，从而对体育产业发展将起到逐步加速的推动作用，中国体育产业的发展具有光明的明天。二是要高度重视当前的"大中见小"的问题，要采取梯度推进的策略，实施以城市为中心的体育产业发展战略，以东带西、以点带面，切实提高有体育消费能力的人口在总人口中的比例。

● 一个国家体育资源的数量、质量及其分布与该国体育产业的发展有密切的关系。从体育人力资源的数量上看,我国拥有比较优势，不仅发展中国家难以企及，而且总量水平甚至超过了一些发达国家。但现在的问题是这些人力资源绝大部分归各级体育行政部门所有，这些人力资源还不能直接转化为市场力量。但是，随着我国体育管理体制的改革和运行机制的转换，特别是体育社会化和产业化进程的进一步加速，我国隶属于各级体育行政部门的人力资源将会不断向市场释放，从而成为推动体育市场发展的重要力量。我国在体育人力资源数量上的优势是体育市场有可能得到快速发展的重要保障条件。从体育人力资源分布看，目前存在东密西疏的格局，这种格局对培育和发展我国体育产业的政策含义有两个方面：一是培育和发展我国的体育产业必须与区域社会经济发展水平相适应，由东向西逐步推进；二是要加快西部体育旅游市场的开发，必须加强体育人力资源的培训、引进工作。我国的西部省份有大量的自然和人文旅游资源，有高山、草原、沙漠、湖泊以及独特的民族民俗体育资源，非常适合开展体育旅游。目前西部各省也在纷纷开发体育旅游市场，但体育人力资源匮乏是制约发展的主要因素，因此加快西部省份体育人力资源培养和开发的力度，对当前开发西部体育产业具有重要意义。

● 体育场地设施是一国发展体育产业的基本物质条件。同时，由于体育市场的特殊性，体育场地设施往往又是实际的体育经营场所，因此体育场地设施与体育市场发展之间有直接的相关性。目前我国体育场地设施对体育市场发展的制约，不仅表现在数量上，而且更为突出地表现在质量和分布上。要解决体育场地设施对体育市场发展的负面影响，当前要做好三个方面的工作：一是要打破系统分割的状况，要用法规来明确各系统所属的体育场地对全社会开放的社会责任，实施有限资源的共享。二是加快西部体育场地设施建设，用适当的优惠政策，引导国内外投资者去西部投资开发体育旅游市场的基础设施。三是要加大城市社区体育场地设施建设，完善社区体育场地设施功能，鼓励民间资本参与城市体育市场的开发。

第六章 加入WTO对我国体育产业发展的影响

我国成功加入世界贸易组织，意味着新一轮的改革开放已在更高的起点上拉开了序幕，中国经济由此步入了按国际惯例运作和发展的新阶段。体育事业是我国社会主义现代化建设事业的组成部分，体育产业是国民经济的组成部分，体育市场是社会主义市场经济条件下市场体系的组成部分。加入WTO对我国体育产业发展影响的问题，就是指作为新兴产业的体育产业如何遵循和利用WTO的规则，兴利除弊，实现自身稳步健康发展的问题。本章主要讨论加入WTO与我国体育产业发展面临的挑战、机遇以及应对措施。

第一节 我国对世贸组织承诺中关涉体育产业的内容

我国是以发展中国家的地位承诺"入世"义务的，承诺的内容主要涉及关税、非关税措施和逐步开放部分敏感的服务贸易领域。体育产业在发达国家是新兴产业，在我国则是刚刚起步的幼稚产业，因此，我国在"入世"谈判中并没有专门就体育产业和体育市场作出任何承诺。但是，体育产业是一项综合性产业，其产业活动涉及货物贸易、服务贸易以及与贸易有关的知识产权保护，其中在关税和非关税措施方面的承诺主要影响体育用品的进口与出口；在开放服务领域方面的承诺，特别是开放专业服务和旅游业将对健身娱乐业、体育中介业、体育旅游业产生影响；在与贸易有关的知识产权保护方面的承诺将对大型综合性运动会的标志、徽记以及体育比赛媒体转播权的交易产生影响。所以，虽然我国对世贸组织的承诺中没有直接涉及体育产业和体育市场的内容，但是加入世界贸易组织仍将对今后我国体育产业和体育市场的生存与发展产生全面而又深刻的影响。

在 WTO 的框架内，体育产业和体育市场从性质上看，属于服务贸易的范畴。WTO 在乌拉圭回合谈判结束时形成了《服务贸易总协定》，按世界贸易组织统计和信息系统局提供的国际服务贸易分类表，全世界的服务部门分为十一大类，包括商业服务、通信服务、建筑及有关工程服务、销售服务、环境服务、教育服务、金融服务、健康与社会服务、旅游服务、娱乐文化与体育服务、运输服务，共 142 个服务项目。按照 WTO 的口径，体育已经被列入国际服务贸易体系之中，我们不得不以国际服务贸易的观念和规则来考虑我国体育改革与发展问题，不得不以国际服务贸易体系的新观念来看待体育产业和体育市场的发展问题。在这样的背景下，新时期我国体育产业发展中将不可避免地会遇到体育市场的开放与监管问题、体育资源的重组和流失问题、体育品牌问题、国内外体育机构与组织的竞争问题等等。

同时，根据 WTO 的规定，既然体育是产业，就必然要形成体育市场。实际上，《服务贸易总协定》对包括体育在内的服务贸易作出了明确的定义：其一，跨境交付，即由某一缔约方的服务提供者在其境内向任何其他缔约方境内的服务消费者提供服务，以获取报酬。如美国的 ESPN 向中国的电视媒体提供国外的体育电视节目。其二，境外消费，即一缔约方服务提供者在其境内向其他任何缔约方的服务消费者提供服务，以获取报酬。如接受外国运动队和运动员来华训练和比赛。其三，商业存在，即一缔约方的商业实体为任何其他缔约方境内的存在提供服务，其存在形式可以采取独立法人形式，也可以是一个分支机构或代表处，如全球最大的体育中介公司国际管理集团（IMG）在北京设立办事处，美国的 NBA 在香港设立 NBA 亚洲推广公司等。其四，自然人流动，即一缔约方的自然人在其他任何缔约方境内提供服务，如一国的教练员到另一国执教，或一国的运动员加盟另一国的球队等。这些都是服务贸易的基本含义，体育服务亦当遵守。可以看出，这些规定都是市场活动的要求和要素，我国体育市场的形成与发展过程中，这些要求和要素也是存在的。我国加入世界贸易组织，国内体育产业必然要同国际贸易范围内的世界体育市场发生各种关系，如何利用我国具有一定优势的体育人力资源，加大开发国际体育市场，搞活体育服务贸易，无疑是新世纪我国体育产业和体育市场发展中遇到的极具挑战性的新问题。

第二节　加入 WTO 给我国体育产业发展带来的挑战

中国加入世界贸易组织对体育产业的影响总体上是利弊共存。体育产业由不同的体育企业和不同的体育市场构成，因此，加入 WTO 对不同体育市场的影响程度也不一样。从挑战的角度看，压力主要有以下几个方面：

一、国内体育用品企业面临严峻挑战

一般估计，加入 WTO 对体育用品市场的影响是利大于弊。但是仔细分析"入世"对体育用品市场还是有一系列不容忽视的挑战因素。

首先，生产高档体育用品的国内企业将面临更为严峻的生存环境。我国体育用品企业研发能力弱，产品技术含量低，拥有自主知识产权的企业和产品几乎没有。因此在高档体育用品市场上，尤其是在训练、竞赛专用器材的生产和销售方面，国内企业

无优势可言。目前高尔夫球用品、保龄球设备、高档健身器材、运动航空、航海用品、皮划赛艇、冰雪器材、射击用的枪弹、马术项目的赛马基本都是进口产品。第九届全国运动会所用的竞赛器材 80%以上是进口产品。随着高档休闲娱乐项目在我国的逐步兴起以及备战 2008 年奥运会对专用器材需求的扩大，国外著名体育用品企业将借助中国"入世"在关税和非关税措施方面的承诺，进一步扩大对中国的出口，从而强化它们在高档体育用品市场上的垄断地位。

其次，国外著名体育用品企业对国内体育用品企业的挤压和蚕食将进一步加剧。跨国体育用品企业对国内企业的挤压一般分为三个阶段：一是带牌加工阶段；二是布点设厂、品牌扩张阶段；三是通过参股、控股、兼并、垄断国内品牌等多种手段，彻底打垮国内企业，实现垄断经营。目前国外大企业已完成了第二个阶段，正在向第三个阶段过渡。加入 WTO 将使这种趋势进一步加快。

再次，在"入世"的背景下，国内体育用品企业将面临越来越高、越来越严格的"技术壁垒""绿色壁垒"和所谓的"社会标准"。我国体育用品标准化建设长期以来严重滞后，突出表现为产品标准不全、标龄长、标准低，部分产品甚至处于无标准生产的状态。而在产品的环保标准、估价标准、安全标准以及动植物保护标准方面更是空白。由于标准化工作严重滞后，近年来不断有国内体育用品企业因产品的技术标准、环保标准等方面的问题遭遇退货。在运动服装、运动鞋帽方面存在的主要问题是：面料的印染和防水、防腐涂料中有害物质超标，金属拉链含铅，尼龙拉链和搭扣牢度不够以及透气抗拉、色牢度不够；运动鞋的各种材料、粘合剂、涂料中含有有害气体以及生产中产出大量不可降解的废料等；在运动用地板、体育场馆座椅等产品中主要污染在涂层，复合地板主要是在加工中使用的胶和粘合剂不符合标准，塑胶地面原料中含有乙稀、丙酸和苯等化学物质。

除了国内体育用品企业已经遭遇的"技术壁垒"和"绿色壁垒"之外，欧美发达国家又抛出了所谓的"社会标准"，即他们正在或将要使用的"社会条款"（如劳工标准、人权保障），这样的条款是欧美发达国家继生态环境标准之后又一针对发展中国家实施贸易壁垒的新举措。欧美国家纷纷要求纺织品出口商在生产过程中，不得非法雇佣童工、对工人的劳动条件和劳动福利进行明确规定等社会行为进行检验。一些进口商，特别是名牌服装进口商迫于社会压力，已纷纷在本公司建立了针对供应商的社会行为准则以及相应的检验体系。如德国进口商协会已制定了《社会行为准则》，很快将被法国、荷兰的进口商协会采用。这三个国家进口份额占欧盟的 50% 以上，这项标准会给包括我国体育服装企业在内的出口商带来巨大的压力。

最后，国内的体育用品企业普遍存在知识产权保护意识薄弱的问题，一方面很多企业还处在简单的模仿，甚至抄袭国外知名体育用品企业生产产品的设计、包装和标识的阶段；另一方面很多国内体育用品企业又不注意保护自己的品牌。近年来已有一些国内知名的体育用品品牌在国外被抢注的事件。如"红双喜"牌乒乓球、"航空""双钱"牌羽毛球都先后在东南亚等地区被抢注。所以，从总体上看，加入 WTO 对我国体育用品企业和体育用品市场都带来了一系列严峻的挑战。只有有效地应对这些挑战，我国体育用品市场才能真正抓住加入 WTO 的机遇，加快自身的发展。

二、新生的国内体育中介企业将举步维艰

经济全球化在体育领域的表现就是体育商务活动的全球化、国内体育市场的国际化以及体育资源的全球流动与配置。而推动这一进程的最主要力量就是国际著名的体育中介公司和集团。从一定意义上讲，一国体育中介业的整体发展水平决定了该国体育产业的国际竞争力。中国"入世"将按照承诺逐步放开服务贸

易，尤其是开放专业服务领域，这样一方面国外有实力的体育中介企业将无障碍地进入中国；另一方面由于中国承办 2008 年奥运会，未来 10 年中国的赛事资源将极大丰富，围绕奥运会有形和无形资产开发的奥运经济活动将空前活跃，中国国内的体育市场将在很大程度上转变为国际市场，它们进入以后的商业机会和获利前景也将十分诱人。因此，可以预计，随着中国奥运经济的逐步升温，将会有越来越多的国外体育中介企业进入中国市场。

同时，体育中介企业的成长需要有一定的历史积淀，需要有一批高素质的专门人才，需要有良好的企业声誉、形象和品牌，并在体育中介市场中有自己独特的业务经营领域和被市场认可的专门技术诀窍和营销风格。相对国外体育中介业而言，我国的体育中介业才刚刚起步，企业现有的规模、水平和从业人员素质与国外同类企业相比都有很大差距，要在把握奥运商机中占得先机难度很大。所以，加入 WTO 对我国体育中介企业的冲击会更大。

应该指出的是，一国体育中介业的发展水平不仅关系到该国体育产业整体的发展水平，而且还会影响到该国体育事业的健康、有序发展。在体育全球化愈演愈烈的形势下，体育职业化、商业化、市场化进程不断自西向东、由北到南加速推进，国外著名体育中介公司不断控制发展中国家体育事业发展格局的现象已显端倪，由国际著名的体育中介公司主导的体育全球化正在使越来越多的发展中国家失去体育事业的自主发展权。突出表现为发展中国家体育事业发展目标的异化和事业结构的异化，往往是只有国际著名体育中介公司成为所谓推广商的运动项目才能发展，而其他项目却难以发展，甚至自生自灭。我国是一个发展中国家中的体育大国，体育事业的规模、结构、质量和效益都远非其他发展中国家能比，国际著名的体育中介公司要想在整体上控制我国体育事业的发展显然难以做到，但是在局部造成影响还是可能的，尤其是在加入 WTO 的背景下，跨国体育中介公司对我国部分运动项目的自主发展产生影响应该说是难以避免的。因此，如何在加入 WTO 的新形势下，加快我国体育中介业的发展是必须解决的一个重大问题。

三、高素质体育经营管理人才严重缺乏

中国加入 WTO 给体育产业和体育市场发展带来的最大挑战是体育商务人才在数量和质量两个方面都严重不足。中国体育长期以来在计划经济体制下按照福利模式运行，尽管新中国成立的五十多年来我们培养和造就了大量体育人才，但是，从整体上看，我国的体育人才结构单一，基本上都属于运动技能型人才，缺乏管理和经营型人才。面对中国"入世"和北京举办 2008 年奥运会的双重挑战，我国高素质体育经营管理人才匮乏的矛盾将更加突出。这是因为，一方面"入世"要求中国体育产业具备大批外向型体育商务人才，另一方面把握 2008 年奥运会的巨大商机同样要求我们拥有具备高素质的体育经营管理人才。而更为严重的是，目前我国体育人才培养体系中还缺少专门培养体育商务人才的渠道和途径。高素质体育经营管理人才匮乏已经成为制约我国体育产业和体育市场发展的瓶颈。

四、体育产业行业管理体制不到位带来的挑战

"入世"对国内绝大部分行业在管理体制改革方面的要求都是约束政府行为，管理重心上移，变微观直接管理为宏观间接管理。但是对体育产业来说，则是要尽快按照 WTO 的运行规则，建立与国际惯例接轨的，符合我国体育产业发展阶段特征的行业管理体制。目前，我国还没有建立起职能明确、运转协调的体育产业行业管理体制。在体育市场管理实践中，体育行政部门和文化行政部门职能交叉，造成一部分经营项目双方争着管，而一些新的经营项目双方又都不管。同时，非政府的行业协会发展缓慢，行业自律机制尚未形成。体育产业是 21 世纪全球经济中的一个亮点，极具增长潜力。我国虽是体育产业的后发国家，但体

育资源丰富，市场潜力巨大。如何科学地引导外国体育企业进入与投资，规范各类体育市场的运作，并在 WTO 的框架下合理保护国内体育企业的利益，都需要我们尽快建立和完善体育产业的行业管理体制。体制关系全局，关系我们应对挑战的水平和把握机遇的能力，必须下决心早日解决。

第三节　加入 WTO 给我国体育市场发展带来的机遇

"入世"给我国体育产业和体育市场发展带来严峻挑战的同时，也给加快我国体育产业和体育市场的发展提供了难得的机遇。概括起来主要有以下几个方面：

一、有利于扩大我国体育服装、鞋帽、护具等产品的出口

我国的体育用品业是一个出口依存度很大的行业，国内企业生产的运动服装、鞋帽在国际市场上有很强的竞争力。近年来由于发达国家，尤其是美国和欧盟利用多种纤维协定的配额制度以及各种各样的"技术标准""环保标准"和"社会标准"，对我国运动服装和鞋帽产品的出口进行限制，中国"入世"后，美国、欧盟、加拿大等国设置的配额将逐步取消，我国对这些国家或地区出口的运动服装和鞋帽将显著增加，中国作为世界上最大的体育服装和鞋帽的生产、加工基地的地位将进一步确立。

体育用品业整体上是一个劳动密集型产业，也是我国具有国际比较优势的一个行业。国内企业在多年来料加工的历练中，体育用品生产的工艺水平不断提高。劳动力价格的优势加上日益提高的生产工艺水平，使得我国的体育企业的国际竞争力不断提高。利用好加入 WTO 的机遇，加快体育用品业的发展，对于解决中国经济在结构调整时期可能不断加重的失业问题，对于提高

我国体育装备制造业的水平，对于形成我国体育产业的核心竞争力都有重要意义。

二、有利于引进外资和改善体育产业的资本结构

体育产业主要是提供各类体育服务产品的行业。由于服务产品大多都是不可贸易品，外商要想参与中国体育市场的竞争，只有通过直接投资的方式来实现。我国拥有世界上最大规模的体育消费群体和最具发展潜力的体育市场，中国"入世"和北京主办2008 年奥运会，一方面将极大改善体育产业的投资环境，另一方面也必将使体育产业成为外商投资的热点。体育产业作为我国国民经济中的新兴产业，不断加大的资本注入是促进产业发展的必要条件。而"入世"不仅有助于外资加快进入体育产业，对吸引内资加大对体育产业的投入也有重要作用。近年来，尽管很多国内投资人看好体育产业，但实际投入的比重并不高。主要原因是体育产业是一个新的行业，国内投资人对这个行业了解不多，进入什么领域、经营什么、如何经营等一系列问题都不甚清楚。而外资的加速进入，实际上会起到一个重要的示范作用，这对于引导国内资本，尤其是民间投资进入体育产业有实际意义。所以，加入 WTO 有利于引导和增加各种投资进入体育产业，进而为体育产业的快速发展提供重要的动力。

同时，加入 WTO 带来外资和内资的加速注入，还将有利于改善我国体育产业的资本结构。当前我国体育产业资本结构尽管整体上呈现国有比重逐步下降，非国有比重逐年提高的趋势，但在体育服务业中国有部分占的比重仍然过高。"入世"带来新增资本的注入，有助于改善体育产业的资本结构。这是因为，由"入世"带来的新增投资，无论是内资还是外资，基本上都是非国有投资，这对于优化体育产业的资本结构，增加全行业发展的活力和动力也有实际作用。

三、有利于提高各类体育企业的素质

我国体育产业还处在起步阶段，体育企业规模小、素质低的问题普遍存在。"入世"从近期看，可能会给国内相当一部分体育企业的生存与发展带来挑战，但从长远看，开放中国的体育市场和国外著名体育企业的进入，有利于提高我国体育产业的集中度，有利于引进先进的产品、技术和营销方式，进而有利于国内体育企业在竞争和学习中不断提高经营管理水平与综合素质。企业成长的共性表明，开放和竞争是企业有质量成长的最根本、最有效的途径。WTO 通过互惠互利安排，大幅度削减关税和其他贸易壁垒，按照最惠国待遇原则和国民待遇原则等规范性要求，促进市场准入和自由贸易的普遍化与成员国间的平等地位，从而达到全球贸易自由化、促进全球生产和人民生活水平提高的目标。所以，加入 WTO 从整体上看，能够为我国体育企业成长提供了良好的生长环境，有利于提高各类体育企业的素质。

四、有利于促进体育产业内部结构的调整与优化

当前我国体育产业内部结构中存在的最主要的问题是，相对于体育用品业的稳步、快速发展，体育服务业发展滞后，各类体育服务市场，如健身娱乐市场、竞赛表演市场、体育中介市场、体育培训市场、体育旅游市场、体育信息服务市场等主体市场发展相对缓慢。中国加入 WTO，有实力的外国企业将进入国内的体育服务领域，而它们的进入显然有利于改善我国体育产业结构。这是因为，一方面体育产业主要是体育服务业，近年来伴随着的"假日经济""旅游经济""都市经济"的热潮，体育服务业快速发展，各类体育服务市场表现出巨大的潜力，因此，新增的资本注入有可能更多流向体育服务业。另一方面，国外资本的进入不仅直接壮大和提升了我国体育服务业的发展水平，而且凭

借资本和经营上的优势，它们在市场运作上获得成功又能激发国内企业增加对体育服务领域的投资，从而有利于促进我国体育产业内部结构的调整与优化。

五、有利于扩大居民的体育消费

加入 WTO 对我国体育产业和体育市场影响最大的可能就是居民体育消费。"入世"的直接效应是国外体育企业和体育产品会在更大规模上进入中国市场，同时由于外资大规模的进入也会带动内资在更大程度上进入体育市场，这样就客观上起到丰富体育市场供给的作用。国内体育市场由此将出现更多的质优价廉的体育物质产品和体育服务产品，人民群众日益增长的多样化、差别化的体育消费需求将得到更好的满足。同时，外国企业的进入也会把先进的经营理念、经营方式以及新颖的经营项目、营销手段带进来，这也会在一定程度上起到引导和激发大众体育消费的作用。国内的体育消费者将会因"入世"享受到更丰富的体育产品，获得更大的消费自主性和选择权，这些都将会起到激活和扩大我国居民，尤其是城镇居民体育消费的作用。而对体育产业和体育市场这样的新兴产业和市场来说，消费需求的活跃和投资需求的活跃一样，都是决定体育产业和市场能否得到快速发展的最重要、最根本的要素。

第四节　在入世背景下加快我国体育产业发展
的政策措施

体育产业是新兴产业，也是"幼稚产业"，中国加入 WTO 和北京承办 2008 年奥运会，使得我国的体育市场面临更加开放、更加复杂的外部环境。为了科学地应对挑战，把握机遇，加快发展，必须做好以下几方面的工作。

一、培育能够与国际著名体育公司开展高水平竞争的内资体育企业

引导国内大型体育用品企业走大资本、大市场的发展道路。一方面优势企业要通过资本市场进行兼并、收购、联合、重组，抢在国外企业前面，扩充资本，组建产业集团，并切实转变经营机制，增加企业研发投入，提高产品的科技含量，开发一批具有自主知识产权、能与国外名牌产品竞争的优质品牌，抢占高档体育用品市场。同时利用国内企业对国内市场和消费者心理熟悉的优势，进一步拓展中低档体育用品市场。要利用中央大力发展第三产业的政策机遇，研究制定相关政策，引导和扶持有实力的"退二"企业进入体育服务业，组建大型体育健身娱乐企业，开展连锁经营，提高国内企业在各类体育服务市场中的竞争力。

二、提高出口体育用品的质量，实施多元化市场战略，努力扩大出口

体育用品企业，尤其是生产运动服装、鞋帽的企业，要狠抓出口产品的质量，加速采用国际标准，鼓励有条件的体育用品企业建立并通过 ISO9000 国际标准认证，维护中国体育用品的信誉，克服体育用品贸易中的技术壁垒。推动品牌战略的实施，走主要依靠提高质量、增加花色品种、创立优质名牌来扩大出口的路子。同时大力推进多元化市场战略，在继续瞄准美国、欧盟、日本、加拿大等传统主销市场的同时，要更加注重开发发展中国家市场和非配额市场，积极推进全方位、多元化、多渠道、多口岸的出口战略，拓展国际市场。

三、全面开放国内市场，积极有效地利用外资

开放国内市场，合理利用外资，是加快我国体育产业发展的必由之路，它对提高国内体育资源配置的效率和效益，提高全行

业的技术水平和管理水平，扩大体育用品的出口都有重要意义。要按照加入 WTO 的要求，给所有外商投资企业国民待遇，优化投资环境，提高政策的透明度，鼓励外资参与北京奥运会体育设施及相关配套设施的建设，鼓励外商参与中西部体育产业的开发。

四、制定和完善符合 WTO 运行规则的体育经济政策与法规

要清理现行的体育经济政策，降低各类体育市场准入的"门槛"，凡是准备对外资企业开放的领域都要事先对内资企业开放。同时要制定相应的法规，规范跨国体育公司对国内体育企业的并购行为，防止国外体育企业利用不正当手段，搞垄断经营。对一些国内体育企业短期内无法形成较高竞争力的领域，如体育中介业，要同时引入多家不同国别的体育中介企业，使它们之间形成竞争关系。同时，对国际著名体育企业在我国设立研发机构和开展高层次人才培训给予一定的优惠政策。

五、充分发挥行业协会的积极作用

在加入 WTO 的背景下发展体育产业和体育市场必须充分发挥各类行业协会的重要作用。所谓行业协会是指"某种产品的国内生产者总体，或其产量占该产品产量大部分的生产者团体"。按此定义，体育产业中的行业协会的数量可以是成百上千，而不是现在与部门管理体系相连的极为有限的几个少数行业协会。在开放的市场经济中，行业组织在保护国内产业、支持国内企业增强国际竞争力方面具有重要的作用。20 世纪 70 年代以来，美国、欧共体及其他一些较多使用贸易保护法律的国家中，申诉人绝大多数是行业协会或类似组织，因为只有它们才能提供 WTO 所需的有关国内厂商受损的全面、详细、可靠的数据资料。而这样的工作，显然不可能由一个或几个厂商来完成，政府也不可能

及时而详尽地关注每个行业的情况，并对有关行业的情况及时作出全面而详尽的调查。正是因为在这样的问题上，单个企业和政府管理部门的作用受到了限制，行业组织才能够在各国使用保障条款保护本国产业的行动中起到不可替代的重要作用。当前应着手调整和规范体育用品协会、体育场馆协会，组建体育经纪人协会、体育健身娱乐企业协会以及分项目组织职业体育联盟，并充分发挥它们的作用。这一点对于"入世"背景下发展体育产业，培育和规范体育市场都有重要作用。

六、采取多种途径，培养中高级体育商务人才

要通过专业培养、岗位培训、在职进修、招聘引进等多条渠道，培养和造就一批熟悉国际体育商务的专业人才。高等体育院校要设立体育经营管理专业，培养中级体育经营管理人才；财经类大学要按照培养工商管理硕士的模式，开设体育 MBA 专业，培养高级体育商务人才。同时，鼓励国内大型体育企业引进和聘用高水平的国际体育商贸人才。

同时，要着手培养一定数量的具有 WTO 法律方面经验和能力、能够处理国际体育服务贸易纠纷的专门法律人才。因为在 WTO 统一的法律框架内，各成员都具有相同的权利和资格，各成员在运用 WTO 规则保障国内产业方面的权利是平等的、公平的，在形式和程序平等的条件下，各成员之间的差异，更大地取决于运用 WTO 规则的能力与经验的不同。当今全球体育商务市场上的竞争，归根到底是人才的竞争。只有构筑起人才高地，才能在日趋激烈的竞争中立于不败之地。

中国是一个体育大国，有丰富的体育资源和诱人的商业机会。体育市场作为近年来我国经济生活中投资和消费均活跃的专业市场，在"入世"和举办 2008 年奥运会的双轮驱动下，一定会在 21 世纪步入持续发展的快车道。

本章小结

• 我国在"入世"谈判中并没有专门就体育产业和体育市场作出任何承诺。但是，体育产业是一项综合性产业，其产业活动涉及货物贸易、服务贸易以及与贸易有关的知识产权保护。其中在关税和非关税措施方面的承诺主要影响体育用品的进口与出口；在开放服务领域方面的承诺，尤其是开放专业服务和旅游业将对健身娱乐业、体育中介业、体育旅游业产生影响；在与贸易有关的知识产权保护方面的承诺将对大型综合性运动会的标志、徽记以及体育比赛媒体转播权的交易产生影响。所以，虽然我国对世贸组织的承诺中没有直接涉及体育产业和体育市场的内容，但是加入世界贸易组织仍将对今后我国体育产业和体育市场的生存与发展产生全面而又深刻的影响。同时，在 WTO 的框架内，体育产业和体育市场从性质上看，属于服务贸易的范畴。按世界贸易组织统计和信息系统局提供的国际服务贸易分类表，体育已经被列入国际服务贸易体系之中，我们不得不以国际服务贸易的观念和规则来考虑我国体育改革与发展问题，不得不以国际服务贸易体系的新观念来看待体育产业和体育市场的发展问题。在这样的背景下，新时期我国体育产业发展中将不可避免地会遇到体育市场的开放与监管问题、体育资源的重组和流失问题、体育品牌问题、国内外体育机构与组织的竞争问题等。

• 中国加入世界贸易组织对体育产业的影响总体上是利弊共存。从挑战的角度看，压力主要有：1. 国内体育用品企业面临严峻挑战；2. 新生的国内体育中介企业将举步维艰；3. 高素质体育经营管理人才严重缺乏；4. 体育产业行业管理体制不到位带来的挑战。从有利的方面看，机遇主要是：1. 有利于扩大我国体育服装、鞋帽、护具等产品的出口；2. 有利于引进外资和改善体育产业的资本结构；3. 有利于提高各类体育企业的素质；4. 有利于促进体育产业内部结构的调整与优化；5. 有利于扩大居民的体育消费。

●在"入世"背景下加快我国体育产业发展的政策措施是：1. 培育能够与国际著名体育公司开展高水平竞争的内资体育企业；2. 提高出口体育用品的质量，实施多元化市场战略，努力扩大出口；3. 全面开放国内市场，积极有效地利用外资；4. 制定和完善符合 WTO 运行规则的体育经济政策与法规；5. 充分发挥行业协会的积极作用；6. 采取多种途径，培养中高级体育商务人才。

▌第七章 2008 年奥运会对我国体育产业发展的影响

北京成功获得 2008 年奥运会的承办权，这是 21 世纪头 10 年中国社会经济生活中的一件大事，必将对我国经济发展和社会进步产生全面而深刻的影响。现代奥运会是当今世界体坛最具影响力的综合赛事，也是市场化程度最高、最能体现体育市场开发本质特征的体育商业活动。这里就奥运会对承办国、承办城市经济发展的影响，以及奥运会对体育产业和体育市场发展产生的影响进行分析。

第一节 奥运会经济效益分析

奥林匹克运动是法国人皮埃尔·德·顾拜旦所倡导的一种人生哲学，旨在通过体育运动来促进人类的和平与发展。奥运会是奥林匹克运动的主旋律，是奥林匹克精神最集中的体现。现代奥运的百年历程，是一个不断改革、发展与创新的进程，也是一个与国际政治、经济、文化相互融合、不断调适的过程。奥运会从一个巨大的财政负担转变为一棵"摇钱树"就是最好的例证。

奥运会从长期亏空转向持续盈余，始于 1984 年的洛杉矶奥运会，尤伯罗斯是奇迹的缔造者。现在看来，尤伯罗斯之所以能创造历史，除了他个人的经历和素质之外，至少具备了三个方面的客观条件：一是 20 世纪 80 年代中期正是美国体育产业大发展的时期，体育商业化、市场化的理念被普遍接受，运动营销方法和项目推广经验基本成熟，体育商务实践方兴未艾。二是这一时期正是以跨国公司为主导的经济全球化的涌动期，大型跨国公司对利用奥运会来宣传、策划和启动它的全球扩张战略兴趣盎然，奥运会作为一种最具特色和影响力的产品有了趋之若鹜的买家。三是 80 年代正是新公共管理理论在美国兴起的时代，该理论的主要观点就是强调在公共领域政府职能应适当退缩，市场价值应逐步回归，同时主张公共管理要引入私人企业的管理经验，企业运营模式可以在公共事务管理中加以应用。所以，尤氏在 1984年以商业化的方式来办当时普遍认为是公益性的奥运会，并获得成功，是具备理论和实践基础的。他的非凡之处就在于能够借势造势，敢于把体育这一概念卖给任何行业和企业的智慧和能力。

表 7-1　近几届奥运会给举办城市带来的经济效益

届　　次	经济效益（亿美元）
1984 年洛杉矶奥运会	32.90
1992 年巴塞罗那奥运会	260.48
1996 年亚特兰大奥运会	51.00
2000 年悉尼奥运会	63.00

资料来源：根据国际奥委会和相关研究材料整理

近 20 年来，西方国家的一些机构和学者就奥运会的经济影响作过一些专门的研究，但是由于研究目的不同、测算的方法迥异，因此不同的研究之间往往不具有可比性。

1985 年 3 月 21 日，洛杉矶奥运会组委会公布第 23 届奥运会的审计结果，该结果表明，这届奥运会的盈利远远超过原来的预计，达到了 2.227 亿美元；1984 年 9 月，美国经济研究协会的一项研究表明，洛杉矶奥运会给南加利福尼亚地区带来了 32.9

亿美元的收益。

1989 年 3 月 29 日，汉城奥运会组委会公布的报告指出，这届奥运会共创利润 4.97 亿美元，创历史新高，比原来的预计多 1.25 亿美元。巴塞罗那自治大学的一项研究指出，1992 年奥运会为巴塞罗那带来了 260.48 亿美元的经济效益，其中直接效益 94.48 亿美元，间接效益 166 亿美元，1987~1992 年每年新增就业人数 59328 人，巴塞罗那一跃成为欧洲的明星城市。

佐治亚州立大学的杰夫锐 M.汉夫雷斯在《主办 1996 年奥运会的经济影响》一文中指出，1996 年亚特兰大奥运会为佐治亚州带来了 51 亿美元的总效益，其中直接和间接效益 23 亿美元，诱导性效益 28 亿美元。同时还带动了 77000 人的就业，其中组委会直接支出带动 36000 人的就业，间接支出（外来旅游者支出）带动 41000 人的就业。

2000 年悉尼奥运会目前是公认的组织最好、效益最高的奥运会。最近新南威尔士财政署和塔斯马尼亚州立大学地区经济分析中心联合进行的一项研究，该研究报告认为，悉尼奥运会对澳大利亚和新南威尔士州的经济有一个 12 年周期的影响，新南威尔士州的生产总值在 12 年内将增加 63 亿美元，其中前期（1994~1999 年）增加 38 亿美元，赛期（2000 年）增加 12 亿美元，后期（2001~2005 年）增加 13 亿美元。同时，在这个周期内将产生 10 万个就业机会。澳大利亚旅游者委员会在 1998 年预测，2000 年悉尼奥运会将吸引参加运动会的外国来访者 111000 人，由奥运会所诱发的旅游者，1997~2004 年总共将达到 1600 万人，澳大利亚将获得 42.7 亿美元的收益。另外，国际奥运会 1997~2000 年的营销报告指出，悉尼组委会的开发收入已经结余了 4.925 亿美元，其中拨给澳大利亚奥运会 1.25 亿美元，给新南威尔士州政府 3.675 亿美元。

美国犹他州的计划和预算办公室也对 2002 年盐湖城冬奥会将给本州经济产生的影响作过测算，报告认为，本届奥运会给犹他州带来 28 亿美元的收益，每年新增就业岗位 23000 个，为奥运会服务的各类相关人员将获得 9.72 亿美元的劳动收入，本地政府也将获得 1.16 亿美元的收入。另据盐湖城奥组委的测算，本届冬奥会开发收入可以达到 13.79 亿美元，收支相抵尚能盈余 3900 万美元（表 7–2）。

表 7–2　2002 年盐湖城冬奥会的收入来源情况

收入来源	收入（亿美元）	占预算的%
电视转播权	4.45	33
TOP 计划	1.38	10
本地赞助	5.50	41
门票销售	1.62	12
赞助商品	0.4	3
其他	0.44	3

注：本届冬奥会的预算为 13.4 亿美元，各类营销收入将达到 13.79 亿美元
资料来源：盐湖城组委会

　　尽管上述数据不具有可比性，但是它至少可以说明近五届奥运会已经从整体上结束了收不抵支的局面，并且给主办国，尤其是给主办城市和地区带来了巨大的经济利益。这也是为什么近年来奥运会主办城市的角逐愈演愈烈的深层原因。

　　那么，为什么 1984 年以后的奥运会都能盈利，很大程度上得益于国际奥委会（IOC）强大的市场开发计划。自 1980 年以来，国际奥委会市场开发总收入达到约 200 亿美元，约合人民币 1646 亿元。表 7–3 展示了 1997~2000 年国际奥委会市场开发情况，这一周期整个奥林匹克营销收入为 37.7 亿美元（包括国际奥委会、悉尼和长野组委会），约合人民币 310 亿元。其中国际奥委会和悉尼奥运会组委会（SOCOG）联合开发收入 26 亿美元（国际奥委会开发收入 19 亿美元，悉尼组委会开发

收入 7 亿美元）。国际奥委会给悉尼组委会 11 亿美元，占悉尼组委会总预算的 60%，比给亚特兰大组委会的多了 3 亿美元。也就是说，悉尼主办 2000 年奥运会的一半以上的经费是国际奥委会无偿支付的。

表 7-3　1997~2000 年 IOC 市场开发收入的构成情况　（单位：亿美元）

开发项目	开发收入	占总收入%	悉尼	长野
电视转播权	18.45	51.2	13.3	5.14
TOP IV	5.79	16.1	1.787	0.963
门票销售	6.25	12.6	3.56	0.99
本地赞助	6.55	17.5	3.15	3.25
特许产品营销	0.66	1.7		

资料来源：IOC 2004 Marketing Fact File

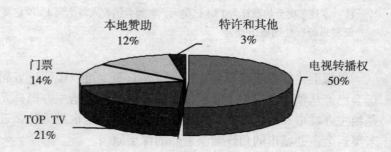

本地赞助 12%　　特许和其他 3%　　电视转播权 50%　　门票 14%　　TOP TV 21%

图 7-1　IOC 和 SOCOG 共同开发的 26 亿美元的构成情况

表 7-4 展示了最近三个奥林匹克周期国际奥委会的市场开发收益情况，数据显示国际奥委会的市场开发能力在不断提高。1997~2000 周期比前一个周期增收了 11.4 亿美元，增幅达到了 1.43 倍，而 2001~2004 周期又比前一个周期多增了 4.94 亿美元，增幅达到 1.13 倍。

表 7–4　近三个奥林匹克周期 IOC 市场开发收益情况　（单位：亿美元）

开发项目	1993~1996 周期	1997~2000 周期	2001~2004 周期
电视转播	12.51	18.45	22.36
TOP 计划	2.79	5.79	6.03
本地赞助	5.34	6.55	7.36
门票	4.51	6.25	6.08
特许产品营销	1.15	0.66	0.81
合计	26.3	37.7	42.64

资料来源：IOC 2004 Marketing Fact File

　　国际奥委会市场开发收入的主要源泉是电视转播权销售收入、TOP 计划开发收入和奥运会承办国家开发本地赞助商的收入三个部分。图 7–2 展示了近八个奥林匹克周期的电视转播权销售收入。数据显示，1980~1983 周期 IOC 的电视转播收入仅 1.01 亿美元，而 2005~2008 周期这项收入已飙升至 17.15 亿美元，后者是前者的 17 倍。八个周期平均增幅为 2.02 亿美元。

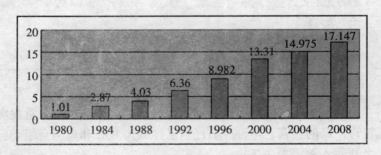

图 7–2　近八个奥林匹克周期奥委会奥运会电视转播权收入（亿美元）

　　表 7-5 展示了国际奥委会前五期的 TOP 计划开发收入情况。数据表明，这项开发收入也有明显的增长。第一期的收入仅有 0.95 亿美元，而第五期已达到了 6.03 亿美元，后者是前者的 6.35 倍。前五期的平均增幅为 1.02 亿美元。

表 7-5　TOP 计划各期的收益情况　　　　（单位：亿美元）

	TOP I 1988 卡尔加里 1988 汉城	TOP II 1992 阿尔贝维尔 1992 巴塞罗那	TOP III 1994 利勒哈默尔 1996 亚特兰大	TOP IV 1998 长野 2000 悉尼	TOP V 2002 盐湖城 2004 雅典
公司数	9	12	10	11	11
总收入	0.95	1.75	3.5	5.5	6.03

资料来源：IOC 2004 Marketing Fact File

表 7-6 展示了近两届夏季和冬季奥运会承办国家的开发本地赞助商所获得的收入情况。数据表明，奥运会组委会开发本国赞助商的能力也是奥运会能否盈利的重要方面。

表 7-6　近两届夏季和冬季奥运会组委会本地
赞助商开发收入　　　　（单位：亿美元）

	赞助商数量	组委会收益
夏季奥运会		
1996 亚特兰大奥运会	111	6.33
2000 悉尼奥运会	93	4.92
冬季奥运会		
1998 长野冬奥会	26	2.44
2002 盐湖城冬奥会	53	8.76

资料来源：IOC 2004 Marketing Fact File

另外，近年来国际奥委会和承办城市的组委会也十分重视奥运特许产品的经营，特许产品经营已经成为 IOC 和奥运会组委会一个新收入源（表 7-7）。

表 7-7　近几届奥运会特许产品经营经营情况

	授权企业数量	组委会收益（万美元）
夏季奥运会		
1988 汉城奥运会	62	1880

1992 巴塞罗那奥运会	61	1720
1996 亚特兰大奥运会	125	9100
2000 悉尼奥运会	100	5200
冬季奥运会		
1994 利勒哈默尔冬奥会	36	2300
1998 长野冬奥会	190	1390
2002 盐湖城冬奥会	70	3400

资料来源：IOC 2004 Marketing Fact File

总之，从一定意义上讲，正是因为近年来国际奥委会市场开发能力以及对奥运会承办国财政资助的力度越来越大，再加上奥运会组委会自身商业开发能力也越来越强，所以，近几届奥运会都给承办国和承办城市带来了显著的经济效益。

第二节　2008 年北京奥运会对中国经济发展的影响

北京承办 2008 年奥运会对新世纪我国政治、经济、文化的发展与繁荣都将产生巨大的促进作用，这是毋庸置疑的。其象征意义在于，它将在全球瞩目的奥运舞台上率先奏响新世纪中华民族伟大复兴的号角，展示中国和平崛起的新形象。

21 世纪的前 10 年中国经济仍将处在工业化加速发展时期，奥运会作为工业化时代最有效的营销媒介，它对加速主办国工业化进程，促进该国经济由工业化向后工业化时代的转变有特别重要的意义。1964 年的东京奥运会、1988 年的汉城奥运会很有代表性地说明了奥运会对处在工业化加速发展时期的国家经济所具有的特殊价值。笔者认为，奥运会对所有主办国经济都有很强的拉动作用，对处在工业化加速发展时期的国家则有更为重要的作用。因为，对这些国家来说，举办奥运会不仅能直接拉动经济增长，而且还有利于带动产业结构的调整和升级，促进这些国家的大型企业由产品经营向品牌经营的转变，进而能较快地提升国民经济整体的国际竞争力。

北京承办 2008 年奥运会对中国经济的影响主要表现有形和无形两个方面。所谓有形影响是指奥运会在拉动举办国消费需求、投资需求、出口需求以及在扩大就业等方面的作用，这种影响主要体现在承办地区经济总量和结构变化中，这种影响我们将在奥运会对首都经济的价值中谈。所谓无形影响是指奥运会对承办国经济发展环境、开放度、国家声誉、形象和信誉度等方面的软影响。从承办国经济的长远发展来说，无形的影响往往比有形的影响更重要、更有价值。这种影响主要表现在以下几个方面：

一、为经济发展提供稳定的社会环境

21 世纪前 10 年我国经济将处在以结构调整为主导的发展阶段，这一阶段不仅要继续扩大经济总量，更要解决经济结构调整和产业结构升级等一系列重大改革与发展问题，如社会保障体系的建立与完善、分配不公和贫富差距拉大、劳动力增长与就业困难的尖锐矛盾、"入世"和经济全球化对进一步扩大市场开放度的要求，以及市场秩序混乱和市场主体不讲信用等问题。解决这些深层次的问题和矛盾，必然会触及不同利益主体的既得利益，在一定时期还会出现改革受益者并没有感到明显获益或获益的程度低于心理预期，而改革的失益者却已经对开始丢失的利益（即使丢失的利益并不大），怨声载道的现象，这时很可能出现社会整体的凝聚力下降，经济发展所需要的稳定的社会环境受损的问题。而问题在于，在经济结构调整时期，在进行深层次改革时，这种情况短期很难避免。只有找到能在过渡期有效提高社会整合力的方式和途径，通过逐步发展所集聚起来的越来越大的增量，才能最终解决问题。

对一个国家和民族来说，在各类矛盾频发的社会转型期，如果国力不允许通过以大众普遍获益的方式来消解矛盾，那么提升社会向心力和凝聚力的方法只有三种：一是出现战争，二是发生严重的自然灾害，三是出现了能吸引全民族持续关注的重大事件。前两种方式由于消耗经济总量，尽管能凝聚人心，缓和社会矛盾，但会使解决社会矛盾所需要的时间延长；第三种方式是和平时期唯一可选择的，但真正能吸引全民族持续关注的事件太少，主办奥运会或许就是最佳、最典型的方式。一般来说，一个国家从申办开始到奥运会结束，至少能在 10 年的时间内让全民普遍关注。以北京为例，从 1999 年北京奥申委正式成立到 2008 年奥运会圆满结束，这 10 年将会出现前期的"人人盼奥运"和后期的"人人都是东道主，全民支持办奥运"的祥和局面，而这 10 年正是我国经济结构战略调整的重要时期，在这一时期主办奥运会无疑将为结构调整、经济发展提供一个良好的社会环境。

二、有利于进一步扩大开放，使中国经济能更好地适应经济全球化进程

改革开放是中国经济高速增长的两条最根本的成功经验。新世纪由发达国家主导的经济全球化进程愈演愈烈，发展中国家只有选择主动介入的战略，才能赢得主动，才不至于被边缘化。改革开放的二十多年，我们初步建立了社会主义市场经济体制，但是这一体制还不成熟和规范，还需要在进一步扩大市场开放度的基础上，在主动参与全球经济竞争中不断完善。扩大市场开放度除了市场主体在成长过程中的自我推动之外，政府利用重大事件来有意识地推动这一进程尤为重要。我国政府选择"入世"来积极推动这一进程就是典型例证。

主办奥运会对一个国家来说同样是扩大市场开放度，加速融入经济全球化进程的一个重要媒介。这是因为：

首先奥运会是当今世界上最具国际化的事件。承办国的政府、组织和企业要与多个国际组织和众多跨国公司进行业务往来和商业谈判，因此从申办到实际运作的全过程都必须按照国际惯

例来操作，即以信用为基础、以契约管理为手段。这样的操作要求该国政府、组织和企业都必须调整与市场经济不相适应的管理和运作方式，而这样的调整过程无疑就是扩大开放，融入经济全球化进程的过程。

其次，现代奥运会投资巨大。一般来说，主办夏季奥运会用于赛事的直接投资和用于基础设施建设的间接投资加起来会超过几百亿美元，经济发展水平较低的国家办奥运会投资会更大。据北京奥组委的测算，未来几年北京市筹办奥运会所形成的投资市场将在 15000 亿元左右。这样大的投资规模对国内外企业都有巨大的吸引力，特别是奥运工程都要求有一流的设计水平、一流的工艺和施工水平以及很高的科技含量，因此在工程的招投标管理中绝不能搞地方保护主义，只有扩大市场开放度，按国际惯例操作，才能最大限度地吸引外资，保证工程的质量和投资的效益。

最后，承办奥运会会使主办国在整体上获得一个开放、民主和有活力的形象，这种形象对吸引外资以及国内企业拓展海外市场都有实际意义。所以，北京承办 2008 年奥运会有利于进一步扩大开放。

三、有利于在国际上打造"中国品牌"，能更好地带动国内企业由产品经营向品牌经营的转变

现代企业在国际市场上的竞争，除了企业自身要有雄厚的实力和一流的产品，还需要企业所属国在国际上有美誉度和影响力。也就是说，企业在国际市场上的品牌竞争实际上是需要国家这一大品牌支撑的。承办奥运会是一个国家在国际上打造"国家品牌"、提升国际影响力的重要手段。冷战结束以后，中国成为西方阵营竭力遏制和打压的对象，在以美英为首的西方主流媒体中，对中国的报道仍然采取"好事不报或少报"的冷漠态度，中国通过申办和承办奥运会，将使西方媒体不得不在 10 年左右的时间内持续关注中国，并给予更多客观的报道，而到了奥运会举

办期间中国更将成为全球瞩目的中心。

表 7-8 和表 7-9 说明奥运会对全球电视媒体的影响力。显然，北京承办 2008 年奥运会，中国将在全球主要媒体上获得一段长时间、高频率的报道周期，这对扩大中国的国际影响，形成良好的形象，树立"国家品牌"都有重要作用。国家盛，企业兴。国家这一大品牌打响了，企业的小品牌才更容易进入国际市场，才会更具国际影响力。

另外，承办奥运会还能使本国企业借助奥林匹克市场营销计划宣传、推广企业形象和品牌。以悉尼奥运会为例，此届奥运会共有 106 家企业成为各类赞助商，其中 TOP 赞助商 24 家(澳大利亚公司 13 家)，支持商 18 家；一般产品供应商 40 家，体育产品供应商 24 家，其中绝大部分为本国公司。这些企业借助奥运会的巨大传播力使自己的企业和产品品牌具有了国际影响。我国体育用品业在国际上具有比较优势，企业的生产设备、工艺水平以及产品质量与国际著名企业不相上下，差距主要在品牌的知名度和影响力。北京获得承办权，国内很多的体育用品企业就可以借助奥运会来展示企业和产品，推进企业自身由产品经营向品牌经营的跃升。

表 7-8　奥运会电视转播国家数

年　份	主办城市	转播国家数（个）
1936	柏林	1
1948	伦敦	1
1952	赫尔辛基	2
1956	墨尔本	1
1960	罗马	21
1964	东京	40
1968	墨西哥城	—
1972	慕尼黑	98
1976	蒙特利尔	124

1980	莫斯科	111
1984	洛杉矶	156
1988	汉城	160
1992	巴塞罗那	193
1996	亚特兰大	214
2000	悉尼	220

资料来源：IOC 2004 Marketing Fact File

表 7-9   13 个国家对亚特兰大和悉尼奥运会电视报道小时数

国家	悉尼 （2000 年）	亚特兰大 （1996 年）	报道增加的小时数 / 增加的百分数（%）
澳大利亚	1207	308	899 / 297
加拿大	1039	244	795 / 326
南非	930	174	756 / 434
中国	740	204	536 / 263
希腊	452	161	291 / 181
美国	442	169	273 / 162
日本	558	333	225 / 68
阿根廷	435	298	137 / 46
韩国	940	884	56 / 6
巴西	754	678	76 / 11
英国	332	297	35 / 11
意大利	340	282	58 / 21
俄罗斯	233	196	37 / 19

资料来源：IOC 2004 Marketing Fact File

第三节   2008 年奥运会对首都经济的影响

承办奥运会的经济价值集中反映在承办城市和地区的经济总量的净变化上。一般来说，体育赛事对主办地区的经济影响是指因主办该项比赛而从外部（包括国外和本国的其他地区）流入本地区的投资在拉动经济增长、增加本地区居民收入以及扩大就业方面的综合效应。这种影响包括直接影响、间接影响、诱导影响和总影响四个方面。直接影响是指赛事组委会的各项支出用于购买本地区商品和服务所产生的新增效益；间接影响是指赛事吸引来的旅游者在本地消费所产生的新增效益；诱导影响是指直接和间接影响的乘数效应，一般通过地区投入产出模型来测算，如亚特兰大组委会就运用美国商业部的"地区投入产出模型系统"（RIMS II）来计算 1996 奥运会的诱导影响；总影响是指前三项之和。由于奥运会对承办地区的经济影响是一个长达 12 年的周期，也就是说如果要比较系统、比较科学地评价 2008 年奥运会对北京经济的影响，只有到 2012 年才能作出。所以，这里只能从定性的角度做一些分析。北京承办 2008 年奥运会对首都经济的价值主要将体现在以下几个方面：

一、承办奥运会能为首都经济在新世纪初叶的高速增长提供重要动力

北京是一座独具文化魅力的古城，又是一座蓬勃发展、充满生机的国际大都市。20 世纪 90 年代以来，北京经济年增长率保持在 9.5% 以上，1999 年人均 GDP 达到 2399.8 美元，是全国平均水平的 3 倍。近 10 年来累计吸引外资 168.61 亿美元，是中国对外商和外资最有吸引力的地区之一。同时，近年来以高新技术产业和现代服务业为支柱的首都经济也已初步成形，并表现出较大的增长潜力。但是，由于首都经济特殊的产业结构，它的持续高速增长对环境、基础设施以及城市所具有的国际形象、声誉和影响力有非常高的要求，也就是说，首都经济越发展它就越会遇到基础条件和软环境的硬约束。而要消除这种制约，一方面要加大环境治理的力度，大幅度增加基础设施建设的投入；另一方面要通过举办一系列重大活动来提高北京的国际影响和声誉。在经

济全球化进程不断加快，国家和地区经济之间的竞争愈演愈烈的今天，承办奥运会几乎可以说是唯一的、最佳的一箭双雕的办法。它既可以引入基础设施建设所需要的巨额资金，又可以大幅度地提升北京的国际影响力。所以，北京获得了 2008 年奥运会的承办权，也就同时获得了推动首都经济在新世纪持续高速增长的"核动力"。

承办奥运会为什么能给首都经济增长提供"核动力"呢？这是因为奥运会能有效地带动主办城市和地区的投资需求和消费需求。当前在拉动我国 GDP 增长的资金、技术和劳动力三要素中，资金的贡献率是最大的。这就是说，分析北京地区未来经济增长的可能性，关键是看该地区在未来的投资规模，尤其是从北京地区之外流入的资金总量的大小。根据北京奥组委在申办报告中的预测，2008 年奥运会预计总投资额将达到 160 亿美元左右，约合人民币 1323 亿元，其中组委会预算支出为 16 亿~18 亿美元（表 7–10、表 7–11），非组委会预算支出（与承办有关的基本建设支出）为 142 亿~144 亿美元。从资金来源看，国际奥委会市场开发收入给组委会的分成为 10 亿~13 亿美元（悉尼组委会为 11 亿美元），组委会市场开发收入为 6 亿~8 亿美元（悉尼为 7 亿美元），基本建设投入的 140 多亿美元，主要由中央财政、市财政和国内外企业投入，如果把基本建设投入的 50% 算作是北京市财政的投入，那么承办 2008 年奥运会将给北京带来 90 亿美元的新增投资（从北京地区之外流入的资金），约合人民币 745 亿元。这笔巨额的新增投资，再加上该投资所产生的乘数效应，将成为牵引首都经济高速增长的助推器。

另外，2004 年 3 月北京奥运经济市场推介会发布了 376 个项目信息，包括 550 亿元的 22 个重点包装项目和 800 亿元的 354 个一般包装项目，总投资达到 1350 亿元。项目类别涉及基础设施（总投资 730 亿元）、高新技术（总投资 100 亿元）、文教体卫（总投资 50 亿元）以及投资额约 470 亿元的其他项目（现

代制造业、现代农业、商贸旅游、节能环保等）。这也从实际的
投资项目层面反映了承办奥运会对首都经济的发展的确存在助推
作用。

表 7–10　北京奥运会组委会财政预算收入情况　　（单位：亿美元）

收　入	金　额	%
1.电视转播权	7.09	43.63
2.TOP 计划收入	1.3	8
3.组委会赞助收入	1.3	8
4.特许使用收入	0.5	3.08
5.正式供应商	0.2	1.23
6.纪念币	0.08	0.49
7.邮票	0.12	0.74
8.彩票	1.80	11.08
9.门票	1.40	8.62
10.捐赠	0.2	1.23
11.财产出售	0.8	4.92
12.各级财政补贴	1.0	6.15
－ 中央政府	0.5	3.08
－ 市政府	0.5	3.08
13.其他	0.46	2.83
总额 *	16.25	

* 不包括各财政补贴的 1 亿美元
资料来源：北京奥申委申办报告

表 7–11　北京奥运会组委会财政预算支出情况　　（单位：亿美元）

支　出	金　额	%
基础设施	1.90	11.69
1.体育设施	1.02	6.28
－ 奥运村	0.40	2.46

－主新闻中心、国际广播电视中心	0.45	2.77
－记者村	0.03	0.18
运营费	14.19	88.31
2.体育比赛	2.75	16.92
－奥运村	0.65	4
－主新闻中心、国际广播电视中心	3.60	22.15
－记者村	0.10	0.62
3.开闭幕式、节目	1.00	6.15
4.医疗服务	0.30	1.85
5.餐饮接待	0.51	3.14
6.交通	0.70	4.31
7.安保	0.50	3.08
8.残疾人费用	0.82	5.05
9.推广	0.60	3.69
10.行政管理	1.25	7.69
11.试运行和协调	0.40	2.46
12.其他	1.01	6.22
总额	16.09	

注：收支相抵结余 1600 万美元

资料来源：北京奥申委申办报告

　　从刺激消费需求看，奥运会的拉动作用也十分显著。首先，奥运会上千亿元的新增投资将主要用于购买北京地区的产品和服务。这种大规模的集团购买将对北京地区很多行业的中间产品和最终产品的消费形成刺激，其中对建筑、交通、邮电、通讯、旅游、餐饮等行业的拉动作用会更大。其次，奥运会是一个动态的、极具号召力的"人文旅游品牌"，承办国和地区可以利用这一"品牌"使该国和地区在 10 年左右的时间内成为国际和国内旅游的热点，尤其是像北京这样一个本身就具有独特文化魅力的城市，承办可以使两种魅力有机融合，从而对旅游消费形成巨大的拉动作用。据澳大利亚学者的测算，悉尼奥运会对扩大该国的国际旅游发挥了重要作用，仅 2001 年去悉尼旅游的外国游客就将达到 34 万人。当数以千万的国内外游客因奥运会而来北京观光，他们在拉动北京地区的消费需求方面将释放出巨大能量，从而能推动首都经济的持续高速增长。最后申办和承办的过程也是一个不断提高和强化市民体育意识，引导大众体育消费的过程。北京举办奥运会将极大地带动北京市民的体育消费，尤其是参与性体育消费、观赏性体育消费和体育用品消费，从而能为拓展消费领域和形成新的消费热点等方面服务和拉动首都经济。

总之，北京承办 2008 年奥运会在刺激投资和消费需求方面所形成的合力，在未来的 10 年内至少每年能拉动北京 GDP 增长 1~2 个百分点以上，在举办奥运会的前后两年内可能还会更高。

二、承办奥运会将带动首都经济结构调整和升级，使首都经济更具活力和竞争力

北京市第十个五年计划明确提出，"以提高经济效益为中心，对经济结构进行战略性调整，是保持首都经济持续快速健康发展的重要任务。通过调整产业结构和所有制结构，优化产业布局，加速国民经济和社会信息化，形成符合首都功能要求，体现资源比较优势的经济结构"。首都经济从产业结构上看，是一个以高新技术产业、都市型工业、现代服务业和高效生态农业为骨架的复合型结构。这种产业结构既区别于上海、江苏，又不同于广东、深圳，具有明显的比较优势和鲜明的地域特色。但是，目前这种产业结构还没有完全成形，还需要政府运用多种政策杠杆来引导和调整。北京承办 2008 年奥运会将给首都产业结构的调整与升级提供千载难逢的机遇。这种作用主要表现在三个方面：

一是"绿色奥运、科技奥运、人文奥运"的申办理念与首都产业结构调整的价值取向相契合。绿色奥运将带动环保产业和生态农业的快速发展，科技奥运将推动高新技术产业的发展，人文奥运则能带动现代服务业的形成与发展。而这三种申办理念所带

动的产业又恰恰是新世纪首都经济要优先发展的行业。

二是申办和承办奥运会将加速北京市"退二进三"的步伐。"退二进三"是首都经济结构调整和优化的必然选择。但这一战略措施能否有效实施，关键在于"退有理由，进有空间"。北京市的一些高能耗、重污染的企业逐步从第二产业中退出来，是既定方针，是历史必然，办不办奥运会最终的结果都一样。但是办与不办会影响退的进程。如果不办，由于关停并转这些企业短期内会产生一定的税利损失，政府和企业都可能表现出畏难情绪，而使退的进程变慢。现在要办奥运会，政府就会毫不犹豫地加大管制的力度，企业也难以讨价还价，从而就会退得坚决，退得顺畅。然而更重要的是，承办奥运会能有效地拓展"进三"的空间。现代奥运会对承办地区的经济发展的影响突出表现在拉动该地区第三产业的迅速发展方面。奥运会要求举办城市在交通、邮电、通讯、旅馆、餐饮等方面提供一流的硬件和优质的服务，同时还对银行、保险、医院、中介机构和文化设施有相当高的要求。也就是说，北京要想成功举办 2008 年奥运会就必须把加快建立和完善现代服务业作为战略重点。而能否在 10 年左右的时间里建立和完善首都的现代服务业关键取决于投资和需求，举办奥运会恰恰能解决持续需求和巨额投资这一对瓶颈制约。所以，举办奥运会在拉动首都现代服务业高速成长的同时，也将客观上为"进三"的企业提供必要的生存空间和后续发展的可能。

三是承办奥运会将使旅游业和文化体育产业成为首都经济中的支柱产业，并同时带动会展业和中介业的高速发展。奥运会是全球各民族共同的节日。中国是有着悠久文明史的东方古国，而北京作为奥运会的主办城市是一座有着三千多年建城史和 850 年建都史，最能代表中国文化精髓的历史名城。北京市已经把旅游业列为重点发展的行业，并希望"十五"期间成为支柱性行业。但是近 10 年来尽管每年接待的外国游客都有一定幅度的增长，但增幅却呈减缓之势。"八五"期间北京市接待外国游客的人数年均增长 17.13 万人，国际旅游收入年均增长 2.45 亿美元；但"九五"期间外国游客人数年均增长仅为 7.7 万人，国际旅游收入年均增长仅为 0.63 亿美元。显然如果没有新的题材来拉动新的需求，旅游业要成为首都经济的支柱产业将有很大的难度。奥运会历来对主办城市旅游业的发展有巨大的推动作用，而北京举办奥运会这种作用会更大。这是因为，一方面全球各大媒体从申办到承办全过程的报道，客观上为北京旅游业做了一个长时间的免费广告，从而能让更多的外国人了解北京，产生潜在的和实际的旅游需求；另一方面北京奥运会将凸显传统与现代巧妙融合、西方文化与东方文明交相辉映的独特魅力，而这种魅力对激发外国人来京旅游的需求将起到重要作用。对拓展国内旅游业务来说，举办奥运会将给北京旅游企业提供一个长效题材，它们可以根据这一题材设计一系列有卖点的新项目、新产品，从而使进京旅游成为时尚、成为热点。毫无疑问，北京申奥成功，首都旅游业就获得了长达 10 年的持续发展的推动力，而只有持续的高速增长才能使北京旅游业成为真正的支柱产业。同时奥林匹克是典型的全球文化，奥运会是这种文化的集中体现，承办奥运会能极大地带动主办城市的文化体育产业的发展。北京市根据城市功能的定位在"八五"期间就把文化体育产业列为重点发展的行业。近年来首都文化体育产业发展迅速，尤其是假日经济中发挥了重要作用。但是要想把它培育成首都经济的支柱性行业，除了文化产业和体育产业在各自领域内的自我发展之外，还必须加强两个产业之间的互动、互补和互助。奥运会不仅能有效地扩大主办城市文化产业和体育产业各自的需求，而且能提供一系列重大活动使两项产业互动和耦合，实现产业联动和利润倍增。另外，为举办奥运会而新建和改建的 37 个现代化的体育场馆（新建 22 个）也将为首都文化体育产业的持续发展奠定坚实的基础。最后，经济全球化背景下的奥运会是一个以跨国公司为主角的世界经贸舞台，北京拿到主办权也就得到了在 10 年左右的时间内利用这一舞台"唱戏"的机会，首都的会展业和中介业因此将获得众多的商业机会和按国际惯例运作的商务经验，从而为带动和繁荣会展经济，使之成为首都经济新的增长点提供了难得的机遇。

三、承办奥运会将在扩大北京地区就业方面发挥重要作用

筹办奥运会一般需要 8 年左右的时间，要兴建大量的体育设施和配套的城市基础设施，需要投入大量的人力资源。历届奥运会在带动主办城市就业方面都发挥了重要作用。1984 年洛杉矶奥运会创造了 2.5 万人的就业机会；1988 年汉城奥运会给 3.4 万人带来了就业；1992 年巴塞罗那奥运会，在 1987~1992 年的筹办周期内每年新增就业人数 5.9 万人；1996 年亚特兰大奥运会带动了 7.7 万人的就业；2000 年悉尼奥运会创造了 10 万人的就业机会。新世纪北京仍将面临很大的就业压力，承办奥运会将能有效地化解这种压力。由于北京市整体的劳动生产率、资本和技术的密集程度以及劳动力价格都低于发达国家的奥运会主办城市，所以承办奥运会在带动北京地区就业方面的作用会更大。如果按北京承办奥运会能新增投资 745 亿元，且每 10 万元投资能新增一个就业机会算，那么这届奥运会将产生 74.5 万个就业机会。根据奥申委申办报告中所列的现金流量表来分析，带动就业的年份主要集中在 2004~2009 的六年间，其中 2006~2008 年是高峰。但是，应该提出的是，奥运会提供的就业机会并不都是常年、稳定的岗位，除了新建的体育设施以及配套兴建或改扩建的基础设施能提供相当数量的稳定就业岗位外，与举办奥运会相关的大量服务性就业岗位只是短期的、季节性的。但无论如何承办奥运会都是缓解 21 世纪前 10 年首都就业压力，提高北京地区居民收入的一个重要途径。

四、承办奥运会将极大提升北京的城市魅力

在市场经济条件下，魅力意味着机会、意味着财富。城市魅力是一座城市物质文明和精神文明的综合体现，它包括自然风貌、历史文化积淀、生产力发展水平和人的素质等多个方面。首都经济从一定意义上讲是"形象经济"，它的发展需要城市魅力的不断提升与张扬，承办奥运会能快速而有效地做到这一点。

首先，为举办奥运会而进行的大规模环境治理、对城市基础设施的新建和改建工程将使北京"天更蓝、水更清、行更畅、居更宜"，古都风貌将更具神韵，北京城市魅力中原有的特色会更具影响力。

其次，在传媒强权盛行的现代社会，城市魅力不仅取决于魅力的本原，还与主流媒体的关注和推介有直接的关系。举办奥运会将使北京在相当长的一段时间内成为全球主要媒体追踪报道的一个热点，且这种效应在奥运会举办期间会达到极至。以2000年悉尼奥运会电视转播为例，这届奥运会全球有220个国家和地区收看了电视转播，收看人数达到37亿，占全球可以收看电视总人数（39亿）的95%，并且有8个国家的电视转播超过400个小时，它们分别是澳大利亚1207小时，加拿大1039小时，南非930小时，中国740小时，日本558小时，希腊452小时，美国442小时，阿根廷435小时。可以说只有奥运会才能使主办国和主办城市得到全球媒体如此广泛、深入和系统的报道。而这样的强势宣传在提升主办城市的形象和魅力方面所取得的效应，恐怕是无论出多少广告费都无法办到的。

最后，承办奥运会是一个十分庞杂的系统工程，是对主办城市综合能力的全方位考验。应对这一挑战的过程会使政府更有效率、企业更具实力、人民更具热情、社会更加民主、开放和有活力，而这一切恰恰是城市魅力的灵魂。北京是一座有底蕴、有魅力的城市。当1200万北京人民以辛勤和汗水培育出2008年奥运

会这朵奇葩时，首都的城市魅力就一定会更加丰满、鲜活地展示在世人面前。

第四节　2008年奥运会对我国体育产业的影响

奥运会是当今全球最大体育产业开发项目，承办奥运会不仅会对主办国、主办城市的经济发展有影响，而且对带动主办国的体育产业成长有特别重要的意义。北京承办2008年奥运会对我国体育产业成长的价值主要表现在以下几方面：

一、为我国体育产业发展提供新动力

我国体育产业经过20世纪90年代的快速起步，已初步建立起比较完整的产业体系。21世纪初叶将是我国体育产业逐步走向成熟的关键时期。在这样一个关键时期产业发展能否获得新的动力至关重要。北京承办2008年奥运会将使我国体育产业获得十分重要的推动力。

首先，承办奥运会的过程是一个不断提高国民体育意识、引导大众体育消费的过程。体育产业发展的源动力在于大众持续的体育消费需求，新世纪我国城市居民和部分发达农村地区的居民从经济承受力上将具备体育消费能力，但这种理论上的消费能力能否转变为实际的消费水平，很大程度上取决于国民体育意识的强弱和体育消费习惯的养成，承办奥运会将使体育在相当长的一段时间内成为社会关注的焦点和热点，而这种关注对提升国民体育意识，引导和激发大众的体育消费行为将发挥重要作用。一旦体育消费在全社会形成热点，我国的体育产业就会进入发展的快车道。

其次，承办奥运会可以为所有体育企业拓展业务提供资源和机会。健身娱乐企业可以借承办东风引导和刺激消费，拓展服务

人群和服务领域；竞赛表演企业和体育中介企业可以借承办的影响力运作一系列国际和国内的商业赛事；体育用品企业则可以借承办奥运会这一强势品牌开展营销，开拓国内外体育用品市场；体育旅游、体育媒体、体育保险等行业也会因承办获得必要的发展机会。

最后，承办奥运会本身就是一个刺激体育产业发展的巨大需求，上千亿元的投资将极大改善中国体育产业的基本物质条件，提高整个产业的资金和技术密集程度，从而为我国体育产业的持续发展奠定坚实的基础。

二、优化体育产业结构

当前我国体育产业结构上存在的主要问题是体育本体产业发展滞后、所有制结构不合理以及项目和区域发展不平衡等。承办奥运会对改善我国体育产业结构将起到推动作用。

其一，承办奥运会能极大地带动健身娱乐业、竞赛表演业、体育中介业、体育彩票业这四大本体产业的发展，同时也能带动体育旅游、体育保险、体育媒体等行业的发展，从而能提高体育服务业在整个体育产业产值中的比例，解决本体产业发展滞后的问题。

其二，举办奥运会的国家在承办期一般都会不同程度上出现体育消费热，而体育消费热又会促成体育投资热的形成，体育产业属于竞争性行业，体育的商业投资与其他行业相比又存在投资少、见效快、风险低的特点，因此投资热所拉动的将主要是民间资本。同时，举办所需的巨额投资有相当一部分将来自国内外的企业，而这一部分企业很多又是非公企业，由它们投资所形成的产业增量以及奥运会拉动的民间投资热，将在很大程度上改变我国体育产业所有制结构，从而使这一竞争性行业更具活力。

其三，承办奥运会还能在一定程度上解决运动项目开发不平衡的问题。当前我国奥运会优势项目的商业化开发程度普遍较低，如体操、跳水、举重、射击等，举办奥运会可以增加这些项目商业开发机会，尤其是在带动这些项目无形资产商业开发方面的作用会更大，从而能在一定程度上改变我国低水平商业化、高水平公益化的扭曲现象。

三、扩大体育市场的开放度，促进体育市场的规范运作

我国体育市场尚处在培育和开发阶段，体育市场开放度不够以及运作不规范的问题还比较突出，举办奥运会为解决这一问题提供了契机。在当今全球体育商务活动中，奥运会可以说是规模和影响最大、开放度最高、运作也最为规范的市场开发项目。它是以国际奥委会为主导，联合奥运会组委会在全球市场上的开发项目，前者约占开发收入的 3/4，后者仅占 1/4。因此，为了开发收益的最大化，国际奥委会要求承办国必须开放体育市场，修改和完善相关的法律法规，整合国内不同体育机构的市场开发计划，并与国际奥委会市场开发计划相统一。同时，由于与国际奥委会及组委会合作的企业基本上都是国内外一流公司，它们在赞助奥运会的同时也获得了一系列的商业回报，这些回报条件的落实也需要主办国开放体育市场，不得搞任何形式的行业垄断、部门垄断和地区垄断。更重要的是，北京承办 2008 年奥运会，国内的体育市场就会在一定程度上变成国际市场，更多的外国体育企业将参与奥运大市场的开发，国内企业因此也就获得了与国外企业同台竞争的机会。尽管这种竞争可能会以部分国内体育企业退出市场为代价，但是对中国体育产业在 21 世纪的持续发展来说它一定是一个长期利好，因为竞争不仅能提高国内体育企业的素质，而且能扩大中国体育市场的开放度，促进整个体育市场的规范运作。

四、提高我国体育用品业的国际竞争力，推动核心企业由产品经营向品牌经营跃升

中国是一个体育用品的生产大国，但不是体育用品的强国。目前这个行业出口依存度很高，它在新世纪、在加入 WTO 以后的经济环境中能否持续增长，很大程度上取决于这个行业能否尽快提高国际竞争力，进一步拓展海外市场，扩大产品出口。北京承办 2008 年奥运会为国内体育用品企业提供了一个展示形象、提高素质、扩大出口的机会。奥运会历来都是国内外体育用品企业的大比拼，一个体育用品企业只有使自己的公司形象和产品形象与奥运会相联接，它才能成为一个真正意义上的国际知名企业。北京承办奥运会就能给国内一批有实力的用品企业提供一个最具影响力的国际营销舞台，而这一舞台又是国内体育用品的核心企业实现由产品经营向品牌经营跃升所不可或缺的台阶，只有一批企业登上了这一台阶，我国体育用品业的国际竞争力才能得到真正的提高，才能在不远的将来使中国的体育用品业由生产大国转变为综合实力雄厚、竞争力突出的强国。

第五节　2008 年奥运会对我国主要体育市场发展的影响

奥运会作为一项规模最大、影响力最强的综合赛事，它对承办国的体育市场发展的影响也是全方位的。但是具体到不同的体育市场，它影响度范围和强度也是有差异的。这里就 2008 年奥运会对我国主要的几类体育市场可能产生的影响作出分析。

一、2008 年奥运会对体育用品市场的影响

奥运会对承办国体育用品市场的影响大体上反映在四个方面：

一是奥运会训练和比赛专用器材设备的国产化率问题。我国是 2008 年奥运会承办国，利用组委会的优势尽可能地在奥运会的训练和比赛专用器材设备的选用上照顾本国企业有一定的可能，但运作的空间并不大。这是因为奥运会训练和比赛所需的专用器材设备是由国际各单项运动协会指定的，我国的体育用品企业要想使自己的产品成为奥运会使用的产品，必须首先获得某个国际单项运动协会的认可，成为该协会的指定产品生产商。目前我国只有少数几家体育用品企业生产的产品获得了资格，并且主要集中在少数我国的优势运动项目上，如乒乓球、体操等专项器材装备。因此，围绕奥运会专用器材装备订单的争夺，我国企业并无优势。换言之，承办国的身份并不能使国内企业拿到更多的订单，2008 年奥运会专用器材装备的国产化率仍然会很低。当然，在奥运会训练和比赛的辅助器材和装备的采购中，国内企业仍会有一定的机会。但总的来看，国内企业在这一方面的获利机会有限。

二是更多的国外体育用品企业及其产品将进入中国市场，国内中高档体育用品市场的争夺将日趋激烈。奥运会向来是展示国际体育用品业发展趋势和潮流的舞台，任何一个国际知名体育用品企业都不会放弃奥运会这个最佳的产品营销和展示的机会。同时，中国又是一个体育用品市场需求快速增长的国家，特别是中高档体育用品的需求快速启动，因此，随着 2008 年的临近，会有更多的外国体育用品企业进军中国的体育用品市场，国内市场的国际化趋势将更加明显，国内体育用品企业在高端产品上将遇到国外企业强有力的竞争。而在这类产品层面上，国内企业原本就缺乏竞争力。所以，北京承办 2008 年奥运会加剧国内体育用品市场的竞争度，尤其是在中高档产品上，如果国内有实力的体育用品企业在中高档产品的研究和开发方面不能迎头赶上，我们可能在开拓国外中低档体育用品市场的同时，丢失的却是国内中高档产品的市场。

　　三是有利于更多的国内体育用品企业实现由产品经营向品牌经营的转变。北京承办 2008 年奥运会可以给国内体育用品企业提供难得的提升企业形象、扩大品牌和产品知名度的机会。目前我国绝大部分体育用品企业还处在产品经营阶段，近年来，一部分有实力的企业开始致力于推动企业由产品经营向品牌经营转变。但是要实现这种转变，除了企业自身要苦练内功，不断加大投入，开发具有自主知识产权的产品和技术，形成企业的核心竞争力之外，还需要借助于有影响力的"平台"使内功外化，获得国际认可。奥运会有一整套成熟的市场开发计划，企业通过资金、实物或技术的赞助，使企业的品牌、声誉和形象与奥运会的形象、声誉相结合，借以获得企业的国际影响力，是被实践证明的行之有效的方法。北京承办奥运会可以给国内体育用品企业提供成为奥运会组委会赞助商和奥运会体育类产品供应商的机会，而获得这样的机会对于促进有实力的体育用品企业从产品经营向品牌经营转变，有非常实际的作用。目前，国内还没有一家体育用品企业曾经获得奥运会 POT 赞助商、组委会赞助商的资格，李宁公司也只是通过赞助中国奥运会体育代表团与奥运会发生间接联系。北京举办奥运会无疑将为国内体育用品，特别是成长比较快的企业提供了一个借助奥运会实现企业由产品经营向品牌经营跃升的机会。

　　四是有利于刺激体育用品消费。奥运会在拥有五千年文明史的中国举行，是中华民族的一件盛事，它必将给中国社会带来空前的体育投资热和体育消费热。体育投资热意味着体育用品市场的供给将显著增加，消费者将有更多的消费选择，多样化、分层化的体育用品需求有可能得到更好的满足。而体育消费热则意味着新增的供给将会是有效的供给，供给与需求将呈现良性互动的局面，从而能在整体上进一步推动国内体育用品市场的发展和繁荣。

二、2008 年奥运会对健身娱乐市场的影响

北京在申办 2008 年奥运会时曾庄严地向世界承诺，要力争把北京奥运会办成现代奥运史上最出色、最成功的一届奥运会，并提出了"绿色奥运、科技奥运、人文奥运"三个承办理念。实际上，我们能否实现承诺，最为关键的是，我们能否做到在 13 亿人中普及和推广奥林匹克运动，能否实现奥林匹克文化与东方文化的交融，能否把北京奥运会办成全国人民广泛参与的奥运会以及全国人民普遍受益的奥运会。从奥运会与健身市场的互动关系看，这届奥运会对我国健身娱乐市场的影响，可能主要表现在刺激投资需求和消费需求两个方面。

从消费需求看，筹备和举办奥运会的过程实际上是一个体育消费需求不断释放的过程，也是一个体育消费者教育的过程。近年来我国城市居民，尤其是东部发达地区城市居民的健身消费需求增长较快，但是从整体上看，有效需求不足仍然是当前制约我国体育健身娱乐市场发展的主要因素。众所周知，有效需求是指有消费愿望，又有实际支付能力的需求。而体育健身娱乐市场中的有效需求，除了要有消费愿望、实际的支付能力，还必须具有必要的技能储备（消费能力）。也就是说，一个人的体育健身消费只有在有钱、有闲、有愿望、有技能四个要素都具备的条件下才能真正发生或者说才能持续发生。否则，即使发生也只是偶尔的尝试性消费，而不是长期的、固定的、习惯性消费。从我国居民构成情况看，同时具备四要素的人群总量并不大，而绝大部分市民都处在这样四种状态：第一，有闲，无钱。如下岗职工、农村居民、拿退休金的老年人等；第二，有钱，无闲。相当一部分中产阶级的白领人士属于这种情况，如公务员、企业的经营管理人员、科技精英等；第三，有钱，有闲，无愿望。一部分不爱好体育的人士，由于体育产业提供的物品和服务都是需求弹性比较大的商品，因此也确实存在这样的人群，尽管总量不会太大；第

四，有钱，有闲，有愿望，无技能。这种情况一般出现在中高档体育消费项目中，如高尔夫球、网球、滑雪以及冰上、水上、航空等项目。随着体育休闲娱乐消费结构的升级，相当一部分人对这类项目表现出消费愿望，但苦于缺乏必要的技能而难于消费或难以持续消费。体育健身消费基本不属于千元级消费，更不是万元级消费，从我国城镇居民的人均收入水平看，应该说绝大部分居民都具有一定的体育消费能力。因此，制约居民体育消费的主要因素不是钱的问题，而是消费意愿的问题，或者说主要不是经济因素，而是非经济因素。北京承办2008年奥运会国家体育总局和北京组委会都制定了一系列以人文奥运为主题的奥林匹克文化宣传和全民健身系列活动，这些活动的全面展开对于转变我国居民的体育健身观念和体育消费观念，提高居民的体育消费技能，形成深入持久的全民健身高潮都有重要作用，而这种作用对于化解当前我国健身娱乐市场整体上的有效需求不足是至关重要的。所以，我们有理由相信，北京筹备和举办2008年奥运会对于拉动我国健身娱乐市场的消费需求会发挥重要而又独特的作用。

从投资需求看，随着健身娱乐市场消费需求的不断释放，投资需求也会呈现同步或继发性的增长。因为投资需求实际上是消费需求的因变量，消费需求的任何变动最终都会真实地反映在投资需求的相应变化之中。北京筹备和举办2008年奥运会，一方面会直接刺激一部分投资需求，如与奥运会直接相关的体育场地设施建设。由于现在奥运会的组织机构越来越重视奥运场地设施的赛后利用问题，这些设施在设计时就充分考虑到了赛后的商业开发问题，因此，奥运会的场地设施在赛会结束后基本上都会转为经营性的体育场所，成为健身娱乐市场的组成部分。另一方面，奥运会给主办国和主办城市带来的奥运经济效应，也会刺激一些相关行业增长对健身娱乐市场的投资，如旅游业、饭店业、房地产业等为更好地利用奥运商机，也会在自己主营范围内配套投资建设一些体育健身娱乐设施，从而也会在一定程度上扩大健身娱乐市场的投资需求。当然，最重要的还是奥运会刺激和活跃健身娱乐消费需求，将直接带动健身娱乐市场经营主体增加投资，并会吸引一部分外行业的投资人进入该领域，从而使整个健身娱乐市场的投资需求呈现活跃和景气的状态。

所以，从整体上看，北京筹备和举办 2008 年奥运会对我国体育健身娱乐市场的培育和发展将起重要的推动作用。未来 10 年很可能是我国体育健身娱乐市场发展最快的一个时期。而一个国家的体育产业只有当该国体育健身娱乐市场呈现持续、稳定增长的态势时才会真正进入快速增长期。

三、2008 年奥运会对竞赛表演市场的影响

奥运会作为当今天世界上最大规模，也是商业运作最成功的综合性体育赛事，它对承办国，尤其是承办城市的竞赛表演市场有着最直接的影响。这种影响主要表现在两个方面：

一是商业性赛事的数量和质量都会有显著提高。随着 2004 年雅典奥运会的结束，全球的赛事中心正在转向中国的北京，并且随着奥运会的日益临近，赛事的密度还会不断增加。这是因为，一方面按照惯例，世界各单项运动协会在奥运会举办前夕都会有意识地给承办城市一些单项和综合性比赛的主办机会，同时北京组委会为检验新建成的奥运场地设施的性能以及竞赛部门与其他相关部门的协同能力，也会主动邀请一些国家的球队和运动员来北京参赛。另一方面，被邀请的国家一般出于更好备战的考虑也会积极参赛，这样 2004~2008 年北京将成为全球最有影响力的赛事中心，各种体育赛事资源将极大丰富，各类体育中介组织运作商业性赛事的空间将不断拓展。所以，筹备和举办 2008 年奥运会将使我国商业性赛事的数量和质量都显著提高，我国的体育竞赛表演市场由此也会变得活跃和繁荣。

二是各类赛事的观众人数会显著增加。体育竞赛表演市场的

繁荣与否一方面要看供给的数量和质量，另一方面也要看消费的数量和质量。如果赛事消费的增长速度跟不上供给的增长速度，就会出现有效需求不足，那么赛事供给的增长带来的不是竞赛表演市场的繁荣而是萧条。奥运会对举办国竞赛表演市场的影响，一般来说是供给与需求的双重拉动。这是因为，一来奥运会所拉动的赛事供给是高质量的供给，而有效的供给对刺激消费有促进作用。二来奥运会的筹备和举办过程也是宣传普及体育运动、提高大众对体育的价值认知、转变体育消费观念的过程。随着筹备进程不断推进，中国社会将必然会出现持续升温的"体育热"，这将在不同程度起到刺激和活跃大众对赛事产品的消费。

所以，从整体上看，筹备和举办奥运会对我国竞赛表演市场的影响是最直接，也是最有力度的，抓住这一重大机遇加快我国竞赛表演市场的发展，将是未来几年我国体育市场发展的重点领域和主攻方向。

四、2008 年奥运会对体育中介市场的影响

一般来说，体育中介市场发育与发展程度和竞赛表演市场的发育与发展程度呈正相关。奥运会既然对承办国竞赛表演市场的发展和繁荣有促进作用，那么它对承办国的体育中介市场的发展也必然会有明显的激发作用。这种作用可能主要在以下几个方面：

其一，奥运会既创造了体育中介市场的供给需求，也创造了体育中介市场的消费需求。筹备和举办奥运会是一项投资巨大的系统工程，国际奥委会和承办国的组委会为寻求投资回报，一般都会竭尽所能开发出各种赛事营销产品，如奥运会的电视版权、TOP 赞助商、组委会赞助商、奥运产品供应商、各国奥委会赞助商以及门票销售、纪念邮票、纪念币的销售等，这些围绕奥运会的赛事营销产品为各类体育中介企业创造了丰富的供给需求，并且承办国的体育中介机构凭着地利和本土客户资源的优势，一般

在与外国体育中介企业的竞争也具有一定的优势。同时，奥运会的赛事营销产品对国内外企业来说也是极具价值的特殊"消费品"，因为奥运会是当今世界上最大、最有影响力的营销平台，企业花钱购买奥运会的赛事产品，对于提升企业形象，扩大企业品牌和产品的知名度，促进产品的销售以及打压同行业的竞争者都有显著的作用。但是奥运会的赛事营销产品一般都有排他性，一种产品只卖给一家企业，因此，企业要想在异常激烈的竞争中获得优势，一般都要寻求有实力的体育中介公司来进行专业化的代理。所以，奥运会既给体育中介企业创造了委托需求，也给它们创造了代理需求，而其中任何一种需求的旺盛，都会促进体育中介企业的成长，进而推动整个体育中介市场的发展繁荣。

其二，奥运会有利于培育和发展我国的体育中介市场。客观地说，目前我国的体育中介市场才刚刚起步，发展很不成熟。主要表现为中介企业的数量少、质量低、经营不规范、从业人员素质低等问题。筹备和举办奥运会，一方面将吸引更多国外知名的体育中介企业以独资或合资的方式进入中国市场，从而使我国体育中介市场在规模、质量和效益方面都会有所提升；另一方面国外著名企业在中国市场的运作，也会给国内体育中介企业提供一个难得的观摩和学习机会，这对于规范和有质量地发展我国的体育中介市场具有深远意义。同时，围绕奥运会商业开发的经纪业务，也会在实践中培养和锻炼国内的体育经纪人才，提高他们在国际体坛进行商业运作的能力和素质。当然，奥运会对我国体育中介市场的影响近期可能更多的是挑战，一部分素质较低的体育中介企业将可能退出市场，但从整体和长远看，奥运会对我国体育中介市场的培育和发展是利好的积极因素。

其三，奥运会催生我国体育中介市场的发育对后奥运时期中国体育的发展具有战略意义。当前中国体育发展中的主要问题是体育社会化和产业进程缓慢，尤其突出的是非国有体育占的比重太小和职业体育运行不规范。而要解决这两大问题，体育中介市场的发育和成长是重要前提。从发达国家体育发展的历史进程看，无论是增加体育领域的社会投资还是规范职业体育市场的发展，体育中介都起到了一个十分重要的催化和激发作用。从理论上讲，体育社会化和产业化进程阻滞，不外乎行政干预过强和市场化力量太弱。在 2008 年之前，一方面我们要看到，由于中国体育肩负着在北京奥运会上全面参赛和争创优异运动成绩的双重任务，目前正在不断强化以行政力量直接统合为特征的"举国体制"，行政干预的力量不会有明显的减弱；另一方面，我们也要看到，按照国际惯例组织和运作奥运会的过程也在不断扶持和强化中国体育的市场化力量。更重要的是，2008 年之后，中国体育必然要回到体育社会化和产业化的轨道上来，因为"举国体制"是特殊时期采取的一种特殊的制度安排，它不能也不应该固化为永久的制度安排。同时，体育社会化和产业化是现代体育在市场经济条件下运行和发展的必然趋势，也是体育事业在全面建设小康社会中发挥重要而独特作用的必然要求。所以，筹备和举办奥运会过程中不断增强的市场化力量，尽管 2008 年之前不会完全释放，但是它对后奥运时期中国体育的健康、稳步发展具有重要意义。

当然，2008 年北京奥运会对我国体育市场发展的影响不仅仅体现在上述四个成熟度比较高的专业化体育市场，它对体育媒体市场、体育旅游市场、体育培训市场、体育保险市场的发育也有一定的推动作用。从整体上讲，筹备和举办 2008 年奥运会是中国体育市场培育和发展的一个重大机遇，抓住这个机遇，中国体育市场就会变得更加开放、更加规范、更有活力。

本章小结

● 奥运会从长期亏空转向持续盈余，始于 1984 年的洛杉矶奥运会，尤伯罗斯是奇迹的缔造者。尤伯罗斯的成功至少具备了三个方面的主客观条件：一是 20 世纪 80 年代中期正是美国体育产业大发展的时期，体育商业化、市场化的理念被普遍接受，运动营销方法和项目推广经验基本成熟，体育商务实践方兴未艾。二是这一时期正是以跨国公司为主导的经济全球化的涌动期，大型跨国公司对利用奥运会来宣传、策划和启动它的全球扩张战略兴趣盎然，奥运会作为一种最具特色和影响力的产品有了趋之若鹜的买家。三是 80 年代正是新公共管理理论在美国兴起的时代，该理论的主要观点就是强调在公共领域政府职能应适当退缩，市场价值应逐步回归，同时主张公共管理要引入私人企业的管理经验，企业运营模式可以在公共事务管理中加以应用。所以，尤氏在 1984 年以商业化的方式来办当时普遍认为是公益性的奥运会，并获得成功，是具备理论和实践基础的。

● 自 1980 年以来，国际奥委会市场开发总收入达到约 200 亿美元，约合人民币 1646 亿元。从最近三个奥林匹克周期国际奥委会的市场开发收益情况，1997~2000 年周期比前一个周期增收了 11.4 亿美元，增幅达到了 1.43 倍，而 2001~2004 年周期又比前一个同期多增了 4.94 亿美元，增幅达到 1.13 倍。

国际奥委会市场开发收入的主要源泉是电视转播权销售收入、TOP 计划开发收入和奥运会承办国家开发本地赞助商的收入三个部分。从近八个奥林匹克周期的电视转播权销售收入看，1980~1983 周期 IOC 的电视转播收入仅 1.01 亿美元，而 2005~2008 周期这项收入已飙升至 17.15 亿美元，后者是前者的 17 倍。八个周期平均增幅为 2.02 亿美元。从 TOP 计划开发收入情况看，第一期的收入仅有 0.95 亿美元，而第五期已达到了 6.03 亿美元，后者是前者的 6.35 倍。前五期的平均增幅为 1.02 亿美元。总之，正是因为近年来国际奥委会市场开发能力以及对奥运会承办国财政资助的力度越来越大，再加上奥运会组委会自身商业开发能力也越来越强，所以，近几届奥运会都给承办国和承办城市带来了显著的经济效益。

● 北京承办 2008 年奥运会对中国经济的影响主要表现在有

形和无形两个方面。所谓有形影响是指奥运会在拉动举办国消费需求、投资需求、出口需求以及在扩大就业等方面的作用，这种影响主要体现在主办地区经济总量和结构变化中，这种影响我们将在奥运会对首都经济的价值中谈。所谓无形影响是指奥运会对主办国经济发展环境、开放度、国家声誉、形象和信誉度等方面的软影响。从主办国经济的长远发展来说，无形的影响往往比有形的影响更重要、更有价值。这种影响主要表现在三个方面：一是为经济发展提供稳定的社会环境；二是有利于进一步扩大开放，使中国经济能更好地适应经济全球化进程；三是有利于在国际上打造"中国品牌"，能更好地带动国内企业由产品经营向品牌经营转变。

● 北京承办 2008 年奥运会对首都经济的影响主要体现在：1. 承办奥运会能为首都经济在新世纪初叶的高速增长提供重要动力；2. 承办奥运会将带动首都经济结构调整和升级，使首都经济更具活力和竞争力；3. 承办奥运会将在扩大北京地区就业方面发挥重要作用；4. 承办奥运会将极大提升北京的城市魅力。

● 奥运会是当今全球最大体育产业开发项目，承办奥运会不仅会对主办国、主办城市的经济发展有影响，而且对带动主办国体育产业成长有特别重要的意义。北京承办 2008 年奥运会对我国体育产业成长的价值主要表现在四个方面：1. 能为我国体育产业发展提供新动力；2. 能优化体育产业内部结构；3. 能扩大体育市场的开放度，促进体育市场的规范运作；4. 提高我国体育用品业的国际竞争力，推动核心企业由产品经营向品牌经营跃升。

● 奥运会作为一项规模最大、影响力最强的综合赛事，它对承办国的体育市场发展的影响也是全方位的。但是具体到不同的体育市场，它的影响度范围和强度也是有差异的。从整体上讲，筹备和举办 2008 年奥运会是中国体育市场培育和发展的一个重大机遇，抓住这个机遇，中国体育市场就会变得更加开放、更加规范、更有活力。

▌第八章　体育产业的行业管理

我国拥有丰富的体育资源和广阔的市场空间，发展体育产业有着相对的比较优势。但同时我国也是一个体育产业后发国家，处在产业发展的初级阶段。在这一时期，选择一个什么样的行业管理模式来促进和保障体育产业的快速、健康发展，是一个迫切需要解决的现实问题。

第一节　体育产业行业管理的概述

一、体育产业行业管理的概念

体育产业行业管理是一国体育产业中不同层级的管理者对不同层级的管理客体通过实施决策、组织、领导、控制、创新等职能，协调他人活动，实现既定目标的活动过程。体育产业在现代社会产业簇群中是一个新兴的行业，从整体上讲，随着全球体育产业的不断发展与壮大，体育产业行业管理模式仍处在发展和完善之中。但是，各国在经济体制、市场开放度、体育产业所处的发展阶段以及体育企业整体的竞争力等方面存在客观的差异，因此，体育产业的先发和后发国家之间在行业管理模式的选择上会有明显的不同。但有一点是可以肯定的，那就是不论体育产业发展水平如何，各国事实上都存在一个行业管理模式，且行业管理的根本目的都是为了提升本国体育产业的国际竞争力，促进体育产业快速、健康、有序的发展。

我国体育产业是在社会转型、经济体制转轨和体育事业管理体制与运行机制作出相应调整的特殊背景下起步和发展的，体育的产业地位尚待巩固、产业形态尚待完善，在这一时期，要不要建立和完善体育产业的行业管理，目前是一个有争议的问题。一种观点认为，我国体育产业还处在起步阶段，体育市场发育不完全，体育企业整体的质量较差，现在强化体育产业的行业管理不仅不到时候，而且搞不好还会扼杀体育产业。另一种观点认为，正因为我国体育产业是新兴的幼稚产业，所以必须规范建立体育产业的行业管理体制，以保护和促进这一朝阳产业健康、稳定地发展。笔者赞同后一种观点，因为当前我国体育产业所处的发展阶段、所面临的内外环境都要求必须适时地建立和完善具有中国特色的体育产业行业管理体制。

首先，在全面建设小康社会的新时期，我国体育产业正处在一个以北京举办 2008 年奥运会为契机的战略机遇期。北京举办 2008 年奥运会将直接带动体育产业的投资需求、消费需求和出口需求，使处在起飞阶段的中国体育产业获得难得的、强大的发展动力。而要抓住 2008 年奥运会的历史机遇，推动我国体育产业在规模、结构、质量和效益等方面跃上一个新台阶，就必须建立一个科学的、合理的体育产业行业管理体制。只有这样，才能在国家层面规划和制定体育产业的发展战略，协调不同利益主体之间的关系，维护体育市场的公平竞争，促进民族体育产业健康有序地发展。

其次，体育产业是现代服务业的重要组成部分，是文化娱乐业中的新业态。当前世界各国在经济领域的竞争，从一定意义上讲，是各国产业结构升级速度的竞争，竞争的焦点已经从实体经济向服务经济转移，或者说已经从满足生存需要的产业结构向满足发展和享受需要的产业结构转变，以高新技术产业、信息产业和文化娱乐产业为代表的新经济正在成为各国抢夺的"制高点"。尽管现阶段我国还处在工业化加速发展时期，加工制造业在一定时期内仍将是推动中国经济高速前行的主导产业，但是这不等于中国不必培育和发展新经济。体育产业目前在发达国家已经成为文化娱乐业的主导行业，发达国家正在向发展中国家输出大量的体育产品。当你看到中国城市中的"新新人类"和"小资"阶层穿的用的是耐克、阿迪达斯和锐步的产品，手里拿着的是《运动画刊》《NBA 时空》《高尔夫杂志》，眼里看着的是欧洲五大足球联赛、NBA、F1 以及 ESPN 输入的各类运动节目，聊的是舒马赫、贝克汉姆、奥尼尔、科比和老虎武兹时，你就不得不承认被国人看作是新兴产业的体育产业已经不知不觉地被发达国家的体育企业和体育产品所掌控。因此，像体育产业这样的对未来中国经济增长具有战略意义的潜优势行业，不失时机地加强行业管理，合理合法地保护本国体育产业的稳步健康发展，不仅是现阶段培育和发展我国体育产业的实际需要，而且也是保护中国经济未来竞争力的战略需要。

最后，文化娱乐产业在世界各国都是在不同程度上受管制的行业，这不仅因为这一产业是各国产业结构升级中要大力发展的重点行业，还因为这一产业如不受规制很可能出现所谓的外部不经济性，即负的社会效益。体育产业作为文化娱乐业的组成部分，同样有这样的问题。最近，我国职业足球领域出现的"假球""黑哨"、罢赛、赌球以及俱乐部出资人与中国足协的权利之争，引起了全社会的广泛关注，产生了非常不好的社会影响。应该说，职业足球今日的危机是各种各样矛盾长期得不到有效化解的必然结果，其中有一条是肯定的，那就是我国没有规范地建立起职业体育的行业管理体制是重要的原因之一。国家体育总局作为政府体育行政主管部门对职业体育管理职能的不到位、不作为，中国足协作为职业足球的行业管理机构的不够格、不称职（管理行为不规范、职能错位与越位并存）以及"中超"各家俱乐部缺乏基本的自律，都是足球问题激化并得不到有效解决的重要原因。反思足球问题，一个重要的启示就是，发展体育产业必须按照文化娱乐业普遍规律来规范地建立体育产业行业管理体制，一个科学合理的行业管理体制是发展体育产业所不可或缺的。

二、体育产业行业管理的层次

体育产业行业管理不是一维的，而是一个多维的、不同层级管理单元互动的综合管理系统。这一管理系统是由体育产业的政府管理、行业协会组织自律性管理和广大体育企业自我管理三部分构成的。在形态上它是一个典型的金字塔形（图8-1），政府管理在最上层，它是政府的相关部门，如体育行政管理部门、工商行政管理部门、改革与发展委员会以及司法、公安、税务、规划、环境等部门依据法律、法规从宏观上调控体育产业的改革与发展；行业协会组织自律性管理居中，承上启下，它是由各种类型的体育市场主体自组织的机构，属于非政府组织，代表本行业

图 8-1　体育产业行业管理示意图

的利益，并依据规章、规程和行业惯例对本行业进行自律性管理；体育企业的自我管理在最下层，是整个行业管理的基础。它是由成千上万个体育企业根据自身所处的发展阶段和行规行约，对生产与经营的各个环节进行自我规范，达成企业发展目标的管理行为。由于企业自我管理属于微观层面的企业自我激励和约束的范畴，所以，虽然企业自我管理在理论上属于体育产业行业管理体系的组成部分，但是，一般研究行业管理问题，主要指向是政府管理和行业协会组织自律性管理。本研究也是在这两个层面来研究体育产业行业管理问题，而不涉及体育企业自我管理。

第二节　国外体育产业行业管理的现状与特点

一、国外体育产业行业管理的现状

体育产业源于西方，西方主要发达国家代表着当今体育产业发展的最高水平。目前，发达国家体育产业行业管理模式大体上有两种：一是单纯的行业协会组织自律性管理模式；二是政府管理与行业协会自律性管理相结合，以行业协会自律性管理为主的管理模式。

（一）单纯的行业协会自律性管理模式

美国和英国是这一模式的代表。这一管理模式的基本特点是政府对本国体育产业很少行使行业管理职能，而行使行业管理职能的机构是各类营利性和非营利性的体育组织。它们发布行业信息、设定行业标准、制定并不断完善行业管理规则、创新产品的推广和沟通渠道，代表全行业的利益开展公关活动，包括对国会和相关权力机构的院外游说活动。下面我们选择了三个不同类型的行业协会组织的案例，用以说明这一模式的实际运作。

案例一　美国体育用品制造商协会（SGMA）

美国体育用品制造商协会成立于1906年的4月，总部设在美国的辛辛那提。该协会成立的背景是，当时处在快速发展的美国体育用品企业遇到了一些单个企业不能解决的共性问题，于是一些体育用品制造商企业聚集到一起成立了一个旨在解决整个产业需求和共性问题的组织，这就是今天的SGMA，J.F.Draper是第一任协会主席。SGMA经过近百年的运作，目前已经成为一个拥有广泛权威的行业管理组织。该协会的职责主要体现在以下几个方面：

1. 会员服务

会员服务是SGMA的主要职责。SGMA的会员企业一般可以享受6个方面的服务：（1）为会员企业提供广泛、丰富、实用的产业发展动态信息；（2）通过各种协会计划、为会员企业协调和拓展服务范畴，包括各种商业申请、健康关怀、货运处理、无线电通讯和培训等，不断增进会员利益；（3）帮助会员企业联络大型展会，确认会员的参展资格，并为会员提供培训的机会；（4）不断对会员企业的信息进行更新，介绍会员企业的产品、产品目录以及进出口情况；（5）在协会计划范围内促进会员行为的统一，满足会员要求并进行必要的评估调查；（6）为新成员提供指导性的相关材料、网络商机以及为个人和职业发展提供相关的信息和培训。

2. 强有力的在线服务

SGMA在提供体育用品产业数据报告、交易分析信息以及市场份额报告方面具有公认全球领导地位。而该地位的获得是SGMA利用现代网络技术为会员企业提供令人心动的在线服务（www.SGMA.com）实现的。在线服务包括（1）招聘信息公布，招聘清单维护。会员企业可以将招聘清单放在网站行业工作招聘栏目中，以获得企业所需要的优质人力资源；（2）新产品介绍和公司信息公布。会员企业可以自己动手将每天需要公布的公司信息粘贴到 SGMA 的国际网站上，供成千上万的专业访问者浏览；（3）产品搜寻。网站的登录者可以在网站上搜寻到将近 2000 余种不同类型的产品，这些产品每年都要追踪和更新，并且这也是 SGMA 每年都要进行的产品调查的一部分；（4）引导国际销售。凡是登录产品搜索窗口的网站访客都可以与网上提供产品的公司取得直接联系，无须公布公司的电子邮件地址。这项服务为公司提供了增值的商业和销售引导系统，可以帮助公司发展新的供应商和制造商，提供进出口信息，寻找更多的国际分销商；（5）与公司网站的链接。www.SGMA.com 提供网站内产品生产公司的地址链接，为各公司提供产品的网络向导；（6）电子邮件清单。会员企业可以利用 SGMA 的在线电子邮件管理器，在 17 个市场主题中进行选择，并且可以选择只接受网站中对你有用的电子邮件；（7）为会员企业提供体育前沿新闻专线；（8）提供每月的产业监控资料，为会员企业追踪遗漏的信息。

3. 举办体育用品超级博览会

SGMA 每年都举办一届体育用品超级博览会。该博览会是美国最顶尖的体育产品交易展会，它将国际体育和健身产品带到了网络和展会上，提供参观并销售产品，成为了体育商业拓展的论坛。同时它也是全球体育市场上的一次年度豪华盛宴和点燃人们运动与健康激情的平台。目前超级博览会有 21 种不同的产品展示，产品类别从运动服装到健身产品，从网球产品到收藏品，从运动鞋到特许经营产品，应有尽有。参展的地区性和国际性公司超过了 1000 家，包括零售商、制造商、代理商、购买者、供应商、进口商、出口商，参展人数超过 19000 人次，其中 25% 是购买者。同时，展会还利用交互式的展区，展示了最新体育用品的潮流趋势，并举办一系列专题活动，为参展商提供增值服务，如投资洽谈、商贸论坛、媒体曝光、网络接受服务等专项活动。

4. 提供市场情报

近 10 年来，SGMA 一直致力于为会员企业提供各类及时、准确的市场信息。SGMA 通过与国家高尔夫球基金会、美国体育数据有限公司、ESPN 体育调查公司、NPD 集团等专业研究机构合作，利用它们的研究队伍和自己的产业专家力量，共同为会员企业提供功能强大的产业研究数据库。该数据库包括市场参与者信息、市场份额信息、产品销售信息、体育用品进口和出口信息以及体育用品推销渠道和行销成本等方面的信息。专项数据库的建设与维护为广大会员企业把握机遇、应对挑战，开拓国内国际市场提供了重要的决策依据。

5. 国际事务

为广大的会员企业提供全球拓展服务也是 SGMA 的一项重要职责。该协会提出的口号是"用我们世界级的影响力为你的商业发展而服务"。SGMA 为会员企业的国际事务服务的方式是（1）通过举办超级博览会帮助会员企业结识全球体育与健康产品的核心制造商、分销商、购买者和供货商；（2）通过对来自不同国家的数据进行对比分析，帮助会员企业调查与研究外国体育用品市场；（3）通过帮助会员企业参加在发达或新兴市场举行的大型国际贸易展会，促进会员企业拓展海外市场，增加出口产品的销售额；（4）通过制定 SGMA 手册，帮助会员企业了解重要的国际体育用品活动及相关事件的信息；（5）以新闻快递的形式，定期为会员企业提供最新的有关进出口的立法、资源、市场规则和市场机会的信息；（6）通过在线服务为会员企业提供与全球零售商、OEM's（Original equipment manufacturer，原始设备生产商）、分销商连接的渠道，覆盖的产品超过 1900 种。

6. 公共政策

SGMA 是行业内大量关于公共政策问题的呼声和言论汇集的地方。SGMA 还为会员企业提供强有力的公共政策支持。这一方面的服务包括（1）开展对国会议员的游说。SGMA 每天都在国会山向议员宣传体育用品行业，并反映行业的相关问题，争取国会议员的支持；（2）给会员企业提供相关协助。SGMA 帮助会员企业与消费者产品安全委员会、食品和药品管理部门、客户服务部门和劳动部门建立协作关系；（3）举行特别活动。SGMA 每年都举行游说日、展览、体育远足，并向外界宣传这项产业；（4）开展体育运动的促进活动。不论是在白宫、疾病控制中心还是医疗部门官员的办公室，SGMA 总是站在最前线，希望通过公共政策让美国人得到一种积极的生活方式并确保体育教育成为全民族优先发展的任务；（5）公共事务。SGMA 充当了体育用品产业与媒体间的传声筒，与之探讨从公园的建设到特许产品的仿冒等一切问题。（6）社会责任。SGMA 与会员企业在社会责任、行为规范以及工作场所的监督等问题进行广泛的协商，确保全行业履行社会责任。

7. 交流与宣传

作为一个为会员企业提供信息交换的场所，SGMA 的职责就是对变幻莫测的体育用品产业中的各种需求做出积极的反应。对影响体育参与、体育销售和产业发展趋势的事件，SGMA 都通过体育前沿杂志、体育前沿新闻和时事通讯进行宣传和报道。同时，SGMA 还在地方和国家电视新闻节目中播放会员企业有关新产品的开发情况，并介绍体育用品的发展趋势。

8. 形象计划

SGMA 的一项重要工作就是通过形象计划和增加体育参与、影响公共政策的战略计划来支持会员企业的发展。形象计划包括呼吁对基层体育志愿者的关注，参与国家立法者为对产业界定而进行的体育产品的分类，关注立法者本身的公众效应，参与到制造商、零售商进行的能够有利于体育整体发展的游说活动中。

从 SGMA 承担的主要职责以及表 8-1 所展示的 SGMA 成立以来在不同年代所做的主要工作两方面看，美国体育用品制造商协会已经成为了一个运作规范、管理高效的行业管理者。客观地说，当今的美国之所以能涌现像耐克、锐步这样的全球体育用品行业的先锋企业，SGMA 卓有成效的行业管理可以说是一个重要制胜归因。

表 8–1　SGMA 不同年代所做的主要工作

年代	所做的主要工作
1910s	SGMA 和美国大学生体育协会合作发起了通过改变橄榄球比赛服装设计给球员更宽松的活动空间以及重新将橄榄球设计为更易传接的椭圆形等行动让橄榄球比赛更加安全
1920s	成立了 4 个标准委员会：皮革制品、服装和编织产品、联合代理以及进口委员会
1930s	与高尔夫产业联姻，体育用品制造商协会为其制定产业规则；用 4000 美元启动了美国青少年篮球军团计划；成立运动研究所为教练和运动员提供教育和培训服务；协助成立高尔夫球基金会
1940s	继续给许多体育组织提供资助，并为其管理机构制定条例
1950s	SGMA 开始对行业内销售情况进行普查，并于 1957 年 1 月 6~10 日举办了纽约体育用品博览会
1960s	体育研究所向学生发放了超过四百万份的体育手册，为社会提供了 84074 份体育教师指导书以及 10000 份体育科技幻灯片
1970s	修改会员制度将不参加投票的伙伴会员以及加拿大体育制造商也纳入 SGMA，成立了董事会，聘用了拿工资的协会主席，努力改革产品质量责任体系，运动服装委员会制定了服装颜色标准体系，联合创建了网球产业基金会和世界体育用品产业联合会
1980s	在华盛顿设立了办公室；与商业部建立联系，在海外扩展美国体育品牌；经政府批准，通过体育市场研究机构向体育用品制造商进行出口指导；创办了体育用品超级博览会，为美国的体育用品零售商提供了一站式的采购服务；在体育用品制造商协会的旗帜下成立了产业纵向协会联盟

1990s	由于联邦政府税法的改变对非营利性组织造成不利影响，在体育用品制造商协会的旗帜下成立的产业纵向协会联盟被迫解散；体育用品超级博览会逐渐成为了全球体育健身产品和运动服装市场最大专业展会；体育用品制造商协会会员数量增加了一倍。从1986~2000年，为支持业余体育的发展和改善体育健身条件提供了近5000万美元的资金支持
2000s	SGMA董事会迎来了零售商的代表；创办了《体育前沿》杂志；扩展SGMA的在线服务范围；通过与海外贸易展会的战略性联盟，扩大SGMA的国际影响力；不断提高市场调研能力；寻找开发新的全球市场商机

资料来源：http://www.SGMA.com

案例二　美国大学运动联合会 (NCAA)

美国大学运动联合会正式成立于1906年，总部设在印地安那波利斯。目前，该联合会共有1265个单位会员，雇员320名，现任主席是马莱斯·伯兰德。

NCAA是一个主管全美大学校际体育比赛的非营利组织。目前NCAA管理22个运动项目共计87个国家级锦标赛，每年参加这类锦标赛的学生运动员达到44900人（表8-2）。尽管NCAA是一个非营利组织，不以营利为目的，但是，这并不意味着它不可以对主办的赛事进行市场化和商业化的开发。事实上，由于NCAA主办的比赛在全美有巨大的影响力，它已经成为美国竞赛表演市场的重要组成部分，是美国人观赏性体育消费的重要内容。同时，NCAA也是一个对其自身主办的比赛进行商业开发的高手，2002~2003赛季NCAA通过开发其赛事的各项商业权利共获得4.22亿美元的收入，并且预计今后几年的开发收入还会每年递增7%以上（表8-3）。所以，我们认为NCAA实际上也是美国竞赛表演市场上一个发挥行业协会自律性管理职能的重要组织。

表 8-2 1992~2002 年 NCAA 主办比赛的参与情况   （人）

年份	参赛的男运动员	参赛的女运动员	男女合计
1992~1993	14091	7813	21904
1993~1994	14114	9469	23583
1994~1995	14285	9895	24180
1995~1996	14129	10203	24332
1996~1997	14126	10659	24785
1997~1998	20300	15755	36055
1998~1999	21985	18652	40610
1999~2000	20464	17451	38255
2000~2001	21812	20555	42708
2001~2002	22473	22120	44933

资料来源：National Collegiate Athletic Association

表 8-3 2002~2007 年 NCAA 开发收入情况

年份	开发收入（美元）	增长的%
2002~2003	422,233,000	
2003~2004	453,479,000	7.4
2004~2005	487,083,000	7.4
2005~2006	522,736,000	7.3
2006~2007	562,238,000	7.6

资料来源：National Collegiate Athletic Association

NCAA 作为主管全美大学校际间高水平体育比赛的组织，其主要职能是：

1. 发起、激励和改善各项校际间运动计划，同时在大学推广和普及以娱乐为目的的大众健身、运动参与和运动卓越；

2. 履行控制职能，确保所有校际间的体育活动符合联合会制定的规章制度；

3. 鼓励会员学校采用适宜的规则帮助学生运动员达到学业

标准，并遵从业余主义原则和体育精神；

4. 制定校际间有关体育运动的版权及出版规则；

5. 保存校际间体育比赛的成绩和纪录；

6. 对所有由联合会主办的地区性和全国性体育赛事进行监管，并建立相应的监控标准；

7. 加强与其他业余体育组织的合作以促进和规范国际国内体育赛事；

8. 建章立制。组织对任何关系到校际间体育活动管理的，且又是会员单位普遍关注的议题进行研讨，并通过相关的规章制度和决议；

9. 对校际间竞争性体育活动进行全方位的研究，并建立相应的标准，以确保美国大学开展的各项运动计划始终保持在高水平。

从 NCAA 的 9 项职责看，它也是一个对全美大学校际间体育比赛进行有效管理的职能机构。它的存在对维护美国大学体育竞赛表演市场的秩序，保障会员单位及学生运动员的权益都起到了重要作用。

案例三　英足总

英格兰足球总会是管理英格兰全境足球运动的行业协会组织。英足总下设三个相对自治的足球管理机构，即英格兰超级联盟、职业联盟和学校足球协会。这三个机构在各自管理范围内与英足总密切配合，共同管理和发展英格兰足球运动（图 8-2）。同时，这三个机构都有各自的组织体系、章程和业务范围，经费自筹。英足总从整体上管理整个英格兰的足球事务，如制定发展规划与制度、注册、批准比赛、转会、裁判员和教练员管理以及各级国家队组建和管理等。具体比赛则由三个机构分工负责。英格兰超级联赛由英格兰超级联盟负责，英格兰甲级联赛由英格兰职业联盟负责，学校足球比赛由英格兰学校足球协会负责。

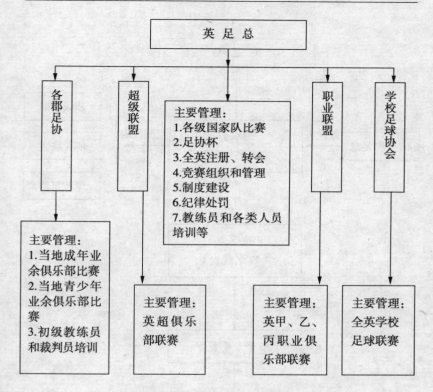

图 8-2　英足总纵向分层管理结构图

英足总对全英足球事务的管理在权力构架上有其独特的安排。这种安排就是理事会制。理事会由来自英足总、超级联盟、职业联盟、学校足球委员会和各郡足协总共计 90 名代表组成。理事会再选出 17 人组成执委会，负责理事会的日常工作，理事会的主席、副主席也是执委会的主席和副主席。理事会下设 26 个专业委员会，分别管理不同的足球事务。专业委员会的成员由执委会任命。各专业委员会每年按规定召开 6 次以上的会议，专业委员会作出的决议必须报理事会批准后，由足总秘书处负责具体监督与执行（图 8-3）。

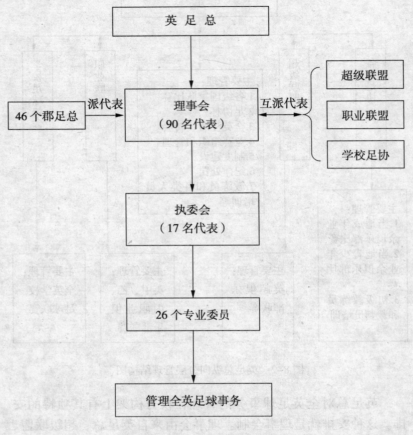

图 8-3　英足总理事会制示意图

英足总总部现有 110 名全职工作人员，由秘书长领导。总部共设有 9 个部，分别是行政管理部（副秘书长负责）、国际赛事部、公共关系部、教学培训部、商务开发部、竞赛和规则部、裁判部、财务部和临时任务部（图 8-4）。

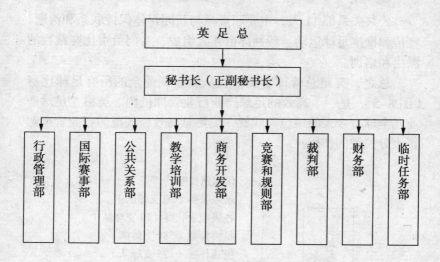

图8-4 英足总内部行政管理结构图

英足总内设机构中规模最大的是教学培训部，该部有36人，主要由教练员和专家组成，负责全英三个级别教练员培训，管理21岁以下国家队和国家足球学校。国际赛事部，由国家队主教练和助手等4人组成，只管国家队，该部由秘书长直接领导。财务部13人，分两个部分，在总部的负责足总内部财务管理，另一部分负责对外财务管理。

行政管理部26人，分为秘书、人事、票务、采购、执行12个小部门，该部由副秘书长直接领导。商务开发部9人，职能是围绕国家队的国际比赛、足协杯等赛事进行商业开发，每年的开发收入都在2000万英镑以上，是英足总的主要财源。

竞赛和规则部10人，分为纪律、注册和竞赛3个小部门，纪律组主要根据比赛上报的纪录，对照纪律条例，下发处罚通知；注册部主要对各类运动员及俱乐部会员进行注册管理，对郡协会和学校足协注册的俱乐部进行登记；竞赛组负责印发比赛规程、赛程和比赛监督名单等。

公共关系部 11 人，主要职责是与新闻媒体保持联系和沟通，宣传和推广足球运动。裁判部由 4 人组成，专门负责比赛裁判的派出和培训。

总之，英足总管理着英格兰从职业到业余的所有足球比赛（图 8-5），是一个高效的足球产业行业管理机构。英格兰足球产业在全球有今天的地位和成就，英足总高效、规范的行业管理起了十分关键的作用。

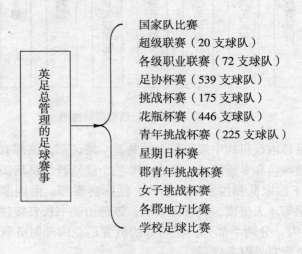

英足总管理的足球赛事

- 国家队比赛
- 超级联赛（20 支球队）
- 各级职业联赛（72 支球队）
- 足协杯赛（539 支球队）
- 挑战杯赛（175 支球队）
- 花瓶杯赛（446 支球队）
- 青年挑战杯赛（225 支球队）
- 星期日杯赛
- 郡青年挑战杯赛
- 女子挑战杯赛
- 各郡地方比赛
- 学校足球比赛

图 8-5　英足总管理的各项足球赛事

从上述三个案例可以清楚地看到，以美、英为代表的发达国家既是全球体育产业的先发国家，也是当今全球体育市场上最具竞争力的国家。这些国家的体育产业行业管理采用的是单纯的行业协会自律性管理模式。之所以体育产业发达国家采用这种行业管理模式，分析起来可能有四个方面的原因：一是这些国家普遍奉行新自由主义经济学和新公共管理理论的政策和主张，推崇政府少干预甚至不干预经济活动的理念和做法。二是这些国家有社会自治的传统和市民社会的充分实践，各类社会组织有很强的自我管理、自我约束的能力。三是这些国家的体育产业是基于体育充分社会化基础之上的，是先有体育的社会化，再有体育的产业化，而体育社会化所形成的各类体育协会和组织，为实施体育产业行业协会的自律性管理提供了必要的组织保证。四是这些国家的体育产业普遍处在强势地位，它们拥有一流的体育企业、一流的体育品牌和全球的营销渠道，并积极推行全球化战略。应该说，这些国家采用单纯的行业协会自律性管理模式，不仅符合它们的国情，而且还有利于它们推进体育产业全球扩张的战略。

（二）政府与行业协会共管模式

近年来，随着体育产业在全球的高速增长，特别是美国的体育组织、体育企业不遗余力地推进全球化扩张战略，将美国的体育产品、体育明星、体育赛事和体育文化向其他国家输出，一些国家开始反思体育产业在本国国民经济中的地位和作用，并相应地调整了本国体育产业发展与管理的相关政策，于是就产生了与美、英体育产业行业管理模式既有联系又有区别的新模式，即政府管理与行业协会自律性管理相结合，以行业协会自律性管理为主的模式。

这种模式以法国、加拿大、澳大利亚、日本为代表。该模式的基本特征是，体育产业的行业管理的主体仍然是各类体育行业性协会组织，但政府也通过制定专项计划，实施体育产业统计调查，发布体育产业相关信息等手段来支持和扶持本国体育产业的发展。

欧盟于 20 世纪 90 年代中期就开始关注欧盟各国体育产业在带动就业方面的重要作用，并发布相关信息。1996 年法国政府的青年与体育部就制定并推行一项"体育就业"专项发展规划，该规划确定了九项行动计划，旨在促进全国大众体育发展的同时，确立体育在整个法国社会经济发展中的地位，让体育运动在人们与失业的斗争中发挥积极作用。另外，法国青体部的体育运动管理司还建立了一个内部体育经济数据库，聘请一名经济学家任组长，由他负责组织、搜集和存贮有关体育方面的各种数据信息，内容包括体育贸易、社会经济发展情况、体育消费、体育投资人、体育用品制造商经营业绩等，并从经济学的角度对这些数据进行处理，分析研究体育运动对国家社会经济的影响。同时，青体部还经常聘请专家就大型比赛商业化运作策略、社会家庭消费状况以及媒体炒作对体育在社会经济发展中的影响等课题开展专题研究。

加拿大和澳大利亚两国政府也高度重视本国体育产业的发展。澳大利亚体育与休闲理事会于 1993 年成立了数据委员会，研究建立了《澳大利亚体育与休闲产业统计框架》。1995 年数据委员会向澳大利亚统计局提交了《澳大利亚体育与休闲产业统计框架》，随后澳大利亚国家统计局开始统计本国体育产业，并向社会发布。1997 年 11 月，加拿大众议院加拿大遗产委员会授权成立了加拿大体育研究委员会，对加拿大体育产业发展状况进行研究。该委员会将体育产业分为教练、裁判和运动员、体育用品产业、体育与休闲服务产业、全国性体育组织和政府 5 类，国家统计局每年都向全社会公布体育产业的统计数据，以引导社会投资。日本政府同样高度重视本国体育产业的发展，日本通商产业省产业政策局负责规划和指导体育产业的发展。1990 年产业政策局编写出版了《展望 21 世纪：体育产业研究会报告》，该报告全面阐述了日本体育产业的现状以及面向 21 世纪日本体育产业发展的方针和政策。报告由三个部分构成：第一部分是日本体育产业发展的理念和任务；第二部分是日本体育产业发展的基本方针；第三部分是日本体育产业发展方向。除此之外，日本还成立了体育用品业协会（ASGI）、休闲发展中心（LDC）和体育产业研究所（SIRI）。这些机构专门研究体育产业的需求以及各类体育商品的生产、进口与出口的情况，并编制体育产业发展白皮书，用以从宏观上规划和引导日本体育产业的发展。

当然，这种政府与行业协会结合型的管理模式目前方显雏形，许多方面还处在形成和发展过程中，并且即使是采用这一模式的国家，体育产业行业管理的主体仍然是各类行业协会组织，而政府层面的管理主要体现为服务的职能，即汇集、统计和发布体育产业信息，编制体育产业发展的专项计划，履行指导和规划的职能等方面。

二、国外体育产业行业管理特点

当前全球体育产业发展总的格局是北强南弱，西风东渐。西方发达国家体育产业的形态比较完整，处在强势地位，而广大的发展中国家体育产业，则处于萌芽和起步阶段。所以，讨论国外体育产业行业管理的特点，主要是指发达国家在体育产业行业管理实践中所显现的一些共性特征。这样的共性特征，概括起来可能有以下几个方面。

（一）行业协会在各国体育产业行业管理中起着绝对的主导作用

体育产业的内核是人类创造的丰富绚烂的体育文化。目前国际上正式开展的运动项目超过 150 个，而其中的绝大部分项目可以向市场提供参与性和观赏性的体育服务产品。同时，围绕核心产业并与之配套的体育用品、体育装备、体育中介、体育媒体、体育旅游、体育保险、体育医疗，甚至体育食品、体育饮料、体育建筑都是体育产业的有机组成部分。对于这样一个产业关联度高的复合型产业，依靠政府一个部门，按照一套标准来进行管理显然是不合适的。同时，西方发达国家的体育一般都经历了由贵族体育到大众体育再到今天的商业体育的不同发展阶段，体育产业是体育生活化、平民化、消费化历史进程中自然孕育的产物，充分的体育社会化为今天体育产业所形成的以行业协会自律性管理为主的格局，创造了组织基础和文化氛围。正是由于体育产业的复合性以及充分社会化带来的自治自律传统和组织架构，才使得发达国家两种体育产业的行业管理都采用以行业协会自律性管理为主体的基本运作方式。这就告诉我们，无论选择什么样的体育产业行业管理模式，都必须置行业协会的自律性管理于主体地位，以充分发挥各类协会组织在行业管理实践中的基础性作用。

（二）二线国家存在着强化政府管理的趋势

随着体育产业在全球新经济产业簇群中的表现越来越抢眼，世界上已经有越来越多的国家认识到，大力发展本国的体育产业对于提升产业结构和消费结构，对于增强本国经济的国际竞争力，对于拉动经济增长、扩大社会就业等方面都具有重要的战略意义。于是发达国家之间围绕提升本国体育产业整体实力的竞争愈演愈烈，一些体育产业整体实力处于二线水平的发达国家开始选择政府积极干预的政策和策略，以期通过政府为体育产业提供专项的公共服务来引导和促进本国体育产业快速和健康的发展。目前，在发达国家当中，只有极少数国家对本国体育产业的发展采取自由放任的不干预政策，而绝大部分国家都不同程度上在强化政府对本国体育产业发展的管理和服务职能。这种趋势值得我们关注。

（三）根据本国的国情和产业发展的实际需要选择行业管理模式

从发达国家存在两种不同的体育产业行业管理模式的现实看，一国选择怎样的体育产业行业管理模式还是有其内在标准的，而这个标准就是本国国情和体育产业发展的实际需要。美、英选择单纯的行业协会组织自律性管理模式，是因为这样的模式不仅符合两国的基本经济制度和社会传统，而且也符合两国体育产业发展的阶段特征和整体利益。因为它们拥有一流的跨国体育企业、全球最知名的体育品牌和强势的体育文化，采用行业协会组织自律性管理模式更有利于它们利用 WTO 关于全球服务贸易的相关规则，从而能更加自主、灵活、有效地开拓国外的体育市场，实现本国体育产业全球扩张的战略目标。而选择政府管理与行业组织自律性管理相结合模式国家，同样也是从本国国情和体育产业发展实际出发，因为这些国家体育产业整体发展水平还没有达到全球扩张的阶段，它们面临的首要任务是整合资源，做优、做强、做大本国的体育产业，提升与美、英体育企业竞争的实力和资本。显然，要实现竞争和赶超的目标，在发挥各类体育行业协会自我管理、自我发展的基础上，强化政府对体育产业发展的引导、规划、管理和服务职能就是必然的选择。因此，一个国家建立什么样的体育产业行业管理模式，绝不能谁强就学谁，而必须依据本国的国情和体育发展的实际需要来合理设计，精心构建。

第三节　我国体育产业行业管理的现状及存在的问题

一、我国体育产业行业管理的现状

我国体育产业与西方国家体育产业在形成与发展的路径上有明显的不同。西方国家是体育企业推进模式，即体育产业是在充分的体育社会化基础上或者说是在体育社会化创造了充分的大众体育消费需求的基础上，由各类体育企业为满足大众日益增长的体育消费需求，并进而引导和创造大众体育消费需求的进程中自组自为自律的自然形成与发展过程。而我国体育产业是政府推进模式，或者更准确地说是政府体育部门推进模式。新中国成立至 20 世纪 80 年代初期，中国体育基本上可以说是政府体育部门的体育。这一时期中国体育的社会化程度很低，各级政府的体育行政部门几乎是办体育的唯一主体。改革开放之后，一方面我们看到了西方以产业形态存在的新的体育形态，另一方面当时各级体育行政部门都面临比较严重的经费短缺，于是各级体育行政部门都开始搞起了"以副养体，多种经营"的部门创收活动。而这种不规范的创收活动就是中国体育产业起步的最初形态。尽管经过了二十多年的探索和发展，中国体育产业已经实现了由政府办向社会办、企业办的转变，体育产业整体的规模也在迅速扩大，但是，时至今日，这种起步阶段的政府推进模式仍然对体育产业行业管理有明显的影响。

从政府管理的层面看，目前各级政府的体育行政管理部门仍然在体育产业行业管理中居主导地位。国家体育总局体育经济司是主管全国体育产业的职能部门。根据《国家体育总局机关各处、室工作职责》，体育经济司中的市场管理处和产业管理处在履行体育产业的行业管理职能。其中市场管理处的职责是：（1）草拟体育产业政策和发展规划；（2）草拟体育市场管理政策、法规和相关标准并监督实施；（3）组织实施体育产业、体育市场的调查统计工作；（4）指导体育无形资产的开发、评估和使用；（5）归口管理体育彩票和体育基金；（6）归口管理中国体育用品博览会工作；（7）协调中国体育场馆协会工作；（8）承办司领导交办的其他工作。产业管理处的职责是：（1）指导和监督国家体育总局直属单位国有资产管理工作；（2）负责国家体育总局直属单位国有资产的统计、登记年检和处置工作；（3）负责国家体育总局直属单位非经营性资产转经营性资产的审批和国有资本金的管理工作；（4）管理国家体育总局所属单位国有股东及国有股权收益工作；（5）指导国家体育总局直属企业化管理事业单位的管理工作；（6）承办司领导交办的其他工作。各省市体育行政管理部门也设有相应的职能处主管本省市的体育产业工作。目前省市体育局中单独设立体育产业或体育市场处的有 13 个，而其他省市体育局则并不单列，而是由体育经济处、体育政策法规处或体育宣传处等相关处室兼管。同时，自 1992

年起，国家体育总局陆续成立了 21 个运动项目管理中心，这些运动项目管理中心既是国家体育总局授权的行使一个或几个运动项目管理职能的直属事业单位，又是所管项目的单项运动协会的常设办事机构，是一套人马，两块牌子，两个角色，具有浓重转型期特征的机构。它们在当前中国体育产业实践中也在承担一部分政府行业管理的职能，主要是掌握对所管项目全国性竞赛的审批权。另外，各省市体育局直属的体育竞赛管理中心（事业单位性质），也掌握着本省市体育竞赛的审批权。

除政府的体育行政管理部门之外，政府的工商和税务管理部门也在自己的职能范围内履行体育市场管理职责。同时，与体育产业相关的文化部、国家广播电视总局也在相关业务领域参与体育市场的管理。另外，近年来体育产业发达省市的改革与发展委员会也开始关注体育产业，并在制定本省市体育产业发展规划、出台相关扶持政策等方面发挥作用。

从行业协会自律性管理的层面看，目前我国体育行业协会绝大部分是计划经济体制下遗留下来的隶属于各部委的行业性协会以及隶属于体育行政部门的各运动项目协会，而真正的由不同体育企业自组的行业协会非常少。表 8-4 展示了当前我国 27 个隶属于各部委的行业体育协会的情况，这 27 个行业体协基本上都是计划经济体制下行业办的产物，是隶属于工会组织旨在推动本行业职工开展群众体育的机构，而不是管理和协调某一类体育企业的具有自律性行业管理职能的机构。

目前我国由国家体育总局正式批准开展的运动项目有 99 个。这 99 个项目协会都是经民政部门批准的具有社团法人资格的非营利组织。从国外的情况看，运动项目协会在各国体育产业行业管理中都担当着重要的角色，它们在自己所管项目的领域内扮演着规则和标准的制定者、市场行为的监管者、市场主体间纠纷的调停者以及本项目整体利益维护者的多种角色，它们的存在和有效运作是各类运动项目市场健康、有序、快速发展的重要制度保

表 8-4 我国行业体育协会一览表

协会名称	隶属部委	协会名称	隶属部委
火车头体协	铁道部	航天体协	中国航天科工集团公司
金融体协	中央金融工委	中科院体协	中国科学院
石油体协	中国石油天然气集团公司	兵器体协	中国兵器工业集团公司
煤矿体协	国家煤炭工业局	建设体协	建设部
前卫体协	公安部	电子体协	信息产业部
中建体协	中建总公司	冶金体协	中国冶金集团总公司
林业体协	林业部	水利体协	水利部
通信体协	信息产业部	电力体协	国家电力公司
石化体协	中国石油化工集团公司	农民体协	农业部
民航体协	中国民用航空总局	残疾人体协	中国残疾人联合会
中汽体协	中国汽车工业总公司	老年人体协	国家体育总局
少数民族体协	国家民委	中国技工学校体协	劳动和社会保障部
大、中学生体协	教育部		

资料来源：国家体育总局群众体育司

障。而我国现有的 99 个运动项目协会都挂靠在 21 个运动项目管理中心，名副其实、能独立开展工作的项目协会为数极少。

而真正意义上的、由体育企业自组的行业协会组织在我国则是凤毛麟角。目前全国性的这类组织只有两个，即中国体育用品协会和中国体育场馆协会。地方性的这类协会也只是近两年在体育产业发达省份才刚刚出现，且数量上同样屈指可数。比较有代表性的是 2001 年成立的广东省体育产业协会和 2004 年成立的北京市体育休闲产业联盟。其中后者是由北京市体育休闲企业单位、体育俱乐部及体育娱乐单位、体育协会、体育场馆、体育服装器材生产销售单位、体育经纪赛事推广单位、体育媒体、体育院校及科研单位联合发起，是经过北京市社会社团登记管理机关核准登记的具有社团法人资格的非营利性组织。该联盟的宗旨是团结北京市各级各类体育休闲产业单位，通过加强相互间的交流合作，遵照国家宪法、法律、法令和政策，开展各项活动，维护国家利益，促进经济发展和社会进步，促进北京市体育休闲产业的不断提升和发展，为北京的两个文明建设做出应有的贡献。其任务是：（1）组织本会员单位积极贯彻党和国家的体育方针、政策，促进体育休闲产业的快速发展；（2）通过多种形式沟通企业与政府主管部门的联系与对话，在产业政策和产业环境完善方面发挥协调作用；（3）加强和完善北京市体育休闲产业单位的职业道德规范，协商确定体育休闲市场的游戏规划，完善产业发展的自律机制；（4）维护会员的合法权益，向相关部门反映本行业领域内的问题，提出合理化建议，促进产业的持续发展；（5）搭建"自主经营、合作发展、优化产业环境"的共赢平台，整合产业资源，为会员单位提高社会效益和经济效益服务；（6）积极推广国内外体育休闲产业经营管理的先进经验，不断引进新项目，促进会员单位的对外交流，提高体育休闲产业的整体水平；（7）做好科研、知识及市场开发的储备，为产业健康持续发展提供保障；（8）依照国家及北京市有关规定及行业标准，对北京市各类体育休闲企业单位进行资质评定和星级评定。

总之，当前我国体育产业的行业管理体制，客观地讲，尚处在形成和发展过程中。由于我国体育社会化程度低，现行的体育产业行业管理主要是由各级政府的体育行政部门及其所属的具有浓重行政色彩的项目管理中心按照发展和管理体育事业的模式在管理体育产业，而广大体育企业自组的真正意义上的行业协会组织严重缺乏。当前，足球"中超"7家俱乐部投资人对总局足球运动项目管理中心发起的"革命"，从一定意义上讲，正是体育企业对公正、合理的体育产业行业管理体制的期盼和呼唤。

二、我国体育产业行业管理存在的问题

当前，中国体育从整体上讲仍处于由计划经济体制下的体育事业运作模式向市场经济体制下的体育事业运作模式的转轨期。体育产业作为市场经济条件下商业体育的现实存在方式，正在中国快速地形成和发展壮大。而随着我国体育产业规模的不断扩大和结构日益复杂，体育产业行业管理实践中也必然会出现这样和那样的问题和矛盾。归纳起来，目前比较突出的问题主要有三个方面：

（一）政府管理混乱无序

由于在政府要不要管、谁来管和如何管等基本问题上没有达成共识，目前我国体育产业行业管理中政府管理还处在混乱无序的状态。主要表现为多头管理与无人管理并存，职能不到位和职能错位并存。一方面，在体育市场管理内容和权限方面体育行政部门、文化行政部门和广电部门大家都争着管，如国家体育总局与文化部在高尔夫球、台球、保龄球、射击射箭等项目市场管理权方面长期存在争议；国家体育总局与国家广播电视总局在电子竞技项目的管辖权以及体育比赛电视转播权的商业开发等方面也存在争议。另一方面政府行业管理中真正应该履行的职能，如编制产业发展规划，制定产业发展政策，汇集、统计和发布体育产业信息，科学地引导体育投资和体育消费等项职能则处在无部门履行和过问的状态。从目前我国政府的行政构架看，各级政府的体育行政部门本应履行这一方面的职责，但实际情况是国家体育总局在围绕着奥运会和亚运会转，地方体育局在围绕着全运会转，全国和区域性体育产业如何发展则摆不上议事日程，因此，职能虚置和不到位的现象非常普遍。文化部门尽管近年来制定了一系列文化产业的发展规划和产业政策，但受"条条"的限制，体育产业也没有纳入其中。所以，在政府管理层面上，我国体育产业行业管理实质上是处于混乱、无序、无所作为的状况。

（二）运动项目管理中心制约运动项目协会的发展

运动项目协会的数量和运行的效率是反映一国体育社会化和产业化程度的重要指标。目前，发达国家能够有效运作的单项运动协会一般都有一百多个，它们在本国体育产业的行业管理中扮演着重要的角色，特别是在促进和规范体育健身娱乐市场、竞赛表演市场、体育中介市场的有序发展方面发挥了不可或缺的重要作用。我国目前尽管也有近百个运动项目协会，但绝大部分只是一块"牌子"，能实际开展工作的不到 20%。而造成这一状况的主要原因就是项目管理中心作为过渡性机构设置的固化和长期化。20 世纪 90 年代中期，国家体委为落实中央政府机构改革方案，推进单项协会实体化改革，陆续成立了 21个运动项目管理中心。1997 年国家体委颁布了《国家体委运动项目管理中心工作规范暂行规定》。《规定》对中心的界定是，"承担运动项目管理职能的国家体委直属事业单位，是所管项目全国单项协会的常设办事机构，负责所管项目的各项工作"。当时这种制度设计的主要考虑是，让 99 个运动项目协会一步到位地进行实体化改造，在人力、物力、财力等方面都不现实，于是先设立 20 个左右的运动项目管理中心，将 99 个项目分解到这些项目中心，让项目中心承担单项运动协会"孵化器"的作用，成熟一个释放一个，直至达成实体化的改革目标。现在的问题是"孵化器"不工作，而"孵化器"之所以不工作，原因也不复杂，那就是"孵化"职能的实现是以自身消亡为必然结果，而且"孵化"职能完成得越好，自身消亡的也就越快、越彻底。所以，到目前为止，成立了近 10 年的 21 个项目管理中心尚没有"孵化"出一个实体化的单项运动协会也就不奇怪了。更有甚者，项目管理中心不仅不在培育项目协会上下工夫，而且还利用协会的"牌子"大玩"变脸"游戏。管理时它们以国家体育总局授权的准行政单位的角色出现，市场开发时则以协会的社团法人的角色作为，协会的"牌子"成为它们谋取单位利益的工具，结果自然是地方体育行政部门和职业体育俱乐部均对项目管理中心不时上演的"变脸"游戏表示强烈的不满。单项协会尽管不是体育产业的生产经营单位，但它们在各国体育产业行业管理占有特殊的地位，起着十分重要的作用。所以，当前必须下决心突破项目管理中心的制度障碍，进一步推进单项协会实体化改革。这不仅是推动中国体育社会化和产业化进程的需要，也是建立和完善我国体育产业行业管理体制的实际需要。

（三）体育企业自组的行业协会严重不足

我国体育产业整体上仍处于起步阶段，产业的集中度低，各类体育市场的发育程度也有明显差异，因此，目前除体育用品业有全国性和地方性的行业协会之外，体育健身娱乐业、体育竞赛表演业、体育中介业基本上都没有由体育企业自组的全国性和地方性行业协会。即使一些发达地区建立了一些行业协会，也往往是由政府发动的，而不是体育企业自组的。这种状况表明，我国要建立一个运转高效、规范有序的体育产业行业管理体制，当前最迫切的任务就是要鼓励各类体育企业规范组建自律性的行业协会。因为，没有数量足够的体育企业自组的行业协会作为基础和前提，我们就不可能建立起任何真正意义上的体育产业行业管理体制，中国的体育产业也不可能获得真正意义上的国际竞争力。为此，我们必须高度重视并着力解决好这一问题。

第四节　建立和完善我国体育产业行业管理的模式

建立和完善我国体育产业行业管理体制，从一定意义上讲，就是在借鉴国际经验的基础上根据本国体育产业所处的现实发展阶段，明确政府管理与行业协会自律性管理各自的职能，再将两种管理有机整合为一体的制度安排。为此，在探讨我国现阶段应建立什么样的体育产业行业管理体制之前，必须首先探讨政府管理和行业协会自律性管理在整个体育产业行业管理中职能及其定位。

一、政府管理在体育产业行业管理中的职能及定位

讨论政府管理在体育产业行业管理中职能及定位的话题，主要应回答三个方面的问题：一是政府要不要管体育产业；二是政府管什么；三是政府以什么方式管理。

（一）政府要不要管体育产业

政府要不要管体育产业的问题实质上是一个政府要不要干预经济活动的问题。这个问题在经济学术史上也是一个长期争论的焦点。以冯·哈耶克和佩勒兰山学会为代表的新自由主义与凯恩斯为代表的国家干预主义的争论，直到今天也没有画上句号。但长期的争论也使学术界对这一问题有了一个基本的共识，那就是政府和市场都不是万能的，市场存在失灵，政府存在失效。由于市场失灵的客观存在，政府也就有了介入的前提和必要，但政府的介入又是有条件的，即它只能在市场失灵的领域解决通过市场解决不了或解决不好的问题。

从 20 世纪世界各国经济发展实践上看，无论是发达国家，还是发展中国家，无能是信奉凯恩斯主义的政党上台，还是信奉新自由主义的政党执政，各国政府一刻也没有停止过干预经济，不同只在于各国根据自身经济发展阶段和当时所处的经济周期，实施干预的强度不一样。罗斯福的新政、东亚四小龙搞的政府主导型市场经济以及近年来我国为扩大内需实施的积极性财政政策，都是政府有效干预经济的成功案例。

既然政府干预经济既有理论的依据，又有实践的支撑，是

人们不得不承认的现实，那么作为下位概念的政府要不要管体育产业也就有了基本的结论，即政府可以管体育产业，但是，是有条件、有限度的管。当然这是总的判断。如果从体育产业的性质和我国体育产业所处的发展阶段看，当前强化政府对体育产业的管理职能，不仅是可行的，而且是十分必要的。首先，体育产业是朝阳产业，是当前我国产业结构调整中要大力发展的行业，是新世纪我国国民经济新的增长点，因此，从战略考虑，政府对这样的行业加强规划、统筹和管理，是职能到位而不是越位。其次，体育产业是充满希望的弱势产业、幼稚产业，面临着行业起飞所共有的资本注入不足、人才贮备不足、经营理念落后、经营方式陈旧等方面的问题，尤其是在中国已经"入世"，国内体育市场日益开放的背景下，政府在这一时期，给予必要的扶持政策，让体育产业吃一点"偏饭"，有利于处在快速生长期的体育产业茁壮成长。最后，当前我国体育产业发展中存在着制约成长的体制性障碍，突出表现在现行的体育事业管理体制和运行机制与市场经济不接轨，商业体育和职业体育得不到应有的发展空间和平等的发展机会。而要解决这样的问题，政府自身不作为、不改革，是难以办到的。所以，对第一个问题，作者的观点是，政府不仅要管体育产业，而且还要加大力度地去管。因为，当前我国体育产业发展中的突出问题，不是政府干预过度的问题，而是政府根本就不想管、不愿管、不会管的问题，是职能缺位的问题，而不是职能错位和越位的问题。

（二）政府管什么

如果政府管体育产业是可行的、必要的，那么接下来的问题就是政府管什么。显然，政府不是什么都要管，而是要有所为，有所不为，管的目的是要解决市场失灵。目前经济学的主流观点认为，政府管理经济的职能是提供公共物品或服务，矫正外部效应，维持有效竞争，调节收入分配和稳定经济，并且政府管经济不是管企业，而是管市场、管产业，不是采取行政指令性的管理方法，而是依靠政策导向和法律规范约束。

政府管理体育产业，实质上是政府部门对体育产品与服务的再生产运动的全过程和体育经济的总体运行进行干预和治理。它是各级各类政府机构通过指导、规划、协调、服务、监督等方式，对体育产业管理的客体施加一系列的影响，及时纠正体育产业运行过程中发生的偏差，使体育产业运行符合国家经济发展战略和目标的动态过程。根据政府的职能和体育产业的现状，笔者以为，政府管理体育产业主要应做好以下几方面的工作：

1. 制定体育产业发展战略、规划、方针和政策，履行指导和规划的职能；

2. 保持全社会体育产品和服务总供给与总需求的基本平衡，发挥政府的"稳定器"作用，促进体育产业持续、健康地发展；

3. 协调地区、部门、行业和企业间的体育经济关系，推动体育产业与其他产业的有机融合和联动发展，促进区域体育产业的协调发展；

4. 合理调整体育产业结构和重要的体育产品结构；

5. 制定并监督执行体育经济法规和相关标准，依法行使管理体育市场的职能；

6. 汇集、统计和发布体育产业信息，科学地引导投资和消费；

7. 管理和处置体育系统国有体育资产，审批非经营性资产转经营性资产，做好国有资本金的管理工作，确保国有股东及国有股权的合法收益；

8. 指导重大体育无形资产的开发、评估和使用。

在上述 8 项工作中，当前又要特别强调做好三项重点工作：

第一，制定和完善体育产业政策。体育产业政策是政府从宏观上管理和调控体育产业发展的重要政策工具，它是对于一定时期体育产业组织和结构变化趋势的预测和发展目标的设立，并提出实现发展目标的政策措施。体育产业政策的核心内容包括两个方面：一是产业结构政策，一是产业组织政策，它们构成体育产业政策的两个轮子。其中，产业结构政策是指将已有的体育产业结构推向具有更好经济效益的产业结构，并在此基础上使体育产业内部各部分、各业态之间在一定时期实现均衡协调发展的经济政策。该政策的关键在于选择优先发展的子产业和确定合理的体育产业结构目标，从而规划和指导体育产业发展的基本方向。而产业组织政策是指在市场经济条件下，政府通过维护或改变现存的市场秩序，来选择高效益的产业组织形式，促进资源的合理流动和有效利用。它的核心是效益。体育产业组织政策包括市场竞争、反垄断及产业联合政策等。尽管国务院在给国家体育总局的职能中有拟订体育产业政策的子项，但是从实践上看，总局的相关职能部门并没有切实履行此项职能。究其原因，既有不愿管、不想管的问题，也有不知体育产业政策为何物，不知如何制定与实施的问题。应该说，制定并颁布体育产业政策，是政府依法管理体育产业的基础和前提。没有体育产业政策作为依据和支撑的管理，还不如不管。目前，这方面我们"缺课"太多，需要尽快补上。

第二，加速推进我国体育产品和服务标准化建设。目前我国尚没有体育用品的标准体系，少量的产品尽管有生产标准，但也存在标龄长、标准低的问题，而体育服务标准更是缺乏，整个体育服务市场基本上是处在无标准经营的状况。在我国已经加入世贸组织的背景下，政府加强对体育市场的管理，不能再延用传统的行政审批手段，而必须依靠制定并实施体育产品和服务的标准来间接地调控企业，引导消费者，从而达到保护广大体育消费者利益和提高我国体育企业整体素质和核心竞争力的双重目标。

第三，加强体育产业的政府统计和信息发布工作。不能统计和计量的产业不是真正意义上的产业。如果政府没有手段来清晰地了解体育产业的规模、结构、质量和效益等方面的信息，制定政策和管理市场就失去了宏观的依据和必要的基础。因此，加强体育产业的政府统计，并相应地做好信息发布工作，是政府作为不可或缺的前提。目前，我国在这方面严重滞后，必须下决心尽快解决。

（三）政府以什么方式管

政府以什么方式管理体育产业的问题，实际上是一个管理模式的选择问题，即政府中谁来管，用什么手段来管的问题。由于各国经济体制和体育产业发展水平不同，在谁来管和用什么手段管的问题上也有差异。发达国家基本上都是实行市场经济体制的国家，并且体育产业已经形成规模，体育企业有竞争力，体育市场规范、有序，因此，这些国家的政府并没有指定专门的机构来管理体育产业，而是由政府的宏观经济部门来统一管理和调控，在管理手段的选择上，主要是运用法律手段，即通过本国的民商法，对各类体育经济关系进行调整，而不是依靠制定特殊的体育产业政策来调控和管理。也就是说，体育产业、体育市场、体育企业在这些国家被视为一般产业、一般市场、一般企业，政府是通过制定和实施影响经济总量和经济运行整体状态的宏观经济政策，来间接管理和调控体育产业的发展。这基本上是发达国家的普遍做法。

目前我国整体上仍属于经济转轨国家，经济体制上虽然已确立为社会主义市场经济体制，但这个体制还在建设当中，还不健全和完善。同时体育产业的整体发展水平还较低，对国民经济增长的贡献率也不大。因此，实际上我国并不存在一个稳定的政府管理体育产业的模式。从政府相关部门的职能上看，应该是政府宏观经济部门和体育行政部门共同来管，但是，前者由于体育产业规模小、总量低而不好管，后者则由于忙于抓各层次的金牌而不愿管。所以，政府管理体育产业的模式，在时下的中国，是一个如何确立的问题。

根据我国体育产业发展阶段特殊，着眼于培育国民经济新增长点的战略视角，笔者认为，现阶段我国应确立宏观经济管理部门统筹、体育行政部门协助的共管模式。即各级计划部门组织编制体育产业发展规划，制定专项体育产业政策，宏观调控体育产业的总量和结构，工商、税务、体育等行政部门在各自职能范围内专司管理体育市场的职能。在管理和调控手段的选择上，现阶段应以制定和实施专项体育产业政策为主。尽管用体育产业政策来调控和促进体育产业发展只能是中短期政策，不能长期化、固定化，但是我国体育产业还处在起步和起飞阶段，政府通过制定并实施专项体育产业政策来引导、扶持和规范这一朝阳产业的发展，是合理的，也是必要的。这根杠杆不能削弱，更不能放弃。

总之，在全面建设小康社会的新世纪，体育产业在扩大内需、带动就业、促进增长方面的作用将日益显现，政府在这一时期加强对体育产业扶持和管理的力度，是推动新时期体育事业改革与发展，提升我国体育产业的整体实力和国际竞争力，以及促进中国经济有质量增长的客观需要。

二、行业协会在体育产业行业管理中的职能及定位

行业协会组织是随着体育产业的形成与发展而产生和发展壮大的，一个国家体育产业领域内行业协会组织数量的多少和质量的高低是反映体育产业整体发展水平最重要的指标之一。一般来说，如果一国体育产业中有完善的行业协会组织，那么该国体育产业一定处在产业体系完整、市场运作有序、行业集中度高和国际竞争力强的优势地位。同时，政府对体育产业的管理和干预的程度也较低，并且都是间接管理。从体育产业发

达国家的实践看，行业协会在整个体育产业行业管理中起着重要的基础性作用。建立和完善体育产业行业管理体制主要应从鼓励和发展各类行业协会以及增强和完善这类组织的自律机制入手，这是从基本面上解决一国体育产业行业管理效率和效益问题的路径和方法。

体育产业中的行业自律性组织，包括各类运动项目协会、职业体育联盟、体育用品制造商协会、体育经纪人协会、体育场馆协会、体育健身俱乐部协会等，它们一般通过自下而上的方式组织起来，对项目或领域进行自我管理。从总体上看，在体育产业中活跃的这些行业自律性组织具有以下几个方面的职能和作用：

第一是沟通联系职能。由于行业自律性组织处于政府和体育企业之间，具有较强的专业性，它一方面代表会员企业的利益，向政府传达本行业的需求和信息；另一方面也是政府对体育产业实施宏观管理（间接管理）和调控的对象和载体，因而它们承担着十分重要的沟通和联系的职能，是连接政府与体育企业的桥梁和纽带。

第二是协调职能。一般情况下，行业自律性组织的存在和有效运作，不仅可以协调政府与体育企业之间的关系，而且还可以协调本行业不同体育企业之间的利益关系和矛盾，这就是这类组织发挥的协调职能。而这种职能的发挥对于解决行业面临的共性问题，促进会员企业之间的相互合作，提高行业整体的竞争力都是至关重要的。

第三是服务职能。行业自律性组织最基本的职能就是为会员企业提供全方位的服务，这是这类组织存在的价值根源，也是这类组织的根本宗旨和必达使命。一般来说，体育产业中的行业协会给会员企业提供的服务，主要包括信息服务（提供国内外行业发展动态信息）、宣传和推广服务（建立网站，提供在线服务，举办专业展会等）、法律和政策咨询服务、专业人才培训服务以及游说服务（向政府和有关利益集团反映本行业的共性问题，争取最大利益）等。而这种职能的发挥对于提高行业整体的发展水平又起到了十分关键的作用。

第四是行业自律和监督职能。通过行业协会制定的行规或公约，进行同行业集体的自我约束，减少和制止行业内的恶性竞争，维护正常的市场秩序和公平的竞争环境，这就是行业协会发挥的自律和监督职能。这一职能的发挥不仅能有效地减轻政府管理的负担，发挥政府直接管理无法起到的作用，而且对于优化本行业的投资环境、消费环境，促进全行业的健康、快速、有序的发展都是至为重要。

当前，我国自律性的行业协会组织还处在形成初期，能够履行职能，进行有效的自律性管理和运作的行业协会为数极少。因此，今后不论我国体育产业行业管理采用什么样的模式，加强自律性行业协会的建设都将是最为重要的基础性工作。

三、我国体育产业行业管理模式的创新

我国拥有丰富的、优质的体育资源，具有广阔的体育市场空间和巨大的体育消费潜力，在整个大文化娱乐业中，体育产业是最具比较优势、最具增长潜力的行业。对于这样的具有战略意义的行业，通过建立科学合理的行业管理体制来培育、扶持和促进它的发展，是打造未来中国优势产业和核心竞争力的实际需要。

根据当前我国体育产业所处的发展阶段以及行业管理的现状，着眼于培育国民经济潜优势行业的战略需求，在全面建设小康社会的新时期，我国体育产业行业管理体制应选择以政府管理为主导、以行业协会自律性管理为基础的复合型管理模式。构建这一模式的主要步骤是：

第一步 理顺政府管理

当前我国体育产业行业管理中的政府管理处在混乱无序的状

态，究其原因，主要是政府各部门中谁来管和管什么的问题没有解决。建议在以下两种方式中择其一来理顺政府管理。

一是确立宏观经济管理部门统筹、体育行政部门协助的共管模式。即明确各级改革与发展委员会是政府管理体育产业的主导部门，由发改委组织体育、文化、广电、旅游、工商、税务等部门一起编制国家和地方体育产业发展规划，制定专项体育产业政策，宏观调控体育产业的总量和结构，体育、工商、税务等行政部门在各自职能范围内专司管理体育市场的职能。在管理和调控手段的选择上，现阶段应以制定和实施专项体育产业政策为主。

二是调整国家体育总局的职能，将其管理全国体育产业和市场的职能转交文化部来行使。文化部将体育产业纳入大文化产业的范畴，统一规划、统一指导、统一协调、统一监控。这样的调整，一方面能解决体育行政部门没有精力管（全力备战 2008 年奥运会）和不会管的问题，另一方面也能解决双方长期的争议，推动大文化产业中各行业的联动发展。同时，体育产业还能享受国家给文化产业的优惠扶持政策，汲取文化产业发展中的经验和做法，从而进一步加快自身的发展。

第二步　推进单项协会实体化改革

当前我国绝大部分优质体育资源都掌控在各级体育行政部门手里，这是我国体育社会化和产业化程度低的重要原因，也是资源优势不能转化为产业优势的症结所在。改革我国现行的运动项目管理体制，按照协会制来推进单项运动协会实体化改革，既是加快中国体育社会化和产业化进程的需要，也是建立新型体育产业行业管理体制的需要。数以百计的、规范组建的单项运动协会对于体育产业三大主体市场——健身娱乐市场、竞赛表演市场和体育中介市场的有序运行具有至关重要的作用。建议单项协会实体化改革以 2008 年奥运会为界，分两个阶段推进。

第一阶段：2005~2008年，全部非奥运会项目和部分已经试行职业化的奥运会项目先行实体化。首先撤消项目管理中心的建制，原隶属于各项目管理中心"名义"上的项目协会，改制为非营利性社团法人，成为中华全国体育总会的团体会员和国际上该单项协会的国家会员。其次，协会依照章程规范运作，协会领导由全体会员选举产生，主席、副主席由熟悉和热爱该项目的社会名流兼职担任。协会常设机构由秘书长领导，秘书长人选可由中华全国体育总会推荐，但仍须经全体会员大会选举确认，秘书长为专职。协会的主要职责是：（1）发展会员，建立健全全国性的网状组织结构；（2）制定并实施本项目的发展规划；（3）管理该项目的全国性竞赛，修订和完善竞赛规程，培育品牌赛事；（4）负责运动员、教练员、裁判员的注册和等级评定；（5）负责本项目国家队的组建、运作和管理；（6）负责本项目教练员、裁判员的培训和选派；（7）组织与本项目发展有关的重大理论问题和实践问题的研究；（8）按照非营利原则进行项目的商务开发等。

第二阶段：2008年以后，在总结第一阶段单项协会实体化改革经验与教训的基础上，所有奥运项目，包括重点项目和优势项目全部进行实体化改制。力争到2010年完成我国运动项目管理体制的改革，初步建立协会制的新体制。

第三步　鼓励体育经营单位自组行业协会组织

体育经营单位在自愿的基础上自组行业协会，是建立和完善体育产业行业管理体制的基础性工作。当前我国体育经营单位自组的行业协会不仅数量少，而且运行不规范。出现这种问题，一方面与我国体育产业中的各类生产和经营单位大都处在企业发展的初级阶段，缺少龙头企业和品牌企业有关；另一方面也与我国现行的社团登记法规不健全以及政府有关部门不必要的干预有关。改变这种状况，一是政府的宏观经济部门要通过制定体育产业政策，培育和扶持龙头企业和品牌企业的成长，发挥它们在组建行业协会中的组织和动员作用。二是政府的民政部门要修改和完善相关法规，取消协会登记中对挂靠单位和主管部门批件的要求。三是政府的体育行政部门要进一步转变职能，将体育产品标准、体育服务标准的拟定权交给协会，调动它们组建行业协会的积极性。四是政府有关部门还可以通过加强对现有协会在信息服务、政策咨询、人才培训、国际合作、项目推广等方面专项服务来调动体育企业自组行业协会的积极性。总之，鼓励体育经营单位自组行业协会，在建立和完善我国体育产业行业管理体制的系统工程中，既是基础，也是关键。扎扎实实地做好这一方面的工作特别重要。

第四步　整合政府管理与行业协会自律性管理

前三步是"零部件"生产阶段，这一步才是"组装"阶段。这一步的主要任务是：明确政府管理和行业协会自律性管理各自的职责和管理边界，形成政府宏观管理、行业协会中观管理和体育企业自我管理三位一体的良性互动。其中政府宏观管理是间接管理，主要是通过直接管理各类行业协会，达到引导和调控产业发展方向、管理和维护市场秩序的目的；行业协会的中观管理是直接管理，主要是通过管理和服务于同行业的会员企业，建立一个合法的利益表达机制、争端调解机制和行业自律机制，搭建一个共同面对行业发展中的重大问题，维护行业整体利益和长远利益的工作平台，达到拓展行业发展空间，提升行业整体竞争力，促进全行业健康、有序发展的目的。从信息沟通上看，整合以后的新模式，应该形成政府管协会、协会管企业的自上而下的管理和调控信道与企业通过行业协会这一中介自下而上的利益表达信道的闭合，从而使这一模式的主要特点，即政府管理发挥主导作用变得更科学、更有效率。整个新模式的构建可以用图8-6来表示。

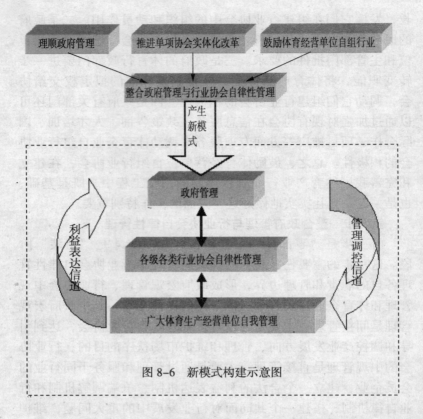

图 8-6　新模式构建示意图

　　总之，建立和完善我国体育产业行业管理体制涉及政府职能转变、运动项目管理体制改革和多方利益的再调整，是一项具有相当改革难度的系统工程，同时也是充分发挥后发优势，加快新世纪我国体育产业发展的战略性举措。只有这项工作做好了，中国体育产业才有可能在 21 世纪的初中叶成为具有国际竞争力的优势产业。

本章小结

　　● 体育产业行业管理是一国体育产业中不同层级的管理者对

不同层级的管理客体通过实施决策、组织、领导、控制、创新等职能，协调他人活动，实现既定目标的活动过程。体育产业在现代社会产业簇群中是一个新兴的行业，从整体上讲，随着全球体育产业的不断发展与壮大，体育产业行业管理模式仍处在发展和完善之中。但是，由于各国在经济体制、市场开放度、体育产业所处的发展阶段以及体育企业整体的竞争力等方面存在客观的差异，因此，体育产业的先发和后发国家之间在行业管理模式的选择上会有明显的不同。但是不论体育产业发展水平如何，各国事实上都存在一个行业管理模式，且行业管理的根本目的都是为了提升本国体育产业的国际竞争力，促进体育产业快速、健康、有序的发展。

● 体育产业行业管理不是一维的，而是一个多维的、不同层级管理单元互动的综合管理系统。这一管理系统是由体育产业的政府管理、行业协会组织自律性管理和广大体育企业自我管理三部分构成的。在形态上它是一个典型的金字塔形，政府管理在最上层，它是政府的相关部门，如体育行政管理部门、工商行政管理部门、改革与发展委员会以及司法、公安、税务、规划、环境等部门依据法律、法规从宏观上调控体育产业的改革与发展。行业协会组织自律性管理居中，承上启下，它是由各种类型的体育市场主体自组织的机构，属于非政府组织，代表本行业的利益，并依据规章、规程和行业惯例对本行业进行自律性管理。体育企业的自我管理在最下层，是整个行业管理的基础。它是由成千上万个体育企业根据自身所处的发展阶段和行规行约，对生产与经营的各个环节进行自我规范，达成企业发展目标的管理行为。

● 目前，发达国家体育产业行业管理模式大体上有两种：一是单纯的行业协会组织的自律性管理模式；二是政府管理与行业协会自律性管理相结合，以行业协会自律性管理为主的管理模式。单纯的行业协会自律性管理模式的基本特点是，政府对本国体育产业很少行使行业管理职能，而行使行业管理职能的机构是各类营利性和非营利性的体育组织。它们发布行业信息、设定行业标准、制定并不断完善行业管理规则、创新产品的推广和沟通渠道，代表全行业的利益开展公关活动，包括对国会和相关权力机构的院外游说活动。政府管理与行业协会自律性管理相结合，以行业协会自律性管理为主的模式。这种模式的基本特征是，体育产业的行业管理的主体仍然是各类体育行业性协会组织，但政府也通过制定专项计划，实施体育产业统计调查，发布体育产业相关信息等手段来支持和扶持本国体育产业的发展。

●当前我国体育产业的行业管理体制，客观地讲，尚处在形成和发展过程中。由于我国体育社会化程度低，现行的体育产业行业管理主要是由各级政府的体育行政部门及其所属的具有浓重行政色彩的项目管理中心按照发展和管理体育事业的模式在管理体育产业，而广大体育企业自组的真正意义上的行业协会组织严重缺乏。当前，我国体育产业行业管理存在的主要问题是：政府管理混乱无序，运动项目管理中心制约运动项目协会的发展以及体育企业自组的行业协会严重不足。

●建立和完善我国体育产业行业管理体制，从一定意义上讲，就是在借鉴国际经验的基础上根据本国体育产业所处的现实发展阶段，明确政府管理与行业协会自律性管理各自的职能，再将两种管理有机整合为一体的制度安排。

●政府管理体育产业，实质上是政府部门对体育产品和服务的再生产运动的全过程和体育经济的总体运行进行干预和治理。它是各级各类政府机构通过指导、规划、协调、服务、监督等方式，对体育产业管理的客体施加一系列的影响，及时纠正体育产业运行过程中发生的偏差，使体育产业运行符合国家经济发展战略和目标的动态过程。根据政府的职能和体育产业的现状，本研究认为，政府管理体育产业主要应做好八个方面的工作：1. 制定体育产业发展战略、规划、方针和政策，履行指导和规划的职能；2. 保持全社会体育产品和服务总供给和总需求的基本平衡，发挥政府的"稳定器"作用，促进体育产业持续、健康的发展；3. 协调地区、部门、行业和企业间的体育经济关系，推动体育产业与其他产业的有机融合和联动发展，促进区域体育产业的协调发展；4. 合理调整体育产业结构和重要的体育产品结构；5. 制定并监督执行体育经济法规和相关标准，依法行使管理体育市场的职能；6. 汇集、统计和发布体育产业信息，科学地引导投资和消费；7. 管理和处置体育系统国有体育资产，审批非经营性资产转经营性资产，做好国有资本金的管理工作，确保国有股东及国有股权的合法收益；8. 指导重大体育无形资产的开发、评估和使用。

● 体育产业中的行业自律性组织，包括各类运动项目协会、职业体育联盟、体育用品制造商协会、体育经纪人协会、体育场馆协会、体育健身俱乐部协会等，它们一般通过自下而上的方式组织起来，对某一项目或某一领域进行自我管理。这类组织主要职能是：沟通联系职能、协调职能、服务职能和行业自律和监督职能。

● 根据当前我国体育产业所处的发展阶段以及行业管理的现状，着眼于培育国民经济潜优势行业的战略需求，本研究认为，在全面建设小康社会的新时期，我国体育产业行业管理体制应选择以政府管理为主导、以行业协会自律性管理为基础的复合型管理模式。构建这一模式的主要步骤是：

第一步理顺政府管理。当前我国体育产业行业管理中的政府管理处在混乱无序的状态，究其原因，主要是政府各部门中谁来管和管什么的问题没有解决。建议在以下两种方式中择其一来理顺政府管理：一是确立宏观经济管理部门统筹、体育行政部门协助的共管模式。即明确各级改革与发展委员会是政府管理体育产业的主导部门，由发改委组织体育、文化、广电、旅游、工商、税务等部门一起编制国家和地方体育产业发展规划，制定专项体育产业政策，宏观调控体育产业的总量和结构，体育、工商、税务等行政部门在各自职能范围内专司管理体育市场的职能。二是调整国家体育总局的职能，将其管理全国体育产业和市场的职能转交文化部来行使。

第二步推进单项协会实体化改革。建议单项协会实体化改革以 2008 年奥运会为界，分两个阶段推进。第一阶段：2005~2008年全部非奥运会项目和部分已经试行职业化的奥运会项目先行实体化。第二阶段：2008 年以后，在总结第一阶段单项协会实体化改革经验与教训的基础上，所有奥运项目，包括重点项目和优势项目全部进行实体化改制。力争到 2010 年完成我国运动项目管理体制的改革，初步建立协会制的新体制。

第三步鼓励体育经营单位自组行业协会组织。一是政府的宏观经济部门要通过制定体育产业政策，培育和扶持龙头企业和品牌企业的成长，发挥它们在组建行业协会中的组织和动员作用。二是政府的民政部门要修改和完善相关法规，取消协会登记中对挂靠单位和主管部门批件的要求。三是政府的体育行政部门要进一步的转变职能，将体育产品标准、体育服务标准的拟定权交给协会，调动它们组建行业协会的积极性。四是政府有关部门还可以通过加强对现有协会在信息服务、政策咨询、人才培训、国际合作、项目推广等方面专项服务来调动体育企业自组行业协会的积极性。鼓励体育经营单位自组行业协会，在建立和完善我国体育产业行业管理体制的系统工程中，既是基础，也是关键。扎扎实实地做好这一方面的工作特别重要。

第四步整合政府管理与行业协会自律性管理。这一步的主要任务是：明确政府管理和行业协会自律性管理各自的职责和管理边界，形成政府宏观管理、行业协会中观管理和体育企业自我管理三位一体的良性互动。其中政府宏观管理是间接管理，主要是通过直接管理各类行业协会，达到引导和调控产业发展方向，管理和维护市场秩序的目的；行业协会的中观管理是直接管理，主要是通过管理和服务于同行业的会员企业，建立一个合法的利益表达机制、争端调解机制和行业自律机制，搭建一个共同面对行业发展中的重大问题，维护行业整体利益和长远利益的工作平台，达到拓展行业发展空间，提升行业整体竞争力，促进全行业健康、有序发展的目的。

▍第九章　我国体育产业发展战略

20 世纪的中国体育尽管在很多方面实现了突破，创造了奇迹，但是在体育与经济的融合上，只是到了世纪末才开始显现。体育与经济的关系主要表现在经济发展水平从根本上决定体育发展水平上，而体育对经济的反作用尚没有直接的、充分的表现。新世纪中国体育区别于 20 世纪的最大特征，就在于体育将成为推动我国经济持续增长的新生力量，体育产业将成为现代服务业的重要组成部分，体育市场将成为新的投资和消费热点。

第一节　我国体育产业发展的优势与劣势分析

思考和制定我国体育产业发展战略的过程实际上是一个趋利避害、扬优抑劣的过程，而要做到这一点，就必须在全球化的视野下，准确定位中国体育产业生存与发展的优势与劣势，这是逻辑的起点，更是下一步研究的基础。

一、我国体育产业发展的优势

从国际比较的角度看，当前我国体育市场发展的优势主要表现在有利的宏观经济环境、重大的历史机遇、丰富的体育资源、迅速增长的体育需求和劳动力的成本价格优势等方面。这里对这些优势逐一作具体分析。

（一）十分有利的宏观经济环境

体育产业的发展与一国的宏观经济环境有直接的关系。当一个国家的宏观经济处在持续、稳定、快速的发展阶段，该国的体育产业的发展就会获得强有力的支撑。改革开放二十多年，我国经济增长保持了年均增长 9% 以上，是全球经济发展速度最快的国家，并且这种势头还会得到持续。因为，中国经济还具备进一步快速增长的有利条件。这些有利条件是：

其一，我国经济有广阔的增长空间。我国工业化的历史任务尚未完成，现代化建设已经大规模展开，刚从温饱进入小康，不论投资还是消费，都有巨大的市场潜力，正处在经济快速扩张的时期。人民生活水平和质量的提高，城乡建设的开展，产业结构的提升，都会造就新的经济增长点。新的技术革命为我国经济提供了实现跨越式发展的可能性。

其二，有比较雄厚的物质技术基础。过去长期制约我国经济发展的能源和交通瓶颈得到根本缓解，各种建设材料和机器设备供应丰富且水平不断提高，加之可以引进国外先进技术装备，许多过去想做而做不到的建设事业现在能够做到了。现在的问题是，如何把丰富的资源更充分地用于经济发展，这和过去物资匮乏的困难已完全不同。

其三，不断完善的社会主义市场经济体制将使社会生产力获得进一步的解放，为经济持续快速增长提供体制保证。现代化进程中的矛盾和问题，将会在改革和发展中逐步得到解决。对外开放的扩大和水平的提高，将使我们有可能在经济全球化的浪潮中更好地利用国内外两种资源和两个市场，在激烈的国际竞争中发挥比较优势和后发效应。

其四，具备支持经济发展的群众基础和人力资源。全面建设小康社会和实现现代化，是全国人民的根本利益所在，得到了人民群众的衷心拥护和积极参与，求稳定谋发展是人心所向。我国人口多，就业压力大，但劳动力便宜是竞争优势。实施科教兴国战略，国民教育程度不断提高，大批科技人员和各级各类管理人员成长起来，在改革和发展实践中积累了宝贵的经验。

其五，从外部环境看，虽然国际政治和经济形势的不稳定和不确定性增加，但和平与发展仍然是时代的主题，世界大战在可预见的时期打不起来，我们仍然能够集中力量进行国内建设。我国奉行独立自主的和平外交政策，积极争取有利于国内建设的国际环境和良好的周边环境，有比较大的回旋余地。世界范围迅猛发展的经济结构调整，为我国提供了难得的发展机遇。应该说，中国经济持续、快速、稳定的发展为我国体育产业的快速发展奠定了良好的物质技术基础，创造了支持体育产业发展的新的、更大规模的投资和消费需求。因此，十分有利的宏观经济环境可以看作是我国体育产业发展的最大优势。

（二）重大的历史机遇

宏观经济的稳健增长是体育产业发展的基础，但是在这一基础之上，如果有重大机遇加以催化，促使可能性向现实快速转化，体育产业发展的速度和质量都会更高。中国加入世界贸易组织和北京承办 2008 年奥运会，为 21 世纪头 10 年我国体育产业的快速发展提供了千载难逢的重大机遇。中国加入 WTO 可以使体育产业在发展初期就按照 WTO 的框架，以服务贸易的规范来构建和运作，有利于提高体育产业培育和发展的质量。北京承办 2008 年奥运会，一方面直接拉动了促进体育产业发展的投资和消费需求，另一方面也有利于扩大体育产业的开放度，提升中国体育市场在全球体育市场体系中的地位和影响力。而两大机遇在一个时点上同时作用于处在培育和发展关键期的中国体育产业，无疑是当今世界上任何一个国家都不具备的难得优势，且这样的重大机遇对于加快我国体育产业发展的速度，提高发展的质量，都有着十分独特而又实际的作用。

（三）丰富的体育资源

体育产业的发展某种程度上讲就是开发和利用体育资源满足消费者多样化、多层次需求的过程。尽管目前我国不是体育产业大国，但却是体育资源大国，中国体育事业发展规模、结构、质量和效益总体上已达到中等发达国家水平，其中竞技体育的发展水平已达到世界先进水平。相对丰富的体育资源意味着我国体育产业发展有广阔的空间，当前体育资源的丰富的优势没有表现为体育产业的发达，主要原因是现行的体育体制和运行机制不适应社会主义市场经济体制的要求，体育资源的绝大部分都用于为国家生产金牌，而不是用于开发各类体育物质产品和服务产品。但是，随着体育社会化和产业化进程的不断推进，丰富的体育资源将更多用于满足人民群众多样化的体育消费需求，体育资源丰富的优势将逐步在体育产业发展中得到体现。应该说，作为发展中国家却拥有发达国家的体育资源，无疑是我国具有的独特优势，如何利用好这一优势将成为今后我国体育产业发展的重点。

（四）迅速增长的体育需求

改革开放二十多年来，随着我国经济的高速增长和人民生活水平的不断提高，人民群众对体育需求也开始发生质和量两个方面的变化。从参与性需求方面看，过去对体育被动的、单一化的需求已被主动的、多元化的需求所替代，人们不再满足广播操、工间操这样简单的体育供给，转而产生符合自身条件和消费水平的健身、娱乐、休闲、探险类的体育需求，各类新型运动休闲娱乐项目不断涌现，假日体育、旅游体育、家庭体育方兴未艾。从观赏性需求方面看，过去人们对体育的观赏性需求主要是通过电视上收看四年一届的奥运会和亚运会，观赏的对象也主要是本国优秀运动员在大赛中的表现，现在人们不仅观看奥运会、亚运会以及各单项的世界锦标赛，而且观看 NBA、F1、欧洲五大联赛、大师杯网球赛、世界拳王争霸赛以及国内的足球、篮球、排球、乒乓球、羽毛球、围棋和象棋的俱乐部联赛、武术散打擂台赛等。应该说，改革开放的 20 年也是我国居民体育需求快速增长的 20 年，并且在未来全面建设小康社会新的 20 年里，这种势头还会继续保持。放眼全球，中国无疑是当今乃至今后相当长的一段时间内，体育需求增长最快的国家，而持续、快速增长的体育需求恰恰是体育产业发展最主要的推动力。

（五）劳动力成本价格低廉

体育产业整体上属于劳动密集型行业。这一要素构成上的特点，决定了一国体育产业是否具有竞争力，体育市场成长空间和发展活力，都与本国劳动力的数量、质量和市场价格有直接关系。近年来我国的外国直接投资（FDI）居世界前列，2003 年已超过美国，成为世界第一。其中主要原因是全球著名跨国公司实施劳动力寻找型投资，中国拥有丰富的质优价廉的劳动力资源，跨国公司为提升企业的全球市场控制力，在全球范围最优配置资源，实现全球生产、全球销售，大量增加在中国的投资就是必然的选择。对体育产业发展而言，劳动力成本价值低廉，是一个十分重要的比较优势，特别是这个优势与快速增长的体育需求有机结合到一起时，它对体育市场的培育和发展，就会发挥巨大的激发与促进作用。体育用品业和体育健身娱乐业是体育产业中劳动密集程度最高的两个子行业，也是今后我国体育产业发展潜力最大的重点领域，充分利用我国劳动力成本价格的优势，提升我国体育产业的核心竞争力，是必须认真思考的一个重要战略问题。

二、我国体育产业发展的劣势

当然，作为体育产业后发国家，我国体育产业发展也必然会存在一些与发展中国家身份相适应的劣势，归纳起来，主要有以下几个方面：

（一）体育产业实践主体观念滞后

受计划经济体制的影响，我国体育事业长期被单纯地视为纯公益事业，体育从业者，尤其是管理者缺乏经营体育的理念。改革开放以来，随着体育社会化和产业化改革方向的确立，尽管经营体育的观念有所萌发，但是与大力培育和发展体育产业的要求相比，观念滞后的问题依然十分突出。具体表现在三个方面：一是体育经济工作者仍没有从单位创收的思维方式和行为方式中摆脱出来。经营开发不计成本、不讲效率、不守信用的现象普遍存在，小富即安，不思进取的思想仍很盛行。二是认为体育产业化只是极少部分运动项目的事，绝大部分运动项目不能也不应该产业化、市场化。事实上，在市场经济条件下，没有不可以产业化、市场化的运动项目，只有不适合消费者需要的运动项目。体育产业化不是让消费者来自然购买运动项目所提供的服务，而是运动项目自身要创造客户价值，要根据潜在消费者的需要策划、包装、营销运动项目，以满足目标市场上的消费者商品化需求的过程。一句话，不是消费者要适应运动项目，而是运动项目要适应消费者。三是金牌与市场对立论，即要金牌就没有市场，有市场就没有金牌。在成熟的市场经济环境中，高水平是运动项目市场化的前提，高水平意味着运动项目品牌形象的树立，而在消费者主权时代，没有品牌形象的运动项目提供的服务将很难得到消费者青睐。近年来中国职业足球出现的危机以及球市的普遍下滑，很大程度上是因为这个项目竞技运动水平太低。拿不到好成绩，就难以树立运动项目的品牌形象，而没有良好的品牌形象，仅凭单纯的新闻炒作，不可能维持足球市场的持续繁荣。

（二）现行体育管理体制与运行机制的不适应

当代世界各国体育运动发展的普遍趋势是把体育作为一项产

业，发展体育运动就是增加体育物质产品和服务产品的有效供给，满足国内居民多样化、多层次的体育需求。而我国现行的体育管理体制和运行机制，主要还是围绕竞技体育、拿更多的金牌来设置机构、配置资源、制定制度和规则，而对人民群众日益增长的体育消费需求关照不够，这就造成发展体育事业与发展体育产业相割裂，体育事业的发展与繁荣不能反映为体育产业的发展与体育市场的繁荣。这种割裂体育事业与体育产业的天然联系的体制和制度安排，既不符合当今全球体育运动的发展趋势，也不利于体育事业的可持续发展，更是阻碍了体育产业和体育市场的培育与发展。应该说，从发展体育产业和体育市场的角度看，我国现行的体育管理体制和运行机制是一大劣势，尽管现行的体制和运行机制在 2008 年前还有一定的存续价值，但问题是，我们现在就应该看到它的不足，并着手后奥运时期我国体育制度安排的调研、设计和论证工作。只有主动消除制约体育产业和体育市场发展的制度障碍，我们才能扬优抑劣，才有可能在 21 世纪体育全球化竞争中立于不败之地。

（三）体育商务人才匮乏

我国是计划经济向社会主义市场经济转型国家，在转轨期，各类商务人才匮乏是普遍存在的现象。但是在体育产业领域，体育商务人才匮乏更加突出。中国体育在计划经济体制下运行多年，依靠财政拨款，运用行政手段管办体育是事业运行的基本特点，体育与经济的关系只是单向的供养关系，而没有表现出体育对经济的回馈作用。由于既没有经营体育的观念，更没有经营体育的实践，我国的体育人才主要是各类运动技术类人才，如运动员、教练员、裁判员等。改革开放以来，特别是我国明确提出大力发展体育产业以来，体育商务人才开始出现，但是，到目前为止，体育商务人才无论是数量还是质量都难以满足培育和发展体育产业的需要，尤其是熟悉国际体育商务规则的高级体育商务人才奇缺。客观地说，在加入 WTO 和北京承办 2008 年奥运会的背景下，体育商务人才匮乏是我国体育产业发展中的明显劣势，它已经成为制约我国体育产业发展的瓶颈之一。

（四）市场集中度低，缺乏有实力的明星企业

体育市场集中度低，缺乏有实力的明星企业，是我国体育市场发展中的另一个劣势。体育市场整体上表现为"小、散、乱、差"，而造成这状况的主要原因是体育市场主体，即各类体育企业素质低下。具体表现在四个方面：一是现有的体育企业公司化率低，很多所谓的"体育企业"实际上并没有按照《公司法》在工商管理部门注册，获得企业法人资格，而是事业法人和社团法人。即使在工商注册的那部分企业，大多也是小型企业，大型企业太少，上市公司更是凤毛麟角。二是经营方式落后，经营内容单一，营销意识、品牌意识薄弱。小型、分散、作坊式经营仍是主要方式，开展跨国经营、连锁经营，能根据企业主营产品开展有效的营销活动，并对主打产品进行品牌管理的几乎没有。三是企业对快速变化的市场反应速度慢，新产品自主开发能力弱，国内知名的体育品牌（包括用品和服务）数量少，能以自己的品牌打入国际市场的目前还没有。四是缺乏高素质的体育企业家和专业化的体育技术人才。提升中国体育企业的整体素质，在竞争中培养和造就有实力的明星企业，是新世纪我国体育产业发展中必须着力解决的重要问题。

第二节　我国体育产业发展的总体思路

确立"十一五"期间，我国体育产业发展的总体思路，必须把握国际环境的深刻变化，把握国内经济发展的阶段特征，把握培育国民经济新增长点的战略目标，把握满足人民群众日益增长

的体育需求的基本任务。

从总体上判断，新世纪初叶，我国体育产业发展所面临的经济环境仍将是机遇与挑战并存的局面：一方面，20世纪积累下来的一些问题和矛盾将与新世纪出现的一系列新的问题和矛盾相交织，体育产业发展不仅要应对经济结构大调整的挑战，而且还要应对体育产业自身结构调整与升级的挑战，解决发展问题的难度将更大；另一方面，经济大调整，包括体育产业自身结构的大调整也同时孕育着加快体育市场发展的机遇，只要我们正确判断和把握矛盾，充分利用各种有利条件，化解不利因素，善于把体育投资和体育消费的巨大潜能释放出来，就能推动我国体育产业沿着健康、有序、快速的方向发展。

基于这样的认识，我们认为，"十一五"期间我国体育产业发展的总体思路可以表述为：以中国加入WTO和北京承办2008年奥运会为契机，以引导和激励大众体育消费为出发点，以提高体育企业整体的质量和效益、增强企业核心竞争力为中心，以建立统一、规范的体育市场系统为目标，依靠深化体育体制改革和实施体育商务人才培养战略，把拓展国内体育市场与开拓国际体育市场有机结合起来，走规模、结构、质量和效益协调发展的创新之路。具体地说，要做到以下几个结合：

1. 坚持扩大市场规模与提高市场质量并重

新世纪初叶我国体育市场仍将处于起飞阶段，即体育市场自身发展的初级阶段。人民群众对体育的商品化需求还处在起步和上升的初期，增长的潜力巨大，需求拉动下的（商品性体育消费需求的持续增长和体育投资规模的不断扩大）水平扩张或者说规模扩张，还将是新世纪初中叶我国体育市场发展的基本特点。同时，在体育市场发展的初中期，快速的规模扩张是市场发展的第一要务，因为，市场规模太小就无所谓结构和质量的问题。"十一五"期间，必须把启动体育消费需求和投资需求作为中心任务来抓，力争实现体育市场规模的快速扩张。但是，随着体育市场规模的不断扩张，市场结构和质量的问题将会逐步显现，并且在经济全球化背景下，体育产业的后发国家将会面临着在本国体育市场还没有形成一定规模的情况下，就遭遇愈来愈激烈的国际竞争，如何提升本国体育企业的核心竞争力，在产业发展的初中期就变成了必须应对的实际问题。所以，新世纪我国体育市场发展必须走规模扩张与质量提高并重的路。既不能为优化体育市场结构、提高体育市场质量，而忘记市场规模的扩张，因为这不符合市场发展的阶段特征和满足人民日益增长的体育消费需求；也不能为扩张体育市场的规模和总量，而忽视市场发展的质量，因为这不符合建立完善的体育市场体系的目标和提升体育产业国际竞争力的需要。

2. 坚持改革与发展相统一

新世纪体育产业的发展要把进一步深化体育体制改革，尤其是运动项目管理体制改革，作为培育和发展体育产业的重要动力。通过加快对内和对外开放的步伐，为体育产业的发展创造良好的环境。政府的体育行政管理部门要进一步转变职能，切实从以办为主向以管为主转变，建立符合市场经济要求和体育产业自身发展规律的行业管理新体制，政府主管部门要学会运用经济的、法律的和行政的手段调控市场，引导体育企业的生产经营活动，并根据一定时期国内外体育产业发展的状况、前景和趋势，为体育产品和服务的生产者、经营者提供信息指导，优化调整体育产业结构，促进体育产业与其他产业之间以及各地区体育产业之间协调发展。同时，要加大体育经济立法的力度，依法保护各类体育无形资产的所有权，制定公平竞争的体育市场规则，把体育生产经营活动纳入法制化轨道。当然，改革也要注意时机的选择，尤其要注意区分长期问题和短期问题。一般来说，短期问题可由短期政策来解决，短期问题的解决也能为化解长期问题提供良好的条件，但绝不能把解决短期问题的政策长期化。长期问题的解决主要应从改革体制、理顺机制入手，但也要注意时机的选择，要考虑体育产业不同发展阶段的具体情况，精心设计、稳步推进，力求改革与发展在效能上的统一。

3. 坚持组建大型体育企业与发展中小型体育企业相结合

新世纪我国体育市场发展的一个重要特征，就是要把提升体育产业的国际竞争力放在重要的位置。而要提高我国体育产业的国际竞争力，就必须制定相关政策鼓励和支持优势企业的重组和企业间的兼并，造大船下海，与国外体育企业，尤其是跨国体育企业竞争。从一定意义上讲，没有国际知名的体育企业，没有一流的企业形象和著名品牌，就没有体育产业国际竞争力可言。因此，组建大型体育企业是新世纪我国体育产业发展必然的战略选择。但是，与此同时我们也要高度重视发展中小型体育企业，这是因为，一方面，我国体育产业在新世纪的相当长的一段时间内仍处在起飞阶段向成熟阶段过渡，规模的水平扩张需要中小型体育企业在数量和质量两方面迅速提高；另一方面，体育产业作为大文化产业的一类有其自身的特点，遍布全社会的体育企业网状结构也主要由中小型体育企业来支撑。所以，新世纪我国体育产业发展战略和政策选择必须力求组建大型体育企业与发展中小型体育企业的结合。

4. 坚持启动国内体育消费需求与拓展国际体育市场的统一

启动国内体育消费需求，对新世纪我国体育产业发展来说不是短期问题，而是一个具有长远意义的战略性问题。目前中国人口已经超过 13 亿，国内体育消费人口和体育市场巨大，这样的国情要求我们必须把拓展国内体育消费需求作为工作重点，只有真正把这方面的工作做好了，体育市场的规模才能扩大，体育产业在 21 世纪国民经济中的地位和作用才能得到提升。但是，我国已经加入了世界贸易组织，我们在享受成员国权利的同时，也要承担相应的义务。21 世纪体育商贸的国际化趋势将在国际和国内两个体育市场上愈演愈烈，因此，如果我们不在启动国内体育消费，培育国内体育市场的同时，高度重视拓展国际体育市场，我们失去的将不仅仅是国际体育市场的份额，甚至会出现我们栽树别人乘凉的现象。即我们为启动国内体育消费而出台的一系列政策，其效应表现为国外跨国体育企业受益面更大的局面。鉴于此，在新世纪我国体育产业发展思路上，必须坚持启动国内体育消费需求与拓展国际体育市场的统一。要选择我国体育产业中具有国际比较优势的部分，根据有所为、有所不为的方针，有重点地扶持一批明星企业及其知名品牌进军国际体育市场，力争在国际体育商贸活动中赢得更大的市场份额。

5. 坚持体育用品业和体育服务业的协调发展

人民群众有支付能力的体育消费需求是实际购买的各类体育物质产品和服务产品的总和。发展体育产业的过程，从一定意义上讲，就是引导和激励人民群众不断实现自己有支付能力的体育消费的过程。20世纪的最后10年，我们针对核心产业（也称本体产业）发展滞后的问题，制定了一系列的政策，鼓励和支持核心产业的发展，这是必要的、正确的。但是，21世纪我国体育产业的发展将很快越过起步阶段，无论出于扩张总量的考虑，还是优化产业结构的考虑，都需要我们处理好体育用品业和体育服务业的关系。这是因为，一方面，我国体育用品业和体育服务业自身的规模都不大，各自领域内都有进一步拓展的空间，发展的潜力巨大；另一方面，体育用品业和体育服务业之间存在着高度的关联效应，二者互为发展的前提，没有体育服务业的迅猛发展，就没有体育用品业的真正繁荣；反之，没有体育用品业的迅速发展，体育服务业进一步发展的可能性也会受到制约。因此，新世纪体育产业发展中必须处理好发展体育用品业与发展体育服务业的关系，体育用品业的行政主管部门与体育服务业的行政主管部门要从培育国民经济新增长点的大局出发，切实打破行业壁垒，共同规划、共谋发展。

第三节 我国体育产业发展目标、重点和路径的选择

研究和制定体育产业发展战略，应该说，主体内容就是明确体育产业发展的目标、重点以及选择发展的技术路线。

一、我国体育产业发展的目标

根据对我国体育产业发展的优势与劣势以及体育产业总体发展思路的分析，我们认为"十一五"期间我国体育产业发展的目标可以考虑作如下表述：

力争用5年左右的时间建成与社会主义市场经济体制相适应的，符合当代体育运动发展规律和现代娱乐业发展规律的，门类齐全、结构合理、规范发展的体育产业体系。体育产业增加值在2001年500亿元的基础上翻一番，达到1000亿元左右，居民体育消费在日常生活消费中所占的比例明显提高，努力把体育产业建设成为我国文化娱乐业中最具国际竞争力的行业，充分发挥体育产业在涵养税源、带动就业、优化产业结构、促进经济增长方面的重要作用。

具体发展目标有：

（一）基本建立以政府管理为主导，以行业协会组织自律性管理为基础的复合型体育产业行业管理模式。政府部门（国家改革与发展委员会、文化部或国家体育总局）主要负责体育产业的战略规划、信息指导和政策协调，并通过制定和完善体育产业政策，对体育产业实施宏观调控，指导和协调体育产品的生产及体育市场的经营活动，保证体育产业快速、健康、协调发展。各类行业协会依据章程规范运作，充分发挥沟通、协调、服务和监督职能，对会员企业进行自律性管理。

（二）初步建立比较完善的体育市场体系，并与其他市场体

系相衔接，形成能有效反映市场供求状况的价格和竞争机制。积极培育体育博彩市场、体育媒体市场、体育保险市场和体育旅游市场，进一步规范和完善体育用品市场、健身娱乐市场、竞赛表演市场和体育中介市场，形成各类体育市场相互交织、共同发展的完整体系。加强体育市场准入、市场竞争以及市场监督和管理方面的法规建设，建立起公平竞争、信息灵敏、运行有序的体育市场的管理体制和运行机制，依法保护体育投资者和体育消费者的合法权益。同时，要借助现代化的网络技术改造传统的体育商品流通渠道和营销体系，鼓励体育企业开展电子商务。

（三）基本形成国有体育企业与非国有体育企业协调发展的格局。各级各类依附于体育行政事业单位的体育生产经营单位实行政企分开、营利性与非营利性分开，明晰国有体育企业的产权结构，优化国有体育资源的配置。进一步引导社会投资方向，鼓励支持私营、个体和外资体育企业健康发展。

（四）基本形成相互促进、特色互补的区域体育产业协调发展格局。大力推进环渤海地区、长江三角洲地区和珠江三角洲地区的体育产业向着规模化、网络化方向发展。将北京、上海、广州建设成为国家级体育产业发展的示范城市，带动全国其他大中城市体育产业的快速发展。内陆和少数民族地区利用本地独特的自然景观和民族民间体育文化资源，大力发展以体育旅游为龙头的特色体育产业，形成与东部发达地区配套发展的互补格局。

（五）显著提高我国体育产业的国际竞争力。加大体育用品业整合力度，提高全行业的技术装备水平和新产品的研发能力，鼓励龙头企业实施走出去战略，培育一批具有国际市场竞争力的明星企业。大力开发武术、散手、传统养身功和民族民间体育项目，借鉴国外先进的项目推广经验和做法，开拓国际市场。整顿和规范国内各项目职业联赛，利用优势项目的国际影响力，支持乒乓球、羽毛球、篮球、排球、围棋等项目开拓全球华人市场和亚洲市场，变优势项目的成绩优势为产业优势、市场优势。

二、我国体育产业发展的重点

我国属于体育产业的后发国家，体育产业现有的规模和水平、国民的收入水平及体育消费水平，都决定了新世纪我国体育产业的发展必须坚持梯度发展战略。而梯度发展战略就是要求有所选择、有所侧重、有所大为、有所小为、甚至有所不为。尽管新世纪我国体育产业发展面临着很大的总量扩张的压力，但是无论是扩张总量还是优化结构，都要求我们选择好体育产业发展的重点。一般来说，确立重点的标准主要是两个方面：一是看增长潜力的大小，即找出体育产业各组成部分中在规划期有可能发展最快的部分，并把它们放在优先发展的地位；二是看关联度，即在体育产业各组成部分中找出对其他行业带动作用最大的部分。根据这两条标准，我们认为体育用品业、健身娱乐业、竞赛表演业和体育中介业可以作为新世纪初叶我国体育产业的发展重点。

把体育用品业和健身娱乐业作为体育产业的发展重点，是因为这两个行业是规划期发展潜能和势能最大的行业。体育用品业是我国具有显著国际比较优势的行业，当前我国体育用品业已经纳入了全球产业分工体系，中国已成为全球规模最大的体育用品出口加工生产基地。同时，随着国民健身高潮的形成，国内市场对体育用品的需求也保持着持续增长的势头，各类体育用品的销售都有一定的增幅。21世纪的初中叶，体育用品业保持较快增长势头的可能性极大。只要我们在组建大型企业集团，推进品牌战略以及增加研发投入，引导和鼓励技术创新、产品创新、营销手段创新等方面扎实工作，体育用品业就一定能成为持续推动整个体育产业高速增长的主导力量。

健身娱乐业是体育市场产业中拥有最大消费群体和最大市场空间的主体行业。按照现有相关研究的测算，21世纪的头20年中国经济还将保持高速增长的态势，而经济增长一方面带来城乡居民收入的增长和消费水平的提高，另一方面也会带动城市化进程的加速。前者会提升人们对健康和生活质量的关注，进而提高人们对健身娱乐有支付能力的需求；后者会提高城镇人口的数量，促进城市类型的多样化（如纯生活型城市和纯商业型城市的出现），从而起到扩充体育健身娱乐消费者群体的重要作用。这两个方面都预示着，健身娱乐业较之其他体育服务业，在新世纪有更快、更大的增长潜力。所以，把体育用品业和健身娱乐业作为新世纪我国体育产业的发展重点，是从拉动整个体育产业快速增长的动力学方面的考虑。

把竞赛表演业和体育中介业作为新世纪我国体育产业发展的重点，是因为这两个行业具有最大的发展关联度。竞赛表演业是竞技体育产业化的实体形式。由于竞技体育在整个体育当中是最具活力、最具影响力的部分，这样的特点必然反映在它的产业化实体形式上，即竞赛表演业在整个体育产业体系中也是最具影响和辐射力的部分。竞赛表演业发展起来了，一方面会有更多的运动项目进入职业体育市场，各类职业体育组织（职业体育俱乐部、职业体育联盟等）所拥有的无形资产的市场价值也会升值，并能得到有效的开发，如电视转播权、广告冠名权、俱乐部标志的特许使用权等；另一方面竞赛表演业的优先发展还会带动健身娱乐市场、体育中介市场、体育用品市场、体育媒体市场、体育博彩市场，甚至一般服务市场，如餐饮、饭店、交通、旅游等相关市场的快速发展。所以，尽管竞赛表演业自身的产值在相当长的一段时间内很难超过体育用品业和健身娱乐业，但是由于它的发展关联度大，能带动其他市场的快速发展，把它确立为我国体育产业发展的重点不仅具有战略意义，而且具有很强的可操作性。

体育中介业是整个体育产业的润滑剂，它生存与发展的前提是其他实体市场的发展与繁荣，它盈利的哲学是"你赚钱，我赚钱，你赚更多的钱、我赚更多的钱"，存在着"主观为自己，客观为别人"的效应。按照现在流行的说法，就是"创造客户价值"或称创造双赢或多赢关系。体育中介业的优先发展，不仅能直接带动其他体育行业，尤其是竞赛表演业的快速发展，而且在规范整个体育市场运作，促进整个体育产业健康、有序发展方面也能起到重要作用。所以，同样应该置于优先发展的地位。

三、我国体育产业发展的路径

体育产业是经营城市体育文化的产业，体育产业的主体消费者是城市居民。根据当前我国社会经济和体育产业发展的实际情况，参照体育产业发达国家的基本经验，我们认为在"十一五"期间，乃至全面建设小康社会的未来 20 年里，我国体育产业发展总的路径应选择为：以少数首位型城市为核心（北京、上海、广州），以长江三角洲地区、珠江三角洲地区和京津冀地区为先导，以经济快速发展的城市带为基点，走以东带西、以城市带动农村的发展道路（图 9-1）。

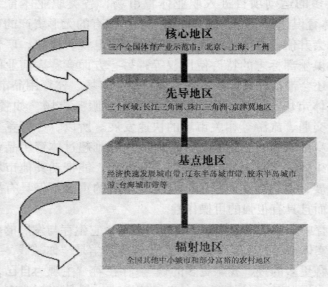

图 9-1　体育产业发展路径示意图

具体发展路径，"十一五"期间要特别强调依托区域经济的发展格局，构建以快速发展的城市圈为基点的"三主四从"基本构架。

"三主四从"的基本构架是指，以首都城市圈、长江三角洲城市圈和珠江三角洲城市圈为核心，以辽东南城市圈、山东半岛城市圈、台海城市圈和北部湾城市圈为依托，主次相递、关联共生的区域发展格局（图9-2）。

首都城市圈、长江三角洲城市圈和珠江三角洲城市圈是目前中国最具影响力的城市圈，它们不仅是中国经济社会发展的发动机，也是中国经济社会迈向国际化的先导性城市地区。"十一五"期间，我国体育产业的发展抓住了这三大城市圈，也就找到了加速发展的引擎。这样的定位是由这三大城市圈的战略地位所决定的。

首都城市圈：它以首都北京为核心，以京津两大直辖市为主体，联合渤海地区的保定、沧州、廊坊、唐山、秦皇岛等城市，形成中国北方地区最大的城市群，其面积约为80000平方公里，人口约为4000万，经济总量约为6000亿元。首都城市圈的最大优势在于首都区位，它是全国的政治、文化、教育中心。同时，北京也是2008年奥运会的举办城市，这样的区位优势和历史机遇，使得这一城市圈在"十一五"期间我国体育产业发展中必将发挥难以替代的先导性作用。

长江三角洲城市圈：它以上海为核心，联合周边江、浙两省的苏州、无锡、常州、扬州、南京、南通、镇江、杭州、嘉兴、宁波、绍兴、舟山、湖州等城市组成，面积约10万平方公里，人口超过7240万，经济总量为一万两千多亿元。这个城市圈的最大优势是它的经济区位和体育背景，它位于中国沿海地区的中间地带，客观上具有形成全国经济中心的优势。同时，这一地区也是当前中国体育资源最为丰富、体育综合实力最强的地区，把这一城市圈置于"十一五"期间我国体育产业发展的核心地位具有最强的辐射力。

珠江三角洲城市圈：它以香港为核心，以深圳香港城市联合体为中心区域，以广州为关联中心城市，联合周边的东莞、惠州、汕尾、清远、佛山、中山、江门、阳江、珠海、澳门等城市组成，其面积约 4.3 万平方公里，人口约为 4000 万，经济总量为两万多亿元。这个城市圈的最大优势是，它拥有全国最具市场化的运作机制，最容易与国际接轨，特别是拥有香港这一高度国际化城市，使这一城市圈有可能成为"十一五"期间我国体育产业发展对外开放度和市场化运作程度最高的区域。

除"三大"核心城市圈之外，"十一五"期间我国体育产业的发展还要充分发挥与"三大"核心城市圈相衔接的另外四个不容易忽视的、影响力日益强大的次级城市圈的作用。从区位上看，这四个城市圈恰恰与三个核心城市圈形成大、小相间的均匀分布格局，这四个次级城市圈分别是：

辽东南城市圈：这是中国最靠北端的沿海城市圈，它以沈阳为区域经济的中心城市，以对外开放的桥头堡大连为关联中心城市，联合辽东南地区的营口、锦州、盘锦、抚顺、铁岭、本溪、辽阳、鞍山、丹东等城市组成。这个城市圈处于"环渤海""东北亚"两个经济圈的交汇处，是国家实施振兴东北老工业基地战略的重点地区。同时，这一地区也是全国体育基础雄厚、体育人才辈出的重点地区，发展体育产业潜力巨大。

山东半岛城市圈：这是位于首都城市圈和长江三角洲城市圈之间的一个次级城市圈，它以青岛为经济中心城市，以济南为关联中心城市，通过胶济铁路和蓝烟铁路及其支线，将济南、青岛、烟台、威海、日照、东营、潍坊、淄博等城市串成一条颇具规模的城市链。这一地区拥有一批国内知名的制造企业，经济实力雄厚，同时青岛也是 2008 年北京奥运会的协办城市，加快这一城市圈体育产业的发展同样具有可操作性。

台海城市圈：这是位于长江三角洲和珠江三角洲之间的一个

次级城市圈。它目前以闽南金三角地区的厦门为经济中心城市，以福州为关联中心城市，联合福建沿海地区的漳州、泉州、莆田等城市组成。从发展角度看，台海城市圈还应包括海峡对岸的台北、基隆、新竹、台中等城市。目前这个城市圈已经是我国体育用品业最重要的一个出口生产基地，如果将来这个城市圈走向完整，将有可能成为我国体育产业发展中仅次于"三大"核心城市圈的第四个产业发展示范区。

北部湾城市圈：它是中国沿海地区最南端的一个城市圈，也是目前经济实力最弱的一个城市圈。它以广西北海市为经济中心城市，以南宁和海南海口为关联中心城市，联合钦州、防城港等城市组成。尽管目前这一城市圈在经济发展水平和体育基础方面都不具备完全的实力，但从区位上看，北部湾城市圈与东盟国家靠近，极易发展成为与东盟关系密切的国际化区域。同时，这一区域具有热带、亚热带独具特色的阳光、沙滩、椰林等气候和地貌特征，发展热带、亚热带的运动休闲旅游产业，特别是"冬训产业"潜力巨大。

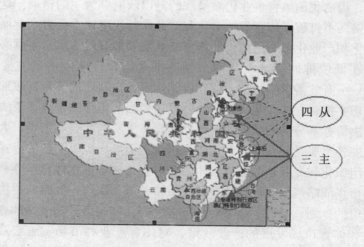

图9-2 "三主四从"体育产业发展格局

总之，"十一五"期间加速构建"三主四从"的体育产业发展的基本架构，对于优化国内体育资源配置，扩大我国体育产业的发展规模，提升我国体育产业整体的国际竞争力以及促进体育产业健康、有序、协调发展都是至关重要的。

第四节　加快我国体育产业发展的对策建议

从发展的角度看，新世纪我国体育产业具有良好的发展前景，但是这种前景能否转变为现实，则取决于我们应对挑战的水平和把握机遇的能力。基于上述对我国体育产业发展的优势与劣势、发展目标、重点和路径的分析，建议尽快制定和完善相关政策，做好以下几个方面的工作：

一、坚定不移地以社会化和产业化为方向，改革体育管理体制和运行机制

当前我国体育事业仍然呈现的是以政府办为主的格局。这样的格局不打破，体育的社会化和产业化的程度就不会太高，而社会化和产业化水平低，推动体育产业发展的有效需求水平就必然会在低位徘徊。也就是说，当前推动体育产业发展的主要动力——有效需求的释放还存在体制性障碍。政府的体育行政部门要切实把建立多元化体育服务体系作为当前工作的重点，下决心解决管办不分的问题，切实把办体育职能交给社会和市场，大力发展各类非营利性和营利性体育组织，引导居民以消费的形式享受组织化和专业化的健身娱乐服务。要进一步强化体育产业和体育市场战略规划、信息指导和政策协调等项职能，同时，要协调政府的计划、财政、金融和税务等部门，制定引导和鼓励体育产业和体育市场发展的产业政策，对体育产业和市场实施宏观调控，指导和协调体育物质产品和服务产品的生产经营活动，保证

体育产业和市场朝着健康、稳定、协调的方向发展。力争到2010年建立起以间接管理为主的体育产业和市场的宏观管理体制，形成适应社会主义市场经济要求、符合体育市场内在要求和体育产业发展规律的市场调控机制。

二、实施消费推进战略，促进体育产业发展

体育产业的培育和发展从根本上讲，取决于体育消费的总量和结构，没有体育消费水平的提高，就没有体育产业的发展和繁荣。因此，培育和发展体育产业必须把引导和激发大众体育消费放在重要位置。体育消费基本不属于千元级消费，更不是万元级消费，从我国城镇居民和部分发达地区的农村居民的人均收入水平看，应该说绝大部分居民都有一定的体育消费能力，目前制约我国居民体育消费的主要因素不是钱的问题，而是消费意愿和消费技能的问题。所以，实施消费推进战略必须抓好两个方面的工作：一是要抓住后"非典"时期和2008年奥运会的机遇，不失时机地引导和激发居民体育消费意愿，促进我国居民体育消费观念的转变。在全民抗击"非典"的特殊时期，围绕户外运动的体育用品销售和体育健身消费异常火爆，是整个服务业当中为数不多的一个消费亮点。"非典"以一种特殊的方式和极大的震撼力强化了人们"花钱锻炼买健康，省得花钱常看病"的观念。后"非典"时期人们的思维方式和行为方式都已发生一系列有利于激发体育消费意愿的变化，我们要抓住这一有利时机，进一步强化"花钱买健康"的理念，促进体育消费成为大众日常生活消费的重要组成部分。同时，要抓住北京筹备和举办2008年奥运会过程中不断升温的全民体育热，确立一个新主题，倡导四个新观念，即以"体育，让生活更美好"为主题，倡导健身就是素质、健身就是品位、健身就是发展机会、健身就是生活质量的新观念，树立体育消费健康、快乐、时尚的新形象，多角度调动大众多样化、分层次的体育消费意愿。二是要采取多种途径，普遍提

高我国居民的体育消费技能水平。要进一步推动全民健身计划二期工程的组织与实施，特别是要配套改革大中小学体育教学内容体系，尤其是高中和大学两个阶段学校体育教学的内容体系，大幅度增加休闲娱乐类运动项目技能教学的比重，把简易高尔夫球、短网、软网、滑冰滑雪、野外生存训练等娱乐休闲类项目引入教学体系，增加他们现在和未来的参与体育消费所必需的技能储备。做好这方面工作，对引导和激发全民体育消费有深远意义。因为，大中小学生不仅现在是各类体育市场活跃的消费群体，更是全面建设小康社会的未来 20 年引导和释放有效体育需求的主要对象，他们体育消费意愿的强弱、消费技能水平的高低，将在很大程度上决定全社会体育消费的总量、结构和水平。

三、实施品牌战略，提高我国体育企业国际竞争力

我国体育市场"小、散、乱、差"的病根在于体育企业整体素质低下。要培育和发展我国的体育产业必须致力于不断提高各类体育企业的素质。当前要按照建立现代企业制度的要求，规范各类体育产业经营实体的组织形式，形成科学的法人治理结构和经营管理制度，建立开放性的创新发展机制。要以资本为纽带，通过资本市场和产权市场形成具有竞争力的跨地区、跨行业、跨所有制和跨国经营的大型体育企业集团。提高整个大型体育企业的核心竞争力，改善体育产业的组织结构。要制定明确的扶持政策，推进品牌战略的实施，鼓励和引导大型体育企业增加研发投入，开展技术创新、产品创新和营销手段创新，力争在新世纪的头 10 年扶持一批在国际体育市场上具有相当影响力的知名企业和品牌。同时，要制定特殊政策，扶持我国的优势运动项目开拓国际市场，武术、自由搏击、中国象棋要加速推进国际化进程，乒乓球、羽毛球、女足、女垒等优势项目要学习和借鉴 NBA 的运作经验，开拓海外竞赛表演市场，提高项目在国际体坛的影响力。另外，政府主管体育产业和市场的部门要进一步转变职能，

支持各类体育企业所有者自组的行业性自律组织，逐步将一些不适合由政府行使的职能交给行业自律组织，如行业服务标准的制定、行业准入的资格认定等，形成科学规范的行业自律机制，推动各类体育市场健康、有序地发展。

四、通过增加有效供给来调动和激发有效需求，促进体育产业发展

当前我国体育市场中的有效需求不足，除了与消费者自身存在主客观制约因素有关之外，也与有效供给不足有关。即体育用品市场和体育服务市场，尤其是大众健身休闲娱乐市场中产品结构单一，消费者没有多样化、个性化的选择余地，这也在一定程度上抑制了有效需求。增加有效供给，一是要鼓励体育健身娱乐企业引用国外一些新兴的健身娱乐项目，同时挖掘整理、推陈出新一些民族民间健身娱乐项目，增加供给产品的种类。二是对已有产品进行系列化开发，以满足不同消费人群的消费意愿，拓展消费者消费选择的空间。譬如，有氧健身操，既可以根据年龄开发老年人、中年人、青少年、儿童甚至婴幼儿有氧健身操，也可以根据性别、职业开发男子健身操、女子健身操和经理健身操、公务员健身操等，还可以根据健身操的主要功能开发瘦身健身操、塑形健身操、减压健身操、康复健身操等。三是对高档健身娱乐产品进行大众化开发，如要大力发展简易高尔夫球场、简易赛车场、简易滑冰滑雪场以及陪驾体验性的航空、航海项目等。四是要对健身娱乐产品进行电子化和网络化的改造，鼓励发展电子竞技类的健身娱乐项目，实现现实与虚拟的互动，开发基于网络平台的新型健身娱乐项目。所以，必须通过丰富有效供给来激活有效需求，促进体育产业的培育和发展，推动全行业在产品结构上的调整与升级，鼓励各类体育企业通过新产品的研发创造客户需求，开发具有自主知识产权的新产品，形成核心竞争力。

五、促进各具特色的区域体育产业协调发展

我国是一个幅员辽阔、民族众多的发展中大国，各地区体育资源条件各具特色，体育产业发展的规模和水平也很不平衡，不可能形成统一的体育产业发展模式。各级政府的体育行政部门要根据本地区体育资源的条件和特点，制定恰当的区域体育经济政策，以本区域内的首位市场为中心，以点带面、分层推进，形成各具特色的区域体育产业的发展模式。北京、上海、天津、重庆、沈阳、广州、西安、南京、深圳、大连等大型城市应建立国家级体育产业基地，充分利用其得天独厚的体育资源和雄厚的经济与科技实力，大力开拓体育消费的市场潜力，开创区域中心城市体育产业发展模式。内陆和少数民族地区也要根据本地区经济和体育发展状况，因地制宜、扬长避短，大力开发和利用自身的特色体育资源，发展具有区域特色的体育产业，探索中小城市体育产业发展模式。最终通过不同区域、不同发展模式间的协作和互补，推动区域体育产业协调发展。

六、建立支持体育产业发展的投融资政策

投融资政策是推动体育产业健康、快速发展的重要政策手段，建立和健全促进体育产业发展的投融资政策，对新世纪我国体育产业的发展有着特别重要的意义。要制定鼓励各种社会资金投入体育产业的政策，通过深化改革取消运动项目管理中心和协会对非体育系统、非公有经济成分投入项目产业的限制。为新兴和创新性的体育产业项目实行低息或贴息贷款。安排一定的政策性贷款用于培育和发展各类体育市场。鼓励组建各级各类体育产业基金组织、体育投资公司，形成多元化投资主体的新格局。创造有利于发展体育产业的综合性投融资手段和方式，设立国家级体育产业发展基金和体育资产经营公司。同时，政府的体育产业宏观管理部门，要积极协调有关部门，支持高水平职业体育俱乐

部组建股份制企业，并为该类企业的股票在二板市场上市创造条件，为优质体育企业融资开辟新的渠道。

七、实施人才培养战略，造就一流体育企业家队伍

体育经济与管理人才是当前制约我国体育市场发展的最主要的因素。新世纪我国体育产业的发展是在国际、国内两个市场上，以数字化、网络化为技术手段，与拥有品牌优势和销售渠道优势的大型跨国公司展开的生存竞争，竞争的胜负很大程度上取决于体育企业家的数量和质量。政府的体育行政部门要制定体育商贸人才的培养战略，体育院校应与财经类大学合作，增设相关专业或专业方向，开设体育 MBA 系列课程，培养高层次的体育经营管理人才，力争到 2010 年造就一支政治强、业务精、素质高、熟悉国际体育商贸的体育企业家队伍，为新世纪我国体育市场的发展提供充足的人才支持和智力支持。

八、以维护消费者权益为主旨来制定和完善加快体育产业发展的政策和法规，切实加强体育市场管理

近年来各级政府都在支持、鼓励体育产业和市场发展方面制定了一些政策和法规。但这些政策和法规的着力点主要鼓励和扩大体育产业的供给能力，如鼓励资本进入的投融资政策、税收减让政策、用工用地政策以及鼓励企业做大做强的产业组织政策等。尽管这些政策举措在促进体育产业和市场发展方面发挥了一定的作用，但是为了更好地引导和激发有效需求，今后这类政策法规必须把维护消费者权益作为着力点，要以制定服务标准、开展服务等级评定工作为切入点，引导体育娱乐休闲企业在场地、器材、经营场所的卫生、环境、安全保障、服务规程等方面全面达标，同时，引入国外成熟的体育保险制度，用法规的形式规定体育经营企业对消费者的保险责任。总之，发达国家的经验表明，保护消费者权益就是保护有效需求，而保护好有效需求才能

推动体育产业和市场快速、健康的发展。

本章小结

● 从国际比较的角度看，当前我国体育产业发展的优势主要表现为有利的宏观经济环境、重大的历史机遇、丰富的体育资源、迅速增长的体育需求和劳动力的成本价格优势等方面。劣势主要表现为体育市场实践主体观念滞后，现行体育管理体制与运行机制的不适应，体育商务人才匮乏，市场集中度低，缺乏有实力的明星企业。

● "十一五"期间我国体育产业发展的总体思路是：以中国加入 WTO 和北京承办 2008 年奥运会为契机，以引导和激励大众体育消费为出发点，以提高体育企业整体的质量和效益、增强企业核心竞争力为中心，以建立统一、规范的体育市场系统为目标，依靠深化体育体制改革和实施体育商务人才培养战略，把拓展国内体育市场与开拓国际体育市场有机结合起来，走规模、结构、质量和效益协调发展的创新之路。同时力求做到坚持扩大市场规模与提高市场质量并重，坚持改革与发展相统一，坚持组建大型体育企业与发展中小型体育企业相结合，坚持启动国内体育消费需求与拓展国际体育市场的统一，坚持体育用品业和体育服务业的协调发展。

● "十一五"期间我国体育产业发展目标是：初步建成与社会主义市场经济体制相适应的，符合当代体育运动发展规律和现代娱乐业发展规律的，门类齐全、结构合理、规范发展的体育产业体系。体育产业增加值在 2001 年 500 亿元的基础上翻一番，达到 1000 亿元左右，居民体育消费在日常生活消费中所占的比例明显提高，努力把体育产业建设成为我国文化娱乐业中最具国际竞争力的行业，充分发挥体育产业在涵养税源、带动就业、优化产业结构、促进经济增长方面重要作用。具体发展目标有：1. 基本建立以政府管理为主导，以行业协会组织自律性管理为基础的复合型体育产业行业管理模式；2. 初步建立比较完善的体育市场体系，并与其他市场体系相衔接，形成能有效反映市场供求状况的价格和竞争机制；3. 基本形成国有体育企业与非国有体育企业协调发展的格局；4. 基本形成相互促进、特色互补的区域体育产业协调发展格局；5. 显著提高我国体育产业的国际竞争力。

• 我国属于体育产业的后发国家，体育产业现有的规模和水平，国民的收入水平及体育消费水平，都决定了新世纪我国体育产业的发展必须坚持梯度发展战略。而梯度发展战略就是要求有所选择、有所侧重、有所大为、有所小为甚至有所不为。尽管，新世纪我国体育产业发展面临着很大的总量扩张的压力，但是，无论是扩张总量还是优化结构，都要求我们选择好体育产业发展的重点。一般来说，确立重点的标准主要是两个方面：一是看增长潜力的大小，即找出体育产业各组成部分中在规划期有可能发展最快的部分，并把它们放在优先发展的地位；二是看关联度，即在体育产业各组成部分中找出对其他行业带动作用最大的部分。根据这两条标准，要研究认为体育用品业、健身娱乐业、竞赛表演业和体育中介业可以作为"十一五"期间我国体育产业的发展重点。

• 体育产业是经营城市体育文体的产业，体育产业的主体消费者是城市居民。根据当前我国社会经济和体育产业发展的实际情况，参照体育产业发达国家的基本经验，本研究认为"十一五"期间，我国体育产业发展总的路径应选择：以少数首位型城市为核心（北京、上海、广州），以长江三角洲地区、珠江三角洲地区和京津唐地区为先导，以经济快速发展的城市带为基点，走以东带西、以城市带动农村的发展道路。具体发展路径是依托区域经济的发展格局，构建以快速发展的城市圈为基点的"三主四从"基本构架。"三主四从"的基本构架是指，以首都城市圈、长江三角洲城市圈和珠江三角洲城市圈为核心，以辽东南城市圈、山东半岛城市圈、台海城市圈和北部湾城市圈为依托，主次相递、关联共生的区域发展格局。

- "十一五"期间加快我国体育产业发展的对策建议是：1.坚定不移地以社会化和产业化为方向，改革体育管理体制和运行机制；2.实施消费推进战略，促进体育产业发展；3.实施品牌战略，提高我国体育企业国际竞争力；4.通过增加有效供给来调动和激发有效需求，促进体育产业发展；5.促进各具特色的区域体育产业协调发展；6.建立支持体育产业发展的投融资政策；7.实施人才培养战略，造就一流体育企业家队伍；8.以维护消费者权益为主旨来制定和完善加快体育产业发展政策和法规，切实加强体育市场管理。

主要参考文献

1. 李晓西. 2003 中国市场经济发展报告. 北京：中国对外经济贸易出版社，2003

2. 马洪. 中国市场发展报告. 第 1 版. 北京：中国发展出版社，1999

3. 国家统计局. 中国统计年鉴 2003. 第 1 版. 北京：中国统计出版社，2003

4. 魏礼群. 中国社会全面发展战略研究报告. 第 1 版. 沈阳：辽宁人民出版社，1996

5. 王诵芬. 世界主要国家综合国力比较研究. 第 1 版. 长沙：湖南出版社，1996

6. 郁义鸿. 创业学. 第 1 版. 上海：复旦大学出版社，2000

7. 保罗·斯图伯特. 品牌的力量. 第 1 版. 北京：中信出版社，2000

8. 李扬. 资本市场导论. 第 1 版. 北京：经济管理出版社，1998

9. 高培勇. 公共部门经济学. 北京：中国人民大学出版社，2001

10. 我国体育社会科学研究状况与发展趋势课题组. 我国体育社会科学研究状况与发展趋势. 北京：人民体育出版社，1998

11. 国务院研究室科教卫司. 体育经济政策研究. 第 1 版. 北京：人民体育出版社，1997

12. 中国群众体育现状调查课题组. 中国群众体育现状调查与研究. 第 1 版. 北京：北京体育大学出版社，1998

13. 刘玲玲. 中国公共财政. 北京：经济科学出版社，1999

14. 保罗·萨缪尔森. 宏观经济学. 第16版. 北京：华夏出版社，2001

15. 斯特德曼·格雷厄姆. 体育营销指南. 北京：中信出版社，2003

16. 伯尼·帕克豪斯. 体育管理学. 北京：清华大学出版社，2003

17. 马修.D. 尚克. 体育营销学. 北京：清华大学出版社，2003

18. 鲍明晓. 体育产业：新的经济增长点. 北京：人民体育出版社，2000

19. 鲍明晓. 体育概论新修. 北京：首都师范大学出版社，1998

20. 鲍明晓. 体育市场：新的投资热点. 北京：人民体育出版社，2004

21. 鲍明晓. 体坛热点解读. 北京：人民体育出版社，2003

22. Lisa Pike Masteralexis（1998）. *PRINCIPLES AND PRACTICE of SPORT MANAGEMENT*. Aspen Publishers, Inc.

23. Lori k.Miller（1997）*SPORT BUSINESS MANAGEMENT*. Aspen Publishers,Inc.

24. Susan Hafacre（2001）*Economics of Sport*. Fitness Information Tehnology, Inc.

25. Bridges, F. J, &Roquemore, L.（1996）. management for athletic／sport administration（2^{ned} ed）. Decatur, GA:Esm Books.

26. Broughton, D., Lee, J., & Nethery, R.（1999, December 20~26）. The question:How big is the U.S. sports industry? *Street & Smith´s Soprts Business Journal*.

27. Clumpner, R.A. (1986). Pragmatic coercion:The role of government in sport in the United States. In G.Redmond (Ed.), *sport and politics*. Champaign, IL:Human Kineetics. Inc.

28. Drowatzky, J.N. (1997). Antitrust Law and amateur sports.In D.C. Cotton & T.J.Wilde (Eds), *Sport law for sport managers*. Dubuque, IA: Kendall／Hunt Publishing Company.

29. Gratton, C., & Taylor, P. (1992). *Government and the economics of sport*. Essex, England: Longmon Group.

30. Kenneth, L.Shropshire, & Timothy Davis (2002). *The business of sports agents*, University of Pennsylvania Press.

31. David Shilbury & John Deane (2001). *Sport management in Australia*. Strategic sport management Pty Ltd.

图书在版编目（CIP）数据

中国体育产业发展报告/鲍明晓著. —北京：人民
体育出版社，2005
ISBN 7-5009-2867-X

Ⅰ.中… Ⅱ.鲍… Ⅲ.体育经济学：产业经济
学—研究报告—中国 Ⅳ.G80-05

中国版本图书馆 CIP 数据核字（2005）第 088347 号

*

人 民 体 育 出 版 社 出 版 发 行
北京冶金大业印刷有限公司印刷
新 华 书 店 经 销

*

850×1168 32 开本 11.375 印张 292 千字
2006 年 1 月第 1 版 2006 年 1 月第 1 次印刷
印数：1—4000 册

*

ISBN 7-5009-2867-X/G·2766
定价：25.00 元

社址：北京市崇文区体育馆路 8 号（天坛公园东门）
电话：67151482（发行部） 邮编：100061
传真：67151483 邮购：67143708
（购买本社图书，如遇有缺损页可与发行部联系）